岁里春秋

朱铁军　主编

中国言实出版社

图书在版编目（CIP）数据

岁里春秋 / 朱铁军主编 . -- 北京：中国言实出版
社，2017.1
（全民阅读精品文库）
ISBN 978-7-5171-2150-3

Ⅰ . ①岁… Ⅱ . ①朱… Ⅲ . ①小说集－中国－当代
Ⅳ . ① I247

中国版本图书馆 CIP 数据核字（2017）第 003942 号

出 版 人：王昕朋
总 监 制：朱艳华
责任编辑：李 颖
封面设计：水岸风创意文化

出版发行 中国言实出版社
　　　　　地　址：北京市朝阳区北苑路 180 号加利大厦 5 号楼 105 室
　　　　　邮　编：100101
　　　　　编辑部：北京市海淀区北太平庄路甲 1 号
　　　　　邮　编：100088
　　　　　电　话：64924853（总编室）　64924716（发行部）
　　　　　网　址：www.zgyscbs.cn
　　　　　E-mail：zgyscbs@263.net
经　　销 新华书店
印　　刷 北京温林源印刷有限公司
版　　次 2017 年 5 月第 1 版　　2017 年 5 月第 1 次印刷
规　　格 710 毫米 ×1000 毫米　1/16　17.25 印张
字　　数 267 千字
定　　价 40.00 元　ISBN　978-7-5171-2150-3

出版前言

《特文学》系列丛书所编选的作品，均为2006年至2016年间《特区文学》杂志所发表的中、短篇小说，按作品的题材分为《岁里春秋》《人间烟火》《仕说新语》《此去经年》《五行八作》，共五卷，包含24位国内知名作家的33篇纯文学力作，这些作品大部分都在发表后被多家选刊转载，其中有获得各类文学奖项的，有收入年度选本的，也有被改编为影视剧本搬上荧幕的。

作为深圳特区唯一公开出版的纯文学期刊，《特区文学》杂志在打造"新都市文学、文学新都市"的办刊理念下，多年来较为倾向于涉及城市题材的纯文学作品，其中"深度叙事"与"质感文本"两个固定栏目，发表了一大批城市文学范畴的小说精品。因此在本系列书编辑之初，我们也以"叙事性、可读性、文学性"为选题宗旨，侧重于城市题材进行了作品的选择。

现下的时代，高度的科技化与商业化无时无刻不在改变着我们所生活的场域，城市生活在我们的世界中变得空前的复杂、新颖、多样，同时传播方式的不断更新迭代，也将传统的阅读方式推向了碎片化的趋势。信息的爆炸带给文学艺术的影响与刷新，也在悄然裂变。几乎每一天，我们都能接收到与素常认知更为不同的新事物发生。

传统文学随之也进入了新的时代。因此在当下的阅读环境与文学生态中，进行怎样的文本书写、怎样的艺术传达，不仅仅是作家与读者，同时也是编辑们所面临的选择课题。在本书编辑的过程中，我们着意选取了叙事角度特别、题材新颖特殊、文学性与艺术性具有较高水准，并保持着传统的纯文学作品优良基因与特别的阅读价值的若干作品。

因此，我们将本套丛书命名为《特文学》。我们希望通过这三十余篇异彩纷呈的中、短篇小说，为您开启一条重温与新识、质感与深度并存的、独特的阅读之旅。

编 者

目录

作秀人生 / 陈希我

那一天，真背运，又被班长押回家了。

一回家，就马上瞧见我公站在家门口，操着门杠。"班长，我打死给你看！"

我公一声吼，我就被摁在条凳上，不管哪块，就是疯打。大人们说，这叫"麻笋干炒肉"，炒得我又麻又辣都熟了。我没爹没妈，只有我公，就没人劝，公就往死里打。满门口都是瞧我挨打的人，又是歪嘴，又是戳指头，都说："这孩子，破啦！"

我知道，他们是在说我长不大了，都十岁了，还没有七岁孩子高，好像一个破了洞的气球，怎么吹也吹不大；书也读不懂，不像班长，叫长个就长个，叫读书就读书，非常乖。班长外号叫"小庭训"，听说是有典故出的，说是过去的小孩都很乖，很听话，走过院子，也要站着听大人训话。

所以班长就非常受大人疼，都恨不得他是他们自己的孩子。我猜，我公是真的要打死我，他好去认小庭训做孙子。所以他一边打，一边喊："你还不死！你还不死！"

我却一直死不了。最后都是我公自己"哐"地一丢下门杠，走了。我也就爬起来，耸耸身，没事一样地走出去，这里瞧瞧，那里凑凑，可谁也不跟我玩了。谁跟我玩，大人呀，老师呀，都要跑来抢救，好像怕被我传染了一样。人往高处走，水往低处流，他们都要学班长，做乖孩子。脸苦苦的（镇上就流行这样的苦脸），嘴巴干干的，好像整天都在背书，有口臭。

就是去活动，也是听故事，听哭哭啼啼的旧社会。我多想听三只眼的哪吒，说变就变的孙悟空啊！我告诉他们，那些飞来飞去的蝴蝶是叫作梁山伯祝英台的人变的，他们就是不信。

"你总是不懂装懂！"他们说。他们削铅笔，我央求他们不要将笔杆上招人爱的小鸡小鸭的翅膀呀脚呀削掉了，他们居然叫了起来："老师，他影响我们学习！"好像他们非常爱学习似的。其实他们也有不交作业的时候。罚，罚抄书五遍！我好心好意教他们，可以一下子拿五支笔，划一划，不就五划了？不料他们却告了老师。鸟人！假正经！全是假正经！假正经的天下！假正经们合成一口炒锅炒我呀！弄得我也怕了起来，也去拉歪头小鲁班儿子做垫背。他是歪头。歪头小鲁班儿子一被他爹小鲁班揍，我就赶紧在一旁抽陀螺，一边大喊："抽，抽，抽你这该死的贱骨头！"

我喜欢说"该死"，一有人"该死"，别的人就会大解脱了，我也就可以跟大家一块去炒人了。可是那天，明明是我犯了事，这口锅也不炒我了。街上冷清清的，好像忘了生炉火。我禁不住回头瞥一眼小庭训。这鸟人，一定也觉得不对了，他本来总是一路被人夸着卵巴烘光烘光地走的，现在也瘪了，就使劲喝："看什么！走好！再看告你公！"我慌忙缩回头。不知道为什么，班长总那么有威风，他背着书包，简直就像背着驳壳枪。

街上慢慢有了人影，可是乱糟糟的，好像被风刮着跑。耳朵里痒丝丝搔着什么声音，好像是唱歌，可我就是不敢竖一竖耳朵，生怕一竖，咯地一响，又被加了新罪状。那唱歌声简直就是班干部对我的试探。我要立功赎罪！我老老实实往前走。可是前头越来越乱了起来，冲着我，好像潮水冲着堤坝。

我有些生气，好像撞到了不让我进步的绊脚石。前面唰地一下停住，又猛地哗啦一下把我操个四脚朝天。我哀哀大叫起来。其实我哪里也没被摔痛，是叫给班长听的，好像在说："这下可不是我的错！"可是小庭训却真的大哭了起来。这鸟人真的被摔坏了，几个大人合着正往外面抬呢！

我简直不相信，就这么被赦了！一蹦跳起来，又觉得有点危险，就做出傻乎乎不知怎么办才好的样子，跟着班长走。可耳朵却溜了出来，去听边上大人们说话。说是县城来了一票子唱歌跳舞的。我们镇可从来没来过唱歌跳舞的啊！我的脚就不肯动了。我的眼睛居然穿过大人们的腿，钩到了一丝丝红绸带。是一片军装绿衬着红绸带，一甩一甩的，唱歌声就是红绸带甩出来的。红绸带一个甩，唱歌声就一个扬，歌声一个扬，那绿军裤的腿就一个跺。你一个跺，我也一个跺，镇上人杂色的腿也跺了起来："造反有理，造反有理！"

跺脚声和着唱歌拍子，一下一下推着我的血，一圈一圈通着我的脉，叫我好怕，又好爽。真奇怪，不许做的事总是叫人爽。

其实大人们也爱爽，爱做戏。我公就是戏头。我公年轻时曾被县里的"小梅兰芳"踢了回来，可单凭这，就被尊作"小小梅"，成了戏头了。小小梅天天将身子洗得满是肥皂香，跑去全镇最大的榕树下做戏头。大榕树下总是黑压压围满了人，唱的，演的，说的，笑的，非常爽。可是官却追来骂："你们这些落后分子！正经事不做，去去去！"

正经事，就是不爽的事。我们镇的人分两种，一种是爱正经不爱做戏，一种是爱做戏不爱正经。爱正经的是上班族，爱做戏的就是追星族。这当然是现在的说法。校长天天跟官一样坐在办公室里，当然归上班族啰。所以每次官一骂，校长就站队过去，也叫："没错！领导没错！要做正经事！"

其实，校长的正经事跟官的也不一样。校长的正经事是读书。我们镇是个岛，号做"小城关"。可其实什么也不是，什么也没有。不许出海，只许种田，田又窄。所以校长就说：要读书出仕，跳出岛去。校长外号叫"小孔子"。

"做戏，做戏能换得来饭吃吗？"小孔子校长老说。

我就是不明白，为什么老说吃饭！我就可以不要吃饭，我有秘诀，就是一直玩啊玩啊玩。这不？追星族也说了："谁说不能？"

"那你们吃什么？"校长问。

追星族就唱一段"天上掉下个林妹妹"，嗦地一卷舌头，有滋有味喳着，叫："老子吃林妹妹呢！"

我猜，做戏真的能使什么都有。不要说唱起林妹妹，林妹妹真的好像馅饼一样往下掉，就是说起石季伦斗宝，也像自己家里有天下奇宝了。追星族说，人家明星的手才不是用来做事情的，脚才不是用来走路的，牛奶全是用来洗身，一日三顿全都只吃鱼肉，不吃饭，连人家哪里长了一颗小痣都知道，冷不留神，还以为是在说自己家里的人呢！怪不得那年闹灾荒，大榕树下热闹得跟过年一样。

官又来赶。大家就是赖着不走。有一个追星族最过瘾，官叫一句，他就一抹二胡琴弦，发一个放屁声。官火了，就要夺琴。那追星族就喊："做文艺，也有死罪吗？"索性将做戏捅到死罪上问，非常过瘾。可是官仗着是官，说："什么也没有的地方，有什么真文艺！"就扭头回家搬公安局。

我一直以为公安局就在官家里，就好像"小庭训"的书包就背在他肩上一样。

结果，那追星族就被吊在大榕树上。官做别的没本事，整人却非常有本事，什么坐飞机呀，剃阴阳头呀，抽肘筋呀，挠脚底痒痒呀，说多绝有多绝。这次是在软树枝上放个滑轮，滑过来，滑过去，让树枝啪啪抽在那追星族身上，痛得他乱抓乱叫。官就说："打打，让你唱歌又跳舞！"原来大人们也有挨打的时候呀！大人挨打就是"运动"。官将大榕树拿斧子砍了，说："这叫作清除狐狸精运动！"

我疑心，大榕树下真有狐狸精。那阴阴的树叶缝里眯眯的光，兴许就是狐狸精的眼睛，那树须摇摇晃晃的，就是狐狸精在呼淫邪气呢！追星族们一唱，就全变了平日里的嗓音了，原来是狐狸精在施法呀！怪不得他们说话，笑，总叫人像懂又像不懂。所以大人们才总要说："小孩子快走开！"大人生炉火，小孩子可以在一旁拉风箱，大人磨米浆，小孩子可以帮着添米，大人晒虾米鱼干，小孩子也可以手贱，就是大人做戏，要禁小孩。是怕小孩中邪了。可是越禁就越想，偷偷摸摸也要跑去看。我明白了，我之所以长不大，是被狐狸精邪气给吹了。

可今天，官也不知道跑到哪一国去了，像学校老师不在一样，没人管，遍地反。大人们也不管我们小孩了。我也趁机大疯。我一个激动，钻进边上小巷，大跑起来。

我不知道自己为什么跑，没有目标。钻出巷口，发现已经到了那些唱歌跳舞的前面了。突然，我瞧见对面巷口也钻出一个人，歪着头，是小鲁班的儿子！我们顿时都僵住了，好像险些被对方撞见了秘密。我这才发觉自己大跑原来是有目的的，涨红了脸。突然，小鲁班儿子一脚踢飞了路边一个米水钵，"哐！"我们一起大嚎一声，一起跑了起来。我们尖叫着，故意给自己做紧张，好像是被那帮跳舞的追着逃，不住回头瞧，瞧了又叫，叫了又逃。可是他们却不理我们，他们一个拐弯，向官家冲去了。

官家有全镇最大的房子，传说里面有机关。可是这些县上来的人居然一点也不怕，蝗虫一样拥在那门上，轰隆隆乱捶。镇上人全都吓得往后躲。那些人大叫："我们是毛主席的红卫兵！"原来是叫"毛主席的红卫兵"的兵！官好像怕了，乌龟头露都不敢露一下。红卫兵就又去找石头砸。他们捡到一块石头，像蚂蚁啃骨头，"一二三！"石头就不由分说砸在门上，石头破成两半。围看的人好像自己破成两半似的，全都缩紧了，闭起了眼。再一睁眼，才发现那扇门也哆嗦了起来。就有人活起来，拍几声巴掌，吹口哨。我们小孩也在大人的腿中间大蹿。突然，我的脑袋被谁狠扣了一下。

"小孩家疯什么！"不是别人，正是我公。我慌忙缩头，猛地想起"小庭训"来，这下要彻底结算啦！正在想，只觉一股风嗖嗖刮了过来，一个声音响了起来："风水轮流转，这回轮到老子运动你啦，运动啊！"原来是那个被"运动"过的追星族，抱来一块更大的石头。"砸啊！"红卫兵喝彩了起来："向革命群众致敬！"围着的人都被刺激了起来，眼睛贼亮，有几个还跳上去要抢那石头。可那追星族哪里肯让？扑哧一声就挣出来，向那门直冲。几个人拽着他，可那块大石头就是摸都别想摸一下。就不甘愿，就去挑人家姿势，什么不好看啦，没有力气啦，那个追星族就轻松地笑了起来，吐一口口水，索性将大石头举过了头顶，嘴上还哼着鸟歌。

"滚回去！"我公又喝了我一声。

可他自己却不走。一点也没有要回去的意思。大人们全都不走，都瞪着滴溜溜的眼睛，瞧瞧大石头，又瞧瞧官的门，眼一眨不眨，好像生怕一眨眼，那门就被砸开了。那追星族就更得意了，就好像在戏台上表演，迈着官步，一步一步，向门逼去。那大石头在空中摇了摇，好像停住。突然一声喝，那门轰地塌掉了，只剩一个搭铁挂着。

大家哄上前去，七手八脚拧搭铁。门终于哗啦全倒了。大家一阵欢呼，冲了进去。你进我也进，不进白不进。胆小的人在门口探头探脑，可最后也像晚潮一样，一漫一漫进去了。我公小小梅，还在念叨着什么平心而论，官平时确实也有做太绝的地方了，平心而论，平心而论……好像是在念咒，还一边向人点着头，做出公允的样子，一边脚也往里面踩。全部人都进去了。里面原来有一个好大的天井。再大的天井也挤得像要溢出来。边上有好多房间，红卫兵活像泥鳅，这间蹿进去，那间蹿出来。原来也没什么机关。他们宣布：官自绝于人民，跑啦！大家全都骂了起来，好像被耍了，恨不得将房子炸掉。就冲进各个房间翻箱倒柜，爬到桌上，抄出纸来一撒老高。纸满天乱飞，我们就去接。听说都是我们不能看的秘密。想着不能看的秘密现在居然由我们爱怎么看就怎么看，就好像被捏了卵巴一样，又舒服，又难为情。秘密那么多呀，接也接不过来，都飘到地上去，被数不清的脚乱踩着，带到这里，又带到那里。脚们突然又往楼上跑去，说楼上是当官的睡觉的地方。当官的居然也要睡觉！就好像发现老师也要吃饭一样，非常稀奇，就觉得那地方连空气都古里古怪了。突然，我发现死对头小鲁班儿子正梗着脖子往一个大座椅上攀，那座椅古怪极了，我做梦都没见过，就也冲过去坐。一攀上去，却掉了进去，猛地一陷，又马上被弹了出来。再落下去，就觉得好像被谁抱在怀里了。

爽得一塌糊涂。哈！小鲁班儿子一笑，好像朝我，又好像不是朝我。我也哈地一笑，也不知是不是朝他哈，稀里糊涂。我们就一起哈了起来。好像我们原来不是冤家，就是好朋友。稀里糊涂的，就又使劲做出绝相出来，让对方笑。

外面又乱啦！好事总是一串接一串。赶忙跑出去，原来是大家在抓一个女孩子。这女孩子不是别人，是我们学校一个高年级女生，长得非常靓，也不会读书，因为长得靓所以就不会读书。这下大家正围着要推她出去，跟那些红卫兵学跳舞。她赖着不肯，大叫："不要，不要！""还不要？还不要！那刚才仿什么？"大家就揭发，"都痴得进角色了呢！"

那女生的脸大红了起来，好像被扒了一层皮，就索性不叫了，不管三七二十一，硬往人堆里钻。可是大家哪里肯放？合着把她拱出去。钻进来，拱出去，再钻进来，再拱出去，好像弹簧。还一边叫红卫兵来抓。红卫兵中有一个女的过来了。"同志，难道你不愿做光荣的毛泽东思想宣传战士吗？"一点也不大声，那女生居然就被治住了。顺顺地由人家牵出去，站在天井中央，叫拉直腿就拉直腿，叫踮脚尖就踮脚尖，女红卫兵也好像存心在修理她，捉捉手，调调肩，捏捏下巴，撩得人心头痒丝丝的，都要跳出来了，眼里堵着笑。那女生刚想撒手，红卫兵又喝："严肃点！"

就赶忙严肃起来，牙咬着嘴唇，眼睛怨怨地瞅着大家。大家心里就好像有非常多的猫在乱抓。女红卫兵还不满足，又走到远远去瞄眼。她突然快快过来，将女生的背一推。

"挺胸！"

大家猛地哗啦啦大笑起来，好像开了一锅汤，我也禁不住拍起了手。忽然觉得不对，才发现大家都在我头顶上看我，围成一口井，我掉在井里头了。我闻到了一股骚骚的味道，要淹死啦！

我害怕极了。第二天又听说，那天大乱的事上了报纸了，就觉得哪天就会被公安局抓起来。可报纸上居然是表扬，说是我们镇揭开了"无产阶级文化大革命"的幕布了。我非常吃惊，就关心上了那叫作"无产阶级文化大革命"的运动。

半夜的街上新鲜极了，人在黑中走，觉得有什么东西不时从身边擦过，像火柴棒擦过硝纸，原来是一排排的新标语。标语像放鸭子的竹竿，把大家拦向一个方向，那里灯亮堂堂的，不用说，那女生就在那里跳舞了。

女生早没了当初的害羞，在街上圈一圈就跳舞。穿着新潮的军装，裤腿大大的能藏大母鸡，说是解放军文工团都是这么穿。一会儿跳，一会儿转，一会儿腰一柔，闪了一样，正担心，一边胸脯就挺了出来。大家就大笑起来。大人们都在偷偷传，这骚货不清楚，不知从哪里弄了个说不出名堂的东西，绑在胸脯上，不是衣服不是肚兜的，又穿在没人欣赏的里面，也不敢让人瞧见，她躲在家里对镜自己欣赏自己呢！我家没有女的，也就没有女的东西，一直非常稀奇那些有姐姐妹妹的同学家里的许多东西，这东西却比那些还要稀奇，怪不得一挺胸，一绷，就好像有什么射出来。

"女的下面没东西，东西全在那上面！"小鲁班儿子说。

我猛地一跳，哈地指着他笑了起来。

"是牛奶！"小鲁班儿子又说。

"破货。"我骂。

我觉得自己骂得非常大声，就挑衅地去瞧那破货，好像去接她的反击。可是人家却根本没有听见，还在舞着。她居然笑笑的，笑得都出了汗。天上地上好像都湿漉漉了起来。我也稀里糊涂好像在湿漉漉飘了，心头的火也灭了，成了烟，烟将什么都抹糊了，我也浑水摸鱼笑了起来。我疑心，文艺就是不清不楚的东西，不清楚得叫人放松，好像没人守的碉堡，尽可以爬进去玩，你对它什么都可以做，又好像是它惹你做，说不清楚，好像是做梦，总不醒的。不像我公小小梅。人家围着笑呀叫呀，他却煞风景。

"女孩子只一层膜，捅破了滴滴落！啊哈，跳身体了啊！"

小小梅好像变得不懂文艺了，居然将跳舞说成"跳身体"，好像他根本一窍不通。香肥皂也不抹了，还故意挑着臭烘烘的粪桶从跳舞场中间泼过去。人家说他，他还梗着脖子嚷："我要吃饭！"他居然也说吃饭！

说也怪，女生成了大明星，她爹却不像过去小庭训爹妈那样满脸红光，居然病倒了。小小梅就故意提一壶老酒去贺喜。

"你可算舒透了心啦！女儿有出息，有福，才有得病呢！""有福个屁！"女生的爹应，"我是我女儿的爹呢！瞧着那些人盯着人家身体的贼溜溜的眼睛，老子恨不得将它一只只给挖了！"

"哎呀，你这是昏过头了呢！"小小梅叫，"人家有眼睛盯你女儿的身体，正说明你女儿身体值钱呀！你瞧我这身体，谁要呀？又没蛇一般的腰去扭，又不能挺胸……"

简直是钟馗，要将我心中的鬼抓出来。可我又疑心，我公是钟馗打嗝，他自己心里有鬼。你瞧我们，唱的跳的都是革命歌舞，倒是他躲在阴暗角落里。我想出来了，那都是中了校长"小刘少奇"的毒了。不知我公是那一天被毒箭射中的。

那个砸门的追星族，被号做"小文革"，代替了原来的官。原来的官就是"小刘少奇"。

那一天，"小刘少奇"被押回镇上来。"小文革"这鸟人更绝，就回请他，叫他站在榕树墩的尖顶上。他哪里站得住？就摇摇晃晃起来。"小文革"说，这叫"跳芭蕾舞"，县城里刚学来的。

"你不是禁文艺吗？怎么自己跳起芭蕾舞了？""小文革"问。大家大笑起来。我们小孩还趴在地上监视他脚底有没有踏到墩面上去。我公这就来拆台，轰我们。"小刘少奇"就对我公流眼泪，说："我是什么样的人，革命群众的眼睛毕竟是雪亮的啊！"好像他都记不得自己过去怎样鸟了。那以后，我公就将跳舞说成"跳身体"了。"什么叫艺术？什么叫唱、念、做、打？什么叫作水袖、化指？一指化百指，一步化百步？现在是小鬼爬到案头桌了！"倒好像当初"小刘少奇"是非常支持他做艺术的样子。他还不肯出门了，也要拦我不让出去。

我不敢说看跳舞。我发现，跳舞这东西是绝对不能跟家里人一起看的，那就好像在一个被窝里睡，会一阵一阵肉麻。说也不能说，只能故意说别的，甚至就说去玩，宁可挨吃麻笋干，也比说看跳舞好。

"人家……游行！"

我说游行，就可以大大方方上街去。可到了街上，又不敢再往跳舞地方走了，只在远远的地方大声说着，笑着。直到跳舞散了，才好像白白瞧着螃蟹从眼皮底下爬没了一样，大后悔。那女生的班在我们班楼上，那上面总是晃着稀奇古怪的光。她走上去时，就像化在那光里面了。她走下来，身上总是亮闪闪的，叫我不敢去看。有时好容易壮起胆去跟，像要去牺牲一样，跟在她后面。可她一回头，我就又赶紧把脸别开去，装作看天，找东西。可她也好像总是没瞧见，头昂在脖子上，骨碌骨碌能打转。她全身的骨头都能活，头在脖子骨上骨碌骨碌地活，上身又在下身骨上骨碌骨碌地活。一路走过去。有一次，我险些跟到女厕所里了。她终于瞥过来了一眼，那目光居然有女厕所的味道。我不知道女厕所是什么样子，跟我们男厕所那里一样不一样。可我想那味道一定不像男厕所一样臭得待不下去，让我待在女厕所，我待多久也不会嫌臭。

小鲁班儿子不知道从哪里搞到一顶军帽，非常时髦。在班上走，走到哪里，都被大家围得跟偶像一样，羞得人恨不得将他头都摘下来。突然，他向班外面跑去，跑到楼梯口大叫一声。

我们追出去，这才发现，原来是那个跳舞的女生从楼上走了下来。

女生眼睛马上看了过来。我们马上成了老土。小鲁班儿子脖子梗得直直的，倒真像威武的解放军。他高高地笑着，恨得我巴不得将他的头摘下来。这时，班长小庭训跑了出来，他伸手就去缴军帽。小鲁班哪里肯？额，额，额！一个偏头，又一个偏头。歪脖小鲁班儿子偏头的样子特别好玩。可最后还是被小庭训抓到了。

"为什么缴我军帽？"小鲁班儿子叫。

"你破坏纪律！"小庭训把军帽高高扬着。我猛地觉得胸口有数不清的野兽要跳出来。我跳了出去。

"破坏就破坏！"

班长小庭训好像特别恨我。他撇下小鲁班儿子，回头指着我："你莫猖狂！"

"我就猖狂！怎样啦？"

大家哗地喝彩起来。我瞥了瞥那女生，她也在笑。我敢顶撞班长，我成了英雄，这笑就是给英雄的奖章。小庭训那傻瓜好像也不想做班长了，也跟我对骂起来。"才是你妈呢！"

"我妈早死了啦！"我应，好像在摇着胜利红旗。我没有妈成了非常了不起的事情。大家更笑了起来。我手脚乱舞。

"那就你公！"

"我公只有鸡巴，你要？"

班长小庭训哭着跑走了。"告老师去！"

我这才慌了起来。一说老师，英雄立刻成了狗熊。来的是校长！

校长走进我们中间，像狼走进了羊群。我还想做出笑，脸却抖抖的。拉到办公室去，接下去就是叫："拉他回去见家长！"这套路，我都背得比课文还熟了。可奇怪，今天居然没拉办公室。校长居然用羊一样的尖嗓子喊："向最、最、最敬爱的伟大领袖，跪下，请罪！"

还有口吃。我噗地就跪。跪，算什么，若将后面的脚趾一夹一夹的，还可以招人笑，保住面子。对坏人坏事笑，就是支持坏人坏事。可是今天我直疑心还有什么更恶的招，都文化大革命了嘛！或是改成了去叫家长来？就什么骨头都硬了，不由得怨起小鲁班儿子来。

"都是你！都是你！"

"我吃屎你也吃屎啦？"

恨得我索性要真去吃屎给他看。

"我还不知道？哼，你想拍那个女生！"

他居然得意地笑了起来。

"流氓！"

"干什么！"校长从后面喝了过来，"你们还在狗咬狗！"

我从裤裆底下瞧见，校长脚朝天站着。只有他一个人，没有我公，也没有小鲁班。可是校长的脸还是那么威严，那么认真。校长做什么都是那么认真，有一次我还在厕所瞧见他撒完尿非常认真地抖了三下，最后重重抖三下！校长非常认真地查我们的姿势，腿有没有叉开了，脚丫子有没有平放，屁股有没有支在脚跟上。我们两只狗赶紧绷紧了身。

"现在，回去！"校长像司令挥挥手。

两只狗顾不得再咬，夹着尾巴就逃到街上去，居然也没有人来追。我们忽然生出蹊跷来，就又回头从学校围墙爬进去，回到刚才罚跪的办公室，确实没有我们在跪着。我又掐一下自己的腿，会疼，不是梦，就更蹊跷了。办公室黑涂涂的，像一节非常生非常生的生课，什么人也没有。

每天都可以有乐的事。世界天天在变戏法，翻新样。一早睁开眼，太阳就已站在窗台上，问我们："猜猜，这新一天又会有什么新鲜事？"我们就猜呀，猜呀，一边往学校走，一边还在猜，碰见同学，也是这问。他妈的生到现在，才有日日新的感觉，出扑克牌似的，冷不丁一张，冷不丁一张。北京城里天天出新牌，叫我们天天吃惊。

有一天，"小文革"哼着鸟歌，又宣布：伟大领袖他老人家非常疼我们镇，你们猜猜，要给我们什么了？大家就大猜起来。可那些大人真没劲，都是猜，要开海禁了。怪不得"小文革"要一口水呸过去。"就知道吃！伟大领袖给你们送革命样板戏呢！"

精神噌地一提，真像喝了人参汤。大人过去老说，喝人参汤提神不是真提，还得吃饭垫底，我疑心，那是大人骗我们小孩。大人们总骗我们，我对大人非常相信。明摆着精神旺得龙过山嘛！大人们自己不也是吗？过去说戏是坏的，现在有了革命样板戏，就好像被允许从大便里捡出豆子吃，欢喜都来不及了。"小文革"却又说："你们拿什么招引人家呀？什么都没有！所以要建全县最大的戏楼，就叫'小天安门'。"我们都以为北京天安门是唱歌跳舞的地方，就更欢喜了。"小文革"就拿起铧铲，种下一块青石，那青石就苗一样天天长大了。我们睡上一觉，它就冒上一茬。怪不得大人们连吃饭都要捧着碗盯在工地上呢！一眨眼，就高出一节，红红金金的，大大的。全镇好像只见这戏楼，不见人了。就说：我们不叫"小城关"了，就叫"小北京"。有外乡人来，都要拉他们去看小北京的小天安门。大大的小天安门垫得大家心里扎扎实实的。果然有一天，"小文革"又在哼歌了，宣布要演一出叫作《沙家浜》的戏，什么都有，有好人新四军，坏人忠义军，"草包胡司令"，参谋长"刁德一贼流氓"，最有趣的你们猜是什么？春来茶馆老板娘，阿、庆、嫂！她把坏蛋胡司令"水缸里面把身藏"……听得都滴口水了。

那一天，渡口上真来了几张生脸，穿白衬衫。可是人却非常少，也没带什么行头布景，只几个箱子。大家都躲在街边屋檐下看，起了疑心，会不会盼星星盼月亮居然是骗我们？"绝对不会是骗我们！"我忽然觉得，就肯定地说。

"你怎么就什么都懂。'十八岁能见二十四代'。"大人们说。

我知道，他们在挖苦我，是在反说"你怎么什么都不懂！"他们总这样骂我。有时候真恨不得将他们全杀了。我跳出来，仍说："信我的，跟我走，不信我的，滚蛋！"就去跟那些白衬衫。小鲁班儿子最肝胆，第一个跟过来，别的小孩也跟了过来。

小鲁班儿子喝那些小孩子叠起罗汉，让我攀上最高，偷看那些人的窗户。只见他们，从箱子里拿出几个奇怪的圆盘子来，又拿出一些铁样，摆弄着，磕磕咔咔，居然装出一台机器了。我泥鳅一样滑下来。

"我说呢！"

"瞧见了什么？"

"是变戏法！"我神秘地说，"箱子里什么都有！"

"这么说，不会骗我们了？"

"他们敢！"我说，吐一口口水，"是伟大领袖叫他们做的，敢不听，让他们吃'麻笋干炒肉'！"

他们居然笑了起来。我就不羞。

"这个，他们不懂！"我朝小鲁班儿子说。小鲁班儿子就过来跟我一搭肩，梗着脖子一哼一哼。我们轻蔑地瞥着那些小孩子，像瞥着一堆没炼的生铁。我说："我们要去占位子啦！占最前面位子！"

可是，好像大人们已经暗暗信了我一样，他们早已拿了板凳、竹椅什么的，把戏台最前边占得满满的。我们只好将石块呀砖头呀木墩呀嵌在中间。吃晚饭都心里怦怦跳，草草扒两口，就往外面钻。可是外面已经满是人了。你叫我，我喊你，笑着，闹着，赶集一样。小天安门的台上挂着一块大白布，上面什么也没写没画，就更像变戏法了。我们一声不吭混在大人们中，心都要蹦出来了。撮着，大人们挤，我们也挤。可是大人们仗着他们力气大，三下两下就将我们挤出来了。我们的砖头、木墩，有的被踢掉，有的索性做了他们的垫脚。我们赶忙去抢台沿，趴在台沿看。大人又来赶。只得退到白布后面去。白布后面暗幽幽的，就好像在招着我们。我嗅到一股好像大榕树下那种奇特的味道，亲切得直想哭。有几个大人也到后面探了探头，嘟哝："奇怪，'台前看戏，台后看鼓'，怎么鬼影子也没有？"我们都不说是变戏法，报复他们。他们就摸着脑瓜走了。我们就哗地乱笑起来。我撩开白布，白布是我们的战壕。笨蛋大人们全在那边，还扇蒲扇呢！蒲扇哗啦哗啦堆成了山。等着吧，等着吧！突然，蒲扇中间被一个破开，"小文革"带着那几个城里人，抬着一台机器，伸了进来。我一个跳起，大叫起来。

"对不对？我早说啦！看！看！"

一道强光闪电似的猛射过来。我们全被击倒了。"呀，妈呀！我不要呀！"

"我眼睛瞎啦！"我们闭着眼睛大叫，大人们也乱了起来。

"嚷什么？你们这些乡巴佬！""小文革"的骂声响了起来，"要不是文化大革命，你们还不知道要没见识到什么田地了哩！这叫电影！电影就是电光演的戏！"

眼皮上红彤彤的，电光就在上面痒搔搔地爬。我终于熬不住，睁开眼睛，白布上不知什么时候已经有了人。先是一个。大人们好像猛地想起"小文革"曾说过有个阿庆嫂，争着叫这就是阿庆嫂。可那人却现出了男人身，口哨吹得嘘嘘响。

又来了一个。大家又说这是阿庆嫂，可还是男的，居然左手拿枪，非常稀奇。我手一伸，要摸那枪，他好像不肯，往后一缩。

"死鬼，手贱什么！"

白布那边"小文革"又骂，赶紧缩了手。大家猜两次都猜错了，好像垮了，也都缩头缩脑起来。等到真的阿庆嫂出现了，却没有一个叫出来。"小文革"又骂起来："这才是阿庆嫂哩！你们这些笨蛋！"

阿庆嫂，围肚兜，花衣裳，红粉白肉，大大眼睛会说话。

"好！""小文革"叫了起来，哗啦啦大翻手上的书。原来他带着戏本子了。就有人哄地围了过去。他一嘘，一静，就听阿庆嫂说："敌人的汽艇开过来啦！"

好像一只手摸了过来，我觉得自己忽然化成了一滩水了。恍恍惚惚地，一片树叶子飘了起来。树叶子像用米水泡透的，有形，又没形，轻轻地贴在电影布上，揣在阿庆嫂碎花肚兜里。谁都没有觉得，只有阿庆嫂知道。阿庆嫂揣着我上了船，船驶进了芦苇荡。夜色黑漆漆的，没有一颗星星，芦苇荡比海还要深，芦花高高举在天上，风就在顶上吹，阿庆嫂的肚兜像出生仔的裸裙，兜着小小的我。

我不知道要去哪里，已经到了哪里，船不住地滑向一个深幽幽的窟窿，我骨头酥酥地，觉着危险像蚊帐一样包围了过来。

"敌人的汽艇开过来啦！"

同志们唰地全拔出了枪，可我没有枪。同志们全都人高马大，可我却矮矮的。

同志们全都一色的灰军装，可我却穿着杂色衣服。人家全都有伤，绑着绷带，可我却手脚好端端的。我多希望自己也被打一枪啊！我不怕疼，我非常勇敢，我要做新四军。

以后阿庆嫂天天都来看望我们新四军。都是在黑漆漆没一颗星星的晚上。一到白天，芦苇荡就静悄悄的，好像什么也没有发生，只有几丝芦花像鬼精灵飘着。连水鸟也没了影子，青蛙也不叫，好像都熬着，等天黑下来。天一黑，我就早早洗了脚，爬上我自己的床铺，放下蚊帐。没有偷看的眼睛，世界就全属于我了。我一发暗号，同志们就出来啦。咯的咯的，咯的咯的，我弹着舌头。我一拔枪，用左手啪地一枪。

"不能开枪！司令，不能开枪！"

真怪，这句坏蛋刁德一的话，居然成了阿庆嫂说的了。我非常后悔，头低低的，一直低下去，好像沉在水缸里。我从来没有对自己犯纪律这么后悔，不再老油条。我变得懂事。我喜欢一个人待着，好像从傻乎乎喜欢吃甜甜的糖的小孩子，长大成懂得嚼涩涩味橄榄的大人了。再看那些小孩子，一个也玩不来了。还是跑呀，跳呀，吵吵嚷嚷。他们争着《沙家浜》里的郭建光是不是最大，《智取威虎山》到底是杨子荣大，还是那个少剑波大，吵得人不得安宁。

"吵死啦！"

"咦，他在想心事呢！想心事啰！"

小鲁班儿子指着我叫起来。我像被针猛扎一下，真想扑过去打。他歪歪的脖子顿时叫我看不顺。可是我没有打，也没有骂，不知为什么，我竟选了哭。我哭了起来，我第一次不是因为犯事挨打了哭，是因为委屈，哭得理直气壮，非常伤心。大人们纷纷围了过来。

"是你坏，是你坏！人家好好的，你去惹人家。"他们戳着小鲁班儿子骂。

哭原来还是申冤的好武器。"现在全镇就剩你小子最坏了，不可救药！只配送去劳教！"

我发现，我跟小鲁班儿子其实根本不一样，因为我喜欢文艺。可他对文艺一窍不通，活像一块没灵气的土磕子，脖子梗住了就是梗住了，就是活不过来。所以不可救药，只配送去劳教。

"这孩子，进步啦！"大人们说我。

我第一次被表扬，心像一面镜子净亮净亮的，舔着舌尖。我第一次觉得大人们并不可恶，我跟他们的心是通在一起的。懂文艺的人的心都是通在一起的，都是玩友。全镇人都成了玩友，不吵架，不打架，不爬墙，不乱跑。最被热爱的就是追星族了，走起路来也是一步一板的，走到哪里，说话、做事，都唱主角。

虽说他们在家还喝稀粥，棉被还漏得像渔网，可是一出来，就简直像从天堂下凡的一般，衣服浆得挺挺的，都是肥皂香，脸瘦清清的，却反显出他们是不吃人间烟火。

"这是西皮流水！"

"这段，窍窍是要拉到位了：'朝霞啊啊啊啊啊，映在……'"

我公小小梅终于也在家待不住了。好像瞧着人家晒太阳，自己全身痒痒，都发了霉了。他是小小梅，本来最有资格被大家拥着的，却要打翘翘。你翘，等于自己埋没自己。再不出去，窍窍都让人揭光了！他终于又抹了香肥皂，跑了出去。日头打在脸上，他吧嗒吧嗒眨着眼皮，人晃来晃去好像要晕了。街都成了人家的了。没人发现他，他就使劲咳嗽。大家终于转了过来。

一个追星族将胡琴送到他手上。小小梅，却又装作不在乎起来，懒洋洋地坐下，端着琴，心根本不在这里的样子。冷不丁咯地一开弓，将人心猛地一提。他却什么事也没有一般地自顾瞅着天，又辨着弦音，马尾弓在琴弦上"索多索多"来来回回，再拧拧木轸，才散漫地奏了一句，却是大家非常熟悉的"要学那泰山顶上一青松"。不知他什么时候学会了。大家大喝彩，跟着唱了起来。

我的心也痒丝丝的要唱。可是一开口，却又害羞了起来。就去学反角，唱胡司令。"这小刁来哆来咪，一点面子也不讲！"大家大笑。"鬼形鬼状！"我公就拉长脸骂了过来，"学好两年半，学坏两日半。这小子，这小子！"

我慌忙缩了舌头，可他又来引诱我。

"你小子，是不是真的通这一窍？若是真通这一窍，你公我也不拦你。正正经经唱一段我听听！"

我公从没这么和气，还搬了一张条凳跟我坐在一起，身上的肥皂香肉麻地掩过来。我躲着说："没有……"

"皮肉痒了是不是？"我公终于又拉下了脸，"你以为老子真就容你了？打你鬼形鬼状！"

结果我又被一阵打。我不知道自己怎么这么不正经。明明是正当的事，却像坏事一样难为情。在学校也是这样，学校也大唱样板戏。"我有一个灵感！"校长说，一戳脑门。校长的手鸡爪一样瘦，满是青筋。脑门也满是青筋，叫人觉得"灵感"跳出来跳得非常辛苦。我猜，"灵感"，就是大家都在路上走，他却到街边石沿上走，非常俏，惊你一惊。校长的灵感就是将我们拉到街上去，大合唱。一会儿一人唱，一会儿两人唱，一会儿大家一齐唱，一会儿你唱一句我唱一句，一会儿又只唱一个字："嗨！"虽说我已经决心做好学生了，可是狗改不了吃屎，又吊起了三角肩，身子歪歪扭扭的。觉得这才更真实，唱歌也哼哼哈哈，嘻嘻笑着，扮鬼脸。校长的眼睛马上盯上了我。

"你这是破坏学校荣誉！"

我被骂了，被罚了，素下脸，这才唱了下去。兴许是我长得没人样吧，就觉得人模狗样的东西全都不属于我，我只配被奚落。我马上就后悔了。班上同学一个个从位子上被抽走了，都是像模像样的。今天这个位子空了，明天那个位子又空了。他们可以不要上课，课上一半，也可以从位子上站起来，背起书包就走，引得全班眼睛放电影光柱一样唰唰跟着转。

"排练！"他们说。

原来学校组织了红小兵毛泽东思想宣传队了，好像一轮红日升了起来，可是我却没份。校长每次来班上点人，点一个，我的心就跳一下。可是我知道，全班都走光光的了，也没我的份。

排练就在小天安门里。门总是关着，好头好脸帅哥靓妹男男女女一狗窝子一进去，门就关上了。白天也排练，晚上也排练，就白天也关门，晚上也关门。我就拿了扫帚、畚斗，在那门口装作做卫生，耳朵直直竖起来，里面一丁点声音都被我捉出来。里面露出了笑声。一点也不害臊！可是我看不见。终于有一天晚上，我偷偷凑近了那扇门上的锁窟窿，我瞧见那房间里桌子椅子都被叠到边上去了，空着中间。电灯光好像把那些帅哥靓妹围在一个蚊帐里。那个跳舞的高年级女生跟一个男生拍档，正给他说动作。站得那么近，都要生出孩子来了。（我一直以为男的女的站得太近，就会生出孩子来。）可是，那男的真是呆子，木头一样，一个"向前进"动作，一弓手，居然像国民党伤兵吊着胳膊。一直教不会，一直教不会！

"笨蛋，这也不会！"连我也急了起来。

排练就被堵住了。锁匙窟窿里的光胀胀的，叫人昏沉沉发睡，又惶惶的。也不知过了多久，我觉得自己穿过了锁匙窟窿，进了房间，站到了中间。我一把操开那帅的呆，顶替上去。我一做动作，向前进！那女生喝彩起来，直后悔怎么没有发现我这文艺人才，却选了那笨蛋。别的女生也围了上来。排练就像过山车一样，吭哧吭哧进行下去了。

突然，轰地一震。"谁！"谁在叫。我猛醒过来，自己还在门外。里面马上响起开搭钩的声音。我赶忙大逃。可是已经来不及了，他们涌了出来，我明明白白亮在了他们的眼前。他们排成一排。我猜这下一定要被抓了。可是，我估计错了，他们根本没有走上来。"原来是小孩子呀！"他们发出一片轻松的笑声。

"还以为是哪个坏蛋呢！"那女生也说，"我们继续排练去吧。"我猛地大羞耻起来。我宁可他们将我看成坏蛋，大坏蛋！我就是大坏蛋！我要破坏！我野兽一样嚎了一声。

可是，他们连回头看也不看，就进门去了，好像根本没有我在一样。我真想扑上去，叫他们打。只要他们打我，就有我在，我就可以伸出爪子抓他们，踢他们。我甚至愿意被他们打败，打得全身是血。可是他们连眉头都不皱一下。我重重蹬脚，要一脚踢过去。突然，觉得下面湿冷冷的，人好像虚脱了。

我破口大骂了起来。

那以后，我反而变得不怕了，公公开开跑去看排练，看着看着，会突然哈哈大笑起来。现在我相信了，做文艺，其实就是男的，女的，比如一堆新四军、忠义救国军，就要配一个阿庆嫂，一堆解放军，就要有女卫生员、小常宝。就好像吃饭配菜，把男的女的凑在一起，就好像把公蟋蟀跟母蟋蟀对在一起玩。其实看戏看戏，就是看女角色做的各种各样的姿势，扭腰、挺胸、翘屁股，还有自己怎么也发不出的细嗓子，看戏的女的呢，就觉得自己化成了女角色，让男的玩，让男的喝彩。文艺原来就是："男的看、女人仿。"所以每一个女的都喜欢唱歌跳舞，就是都希望给男的看，男的玩。

我变得非常爱讲流氓话，还偏要在人非常多的地方说。什么？流氓？我发现，平日里好多话，原来都有这个意思，比方说，嗓门大叫"窟窿宽"，这窟窿原来就是那个窟窿哩！窟窿宽，就什么也不在乎了，当然就嗓门大啦！所以还有一句话，叫作"灶口不怕柴火塞！"塞，塞，塞！塞破她，塞死她破货！哇哈哈哈哈！我觉得自己什么都懂了，像一只到处撒搞的公狗。"狗搞起来时，把把是有倒钩的！斩也斩不断！"我喜欢说绝话，说得越绝，就越好像深深进入人家的骨髓里去。吸你的血，抽你的筋，剥你的皮，再骑上去，叫你永世不得翻身！

我疑心，发明"骑在人民头上"、"不得翻身"这类话的人，一定是干事的专家。我就总梦见那女生被我骑，被我压。我拿脚蹬她，拿鞭子抽她。只是，她好像并不难受，倒好像我在给她搔痒。我小小的，骑在她背上，好像牛背上光屁股放牛孩。当我将自己想得非常大时，骑在她背上，一比，就觉得自己非常小，一点斤两也没有，倒是当我承认自己又矮又小了，感觉才大了些。我从来没有这么恨自己！我最怕照到镇上国营食杂店的那个玻璃门，可是经过那里，又偏偏要溜过眼去看。我是那样的没样子，又矮，又小！我曾幻想在膝盖骨中间夹进去什么东西，一块砖、一块板什么的，再痛也甘愿，以后会残废了也甘愿。我甚至愿意换成残废，宁愿跟小鲁班儿子对换，做歪头，至少歪头也有人高有人大，有威风。可没法换。我只能踮着脚跟，跟人走在一起时，就在人家左边右边跳来跳去，找高的地方落脚。高兴还是丧气，全看我感觉自己是高了还是矮了。我简直不想活了！我恨我妈！她为什么要生我？又没本事，为什么要生我？听说过去的女的还时髦穿有高鞋跟的鞋，觉得非常美。幸亏已经成了资产阶级被禁止了。我非常忌恨美。

"排练！"我叫。

那女生就追过来。我扭头就跑。跑一阵，停下来，瞧着她，瞧着她脸红得要爆炸了，我的心刺激得直发抖。可是有一次我不逃了，瞧着她越逼越近，倒好像在等着她。她的手肉终于蹭过了我的脸。

我哇地哭了起来。

"你这是破坏！"校长鸡爪一样的手抓住我。小孔子校长不知什么时候又变凶了，"破坏样板戏会演！"

我跟鸡爪拼着命。远远瞧见我公小小梅冲了过来："将他打死吧！索性将他打死干净了！"

不知为什么，我公这话听起来非常解恨。我公后面站着一排追星族，校长就松了手。校长走回小天安门里去。可是追星族们也一群跟了进去。追星族们可真够肝胆，拿着自家的琴呀，箫呀，哗呀，呐仔呀，磬呀钹呀，宣传队唱，老子也拉，也唱？宣传队排的是《沙家浜》。那边唱："刁德一，贼流氓啊——"这边追星族就拉："哆嗦咪哆，嘞咪嗦咪嘞啦哆——"还加上花音："嘞嘞啦哆！"

排练就搁住了，好像碰到乱班，课上不下。校长将宣传队拢在一角，好像母鸡拢着小鸡。我们像孙悟空，钻进宣传队肚里，让他们恶心，肚子大痛。

小孔子校长没法了，就往外走，去搬领导"小文革"。"小文革"一来，大家都成了阉猪了。追星族们都是没鸟用的阉猪。

只有我公小小梅，还是不管，照样叫："这是唱吗？这是嚎！嚎坏了好嗓子，后悔你小子一辈子！"

他的眼尾哗啦哗啦瞥着那边。可是那边却不应，照唱。小小梅恨得腮帮一咯一咯绽着牙痕。突然，他向"小文革"冲了过去，脸素素的。"不是我讨贱！我有一句话，领导你听就听，不听就当放屁了！"硬硬的，酷极了！奇怪的是，"小文革"居然笑了起来，倒好像我公不是在抗拒，而是在撒娇。

"怎么这么说！您是小小梅，您是行家嘛！""不是说行家不行家……"

人说"吃软不吃硬"，我公这人却是"吃硬不吃软"，音变得像被摸的猫了，柔柔的。"我也知道如今要革命，我这点觉悟还是有！"

他狠狠地瞟了一眼校长，好像在挑衅，他抬高了声音："可是革命，更要在艺术上过得硬！真正的金嗓子，可是锥尖一般升上去的，升上去，升上去，一直升上去，升得越高，就越是好嗓子！"不料，小孔子校长居然第一个鼓起掌来。

校长总是叫人不懂。他先对着小小梅鼓掌，点着头，再对"小文革"鼓掌，偏着头。

"领导，我有一个灵感！"一戳脑门，"演唱样板戏，我们镇最有优势！谁不知道我们有一批响当当的文艺人才呀……"

我公小小梅摆了摆手。"小文革"瞅着我公，"人家怎么会愿意？人家清高着呢！""我清高个屁！"可是小小梅居然脸色一变，叫，"我是什么东西！"

"小文革"就扑哧笑了起来。大家都笑了，又好像不是取笑，很温暖的，好像有什么奇特的力量粘着大家，一起笑。"小文革"拉过我公的手，好像抓起瓮里的鳖。我公却顺顺的。"不不不，你是行家！你这么说，我可不答应啰！"

"都是行家！"校长说。"所以嘛！""小文革"就说。我弄不清楚是因为什么才"所以"的，我猜，"所以"就是用来和稀泥胡扯的。"小文革"就是和稀泥的人。果然他又说了："小小梅，就不要推了，给把个关啦！"

"小文革"的话像沙袋强强地向我公压了过去。校长也将手伸过来，好像对我公说了句什么，我公也脸涎涎地，动了嘴。他们居然说起话来了，好像原来就有话说一样，溜溜说起话来像溜溜吃着粉丝，叫人稀里糊涂。大人跟大人好起来原来也是这么稀里糊涂。我本来以为都是碍着"小文革"的面子的，可不料，"小文革"都走了，他们还说话。

"小小梅，"校长居然也叫我公小小梅，过去他总是叫我公"上梁不正下梁歪"的"上梁"的。"我这个人其实是一条肠子通肛门……"校长居然说得这么粗野。"有书曰：'孔子年五十六，由大司寇行摄相事，有喜色'。孟子曰：'可以仕则仕，可以止则止，可以久则久；可以速则速，孔子也'。小小梅，我们的思路是，咱既然搞，就搞出水平来，冲出我镇，走向县城，做一番大事业，怎样？"

小小梅眼里射出电光。他猛站起来，向追星族们骂："你们听见没有啦？要干一番大事业啦！怎么还是乱乱的？全部给我摆好，软片、硬片、三把头，排练啦！"

投降啦！我疑心，大事业能够消除投降的羞耻，所以大家谁也不觉得脸要照到尿缸去，都亮着脸，汇进宣传队去了，像好学生。好学生都是鸟人！想做好学生的，都有不可告人目的！我还不知道？他们就是为了跟宣传队女生大讲话。我公虽然不跟女生讲话，可也有目的，就是让人羡慕。走到哪里，大家都跟他笑，若是吃饭时候，他向他抬起碗，叫："小小梅，这边吃吧！"他就说："我哪里有空！"

他没空就是天天埋在小天安门里，不知道干什么。鸡叫到鬼叫，别人没来，他先来了，别人走了，他还不肯走。总是骂人，嗓门大，好像没有他地球就不转了。"不行不行，就是不行！我是把关的，我不能有半点附会！"他叫，一个手掌撑天，一手握拳在胸前，"看见我的拳没有？看到我的掌没有？这就叫：一招，一式！"周围响起了哄哄的共鸣声，好像敲响了水缸。宣传队学生也大讲话起来。"这是理论，基本理论，注意听讲！"校长喝。小小梅就又叹气："咳，这么基本的理论也要我指点，可真累死啦！"

我猜，累死，就是有本事死了。有本事才累。大家都要跑来累，累布景的，累道具的，累服装的，镇上涌现出了一班像县剧团"舞美服装八大师"那样的"八小师"。大人们还千方百计要将自己的孩子塞进宣传队去累。瞧着自己孩子在台上排练，他们也在下面使劲，像给小孩嗯嗯地催屎。累，就非常快活。只有我什么累也没得受，没人理，手插裤袋在街上这转转，那溜溜，看猫睡觉，也会看上大半天。一天，我忽然发现小鲁班儿子也在街边玩沟虫，他朝我走来，也来看我面前的猫。我大受刺激，砰砰砰又冲回小天安门。小天安门仍然连窗户都挤满了人头，数不清的眼睛齐刷刷射到台上，射到正正站着的我公身上。我公都变得不认得了，好像不是那个天天跟我在一张八仙桌上吃饭的我公，不是炒我麻笋干的我公了。我公边上站着的，就是演阿庆嫂的那个高年级女生。

"依公，你锁匙丢家里啦！"我挤上去叫。大家的眼睛也都齐刷刷射了过来。我爬到台上去。大家的目光把我公、那女生连同我围在一起，围得就好像一个圆溜溜的家，那女生好像我的姐姐。我简直想不起来恨她了。可是她却还恨我，将脸别到一边去，动作也散了。我突然叫出一句："我要吃饭！"

我自己也奇怪，我怎么也说要吃饭了？好像我原来认为吃饭是一件非常重要的事。果然非常重要，校长就走了过来，把我拉了上去。校长还是好人。什么我公？连人家校长都不如。

"他又不是宣传队！什么都不会。要去，就给我缩在角落里！"满船都是宣传队哪，全都亮着猴屁股一样的化妆的脸，好像亮着上县城的船票。我真恨不得船沉了！冲向县城，冲向县城！一路都在说县城。

"我年轻时候上县城，记得这礁石岛上有一个灯塔的。"我公小小梅话最多。也怪，小岛转转转，真就转出了一个灯塔来。"前头是拐弯，还有一盏灯！"

他又说，眼睛一扫一扫的，像在接大家的喝彩，"瞧着吧，瞧着吧！"

又是一点没错。大家喝了满堂彩。开船的说："难得老人家这么好记性呀！我走了这么多年船，这灯还记不全呢！"我公摇摇头，说："四十年了，老了，老了，两鬓斑白，一事无成啊……"

凄凄的，那感觉一直抠到我的肠子里去。我好像有点明白过来，他老老的为什么还要去破老骨，去投降。一会儿，他就又唱起了《李逵下山》："一路观不尽这大好春光……"我猜，我公最亮的春光就是县城那座大剧院。见了那剧院，才想得出真的天安门有多大。那闪金光叫我公全身筛糠一样发抖了起来。连住的地方都还没去，他就说，要按规矩去走场，大家排成队，大家脚抬得高高的，还以为是在走镇里那坑坑洼洼的路。通舞台的路红彤彤的，的确叫人觉得不一般，满耳朵都是调琴声，咣咣咣，像从水缸底发出的。校长不住地压低嗓门，叫："跟紧一点，跟紧一点！一二一！"我跟在队尾，就去踩前面的脚后跟，稀里糊涂地也觉得好像叫我跟尾巴，是为了特别用来管人的。跟紧一点！跟紧一点！这些软头软腿的跳舞胚！叫人急死。什么都叫人急！最叫人急的居然是小小梅。走场，走着走着，不知怎么了，忽然把原先排得好好的动作大改了起来。大家全都乱了。

"一指不对，就给人笑！"小小梅就喝，"你们小子知道吗？县剧团也是跟我们同台会演。县剧团，小梅兰芳的班底！出皮肉了，打死你们！""这是政治任务，只许成功，不许失败！"校长也说。

会演成了要么死、要么活的战斗了。小小梅好像总司令，把战斗计划改了又改，叫人怀疑简直不会有定下来的时候了。到了晚上，快要演出了，他忽然又小声对校长说："我刚才瞧见，人家队里好像在给演员吃什么仙丹。"校长赶忙去偷看。"原来是薄荷药片，是润喉的。""果然是。"小小梅说，"这叫薄荷的仙丹药，一定非常要紧的。别人有吃，我们没吃，就比下去了！"好像不是来比演技，是来比排场的。校长马上说："好，那我也去弄一些来。"校长跑去向人讨，可是人家不给。就又跑到戏院附近找药店买，仍是没有。越是弄不到，小小梅越坚决要。都开始报幕了，小小梅绝望起来："弄不到啦！还没上台，先输了！"他叫，"人家怎么会给你？真傻！也不去想一想，人家恨不得你输呢！人家都合着不卖给你了，恨不得你死！"

他叫得人心发毛，校长却仍沉住气："不要紧，不要紧，有办法，有办法的！我有一个灵感！"校长忽然一戳脑门，"我们可以跑远去买。""人家早串通好啦！谁不认得我们？"可是小小梅又说，好像全县城都注视着我们。校长仍坚持，嗫嚅着："我还有灵感，还有灵感……""时间来不及啦！我们完了！"

小小梅绝望地叫了起来，好像在存心，他是喜欢完了一样："都完啦！一切都完啦！我们全军覆没啦！""不会的！不会的！来得及，不要怕……"忽然，我瞧见校长朝我一招手。

我猛地飞过去，像一颗子弹。我这才发现，自己原来早已上了膛。大家的眼睛全都齐刷刷过来了。

"这是我的特殊武器。"校长好像要让大家轻松，开玩笑说："小个头，正正用。走！"

校长一挥手。我们三步两步就到了街上。街可是县城的街，顿时满脸都是汽车光，我们掉进了迷魂阵。到处都是电光，到处都是电光！那大路小路边的大房子，简直就是碉堡，那各种各样的车，简直是奇特的武器，还有店铺里面摆的许许多多的怪东西。那么多的人包围过来呀！可是我怕他个鸟！索性闭起眼睛冲，管它枪林弹雨。我就冲过了一个岔口，又一冲，又冲过了一个岔口……突然，前面一个挡，好像一头撞到墙上。

原来是到了一个店铺。店铺哇啦哇啦张着大嘴。校长朝我弯下了腰，好像对班干部："现在，我宣布，你火线光荣地加入宣传队了！"校长说，"他们不认得你。你进去，就说：'阿、姨、我、买、薄、荷、片。'"我点了点头，好像不是我在点头。一步一步就进去了，好像自己成了杨子荣，上山打虎。

那母老虎就是扑过来，我也不把头回。我的心好像死了。我也不知道自己怎么出来的，居然手里捏着东西。校长一把抱住了我，好像我就是救命的仙丹。

"现在，"校长仍是一板一眼，竖着食指，"你用最快的速度，你个头小，你有这优势！一定保证将薄荷片送到剧院去！"

我飞腿就跑。

"小心车啊……"校长忽然柔柔地叫了一声。我从没听到校长这么柔的声音，就像蒸软的年糕，黏黏的，猛地在脑后拉断了。我嗖地就到了戏院。满身光的戏院让我忽然非常想哭。一眼撞见我公小小梅站在戏院门口等，那影子就好像街边的乞丐。我扑了上去，就好像钻进了热草窝，金窝银窝比不上草窝。我闻到了我公肥皂香。我从没觉得我公这么亲。也弄不清是我公搂着我，还是我搂着我公，我们往里走。没走几步，又有一个宣传队的扑过来就接过仙丹。这宣传队没走几步，又有一个等着。我跟我公走到化妆间，仙丹已经呵呵在那女生嘴里嚼了。我觉得是自己放在她嘴里嚼。

她嚼着，笑着，就像在吃零食山楂橄榄。女孩子就是喜欢零食，可是她居然跟那个演胡司令的男的边吃边说起话来。女的就是从爱吃零食走上邪路的，瞧她漫不经心的样子，好像在吃她自己的东西。我简直想冲过去，把仙丹从那婊子嘴里抠出来。

"不许讲话！"我公叫起来，"让气泄掉啦！"话还没落，一个戴红袖标的人就来通知我们上场了。我公小小梅又喊："咬，快咬！咬了吞下去！"

好在那婊子还算懂事，赶紧一伸舌头，大咬起来，一边上场，可我仍然不放心，押着她的背影也跟上场，我什么也瞧不见，只觉得喉咙口卡得紧紧的，好像在替她、他们、那些不懂事的家伙们守住气，好像守碉堡。我们赢就一起赢，输就一起输！是输还是赢……忽然，一阵暴雨大下起来。

幕布在台前合了过去。

小小梅手里的琴往上一扔。"没有一个去大小便的！我瞧得清清楚楚，自始至终，没有一个！"大家疯了起来。小小梅又朝这边伸出三个手指头。我这才发现，校长不知什么时候也赶回来了。

"县剧团演时，少说也有三人离席！"

"我们一炮打响啦！"校长说。

小小梅猛地记起了什么，向台的前边布幕追去。他居然小孩似的顽皮地把耳朵贴在布幕上，听外面的鼓掌声，直到声音落得干干净净。"我们的鼓掌声，比县剧团的还要长咧！"

　　我瞧见，他老眼在暗暗光线里噙着泪油。

　　谁也不舍得卸妆，谁都想把光荣留得久一点，再久一点。校长给大家奖励发蛋糕，也发给我一个。大家一边吃着，一边讲演出的事，嚼得满嘴香。可是分到小小梅时，发现他不见了。"这个小小梅！"校长戳着门，笑着说，好像在说着自家的人。小小梅终于回来了，可是他的眼睛变得一点光也没有，活像填了土的井。好久，才声音哑哑地说："县剧团原来没有小梅兰芳的班底。那些小梅兰芳的门下高徒，一个也不在了。"

　　他好像在说，他被耍了。校长呵地一笑，不知该怎么说。小小梅却非常神经地盯住了他。校长连忙绷住脸。

　　"我不要！"小小梅突然发疹地嚎了起来，"我不要！叫小梅兰芳的高徒来！"

　　校长大吃一惊，慌忙捂住他的嘴。可他仍要挣出来叫，像一头狮子。校长压低声说："您老怎么糊涂了？这些人还是牛鬼蛇神呢！"小小梅猛地一愣，就坐在了地上。

　　"那我也当牛鬼蛇神！"他最后喊。

　　小小梅疯了。"假的，假的！现在县剧团根本没有小梅兰芳的班底……"镇里要开庆功会，他跑去捣乱。"假的，假的！"像乌鸦一样地叫。他自己要作践自己也就算了，可是也将我们一起抓着作践，我们身上的光彩都被他作践掉了，又要变成乞丐身了。我非常害怕。只要他闭嘴，我愿意以后全听他的话。我保证改掉全部的缺点，我愿意把整本《语文》书背下来，我甚至愿意吃最麻最麻的麻笋干……可是我公没许我。他天天叫着："假的，假的！"

　　终于有一天，校长应了过去："假就假！老实说，若是小梅兰芳班底在，有你上台的份啦？"

　　校长就是凶，把小小梅狠狠镇住了。凶也有凶的好。小小梅只能张着嘴，可什么也说不出来了。啪！他突然掮了自己一个耳光。

　　我疑心，自己掮自己，是不是比被人掮更有面子了？他亮着红红的好像被扒了皮的脸，我都能瞧见那血淋淋的肉，觉得那疼。我好像懂得了更深的东西了。

半夜里，我一觉醒来拉尿，发现我公小小梅不见了。楼上楼下找遍了，都不见我公。我跑到外面去，还是一星影子也没有。我慌忙去敲人家的门。家家都响起了穿衣声，那声音又紧又大，可是一直响着，却磨磨蹭蹭迟迟不见谁出来。我又跑去喊校长。校长噌地就出来了，说："有个问题可得先说清楚。我可没有掼他耳光啊！是他自己掼自己的，你要证明！"

我点头。校长就放宽了心，说："我们还是去找领导。"

"小文革"被拉来，披着衣服，不住地呸呸吐痰，说："不会吧？又不是小孩子家。"

大家也都被敲出来了，可是都没有去找的意思，只围在一起，抱着臂膀。

"八成是赌气了！"一个说。

"我可没有掼他耳光，是他自己掼自己的！"校长又说，大家就笑了起来。

校长不笑，说："这事可要认真对待！"

"小文革"说："我看哪，小小梅是他自己跟自己赌气哩．女孩玩坐轿，自做自没趣。"

校长一把摁住"小文革"，好像要摁住他这话："那么总是会回来的啰！"

"会回来的吧！"

"我也是这么认为，我学过心理学。"校长说。

"对对对，会回来的。"大家也都说，"会回来，会回来的！"都打着哈哈回家睡觉了，好像在互相喷着麻醉药，互相遮掩着什么，可不知为什么，我又让自己相信他们的话，就谁也没有去找了。

可是到了第二天，我公并没有回来。他们就说，今天会回来的。可是仍没回来，他们还是说不会有事。第三天、第四天，仍不见我公的半点影子。我明明觉得不对，我隐隐觉得大人们好像有什么可怕的意图，可是我又懒洋洋，动不起来，依赖着大人们。大人们都对。我好像突然懂事了，知道不要去缠大人。大人们都很忙，有好多事要做。一天一天拖下去了，没有人再提起我公。我公小小梅就好像一道烟，飘得没影没踪了。

镇里硬是开起了庆功会，小天安门披红挂彩，还放了好长的一串炮。所有参加会演的，全都穿着戏中的服装，游神似的，从小天安门出发，满镇里兜圈。演阿庆嫂的高年级女生围着花衣裳，小肚兜。人靠装，神靠扛。一出现，大家就一阵欢呼。

"我们有自家的阿庆嫂啦！小阿庆嫂！"

"小阿庆嫂！""小阿庆嫂！"大家吃红烧肉似地满嘴大嚼起来。不知谁把一只狗挂得花花绿绿金金灿灿的，又不知谁，将一串炮仗绑在狗尾巴上，叫小阿庆嫂点燃，噼里啪啦，那畜生吓得乱窜。可是不管怎么窜，屁股上炮仗还是跟着响。小孩们跟着狗，凑近，又怕得逃下来。那狗窜到人家门前，跳进了人家的围墙。跳进了谁家，谁家反而欢天喜地起来，大叫："避邪消灾，发达兴旺喽！"

小孔子校长好像忽然想起了什么，把我们学生拢在一起，说："跟我叫，要响亮、有力！一二三——团结起来，振兴我镇！"

我们扯着脖子大喊了起来。这口号明显比大家叫的有水平多了，马上就流行了起来。标语上写，开会时叫，就连斗嘴说理也用上。

参加过会演的人，大家都成了最好的朋友了，别的人都没有共同语言了。大家围成一个文艺圈，当然就是由小阿庆嫂领衔。我当然也算圈里人了。"我们圈里的小阿庆嫂……"就觉得自己也是"斜什么"了，你叫我"斜什么"就好像你我都是明星，都是大师了。没有大师级作品，却有大师一大串。

我当然也属于圈内人啰。没人来赶我，去去去！我猜是因为我公没有了，大家就觉得欠了我（有时被人欠要比欠别人合算得多），或是怕我拿我公没有了来抬杠，就不跟我为难。早知这样，当初就是我公这老不死不走，老子也要将他推到海里去。灾难总是给我转机。我变得好爽了。没有了我公的家里是我的天下，我可以乱做，在墙上图里的阿庆嫂、李铁梅、常宝、江水英的胸脯上点奶头，下面画毛，可以把全身脱得光溜溜的在楼上楼下走，嘴里叫着："小阿庆嫂，小阿庆嫂……"好像小阿庆嫂就在自己家里一样。

我真的分不清家和文艺圈了。

1972年，"批林批孔"，我跟小阿庆嫂拍档，她演红小兵，我演"小林彪"，轰动了县城。

1973年，评《水浒》，又拍档，我演"小宋江"，冲向地区，又轰动了地区。

1974年，批资产阶级法权，校长说，我们镇也有"小法权"。校长真会胡扯，来什么运动，就一个灵感，有了什么。我就跟小阿庆嫂拍档。我们冲向省城，又轰动了省城。

好多人原来不知道我们镇，现在都因为知道了我们宣传队，都知道了，原来还有这么个文艺镇。省领导就记住了，到风灾、旱灾，别人没救济，我们先救济。一句话就流传开来了：有势用势，没势做戏。

我也已经懂得好多外面的事情了，讲起来，一套一套的，大家围一圈一愣一愣地听。好像头上通了一条天线。省里的传媒，就是报纸，也追踪报道来了。我跟小阿庆嫂被关在校长办公室里，校长在外面不安地走来走去，生怕我们不能答好。他嘴巴一张一张的，好像在为我们作弊。一出来，他就赶上来问："问了什么？"问我们怎么演得这么好。"你们怎么说？"

"源于生活，高于生活！""好！答得有水平！"

校长竖起了大拇指，好像在夸作文写得好。就是我再不正经，也禁不住为答出水平来感到光荣。

"上课去，上课去！"

什么时候校长又讲"读书"了？我的耳朵感觉怪怪的。我发现，校长还是喜欢读书。我倒觉得校长不够勇敢了，要禁文艺就禁，干脆说"从今往后只许读书，不许做文艺"得了，还来个"不认真也是不行"，好像认真了就也行似的。

"这样下去，真的不行了。"可他又说，"工人不做工，农民不种田，学生不读书，国民经济都要到崩溃的边缘了。党中央英明，英明啊！这下好了！"

好像哪个学生改正了错误，他非常欣慰。校长老说："你们改正了错误，比给我吃山珍海味还高兴百倍呢！"

我语文不及格。

"从今往后只许读书，不许做文艺"让我非常恼火。

学习，学个屁！老子上告了，告到省城去。省城那个采访过我的报纸我知道。我觉得自己是一只管不住驯不服的野兽。我完全是因为太气了才寄出信的。寄出去后就后悔了，虽然我在省城演出过，虽然省城报纸采访过我，可是我，一个只会做文艺的人，还简直不知道省城是个多深的海，更弄不明白那些在省城报纸上说得很省城的政治的事。现在我只得天天翻报纸看，上面每一个字，好像都是在捅娄子。越大的字就是越大的娄子。我甚至怕得都不敢多翻了。终于，报纸上出现了我的名字，称我是反潮流的"小黄帅"。

这下校长死了。整个学校都赶紧动了起来，开会，读这报纸。我不知道校长既然这么怕，又为什么要召全校来读？校长总是叫人不明白。可不管怎么说，总是有那么多人都来老老实实读我呀！特别是，女生们都用又佩服又害怕的眼睛瞥着我。

那天晚上，我做了一个梦。我梦见自己又上台演出了。台下挤得满满的没有一个空位子，鼓掌声长得报幕员都讲不来话了。终于停了下来，报幕员对我说："你想要什么吗？你要什么，说出来都可以实现。"我想了想，想说要小阿庆嫂，可又不好意思，就说："我要运动！"报幕员说，那你哼一声，就立刻会来一场运动。我就哼了一声，果然来了一场运动。我又哼一声，又来一场运动。又哼，又来一场，好像有感应，我一哼，就给，我简直受不住了。我也怕了，就不敢再哼。可我一不小心，泄一点气，就又来了一个。我吓得醒过来。街上静得跟死一样，好像只有鬼在走。大家都缩在屋子里。鬼们手里拿着点名簿，上面只有我的名字。

忽然，我听到谁在叫我的名字。我慌忙缩进被窝里。那是校长的声音，在点我的名。我不应。他就捶起了门，大喊大叫。我只得去开门。校长站在外面，简直不像校长了，真的像鬼，脸上还结着风的冷气。我没叫他进屋，他居然就不敢进，只在门口学生一样站着。

1976年，"反击右倾翻案风"会演，我又跟小阿庆嫂拍档，上了北京。到了真的北京，才知道，县城那个像天安门的戏院简直只是小孩家的东西。天安门广场有非常多的人，都在那里哭。

回到镇上，镇好像变成棺材了。大家都变得七倒八歪的了，摸着墙的，挂棍子的，挂凳子的，还有在地上爬的。原来是没收成，没得吃了。好像鱼被舀干了水，凝住了。街也变得干巴巴的，连米水缸都要干裂。

几年后，小阿庆嫂又去了一趟北京。她在北京时特地去烫了最花哨的头发，活像鸡毛掸。还定做了一个花瓶式的裙子，奶是奶，腰是腰，屁股是屁股，全显了出来。她妆打得厚厚的，好像用油漆刷成的，眼影还抹得紫蓝紫蓝的，妖怪一样，好像她根本不是真真实实的人，而是抽象的艺术。

艺术从七歪八倒的人群中招摇过去。大家顿时轰了起来，满街都是眼睛抓抓抓的，全身精气全吸到眼睛上来了。

"咦，这是什么？"一个说，向前凑了凑。

"咦，北京都时髦这个样吗？"又一个说，碰一下裙子。

"咦，这里破啦！"又一个说，一个撩。

就都上来撩，摸，好像真的在问，在欣赏，嘴巴嘟囔着，用声音嗡嗡挡着害羞。

裙子一个咧开嘴，忽啦忽啦大笑起来。裙子又飘进了国营食杂店。大家也跟了进去。病狗一样趴在柜台上的营业员老头也猛地活了起来。小阿庆嫂说要朱古力。她不说巧克力而说朱古力。

"人家在北京，朱古力吃上瘾了哩！"

"什么力？老子有力！"营业员握着拳头，说，瞅着她气在薄丝丝连衣裙后面呼，将算盘操得沙沙响。小阿庆嫂快活得脸红红的，像苹果，一戳营业员的鼻尖，一皱鼻："乡、巴、佬！"

大家就轰地拥上来，要为营业员报仇雪耻，将她玫瑰色的皮箱藏了起来。这边传，那边传。小阿庆嫂就这边找，那边找，像蒲扇一样把她的香气到处扇。大家就这个说没有，保证，那个说没有，咒嘴，都真诚到贴肉了。又有人跟她使眼色，揭秘：那边有。她又追过去。那边就将东西一抛，呼！这边了。又一抛，呼！那边了。

"噢，人家不要嘛！"她叫。

她就去半中间截，够不着，一蹦，一跳。好，好！跳得真漂亮呀！再跳，再跳！呼！东西又一飞。她索性跳到柜台上去了，柜台成了舞台。下面的人大叫起来："裙子破啦，破啦！"

女人们好像明白了怎么一回事，都素下了脸，就去打孩子。小孩子哇哇大哭，猫呀狗呀也跟着大叫，镇上又是一片生机了。

男人们终于出来了，好像猛醒过来，就互相摇头："真开放！没办法！"还嚼着舌头，好像小阿庆嫂就是北京烤鸭了。

"是北京烤鸡！"就有人说。还要吐骨头，呸，呸！丈夫在老婆面前呸呸呸，老婆就满足了，老婆们跟老婆们一起呸呸呸，就也觉得自己吃的是干净烤鸡了。还喂得大大肥肥的，奶子好抖呀，像生过孩子一样，屁股好大呀，像要孵出蛋啦。她一上街，只要我在，就一群顶着我推过去，把我压在她身上，压压压，揉揉揉，叽叽叽，像自己在搞。"碰啦，碰啦！"女人们就紧紧缩着身体，好像是自己被压了碰了一样，可是眼睛又不肯拿开，滴溜溜直盯着，又脸红红地咒骂。

挤着挤着，就走进了新时代。

新时代就是改革开放。搞新一轮创业，就走向辉煌了。我们镇这下是什么都有了。满街摆的都是摊，我们镇，简直就是中国现代化的大仓库。石板路铺上了柏油，土砖变成了青石，连小天安门也翻新贴上了瓷砖，倒上了水泥平顶，再没有屋脊可以骑，可以夹腿了。

想起当年，就不禁生出一丝怀旧的情绪来，毕竟是青春无悔啊！我甚至怀念过去的小冤家们，小鲁班儿子，小庭训什么的。

小鲁班儿子果然中了大人的诅咒，打架进了监牢。小庭训却真的像"文革"前人们所预言、"文革"中我所看到的那样，非常有出息，乘着"年轻化、知识化、专业化"的春风，当上了镇长。管我。过去的追星族们，过去活，现在还是活脱脱最灵动的时代弄潮儿，又成了新宠，出现了"小包玉刚"、"小李嘉诚"、"小曾宪梓"……我们镇，还叫什么"小北京"？老土了，叫"小港台"。作文艺，也不叫作文艺了，叫"作秀"。（对啦，"作秀"啦、"拍档"啦、"酷"啦、"走向辉煌"啦、"团结起来振兴××"啦，等等等等啦，全是改革开放后流行的词。我弄混啦！不好意思啦！）我还是作秀，什么也不是，什么也没有。我什么也不是，却又什么都是，什么也没有，却什么都有。过去作"文革"秀，现在做"改革"秀。作秀，让我冲出国门，走向世界啦。

（唱）神话般崛起座座城奇迹般聚起座座金山……（念）落后要挨打！挨打！挨打！

（丑）从精英主义到阿猫阿狗主义，只一步之遥。

（做现代化姿态）人家现在都是迪斯科、现代派、后后后、电脑多媒体英特耐特懂不懂？（丑）文艺好像苍蝇拍，这拍拍，那拍拍。改革，好！改革，好！

（又转）为什么就要崇拜西方？我们有我们的优势！现在人家西方人还发现儒家思想比他们的科学呢，我们京剧还轰动了纽约维也纳，西方人还流行小平头、小乳房……（丑）又好像在教人崇拜西方了。

【口号】中国人，可以说不！

我还是一点也没长大，像一个怪物，永远长不大。长不大就长不大地活着呗。

作者简介：

陈希我，男，福州人，当代作家，比较文学与世界文学博士。主要作品有长篇小说《放逐，放逐》、《抓痒》，小说集《我们的苟且》、《我疼》，中短篇小说《暗示》、《今天你脱了没有》、《我们的骨》、《遮蔽》，评论《我们的文学真缺什么》等。作品曾入选《2002中国中篇小说年选》（花城版）、《2003中国年度最佳中篇小说》（漓江版）、《2003中国短篇小说年选》（花城版）、《2003年中国最佳中短篇小说》（辽宁人民版）、《名家推荐2003最具阅读价值小说》（上海社科版）等多种选本。曾获第八届、第十七届"黄长咸文学奖"、第四届福建省优秀文学作品"百花奖"。被《中国图书商报》评为2003年新锐人物。部分作品被译介到法、英、日等国家。

七出 /凌耀忠

很多年来，我们不敢在家里谈论母亲，继母的存在是一个原因，父亲的威严也是一个原因。除此之外，我相信还有其他的一些原因。继母到我家的二十余年光景，并没有生育出一子半女，现在继母快五十了，已经到达一般女性无奈的季节。她在洋房前面的花园种了许许多多的花儿，它们四季轮换着开放，又轮换着凋零，继母在花事的盛衰交替中尝到了心灵的自慰，她对寻找与父亲结合的证据的那种兴趣，在我们看来早已淡漠。

一个没有生育的妇人拿不出证据去说明自身的婚姻，这种观念尽管显得过于拘泥过于传统，但它暴露的阴影却是十分现实的。

我，以及大姐二姐，都是四十多岁的人了。我们三个事业平平，经济收入不多，只好寄居父亲这儿，仰老人家的鼻息，托他的荫庇过日子。父亲是一个干部，管辖市里的好几个剧团，有一些实权。不过看样子，在他老人家离休之前，职务上不大可能再有什么飞跃了，但现存的一切已相当可观，一栋带花园的洋房，一切与职务相配套的物质待遇，一个得到他三十余年信任的佣人（工资由公家给付），花园里亲手种植的二十余株名贵乔木已经成材（我至今叫不出它们的名字，园艺专家说每株值几千元，父亲心里其实更清楚。它们属于无可争议的私人财产）。一群情态各异的西洋狗，它们的血统来源于我的生身母亲许多年前的一次国外巡回演出，母亲买了几条西洋小狗，偷偷藏在《红娘》剧组的道具箱内带回祖国。不可思议的是，几十年来的近亲繁殖并没有损耗它们的家族，生得多，最后留下的还有许多。

除了这些，还有三个孙儿，常常在我父亲那儿赢得欢心。父亲一生不屈服任何对手，却愿意屈服于孙儿们幼稚的童心谄媚里，这构成了父亲日常的一景。

母亲的影子，应该说是一种幻影，对我来说，她依然飘荡在这栋建筑风格华丽的花园洋房里。很多年以前，她青春正好，她在舞台上饰演一名古典仕女。她演完了，获得成功和鲜花。父亲在剧场外等她，因为她必须在后台卸妆。然后，他俩手挽手，在某一个春风沉醉的晚上，一起去看一处准备结婚的房子，它是组织上对我父亲的一种关怀。

他俩显然一眼看中了这栋房子，觉得可取之处很多。他俩没有掩饰会心的笑容。他们搞到了一些树苗，带着某种象征意味的动机，把它们种在花园里，伴随着适时的春雨，所以成活率很高。

结婚以后，母亲生育很密，在五年左右的光景里，生完大姐、二姐，还有我。在我们姐弟三人保留的一大沓童年照片中，所摄取的背景多以这栋花园洋房为主，母亲是主要的摄影者。当然，也有一部分她参与我们游戏的镜头，那都是她事先对好了镜头，随后兴之所至地穿插到我们身边的。

父亲当时去外国考察，带回一架德国"莱卡"高级相机，从此调动了母亲的摄影兴趣。现在，我们姐弟都相信这架相机还在家里，它被鬓发已经变白的父亲收藏着，大概藏在一处他自己也说不清楚的地方。

母亲最后一次动用相机给我们姐弟拍照的那天，花园里下着迷蒙的小雨，节令好像是黄梅。我六岁，已经在母亲的指导下换掉了几颗乳牙，所以母亲在那个阶段常给我逗趣，说我笑起来的时候，一嘴巴的漏风。不能到下着雨的花园去拍照实在遗憾。母亲带着我们姐弟三个，在这栋空空落落的有四个层面的洋房里，上上下下兜来兜去，活像一群错巢的鸟儿。

也许父亲遵从了某个默契，那几天他躲在单位，不回家。母亲尽管作了刻意的打扮，比如，她新烫了头发，脸部化了妆，穿一条几乎曳地的蛋青色长裙，不过仍难以掩盖内心的悲伤。她挎着相机，把我们几个孩子在楼内拖来拖去，结果只拍了极少的几张。我们跟住她在楼梯转弯的时刻，好几回听见她伤心的叹气。

"这楼房真大呀，这栋楼房怎么这样大呀。"母亲叹气的时刻，花园里还继续着淫雨，可以看见当年她与父亲结婚前种下的树苗，如今在雨中已经很高了。还有一蓬蓬的美人蕉借了东南风的摇动，正把自己叶片上的雨滴甩落下去的新鲜情景。还能够看见许多的爬山虎野藤搭在水池旁的假山石头上，它们的触须活像蛇的信子，在风雨里舔着什么。

这就是多年以前母亲出走的日子。说"出走"其实不算准确，应该说"离婚"。说"离婚"其实还是不够准确。客观地去认识这个问题，已经是我们姐弟三人到成年的阶段。我们终于明白，是父亲把母亲"废"掉了，或者说，父亲请求她走。

一个男子，一个父亲，有权利把另一个主要家庭成员请走，是我漫长的童年少年时代久久不能明白的重大问题。它让我从小耽于沉思，无端生出许多幻想，这种幻想又蛊惑我去报考什么文科的中文系专业，当了一名常常需要鹦鹉学舌技巧的记者。这，当然是后话。

于是，在照相的那个雨天，母亲走了。

我在靠近长江边的那所著名文科大学读书的时候，从古典文学教授那里学到不少好诗。比如唐代诗人中有一位叫顾况的大才子，写过一首《弃妇词》，对我内心刺激很大。在以后很长的一段日子，我仇恨这位顾况老东西。在学习中，你不可避免地要面对一些古代典籍方面的内容，这样，我又阅读到关于古代男子"出妻"或者"休妻"的记载。这种行为被叫作"七出"，也就是休妻的七条理由，即：

第一，无子；第二，淫佚；第三，不事舅姑；第四，口舌；第五，盗窃；第六，妒忌；第七，恶疾。

据史载，做丈夫的有权以七条中的任何一条为借口，命妻子离开。

当我翻阅这些古代典籍的时候，很自然地想到了母亲的身世，还有多年以来我听到的关于她的一些传说。它们在我的脑子里拼装图像，它们在历史的真伪之间游弋，企图诱惑我去下一个关于母亲是非方面的判断。事实上我不具备这种能力，我所占有的，只是对这个家庭的回忆，对母亲的回忆。还有就是这种回忆捎带给我的创伤。从我童年开始，这个创面就别有意味地裸在我的两只眼睛面前，迫使我去看了。

我母亲，她漂亮。

在我们这个上百万人口的城市，观众的舆论比较看好几位戏路宽的演员，母亲算一个。母亲是个旦角全才。她能演青衣，也能演花旦和刀马旦，唱念做打的活儿，都是拿得起放得下的。在戏院里演出的时候，总有一些多情的观众给母亲捧场。这叫"捧角儿"，属于所谓明星效应的问题。当年电视还没有普及，明星多半是在剧场里头诞生的。

母亲是在她二十岁的那年被父亲所结识的，一个"被"，说明了在当年的情境中，父亲是取一种主动的姿势的。

开头的一切纯属无意。六十年代父亲从另一座城市调到我们这儿工作，他需要熟悉各个剧团的情况，因此常常需要去剧场观看演出。有一个夜晚，他看到了母亲的演出。有必要提一句的是，母亲一直珍藏着这天夜里的那张演出节目单，上面印着她表演的剧目名称，以及由她领衔的一长串演职人员的名单。

今年惊蛰那天是母亲五十五岁的生日，我去探望她，看见母亲正在裱糊这张印刷于六十年代的东西，她戴着老花眼镜，向我打听当年节目单上的这批老搭档们的现状。我告诉她，哪些人已经作古，哪些人照旧还活着，母亲认真听着，用黑铅笔在那些逝世的姓名外画了个约定俗成的方框框，我注意到这张节目单，结果是，游移在黑框框外头的名字已不多了。岁月，到底已经流过了三十多年。

可以想见，六十年代的一天夜晚，剧场门口的廊沿垂吊了几只秀丽的大红灯笼，笼面跳跃着"客满"两个大字。父亲由下属的剧团领导以及秘书随员陪同，在开戏前的数分钟到达剧场，很快坐到显然保留妥当的前排位子。坐定之后，秘书递给他一张节目单，不过等不及阅览，开幕铃便响了，灯也就关了。

这天夜里，母亲在上半场演出《贵妃醉酒》，下半场演出《拾玉镯》以及《苏三起解》，角色的性格反差是很大的。第一个雍容华贵妩媚之极，第二个纯属乡间俚俗中长大的少女，蹦蹦跳跳打情弄俏的小花旦角色，第三个则是以泪洗面的风尘女子，属于典型的青衣唱功戏。母亲在台上尽情尽意地挥洒自如，最后谢了三道幕，观众才罢休。

父亲觉得自己刚刚调到这座城市，与很多属下的剧团人员还不熟，所以散戏后建议，想和演职员们聊聊。剧团领导便安排了，请他在后台接见演员。

这一年父亲三十出头，一双出众的眉毛和一个沉思的下巴，英挺的脊梁，的确很帅。父亲和演员们坐在后台的道具箱上，一块吃按规定配给的演出夜宵。是蛋糕。二十岁的母亲也在吞咽，不过母亲的神情不一定快活，她感到口干舌燥。父亲一直注意着母亲，他至少领会了她眼前的困难，他以极简单的眼神去暗示善解人意的秘书，很快帮母亲搞来了一杯牛奶。就这样，父亲坐在道具箱上，欣赏着母亲把她自己的那一份夜宵一点一滴地吃完。

以我们现在的眼光去看，当年父亲追求母亲的方式是很老旧的。母亲唯一的亲眷，她的弟弟，也就是我的舅舅，对上述情景作过回忆。以我父亲当年的地位，已经不低了，包围他婚姻问题的大大小小说客，也很不少，但父亲对被介绍来的年轻女子们坐怀不乱。父亲一下子看好母亲，的确是出于内心动情。舅舅看不起父亲的，是他的那种恋爱操作方式，舅舅认为它太老旧，也有点不合理，带有一层居高临下的鸟瞰味道。总之，舅舅觉得有些不平等。

第二次见面，母亲是奉召去的，由母亲所在剧团的团长陪同。母亲很害怕，她不明白自己出了什么问题，一个处于二十岁芳龄的姑娘，犯错误的机会是很多的。倒是团长很高兴，对她说："随便聊聊，只是领导找你聊聊，你随便一些随便一些。"母亲还是随便不起来，她感到团长的神态，既是兴奋的，又是闪烁其词的。

父亲在办公室，其实并不忙，他靠住那把硕大的座椅，朝门外的走廊静看。门口吊了一幅手工编织的竹帘，做工精巧，它把母亲薄薄地隔在外头的走廊上，由于室内光线要比走廊阴暗，所以父亲能够把帘外的母亲，隐约地看个明白。

卸了妆而离开了舞台的母亲，其实要比舞台上更美，父亲这样肯定。拖了一段时间，父亲才吩咐秘书让他们进来。团长在二者之间匆匆忙忙地布局，然后空出一种氛围，乖觉地告辞了。

这次接见的结果，肯定属于成功的，不然不可能去解释以后产生的婚姻。再以后，有过不少的约会，都是父亲规定好时间地点，也许还包括了方式方法，都是秘书开车去接母亲，完了再把她送回剧团的女演员宿舍。到了今天，我的大姐和二姐已经三十多了，都在从事文学评论工作，而且都具备一点女权主义的思想。她俩在暗地里嘀咕父亲，认为父亲当年以一种婚姻赏赐者的姿态去凌驾母亲，是没有什么道理的。不过，母亲却接受了父亲关于结婚的安排。

所以才会出现我先前叙述的场景，在第二年某个春风沉醉的晚上，父亲放下架子，破天荒地候在剧场门外，等待散戏后的母亲，然后一同去看那栋准备结婚的房子。

假如还能够看到那几张放得极大的照片，你仍然可以获得我母亲当年的确很幸福的印象，我是说母亲结婚拍的几张照片。在我们还小的时候，它被张挂于客厅，得到许多和父亲来往的重要客人的好评。离婚以后，这些照片理所当然地被人收藏起来。收藏起来是对的，不管是谁，也不管是抱着什么样的动机。

我非常喜欢母亲的其中一幅。母亲披着婚纱站在厅中央，雪白雪白薄如蝉翼的裙沿，从厅外面的花园里就开始跟踪她了，它们一直跟到母亲的前胸，把她全身披戴起来。两个在母亲剧团里一贯扮演童男童女的小演员，牵住母亲裙沿的两角，在笑着什么。

在笑着圣母。在庆祝圣母。

过了很多年头，当我成长到一顿能够喝掉斤把烧酒的年纪，在城外一处小酒馆偶然遇到已经半醉的舅舅。我俩坐下来，平心静气地开始回忆过去的母亲。舅舅透露，母亲当年出嫁前的心思，是很矛盾的。一方面，她被这种突然出现的局面所惊喜，对方属于有地位的干部，前程肯定有望，又相当年轻，跟他走，这辈子肯定能依靠的。母亲幼年丧失父母，从小在戏班子学艺，身世极苦，所以寻找依靠的念头很浓；另一方面，母亲也意识到双方地位的悬殊，在旧社会，唱戏这个行当，是排在三教九流末尾的，差不多与娼门并列了。虽然说新社会不同了，但传统风俗照样蛮厉害的，母亲想到这些，就会害怕。

可以想见，一个处于将婚未婚的二十岁姑娘，面对许多来源于心灵深处的种种害怕，而这害怕，显得又是那么真实，其痛苦是不难想象的。所以舅舅在小酒馆里与我对酌的时候，那种平心静气的风度也保持不了多久。舅舅骂道："你爸真不是玩意，他坑了我姐。当年倘不踏入你家大门，我姐一定活得好，活得舒舒坦坦。"

　　先把舅舅的评论撇在一边。当年母亲踏入家门时，剧团里的两个童男童女帮她牵了裙沿，一步一步拾级走入客厅。母亲披着婚纱，是一个雪白的圣母，是一个雪白的飞翔。

　　结婚后，母亲在剧团同仁的眼里，身份也变得贵重起来，尤其团长，对母亲产生了一种恭谨的态度。业务方面，他尽量安排一些重要戏码，让母亲主演角色。母亲原本有些名气，经领导刻意提升，知名度就更高了，心里得到很大满足。在家里呢，一种新的生活刚刚拉开序幕，在我们姐弟三个尚还幼小的时辰，有很多照片被母亲不加掩饰地散放于卧室，我们得以窥见父母初婚年头的幸福。他们两个在花园草地上打羽毛球。母亲坐在父亲大腿上。他们将一只毽子互相踢来踢去地传递。他们帮助一条西洋母狗分娩。令人吃惊的是，居然还有一张两个人蹲在地上打玻璃珠的画面，这属于儿童的中级通俗游戏。还有不少贴近家庭生活趣味的相片。后来我们才知道，其中相当一部分是舅舅给他俩拍的，那时候，舅舅是我家的常客。还有一部分，它们的内容和性质，只能认为是自拍的。

　　我记得，在母亲离婚走掉之前，客厅不是现在这副面貌。幼年的客厅，总感觉很大，墙壁四周有一圈大镜子，人的举手投足全都照在上面。原来，这些镜子是婚后不久，父亲应了母亲的请求，特地配制的。新婚的母亲，才刚刚二十岁，自然有着凡人们都能够理解的功名心。母亲将客厅当练功的场所，她在这儿磨刀擦枪。

　　母亲，闻鸡起舞。蒙蒙亮的花园里，就可以看见她了。一个旦角，最要紧的是一副好嗓子。母亲起床后，先在这里吊嗓，咿咿呀呀的韵调，就像婴孩在一片野地里使劲地寻找母爱，可以看见丝丝缕缕的早露均匀地洒到花丛。等到嗓子眼里的积痰吐完，音带已经被过滤得十分清亮，她才进入客厅练功。旦角除了一副好嗓子，还得有一套好身段，也就是所谓的"做"功，客厅的镜子就是为了这个目的，它当裁判。母亲的眉功、眼功，都算俏丽，尤其出众的是"水袖"，五尺红绫从两只手臂飞舞出去，美轮美奂。还要绕着镜子走各种各样的台步，还要练刀枪把子功。在我们小的时候，客厅的一角有个木架，架上插了刀枪剑戟等十八般兵器，在安静的那会儿，你会感到客厅深处有一位古典女帅手握兵符在点兵点将。

开头几年初婚的日子，父亲是一位审美艺术家。这里指的审美，和理论界惯常操作的意味不同，主要是指观赏。父亲一直很忙，白天忙于官场的许多文章，回到府上，才能享受家庭的文章。父亲若有空闲在家，其文章大多做在母亲身上。父亲歪在沙发上，要母亲做各式各样的表演。父亲兴之所至，要求赏心悦目的东西，他伸出手指一个一个地点，像有钱人家点堂会似的。

那些日子，父亲点到了一些著名的曲目，《妲己》、《西施浣溪纱》、《赵飞燕掌上舞》、《公孙大娘剑舞》、《霓裳曲》。好在旦角演员通晓舞蹈，母亲尤擅此道，所以表演起来，都能让父亲得到愉悦。

若干年后，母亲被迫离婚，我的舅舅不止一次在背后发泄怨愤，舅舅对父亲曾经占有的福分不无讥讽："他在一个女人身上，既找到了老婆，又免费看了那么多文艺节目。他可真算绝对的好福气哟。"

头五年多时间，母亲忙于生育，排戏不多。

佣人巩妈，也就是在那时候住进家里来的，她帮母亲料理家务。父亲所在的机关把巩妈派来，是表示对父亲的关怀，他们认为巩妈出身好，立场也好，人也干净、年轻。文化嘛不高不低，这不太重要。主要的是人好。当时这种工作叫内勤，工资由公家付给。

巩妈是伴随我们姐弟三人的出世来到我家的。巩妈在我家一共待了三十多个年头。我的母亲，以及后来当了女主人的继母，都对巩妈表示敬畏。我们的家史应该说有相当一部分，是佣人巩妈书写的，她影响了母亲的命运，影响了我们姐弟的命运，也影响了后来替代了母亲地位的继母的命运。最后如果有必要总结的话，那么，她也一定程度上规定了父亲的命运。父亲一辈子没有信任母亲，没有信任继母，好像对我们几个子女也采取似信非信的态度，但父亲却绝对信任佣人巩妈。只是到了父亲的晚年，也就是最近几年，他的态度才有一点松懈，但家史已经铸成了。离开了巩妈，我们的家史肯定是不健全的。

巩妈跨入我家的那个正午，她密如黑云的发鬓缀着两朵白花，她丈夫刚刚亡故。巩妈脸盘很大，这也连带出一双较大的眼睛。巩妈第一次出现在我家时，脸色凝重，当她被带入房间，可以和父亲母亲相对着谈话的那一阵，巩妈表现得落落大方，并没有卑琐的腔调。可以看得出，父亲对她产生了初步的信任。

母亲带出我们姐弟，去熟悉巩妈。巩妈慈祥，一个个摸着头抚慰过来。母亲啰里啰唆地向她罗列一大堆家务，还有其他许多鸡零狗碎的杂活，巩妈听得认真。其实听得认真，并不意味着对女主人的叹服，也许正好相反。不出几天，巩妈果然结束了以前让母亲弄得乱糟的家务局面，也了结了父亲由于这种烦乱而带来的鸡飞狗跳的情绪。

"一个好帮手。"母亲说。

"的确是个好帮手，"父亲呷着茶，躺在沙发上，"我看，你可以轻松一阵儿了。"

"不，"母亲莞尔着收回一个懒腰，"我得恢复练功，恢复排戏。再不上舞台，我真要变疯了。"

这是个春天常常感到需要瞌睡的午后，父亲用食指以及中指架牢眼皮，他的手肘在沙发靠上不耐烦地抖动："唱戏这个东西，真有那么要紧吗？"

母亲吃惊了。在她由于多年放弃了练功和排戏之后变得身材丰腴的皮肤上，很多细密的汗水一下子渗出毛孔。毫无疑问，母亲激动了。

"不去唱戏，我还能去做什么呢？"

父亲放掉了食指中指，让眼皮盖住瞳仁。

"不去唱戏，在家管管孩子，不也很好。"父亲软声软气地说。父亲盖住眼皮的瞳仁出现花园里的美人蕉，在晚春午后的太阳下，有些蔫了，不再那么青翠欲滴，"说来说去，"父亲接着又说，"唱戏这事，总有一点丢人现眼的味道。"

母亲愣了。原来这样。原来站在舞台上，是非常容易丢人现眼的。母亲马上想起饰演过的那些角色：男女之间打情骂俏的角色、瞒着配偶偷情的角色、为了爱情以身殉葬的角色、一次次充当新嫁娘的角色、寡妇面临再醮时装模作样强作扭捏的角色。不错，的确丢人现眼，可那不是我呀，那让编导们早就规定好了的，有什么办法？角色是角色，而我是我呀。

这大概就是母亲当年二十多岁光景的思维水平。

我的母亲，怎么说呢，她的知识可怜。长大以后，我越来越觉得她可怜。她大概始终未能明白，在中国这块土地上做一个女人得具备一点知识，尤其是她这种处境的女人。母亲她不明白，她是给父亲提供愉悦的对象。父亲在机关十分忙累，回到家里，是渴望休息的。这时刻，母亲只需按响留声机的开关，为他献上几段歌舞，那么父亲身上的所有不适便会烟消云散。

自从巩妈进门包揽家务后，母亲便急不可耐地奔向剧团，她急于恢复排戏、演出。演员的生活漂泊不定，一声令下，打起铺盖就要出发，天南海北，形同吉普赛人。

寻找一个漂亮的演员，将她变为妻子，这个历史的初级阶段对于父亲来说，已经过去了。

双方第一次发生争吵，是巩妈带我们姐弟三个出门种牛痘的日子。我们爬出小轿车后，还揉着胳膊哭。争吵显然已有一段时间了，可以看见父亲累了，两只眼睛瞪着房顶。母亲在掉泪。我当时年幼，悟性不及两个姐姐，据她们后来转述，事情是这样的：父亲机关里的几个同僚，一日闲得无聊，便相约去逛戏院，恰巧看了母亲主演的《潘金莲》。第二天在机关碰见父亲，说了些谐谑的话，完全出于给父亲斗斗嘴的动机，应该是无关痛痒的。他们实在预料不到，父亲的屈辱之情由此而生。父亲阴沉着脸回家，母亲在卧室保养脸部皮肤。长年粉墨生涯，油彩腐蚀脸部，常常需要仔细照顾。母亲笑着去迎接。

"您回来了，"母亲赶忙给父亲拿拖鞋。"巩妈带孩子种牛痘去了。"

父亲歪靠沙发，没有搭腔，想起同僚们嘻嘻哈哈比画着谐谑的情景。有的时候被人模仿是一种荣耀，有的时候恰恰可以构成一种耻辱。看样子，她的那几个丑恶动作正在全市大街小巷流传。而这些动作表演者的丈夫——就是他。

父亲抬手指了指母亲："怎么样，演上一段。"

母亲很高兴。一直在剧团忙排戏，好久没有向他奉献节目了。"演什么？还是你点吧。"父亲脸色越来越难看，"演演潘金莲，或者，我也来试试。我来演西门庆，你看好不好？"

母亲嗅出了火药味。"你是说笑话，"母亲边说边偎向父亲，比父亲小十岁的母亲，一贯相信适时的撒娇能调节夫妻关系。倘若这一刻父亲云开日出，也和母亲拍拍打打，局面便会调节好的。可惜父亲缺少化干戈为玉帛的气质，他伸出手猛推母亲，她摔倒了，头撞翻了花架，很多人工搜集的泥土落地无声。到了这种地步，母亲只得哭了。正巧我们种牛痘回家，按说，佣人巩妈应该把我们姐弟赶快带离这个"儿童不宜"的场面，可她不。巩妈镇静地牵了我们进房，要我们跟她一块去捡地上的碎土。捡着捡着，还抬起头来藐视母亲。母亲受到佣人的教育，赶紧收住眼泪不哭了，连忙低下头，同我们一块儿收拾碎土。

大约，这是母亲为人之妇后的第一个挫折。挫折归挫折，风波一旦过去，母亲是不记得的。母亲这一类演员，不懂心计，小时候忙于学戏，念书也不多，禀性中，是凭直觉过日子，不像知识阶层的妇女，有很深的内涵，再把这种内涵呈现到公众面前。母亲确如一些演艺圈熟人所评价的那样，是一个蹦蹦跳跳的小花旦，不懂矫情，不到伤心地步不会去哭。其实，这种女人最是好弄。有一种舆论认为，母亲没大本事，只是靠一张漂亮的脸蛋。我想，只要讲这话的人用辞再温雅些，不至于损害我这个做儿子的自尊，我还是认同的。这无非是说母亲没有心计而已。

在我家的另一个角落，佣人巩妈悄悄开始了自己的事业。这事业于外人来说也许微不足道，但对巩妈却至关重要。若干年后，她的两个在乡下种田的儿子终于借助我父亲，全部调到市区，过上了农转非的安稳日子。

巩妈来我家后，果断地摘掉了头发上为丈夫居丧的小白花。巩妈在一间原先堆放杂物的小屋里住宿，很潮湿，好在床下遍洒石灰。巩妈晚睡早起。早在母亲吊嗓前，她就起了身，给父亲备好洗脸的井水，她了解父亲这个嗜好。然后，巩妈挎篮去买菜。回到家，总要碰见练功的母亲。巩妈把菜篮里的一件件东西亮给母亲看，把价钱数给母亲听。母亲呢，其实报一件忘一件，只是一件一件"嗯"着。

如果你曾经在那些年头来过我家，甚或由于父亲的挽留而住上几日的话，你就会觉得，府上这一位女佣的确是个能做的角色。巩妈放下菜篮就煮早饭，然后把我们姐弟从床上催起来。我们怕她。巩妈第一间要清洁的房子，就是父亲的书房，父亲喜欢坐在这儿饮早茶。等他洗漱完了撩开晨风微动的书房门帘，隔夜狼藉的屋内东西，甚至包括案上的文件，都会出现一种新的秩序，新的起承转合。托盘内的一杯茶温着，正是一小口一小口可以从容品味的时候。父亲坐到书桌前，捧起茶，他感到满意，往往隔夜困扰他的一个难题，一份难以批复的棘手文件，或者一个不置可否的决定，有的甚至与自己的仕途颇有干系，因了早晨书房里的这一派氛围，而三下五去二果断地处理了。

巩妈服侍一家子吃好早餐，父亲上班的轿车已在门外响起轻轻地马达。母亲还在手忙脚乱地做着妇女们例行的打扮，往脸上勾勾画画扑扑打打的。有时父亲会等一等她，捎她一段路送去剧团上班，有时他恼了，对司机努努嘴便走了。母亲抓着眉笔从卧室奔出来，还可以闻着汽车尾管排泄的废气在大门口刺鼻地游荡。

母亲离婚前两年，大姐二姐开始上幼儿园了，我赖着不去。我看着巩妈监护姐姐们去那个地方，又看着巩妈从那地方独自回来。巩妈关上大门后，她就是一个权威了，她在家里大声粗气地开始说话，就好比在集市里与菜贩子们争论公道。我也不知道她在跟谁说话，说的又是什么话。巩妈把头发用粗毛巾包好。巩妈拿着鸡毛掸子掸灰。巩妈揩玻璃。巩妈洗衣裳，很多肥皂泡沫从搓衣板的棱角飞溅开来，弄白了两只脚踝。其时巩妈正年轻，从小腿肌蜿蜒到脚踝的那一段曲线，很美。巩妈洗菜淘米。巩妈跪在一间间房里擦地板。巩妈把一竹竿一竹竿洗好的衣裳用铁叉撑出去晒太阳，飞来了蜻蜓，总是栖在竹竿尖上。

在小的时候，我对巩妈既怕又不怕，有时我会主动取悦她。我从冰箱里挖出一点冷食，"巩妈歇歇，巩妈歇歇！"她歇了手，过来吃我的东西。巩妈边吃边叹气："你们这些都是天生享福的命呀，你们投生投得好哇。"巩妈不可避免地想起自己两个幼小的儿子正寄养在遥远的乡村亲戚家里，小哥俩也许正打着赤脚，在田埂的毒日头下剜猪草，或者与村里的穷孩子在某一条干涸的泥塘里拼抢小鱼小虾，再把它卖掉以补贴家用。他们在村头守候绿衣邮差，渴望城里做事的母亲寄些钱来。

巩妈在我家的事业，就这样日积月累。她什么事都做。她在阳台以及楼下空旷的角落搭了几个大凉棚，种上葡萄丝瓜一类的藤蔓植物，夏天的地皮便有了一份荫凉。晚饭后，父亲喜欢坐在这儿怡然，喝茶读报想问题。不知哪一天起，巩妈开始替父亲推拿了，父亲有肩周炎，医院公费劳保一直医不好。没想到巩妈那一套捏捏拿拿的不入流手艺，居然让父亲大为满意。父亲微闭双目享受推拿，花园里已经燃起的几股暗香，此刻有效力了，它们好像是艾蒿什么的，可以驱灭蚊虫。巩妈从乡下挖来，堆在地势高一点的地方。烟走得很慢，很松，在廓清了蚊虫的烟道里，人就可以放心乘凉了。

父亲享受巩妈推拿的这段光景，母亲即便有事，也不敢上前去唠叨。

那些年头，母亲忙什么呢？她忙戏。她主演《金玉奴》、《尤三姐》、《陈三两爬堂》。她没去想一想，父亲，也就是她的丈夫，为什么好长时间不到剧院去看她的戏了。她掉以轻心了。一个女人其实是不能掉以轻心的。

我们姐弟三人长大后，私下有过许多议论，母亲当年究竟犯了什么过错？是生活问题吗？很严重吗？难道真有那么一位异性与母亲结盟，使她背叛了父亲？三十岁那年我担任了跑戏曲口的新闻记者，这使我得以面对母亲当年的许多崇拜者，各式各样的老观众、老票友。他们明白了我的身份后，向我展示当年母亲留给他们的签名。我看了这些因保存多年而褪了色的东西，很惊讶。

母亲的字连同她的文化水平，的确没有超过事实上的初中标准。她还喜欢狂草，构成她名字的那三个字笔画很少，狂草起来一堆砌，看上去只像一个字。同我一起对母亲作共同回忆的老票友中，男子占比压倒多数（也正是他们得到了她的手迹），此举也应了异性效应的全世界理论。他们承认，当年竭尽全力为母亲捧场，有的为了维护母亲还与观点相左的观众打架，胜负都有。我观赏着母亲当年签下的东西。母亲大多把字签在崇拜者递来的节目单上，不过也有例外，因为我看到了精致的折扇、手帕，甚至还有男人们冬天使用的围巾。比如一男子对母亲主演的《桃花扇》百看不厌，追逐母亲题字。"香君呕血而死，只怪朝宗寡情"，这是该戏的主题思想，母亲照搬上去。

在当年演出结束后被观众包围而欲罢不能的情况下，为了脱身，她写了许多这一类事后肯定也会忘记的东西，持有这些东西的主人又好于向外界炫耀，耳目灵通的父亲自然会生出丰富的联想。

"这是明目张胆地向观众调情，这完全是旧社会里戏子们的腐朽作风。"父亲如是评说。

母亲没有在意。母亲几部大戏走红后，她就受到了盯梢。戏迷盯梢。当然并无恶意，戏迷们常常扒上围墙，窥探母亲练功，有的甚至骑上围墙，很有点一次看个够的劲头。

在那些年头，巩妈使用简单的工具驱逐他们。她用拖把的长柄，晾衣裳的竹竿。巩妈拿着这些武器去打击那些骑墙者，"下流坏，都给我滚！"巩妈是狂怒的。而父亲在楼上不发一言，他撩动厚厚的窗幔。我想，那个主意肯定是他在这一刻里包装好的。因为没过几天，父亲机关里开来一部卡车，工人们在我家院子四周布了电网，并且安上了文静卫生的瓷瓶。

离婚前一年，母亲神色黯然。自从安上电网后，一向来走动的舅舅也很少来了，他曾经多年充当父亲下棋的弈手。母亲很多演艺界朋友也不来了。当年在某个小圈子流行的一种舆论，认为在夫妻关系的最后一年里，父亲与母亲是分居的（指不住在共同的卧室里，但仍住在家里）。

母亲大约不会想到，这一年也是她舞台生涯的一个句号，从此以后，她的职业和身份都发生了突变。不过这一年也有收获，她首次涉足现代戏领域，主演一位民国初年挣脱家庭封建锁链、勇敢地去追求新鲜空气的大家闺秀。她和剧中搭档的一个男主角几次去故事发生地川西一带深入生活，找到不少可以加工的素材，回来后便紧锣密鼓投入排戏。也许这种快节奏的繁忙，可以冲淡母亲对家庭的忧郁。

最先冒出谣言打到母亲时，她茫然无知。自从父亲安排电网后，母亲着意整饬言行，拒绝与一切包围她的票友见面、题词、合影留念。母亲想保护家庭安全。但谣言还是来了，它在人们接力棒式的传播中完成了细节，母亲与那位搭档男演员的川西之行，被描绘成一场富于艳情的远足，这两人一时变成热门的街头海报式人物。

父亲在卧室掀起风暴的那夜，我与大姐二姐躲在巩妈身边。我们听见玻璃爆炸的声音，母亲的哭泣。

"巩妈你去劝开！巩妈你去劝开！"我们哀求。

"我不去！"巩妈断然决然，"你妈是个浪女人！地地道道的浪女人！"

巩妈以佣人的身份居然敢这样说，可见形势的严重了。

那段日子，母亲反倒平静下来。也许她在等待什么，她有预感了。她的命运就是等待，她明白。母亲扛上铺盖重新住进了剧团的集体宿舍，和蒋师妹做了上下床的邻居。母亲想起几年前结婚那天自己满怀幻想，也是在这张单人床上包扎嫁妆的情景。

蒋师妹说："师姐，你回来了。"母亲点点头，"我的床板怎么缺了一块？"蒋师妹说："小花脸孙富去年打家具娶媳妇，撬走了一块。"

母亲笑了，她把残存的几根木条铺得均匀一些。

蒋师妹从床上爬起，"就像一场梦，师姐。"她眼圈红了，同情地看着母亲。母亲没有言语，打开床边小窗。节令告诉两个女人，黄梅雨天到了。

家里的气氛好像也在等待什么，那次精心安排的离婚谈话，现在回想起来，在开始之前便充满了导向。巩妈先是吓唬我们："跟你妈走，你们统统饿死。"我们姐弟才那么几岁，经不住恐吓。过了一会儿，那个女干部就在客厅出现了，她挎着雨衣，笑眯眯的。她的腰身很好。她走过来一个个摸我们的脑瓜，几岁了，生肖属什么呀，慢慢便扯到了父母亲的事。不过女干部说得委婉亲切，她问："你们是想留在家里呢，还是想跟你们母亲走。"她在说到"家"这个字音时，舌尖和下腭轻轻碰撞，散发出一种温柔的效果，她不使用这样的句式——你们想跟父亲走呢还是跟母亲走？过了一会儿，她听见了她所期望的几声微弱的答复，女干部就很高兴地拉开客厅大门——我们发呆了，原来母亲根据某个人的指令，一直等候在门外，她仿佛是一位等待法警传唤的被告。她守候着判决。

整个过程，父亲没有出面。长大之后我们才懂得，这原本应该是一场庄严的仪式。而那种场面多么简单，只消指派一个人下去走一走，就可以决定了。其实决定什么呢，早在决定之前，真正的决定就已经决定了的。

我那位愤世嫉俗、早已名扬天下的舅舅，今年也已六十多岁了。舅舅所攻专业是电影理论，在影评界横刀跃马，一些拍了伪劣片子的，害怕他的文章。我三十岁后掌管报纸文艺版，多次向他提供版面，便于他发泄炮弹。我们甥舅之间并不因为父亲离异而断绝往来。但舅舅有一点旗帜鲜明，决不再跨我家门槛，自从母亲被父亲"请走"的这二三十年光景，他一次也没来过。

舅舅最后一次来我家，从形式上讲和他头一次来是一样的。头一次，他作为母亲唯一的亲眷，负责把做新娘的母亲送上门来。最后一次，他以同样的身份把母亲接走。黄梅雨天，母亲打着伞，舅舅帮她扛一只皮箱。巩妈面对已经废黜的前女主人，站在门口送客。我与两位姐姐趴在二楼窗台偷看，我们太小，有些事实在看不懂。当然，母亲同我们告别时，我们都哭了。

后来，很是过了些年头，舅舅提着烧鸡，来我插队的村子看望我这个外甥。舅舅重又唠起往事："我可是个送货的角色哩。把你妈当货送上门去结婚，是我干的。把你妈当退货不要了，也是我去收的。还装模作样寄来一张什么离婚证书。人，都是吃饭的，得摸摸自家的良心。"

舅舅最后一次冒雨来我家，接走了（或者说收回了）母亲。母亲在剧团集体宿舍等候对她的进一步裁决。过了两天有人把她召到人事科，主持谈话的同志很客气，向她传达了工作调动的决定，让母亲去某个乡镇文化馆工作。"当然，"同志接着说，"路是有些远，不过这是工作需要。你还是干部编制，待遇都不变。"同志停顿了一会儿，搜索母亲的反应，又安慰道："这是正常的工作调动，我们组织上一贯信任你的。你呢，不要七想八想，唉，有什么困难？有困难尽管说嘛。"

母亲去的那个所谓路有些远的地方，隔了两年之后我才知道，也仅仅知道地名，还是大姐告诉我的。我刚上学，我们姐弟在做作业时摊开一张几个省的行政大区地图，寻找那个叫"张庙"的地方。我们在本省找到两个张庙。在毗邻的省份又找到两个张庙。四个张庙都看不出有铁路的标志。唯有一个张庙，发现了细微的一条红线穿过那里，它像条幸运的红蚯蚓，这表明它有公路，可以跑四个轱辘的汽车。这个张庙位于本省偏北山区。

二姐带头叫起来："妈肯定就在这个张庙！"

我们在茫茫地图上找来找去帮母亲安排住处时，听说了父亲就要结婚的消息，我们并不吃惊。每个家都该有个母亲的，这便如同每个单位都需要配置传达一样。母亲离家的两年中，父亲被喜好这个空缺的不少热心人所包围。这一次，父亲彻底改变了初婚年头的罗曼蒂克思想，不考虑什么爱情邂逅从而一见钟情的资产阶级观点。父亲的要求不高，就是人诚实，有文化，能理家。父亲这种地位的干部仅提三个条件，态度是谦虚的，漏掉了一般男子当仁不让的美貌要求。除此以外，父亲还有一个条件，对外不讲，自己内心掌握：凡从事表演的文艺界女性，谈也不必谈。如此，父亲为自己提供了广阔的择偶范围，因为那三个条件实在简单，好像新中国的女性差不多都能具备的。

我们相信父亲前后接过几十起介绍人，有一些被介绍的女子还来过我家，但毫无结果。在对所有介绍人感到厌倦了的那个黄昏，父亲待在他的书房里沉思。秋风微动的窗帘外，几只健壮的蟋蟀互相争鸣，在拔尽了暑气的花园深处，一种被叫作"纺织娘"的昆虫长一声短一声振翅，声音恍若古代人击筑，苍凉、迷茫。

父亲心神疲软之际，正巧佣人巩妈蹑手蹑脚来书房沏茶，父亲看着她将茶壶里的水悠悠沏入杯盏，一条碧螺春贯穿的水流在空间划出弧线，随后溢了清香。父亲看着巩妈，好似看见了某种预感，巩妈也感觉到了，所以肃立不动。父亲示意她坐下。父亲踱了几步，长叹一声，把话题递给她。

　　"你看看，巩妈，我这门亲事，实在烦人。"

　　巩妈仔细听着，不说话。父亲点了根烟。"巩妈，你手头有什么合适的，也帮我参考参考，好不好？"

　　巩妈说道："首长亲事，我们怎好随便插嘴。"父亲连连摆手，"你是个一向做事稳当的人，我清楚。有合适的，对我说说。"父亲又把那三个巩妈早已烂熟于心的条件，用手指头一个一个地掰给她听。

　　巩妈果然不负父亲对她的预感，她帮我们找到了继母。

　　二十多年前父亲观赏巩妈沏茶从而产生了某种择偶的预感，很快在巩妈的一番奔波中兑现。被称为巩妈远房亲戚的这位姑娘刚从师专毕业，分配到南市一座小学教绘画，她搬到我家来是个星期天。

　　继母行装简单，看不出有特别的嫁妆奉献给自己的婚姻。我们知道，一周前父亲带她去北京游览，很多尚未冲印的胶卷带着效果未卜的神秘夹在她的手提箱里。父亲陪她来看我们做功课，我在做加法，二姐做小数点，大姐在算盘上弄"留头乘"。由于巩妈事前对我们作了布置，所以看见继母过来，我们都站起。继母宽慰，要我们坐下，"星期天也不休息，真用功。"父亲笑着说："他们都懒，不过还算听话。"继母显然更重视我这个性别为男子的老三，她把我抱了起来，不过分地吻了吻，不过我没有得到印象中的母爱快感。

　　婚后的继母，是一个静的角色，不像母亲，一天到晚老是台词唱腔身段的。继母懂茶道，精插花，编织缝纫等一套女红手艺也不错。继母面对一盆即将拼插的鲜花凝神布局时，连一向吵闹的被母亲从国外引进的一群西洋狗儿们，也会规矩起来，散坐在她的插花周围。继母还热心园艺，她把很多时间用在这儿。她常去的花木商店欢迎她这位苗条温雅的主顾，有些品种就得益于花店的照顾，有些则要从朋友们家里的花事中割爱过来，然后她再嫁接。嫁接花木最需要雨天，继母穿了雨衣，在花园里忙活，有时雨衣闷热，她便独出心裁，把伞柄系在后背，这样，伞就成为她身体的一部分，伞跟着继母的人体需要走。倘有兴趣在楼上观看（父亲常常这样），你会感觉花园的雨水中漂着一朵蘑菇。

父亲对园艺的热情恐怕也是这个阶段出现的，但没有维持多久，正如他对继母的热情一样。有一段日子，父亲参加劳动，他帮继母去拾由于她剪枝打条后遗落下来的残枝落花，空旷的花园因此响起剪刀咔嚓咔嚓的声音。不可否认，有时刀剪是空响的，其实没有剪到什么东西。父亲打趣说："听人讲，剪刀空剪的声音会不吉利，是不是？"继母说："那你就只当它剪着了东西，不就好了。"父亲又说："那除非是没有看见。"

继母不言语了，低着头，用手指轻轻拭去刀剪两面沾染的花红。继母有别于母亲的，是她那种不多言语的态度，她处事的谨慎，还有静思冥想的习惯。对父亲，继母恭谨，形象几近于银幕上属守妇道的日本女人。在我们的记忆里，她与父亲，好像没看见一方之于另一方的夫妻调侃，或者嬉戏。他们之间很容易让外人产生相敬如宾的感觉。

现在继母快五十了，她喜欢抱我的儿子，儿子也喜欢叫她奶奶。从踏进我家至今的二十多年光景，继母没有生育。继母仍旧当着她的那个绘画教师，业余又添了个爱好，就是以写作诗歌来自娱，不少杂志刊登她的作品。她最近一首叫作《无花果任你摘》的短诗，被一名素不相识的歌星弄去谱了曲儿，逐渐唱红，眼下流行在本市卡拉 OK。

我们姐弟仨在童年的那张地图上勾勾画画，猜测母亲可能的去处。我们找到了四个张庙，并且认准那带红线有公路的张庙一定是母亲的所在。这个幻想居然得到强有力的支持。继母住进我家后，喜欢查看我们的作业，那次她走后，我们看见一支红铅笔画的箭头，从本城直插那个被我们所猜测的张庙。

我们知道是继母干的，这个女人，还真仗义啊。我们小小地欢呼了一阵。谨慎的大姐马上藏起了地图，她怕从此掩埋我们姐弟仨对母亲的窃窃私语。我们惧怕父亲，同时也渴望在他的权力所带来的优裕环境中生活。但好景不长，"文革"来了。大姐刚升初中，我与二姐还在念小学高年级。经历了抄家，父亲的精神垮了，先前专用的轿车司机也走了。再以后，文艺系统的造反派认为是父亲当年迫害了母亲。

这事件尽管没有发生（原因是母亲没有来，也不知道她为何不来），但它给脆弱的父亲提供了契机，他图谋自杀。是佣人巩妈在最关键的那瞬间解下了父亲的绞索，这事除了家里，外界丝毫不知。"文革"几年，巩妈没有离开我家。有很多理由可以离开，比如，作为内勤身份工人编制的巩妈，人事关系在机关，造反派以停发工资要挟，怂恿她学习父亲的轿车司机，尽快脱离我家，巩妈不听。巩妈因此落得骂名，被称为甘当走资派奴才。好在巩妈神经坚固，对政治术语不太敏感，终于拿她没奈何。后来父亲又得复出当官，给他驾驶轿车的仍然是从前那位主动离走的司机，父亲常常仰在小轿车的沙发上，每当车子在街口拐弯，父亲总能看见反光镜中司机那张表情复杂的脸。被命运捉弄的，其实并不仅仅限于父亲。

过了三四年光景，我变成应届初中毕业生，十八岁了。整个社会都在喊上山下乡。我们姐弟仨都是动员对象，逃不了的。父亲革命干部的地位虽已确认，但仍需巩固，所以不得不表现，心里却是犯愁的。巩妈出主意，说是让我们去她老家插队，老家那个村庄有亲戚把持生产队做领导，日子要好过一点。巩妈的主张让父亲放心，于是让继母给我们置办行李，临走，又亲临火车站送行。

没想到父亲这一送，却把我们姐弟仨又送进了血统的轮回，第二年春天，我们见着了母亲。大姐二姐决定瞒着生产队里巩妈的亲戚，让我先去打前站，上张庙会母亲。

这年春天我十九岁。与我同行的，是我初恋的情人，她来自天津卫，也在村里插队。我当时为赢得爱情而激动，想把她带去让母亲看看。我俩坐长途汽车，山路颠人，惯性常常把我俩身体撞在一块，产生一种树缠藤藤缠树的奇妙感觉。我向她讲述我所了解的母亲，她的种种不幸，十三年前母亲被迫离家的情景，她眼睛里流露出少女的哀伤。

两天长途汽车，把我俩拉到我童年时代在地图上勾勾画画的那个张庙。原来它是一座较大的乡镇，文化馆依傍镇革委会的办公大楼，文化馆的馆牌很小，它的形象类似革委会的一个小秘书。

拜见母亲并不顺利。在文化馆传达室，我俩被告知，母亲下乡去了，要明晚才回馆。老传达以他的职业经验，一眼就看出我是什么人了，他热情接待了我。老传达腰里缠了一大串钥匙，瘸着腿，叮叮当当朝前带路，上母亲的宿舍。他一边走，一边讲述抗美援朝战场上美帝国主义强加给他的这条瘸腿的故事。文化馆的布局四四方方，一个可以召开群众大会的四合院，一间间房子都持有牌子，写着"图书室"、"忠字室"、"棋类室"、"幻灯室"。四合大院中央是个篮球场，却在圆心长着一棵巨槐，叫人哑然失笑，不知怎么去赛球。老传达把我们带入一个平房，说："馆长住这儿。"我才明白，原来母亲是这座四合院的领袖。房间不大，被一块充作屏风的"全国山河一片红"的油画分为前后两半，前面母亲住宿，后面堆积着许多散发出霉味的繁体字书籍。母亲陈设简单，一顶长方形蚊帐遮没了单人小床，很像一个面对群众尚未开幕的微型舞台。床边放着一张写字台，台右角恭放着毛主席的雄文四卷，还有很体面的文房四宝，这四件书生东西在别人面前也许并不稀奇，于我却很惊讶。倒退十多年母亲在家的时辰，双亲中，我只能在属于父亲的书房看见文房四宝，而母亲芬芳的梳妆台，除却化妆品，是寻不到和笔墨有关联的东西的。

写字台正中墙上，贴了一张母亲署名的临摹毛主席《七律·长征》"红军不怕远征难"的字帖，在当时全国遍地开花的临摹作品中，这幅作品未必上品，不过出于血缘方面的偏袒，我觉得母亲的墨宝还真有几分毛体的韵味哩。写字台玻璃板下压了好几张样板戏剧照，母亲那种极容易辨认的扮相，一下子就看出来了，她演《沙家浜》里的阿庆嫂，《海港》里的方海珍，《杜鹃山》里的柯湘，都是中年阶段的旦角角色，于母亲很相宜。老传达说："这一带演样板戏，你妈最好。"

闲说一阵，跟老传达去打饭，当晚宿在馆里。我那天津小恋人则跟馆内另一个女家属睡。我与老传达同歇一床，互相已很熟悉，他的话多，说的也是有关母亲的事。一直说到半夜，差不多将母亲十几年来的眉目讲了个明白，老传达才睡去。我不可能睡着，我的想象随着老传达刚才灌输给我的信息，在脑子里把母亲漂了起来。

十三年前母亲被废黜，她搭了长途汽车孤独地走了。曾经给她带来荣誉、身份以及屈辱的这座城市，慢慢从眼里消失。她对那个遥远陌生的张庙心怀恐惧，她想起那出给自己带来名气的《苏三起解》，想起小女子苏三被充军发配时哭唱的词儿，"苏三离了洪洞县……"。

母亲刚到张庙文化馆落脚时，不少飞短流长袭击过她。外来女性的漂亮面容以及被下放的神秘身份，给张庙居民提供了聊天的兴趣。不大像个好女人。大家暗地里想。

母亲默默承受那些眼睛。她做过文化馆编卡员、资料员、群文干事，还做过校外文艺辅导，教孩子戏曲和舞蹈。学会了种菜、种花生、种苞谷，她慢慢像个土生土长的农民了，尽管她是一名拿工资的。几年过去了，人们没有从她的身上看出什么歪风邪气，张庙的舆论开始有了共识。这是个好女人，不要在背后乱说她。

听听，这就是对母亲的评价。

第二天傍晚，母亲从乡下回馆了。我和我的恋人一直等待与她相逢的时刻。看见老传达与母亲兴奋的耳语。母亲到了我面前，她急促地抱了抱我，她的拥抱有点惶惑不安，她马上转开胸怀，去抱我那天津恋人。这个拥抱对她们来说，双方都十分投入，母亲活像抱着了一个踏踏实实的希望，因为她马上哭了。两个女人挤作一团，完全是一种妇人之间十分倾心的对哭。

事情这么突然，和我原先的构想是有出入的。母子分别十多年，母亲原本应当付给我的那一份哭爱，竟都移情给了我的恋人。我独自站着。不过世间的母爱也都具备灵性，哭了一会儿，母亲醒悟了，她一把将我扯到我的恋人面前，母亲对自己想当然的未来儿媳说，"莫哭，莫哭，我的儿子，从小就是个乖孩儿。"

事实上，母亲当年洒在我恋人身上的泪水，全白搭了，我的爱情遭到了流产。两个姐姐的爱情也一样。我们姐弟仁统统没出息，向父亲出卖了我们的初恋。

那年初探母亲后，我又重返插队的村子，向两个姐姐通报了来去经过。原来不独我在偷偷恋爱，大姐二姐暗地里也有情人，是两条北京插队汉子。环境愈是艰苦，爱情愈是深入，终于让巩妈当领导的生产队亲戚探获，我们姐弟仁被突然送进山沟修水库，数月后回到村里，咱仁的对象早已奉调别的公社去了。

不过几天后，巩妈从城里赶到这儿来探望我们。巩妈踏入我们姐弟仁的知青户宿舍，挑亮煤油灯芯，她代表父亲给我们送来城里的吃食。巩妈注意到我们的丧气脸色，我们为失去情侣而伤感。巩妈劝我们吃喝，我们不想理她。

巩妈笑了，"这事，是我干的。"巩妈自斟自饮。"你们的恋爱对象，是我把他们弄走的。"

巩妈说罢，拿出父亲的信叫我们传阅。"你们爸说得对。不能抓进篮里就是菜。你们恋了爱，在这儿一扎根，那你们的前程全玩完。大道理我不讲，你们各自去想。"

第二天一早，巩妈便离村回城了。我们姐弟仨好像对消逝了的情人有过一段怀恋的日子，但后来也淡漠了，我们变得清醒起来，也变得实际多了。事实上那三位情人调得不是太远，偶然还在县城的赶集中相遇过，当我们四目相对的那阵，情景实在可怕。我怕见我的天津情人，大姐二姐怕见她们的北京情人。

就这样熬到了"四人帮"粉碎，姐弟仨全考上了大学，我也得以在长江边那座著名的文科大学就读。我在读到唐代大诗人顾况的那首《弃妇词》时，又联想到了母亲，为了呼应这种感伤的情绪，其实是一种矫情，我创作了一些小诗，把它们寄给母亲。母亲很快回了信，说这些东西都是傻孩子写的，是为了解闷才写的。母亲还说，当年你们姐弟留在家里是对的，倘跟着我来张庙，你们一辈子苦不出头。母亲对我最大的责备，是不应当舍弃天津小恋人。那个姑娘多好，母亲在信纸上叹息我那位前恋人。

我的良心慢慢平静下来。我们姐弟仨都在大学毕业后谋到了工作，虽不显达，但与我们家雀般的性格很吻合，我们自知不是什么大材料。大姐二姐选择门当户对的实惠男子，结婚了，我也是。我们的婚姻都是父亲一手撮合的。我的妻子美丽温柔，我对她上上下下都表示满意，如果说我对法定的婚姻略有不忠的话，那么，我确实把初恋年代天津姑娘的一些照片以及情书转移到了母亲那儿，母亲很乐意为自己的儿子看守隐衷。

在这个可以看作为故事的东西快要结束的时候，也就是今年年初，巩妈终于从我家搬了出去。在此之前，已经在家中出现征兆，表明父亲开始对她厌烦。父亲找到的借口，是他"文革"初期企图自杀幸而被巩妈及时搭救的事，社会上有所传闻，父亲怀疑是巩妈向外界泄的密。说实在的，即便是说了，也没什么了不起。当年不堪凌辱而谋求自尽的干部也不是个别，又不是叛变投敌的原则性错误，再说也没有影响父亲自杀未遂之后的二十多年官运，完全可以不去理会。可父亲不依不饶，"这个妇人，老坏我事。几十年来，她老坏我事。"

父亲对巩妈的鉴定原来包含着不止上述这个事件，想必还有其他的意味。我们姐弟猜了猜，后来明白了。

巩妈今年年初走的那天，还帮父亲和继母做了最后一次推拿，给家里几间房的地板打足了黄蜡，她的两个儿子踩了三轮车来替她装铺盖，两个儿子长大了，几年前父亲运动关系，将哥俩从乡下调到城区，又安排了工作，过上了农转非的安稳日子。巩妈卷好铺盖，领着两个儿子走向客厅，给父亲与继母辞别，巩妈叫两个儿子跪下，"给首长叩头，你们，不要忘记首长的大恩大德。"巩妈说罢，掩面哭了。父亲急忙去搀扶，"使不得呀巩妈，你是老同志了，怎么也来这个封建东西。快快起来孩子。"

父亲说着，也有些动容，让他们都坐下，又吩咐继母去拿早已准备好的纪念品，赠送巩妈。父亲又说："巩妈，你也上了岁数，组织上让你退休，是一种关怀。回乡下后有什么困难，你只管进城来找我，不要客气嘛。"

巩妈听得仔细，一边抹泪，一边点头。

我们一家子走进花园，为巩妈送行。的确，巩妈是老了。三十多年前巩妈乌黑的头发戴着几朵丧夫的白花，步入我家帮佣，她和正在哺乳的母亲差不多年轻，我的岁数等于巩妈在我家的工龄。她，不能不老了。

在我们家里，渐渐老去的还有继母。二十多年前她替代母亲走入我家，父亲只是短暂地欢喜过。继母精于茶道和插花，又能绘一手好画，作诗也不错，被歌星谱了曲儿在卡拉 OK 演唱。她对园艺也有本领。可惜父亲对这些都不入眼，父亲私下有过评价，认为她过于阴冷，过于沉默。"不像个女人"，父亲的结论简明扼要。近几个年头，继母迷上了离家不远的大佛寺，渐渐将身心移情于它，常去朝拜。在那些香烟缭绕的佛事场合，继母双手合十，潸然泪下，好事的目睹者互相传播继母的虔诚。父亲知道便很恼怒，说道："像我们这种家庭，竟然出现这种糊涂的信仰，让人知道了，怎么像话？"继母与父亲，也早已把卧室分开了，这是正常的。对于老年伴侣，应该有合适的独立单元，以便展开自己的回忆。继母终于没有获得生育，以我一个新闻记者的职业猜想，她才写下了那首《无花果任你摘》的诗句。

父亲的衰老，是不用任何提示便可以看清楚的。他大概要离休了。早年与母亲在花园合伙种下的那些名贵乔木，他给它们编了号码，父亲无聊的时候，一棵一棵巡视它们，随后大声指示刚刚聘来的安徽小保姆。二十五号有虫害了，得喷一点药水！十三号有一群麻雀在筑巢，要赶走它们！母亲早年去国外巡回演出带来的西洋狗儿，一代一代下崽，父亲倒有兴趣，给它们喂牛奶梳皮毛什么的，它们在家圈养久了，都很懂得去逢迎他老人家的心思。

　　自打十九岁插队那年初访母亲后，我和大姐轮换着去张庙探视她，至今也已二十多个年头了。我是记者，东游西逛的机会多一点，有时一年去好几回。我们姐弟俩还把各自的子女带上，让母亲享受一下孙辈或者外孙辈的乐趣。

　　父亲对此很清楚，从不干涉，当我们出门去张庙，他就说，"你们走啦！"我们点点头，表示是这样。父亲与我们之间彼此心照不宣，但他从不多问，就是以上两句话。父亲老了，两只眼袋吊在两颗眼珠下，瞌睡时，眼袋里总存着梦境中的泪水。他的头发又白又少，他习惯了从秋天开始就戴帽子。父亲长年嗜好豢养一种被当地人叫作"叫蝈蝈"的夏虫，每当秋风透骨，它们鸣唱停顿而冻死在笼里时，可以看见父亲捧着蝈笼呆呆默想的孤独。也许他想，来年若再养几头，结局也将会是这样。

　　好像，只有母亲并不太见老。除了负责张庙文化馆，去年还被选入县人大和县政协，要担负更大的责任了。馆里的局面也越做越大，有新潮舞厅、录像馆什么的，还有不少做生意赚钱的第三产业。母亲的头衔还多了几个，除了馆长，还被人经理经理的叫唤。文化馆培养的业余演员，好几个都让省内外的专业剧团挑走，地方上的领导们就一揽子地光荣，对母亲越加器重。

　　今年惊蛰，正巧母亲过生日，我在顺路采访中偷出空闲，去张庙看看母亲。文化馆空空落落，我才想起今天是礼拜天，我看见母亲蹲在自己单人宿舍的后院，正在娱乐。看见我后，她很快活。母亲手里忙的娱乐，就是养猫，这些年，她养了不少猫，等到断奶，便忙着送人。等到把一只只小猫送完，她又和那只猫妈妈独自相对，一块儿过日子了。之后，她会幻想，母猫来年会不会还有一场新的、也许是更为痛苦的分娩呢？

　　眼下，一窝小猫共四只，明显地断奶了，明显地活跃了，母猫对它们不胜爱怜，但她故意眯上眼皮藏起母爱。"已经和人说好了，明天就来捉小猫。"

母亲又说，"小猫刚捉走的那几天，老猫就是不肯吃东西。不过，她从不与我打架。她好像蛮听我的。"

我说："其实留下两只养养，也蛮好的。"母亲连连摇头，"不行的不行的，其实养不长久的，先前的那次，我养过。"

母亲的目光变得空洞无物。在她脚边，几只小猫还难辨雌雄，都在互相跌爬滚打，它们并不了解将要去的地方会有怎样的吃食。母亲忽然抬脚踢了几下小猫，"养这些东西，其实也没啥意思。明年，我不想再养了。"

过了一会儿，母亲的情绪纳入正轨，她要我陪她去逛逛小街。母子逛了街景，割了鲜肉，置了酒菜，至黄昏，已摆满一桌。饮酒前，母亲背着我，给她五十好几的生日简简单单化了一点淡妆，她轻轻放开眉笔唇笔，拿了酒瓶转身向我走来。在这短短的时空里，也许上帝出于为了弥补某种缺憾的善良动机，我发现母亲这种年纪天经地义般的脸部皱纹，竟至于被完满地粉饰了。

母亲怀里抱着酒瓶，像一个古典意味的舞台仕女，她笑了。"怎么样，还过得去么？"

我不住地点头，我的意识的确模糊了。电视正在播送畅销片子，我看见很多人质被劫持者所拘留，他们愁眉不展。我又想起关于妇女"七出"被休的一条条理由，在那个久远的过去，父亲究竟是出于哪一条理论根据，需要让母亲离开呢？我想不出结果。由此又想到我们姐弟依旧寄篱于父亲的恩泽之下，仰老人家的鼻息，托他的荫庇过日子的情景。从这个意义上说，我们有点类似人质的味道，我们姐弟仨并不自由。

只有母亲是自由的。这一点，全家认同。我相信，父亲也会这么认为的。那么，父亲又是谁的人质呢？总有一个质于人或被质于人的关系吧，提出这么一个问题，该不是多余的吧？

我想，我们都是上帝的人质。

作者简介：

凌耀忠，男，上海歌舞团编剧、创作室主任，上海作协会员。迄今已发表中短篇小说作品三百多万字，作品多次被选刊转载，有部分作品被译为英、法文在海外发行。

为尊者讳 /聂鑫森

一

古人一再告诫我们："为尊者讳。"这话的意思是：要忌讳谈论尊者的并不辉煌的行状，否则就是不敬了。

作为人之父，理应是尊者之一。

二○○九年的盛夏，在父亲故去后的第二十五个忌日，我和弟弟金木坐在老屋的天井边，说起了我们对他的种种印象，并抽象出"逃离"这两个字眼。当时，我们突然发现这两个字眼竟然是父亲整体生活的写照，或者说是他的一种最主要的生命形态，我们为此而惊诧不已。

父亲一生中的大多数岁月都处在一种逃离的状态之中。

这栋老屋已有百余年的历史，它倔强地嵌在古城湘潭这条深长的小巷之中，高墙厚壁，犹如一个不变的时间单位。盛夏炽热的阳光被拒绝在很高很厚重的屋脊之上，几块小小的明瓦偷摄下黄昏时的回光返照，老屋里的光线充满了凉意。天井边古旧的石缝里，衍生着褐黑的苔斑，岁月的沉积显得非常难看。天井里一年四季都飘荡着湿润的气息，似乎在不停地风化着一种什么物质。我和弟弟的脸上都流动着一些古怪的暗影，彼此都似乎感到在回忆和叙述中慢慢走向衰老。

八十多岁的母亲，厮守着这栋老屋，在烦琐的家务中早已走到了生命的最后驿站，她没有一个日子属于公家的单位，她不朽的功绩是作为父亲的贤内助把几个子女抚养成人。她几乎目不识丁，这是她一辈子深以为憾的事情，为此她间或会抱怨我的那位曾拥有不少田地和几爿布庄的外祖父，只安排我的舅舅们去读老书和洋书，却对她重复"女子无才便是德"的蠢话。但现在看起来，人生识字糊涂始，她不识字却真是不糊涂，她的岁月从容而没有坎坷，以致到如今还没有多少白发，耳聪目明，手足灵便，而思维绝对的清晰。当我们说到关于父亲"逃离"的话题时，母亲从卧室里走出来，惊奇地问："你们说什么？你父亲在逃离什么？"

二

按照我们准确地推算，父亲关于逃离的第一次历史性的行动，是在他十一岁那年。

在祖父叶悟先的七个子女中，他排行最末。他出生在我的老家江西新干县三湖镇，那是一个清朗的秋天，遍野开着金黄的菊花，祖父和几个朋友小聚微醺时听到了这个消息，便立刻给父亲赐名为"菊纯"。但不久我的这位祖母便得病鸾驾西归。祖父为此而伤心落泪。祖父的原配夫人给他带来五个子女，死后续弦的这位祖母，生了六伯祝纯和父亲。此后祖父又娶了一位出身贫寒的尧家女子，他希望这位族谱上称之为叶尧氏的女子比出身富庶家庭的女子长寿，以伴随他晚年的光景。叶尧氏不可能再有子裔，因为祖父到底年老力衰，无法使他的种子在年轻的处女地上开花结果。

作为我们家族史上的一个奇迹是拥有田产和店铺，而且曾中过秀才只是在摘取举人桂冠的考试中不幸落第的祖父，后来竟成为为穷人奔走呼号的中共地下党员，在商会会长的身份掩护下，为井冈山革命根据地筹集、运送粮草和经费。

祖父热衷于这场空前的活动，大概从一九二六年始，终结于一九三一年秋。由于叛徒的告密，他在一次外出途中，被国民党军警劫捕。与他正要接头的一位同志，迅速来到三湖镇的叶家宅院，通知我的祖母叶尧氏赶快携带我的父亲撤离。

在一九三一年，叶家宅院除佣人外，只有祖母和父亲两个人。父亲的哥哥们都已离开家庭，而且多在外省。比如大伯顺纯在湖南湘潭开着一爿颇具规模的药材行，六伯祝纯在长沙的一家药店当学徒。据父亲后来的回忆，他当时正在开着菊花的后花园中寂寞地玩耍，追捕翩翩起舞的黄蝴蝶，探寻蟋蟀的吟声来源于哪一处石砾。十一岁的父亲的视域里充满了对大自然的种种新奇和幻想，他并不知道他将开始一次惊心动魄的逃离，而且这种逃离的意义将影响他整整一生。

父亲听到啪啪的脚步声响到后花园里来，没有裹过脚的叶尧氏神色慌张地一把抓住了他的手。父亲以为又做错了什么事，将面临一场彻骨痛心的惩罚。这位后母经常性地会以种种借口惩罚这个不谙世事的孩子，父亲一看见她就惊恐不已。

父亲怯怯地叫了一声："妈。"

叶尧氏第一次用十分平和的口气对父亲说："你父亲被白匪抓走了，我们赶快逃，他们要斩草除根的。"

"妈，我怕。"

"菊纯，莫怕，有妈在。"

父亲突然感动地哭了。

祖母抓住父亲的手，从后花园的角门跑出去，穿过大街小巷，然后奔上一条蜿蜒的山路。就在这时候，他们听到了不远处响起的枪声，撕裂着成片的秋风。

出身于农家的叶尧氏自小熟谙耕耘家事，身体是极不错的，在父亲跑不动的时候，她背起了父亲。父亲伏在祖母汗水浸湿的背上，热烘烘使他感动不已，他不停地呢喃着："妈，妈，妈……"祖母也不厌其烦地应答着。在这一刻，他们之间长久的淡漠如春冰融解，都有了一种相依为命的感觉。在摇摇晃晃的脊背上，父亲偶尔朝山下望去，发现有一些黄点正朝这里跟来，接着又听到了枪声。他惊恐地说："他们追来了，妈。"

"不怕。菊纯。他们追不到。"

父亲感觉到祖母的声音里有一种压抑不住的快意，这使他很奇怪。

傍晚时分，他们逃到山中的一座破山神庙里。山神庙很大，阴森森的，香火冷淡了不少岁月，神案上覆着厚厚的灰尘。在神案旁边横搁着一面很大的牛皮鼓，一端的鼓皮几乎没有了，另一端的鼓皮上有星星小孔。这时候，分明听得很远的地方有脚步声和人声朝这里涌来。

父亲说："他们又追来了。"

许多年后，父亲向我们叙述这次逃离行动时，不断地会出现"他们又追来了"这句极具象征意义的话，并且带有一种惊悸的表情。

　　祖母搂着父亲躲进了那面破鼓，并把它竖起来，有星星小孔的那一面横在他们蹲着的头顶上，好像一座瓦瓴残缺的极小的巢窠。里面一片漆黑，父亲蜷缩在他母亲的怀里，母爱的温暖非常真实地熏染着他，逃离中某种安全感使他疲惫地睡着了。

　　脚步声、吆喝声震撼着破庙，甚至有枪托把鼓帮擂动了几下，然后走了。

　　父亲在枪托擂响鼓帮时醒过来，他有一种想喊叫什么的欲望，但是祖母厚实的手掌恰如其时地堵在他的嘴上，憋得他非常难受。

　　靠着祖母出门时塞在怀里的两个月饼，他们在破鼓里度过了暗无天日的三天。饥渴和惊恐使三天变得十分悠长。父亲说起这三天的感受时，说："那简直就是一辈子。"

　　第四天凌晨，祖母带着父亲悄然下山，躲到一家亲戚家去。然后找了一个可靠的人，将父亲护送去了湖南湘潭的大伯家。而她自己则开始了对祖父的营救工作。

　　营救工作自然是毫无成效的。祖父作为政治要犯在被捕后，当即解送到南昌的"反省院"进行诱降，但在种种软硬兼施之后他仍不肯在"自白书"上签字和吐露他所知道的秘密。白匪便将他绑在一个笨重的大木架上，然后将生石灰埋至脖颈，在生冷水疯狂地泼下后，生石灰开始爆裂呼啸，水雾白茫茫地升腾，最后祖父皮肉尽脱，木架上笔直站着一个白骨森森的形象。据说他的头颅并没有垂下，双眼睁得很大。许多年后我到南昌采访，在革命烈士纪念馆的死难烈士花名册上找到了祖父的名字。

　　父亲知道祖父惨死的消息，是在一个月后的一个深夜。大伯顺纯把他从梦中叫醒，在暗淡的电灯光下，抖抖索索展开祖母托人写的一封长信，详细地描述了祖父被害的情景。父亲回忆他当时吓得浑身发抖，十一岁的孩子还无法承受这种惨绝的情节，他扑到他哥哥的怀里。比他几乎大了二十岁的哥哥，用一种慈父的情感抱住了小弟弟，整个晚上都用来抚慰他惶然的灵魂。

　　大伯在安慰父亲不要怕、不要怕的梦呓般的声音里，间或一句："父亲怎么会去搞政治呢？"

　　这个追问一直困扰着祖父的子女们，而且使他们开始了精神上的逃离行动。在以后的岁月里，他们大多从事商业活动，国恨家仇没有激发起他们的慷慨豪举，因而都极平庸地度过了他们的一生。稍稍有点意外的，是六伯，他在长沙学徒，处在政治的热带，一腔热血未冷，以为要报父仇必手中有枪杆子，从药店逃出去报考了黄埔军校，尔后又读保定警校，做到了中校督察，但历史和他开了个巨大的玩笑。他竟然站到了杀害祖父的那个营垒之中，自然无法实现他为父报仇的理想，相反在新中国成立后被送去了北大荒改造思想。

一九八六年夏天，我应邀到新干县为业余文学爱好者讲学期间，在叶家老屋第一次会见了六伯祝纯。他虽年近古稀，却依旧身板笔直，虎步咚咚。谈及我已过世的父亲，他不无感慨地说："还是你父亲好，他的一生很平静。他并不是生性如此，只是因为他能悟出一种选择，并为这种选择身体力行。这是他聪明过人的地方。"

三

二〇〇九年盛夏的这个下午，我和弟弟在湘潭老屋的天井边谈论父亲时，有一个共同的遗憾是在父亲遗留的照片里，没有找到他青年时代的印迹，因此十分好奇地猜测他年轻时到底是一个什么模样。

据母亲的零星言谈，粗略地知道父亲那时候好交朋友，人缘极好，在生意场上很有信誉，喜欢写毛笔字，他自己店铺的招牌都是亲手所书，是一种很粗重庄肃的颜体；喜欢骑自行车，特别对英国的"三枪牌"情有独钟；喜欢喝酒，在商务之余，常与朋友出入古城的各大酒楼，每喝必醉，以致古城的许多人力车夫一见父亲去酒楼，都争先在门口候着，等待把醉眼蒙眬的父亲拉回家去，母亲在这时候便给车夫一块光洋。

我们还知道了他耳朵有点聋，是另一次逃离中留下的深刻纪念，这种并不严重的耳聋，在未来的岁月里给他带来许多实惠，在他对某些重大问题装聋作哑时，人们不以为怪。他很少穿西装，长衫是他惯穿的服饰。又说，父亲那时在药业界很受人尊敬，几乎所有的店铺只要见到他写的白纸条，见到上面印着叶菊纯的朱文印章时，不必携带现款便可取货。

一九八〇年父亲退休时，曾把这枚朱文印章和一枚英文印章送给我作纪念。英文印章大概是和古城一些洋行打交道时用的。这两枚印章是寿山冻石，晶莹滑润，沉甸甸如一段凝固的光阴。母亲所说的，我们听起来多半很模糊，只有两件比较具体，因为余风流韵犹在，一件是毛笔字，一件是喝酒。这两件事对我发生了影响，在文友中，都知道我喜欢写毛笔字，书信来往多是直行疾写，行草相夹，颇以尺牍为乐；喝酒在四十岁之前也颇有声响，一杯一杯复一杯，很少有醉的时候。

应该说弟弟对父亲的了解比我详尽一些，在父亲退休后，他顶职到了父亲工作过的那个离古城将近四十里地的马家河小药店，并担任过小药店的经理。弟弟说父亲在旧社会依靠业余自学成为一名中医，以后在马家河一带颇有医名，他为此感到惊异。他不能理解的是父亲新中国成立后在这样一个相当闭塞的地方呆了近三十年，而他在此工作一年多时间就像是度日如年，最后终于想方设法离开小药店，到古城的地方志办公室去。尔后因写作显露头角，调到市文联。弟弟说："那地方一落黑就寂寂无人，临江的半截街都关门闭户，什么文化活动也没有，我每夜都清冷得想大喊大叫。父亲居然可以活得有滋有味，奇怪！"

父亲的一生无疑是平淡无奇的，但在他的青年时代，难道祖父那种政治抱负和才干就没有给他一丝半点的影响？

"不。有过。"弟弟一边吸烟一边陷入沉思之中，他想起他到地方志办公室后，在编撰古城药业志到档案馆查阅资料时，找到了一份一九四二年关于调解西帮（江西药材行的统称）与本地人一场血腥械斗的文件，在七人调解委员会的名单中，意外地发现父亲作为西帮的代表忝列其间。

对于这场械斗，在古城的一些史籍中都有过断断续续的记载。江西人在湘潭经营药材生意已有数百年历史，而且出现过许多名商大贾，在湘潭的政治、经济生活中占有很重要的地位。他们的药号、药行、药店只用江西人，而且待遇不错，这使东道主的子民们很不舒服，斗争和摩擦连绵不绝，械斗时有发生。一九四二年春的这场械斗，不过是长期斗争的一次升华，持续的时间大约有三个来月。

这场械斗的起因是江西会馆请了南昌的一个赣剧团来唱堂会，那晚唱的是《白蛇传》。江西会馆大门敞开，不少本地人都蜂拥而来，大院里如一锅沸水翻滚。我相信那晚父亲也在看戏，年轻时他是一个戏迷，何况又是家乡戏，乡音悦耳啊。江西人对《白蛇传》似乎特别欣赏，大概是因为那位许仙也是一位医药界的人士罢。

戏刚开始不久，台下就喝起倒彩来，湘潭人对赣剧的唱和念感到刺耳难听，觉得这根本就称不上是什么戏剧。有人往台上丢草鞋、扔砖头，狂呼乱喊。江西人觉得受了侮辱，丢不起这个脸面，便将会馆的大门紧闭，把湘潭人关起门来纠打。那场混战，江西人自然占了上风。但第二天开始，湘潭人便纠集起来对江西人进行报复，双方的伤亡人数与日俱增。接着双方在武打之余，又玩起文唱的把戏，各自派代表去长沙、南京告状。西帮仗着有钱有势，整个药业停止一切经营活动，向当局进行要挟。

那时父亲已有几爿药号，大伯的药号也在几年前转让给了父亲，父亲则折合成现款给了大伯回老家去过消闲日子。他的事业正是春风得意的时候。因此，在当局迫于无奈，宣布双方各派三名代表，加上当局的一名官员，组成调解委员会时，父亲被西帮推举为调解委员。此时的父亲不过二十二岁。可以想象在那一刻，当所有的目光投向他时，父亲应该是不无得意的。据文件介绍，西帮的另两名委员，年纪、资历都远在父亲之上，那么父亲能够得到这个殊荣，定是有其独特之处的。

这次调解是非常成功的，西帮的原则是花钱不输理，对于伤亡的湘潭人给予经济上的优厚待遇，但领头闹事的则必须严惩，或杀头或关进监狱，以为后戒。当局因受了巨贿，意见与西帮委员高度一致。西帮以胜利者的姿态重新演出赣剧《白蛇传》，但不许湘潭人进入江西会馆。

父亲在这次调解中起了何种作用，提出了什么建议，无史可考。在生前，他从未提起过这次调解活动，仿佛压根儿就没有发生过这件事。但不管怎么说，他毕竟参与了一个具有某种政治内容的重要事件，并且居于显要的位置。我相信父亲在处理完这个事件之后，他曾有过深深的反省，为自己的冒失和唐突深悔不已，祖父的被捕和被害，以及他在逃离中留下的惊恐的印象，又一次阴沉沉地出现在他的脑海里，使他产生不可抑止的恐惧。此后，他再没有参与过这样的重要活动，只是潜心于他的商务。第二年，他便回老家，娶了我母亲，完成人生的第一个归宿。

四

父亲的第二次逃离发生在一九四四年夏。关于这次逃离，他在生前曾对我详细地谈过。

日寇的刺刀和马蹄快要逼近湘潭时，父亲组织店员疏散到乡下去。他是最后一个离开药号的，库房落上了锁，店堂里空空荡荡，一个人影也没有。他坐在店堂的八仙桌前，喝着一盅白酒，意态颇为惆怅。他似乎觉得他再也不能回来了。好在父亲结婚后，没有将母亲带到湘潭来，外公仍把她留在身边照看她的三个弟弟和料理一些家事，父亲算得上是无牵无挂。

在日头落下去之后，店堂里暮色渐浓，父亲摔碎了那个小酒盅，走出大门，随即关上大门落了锁，急匆匆朝城外走去。所有的街灯都没有睁开眼，街上静若坟场，孤零零的父亲突然有了无国无家身似飘蓬的感觉。他偶尔看看身后，发现连影子都没有，他被淹没在一片漆黑之中，无边无际。他说，他那时立即想起了十一岁逃离时躲在破鼓中的情景，只是眼前是一面更大的鼓，鼓帮不知在什么地方，他深感无倚无靠，孤立无援。

半夜过后，在乡间的泥土道上，见前面影影绰绰有很多人影，父亲突然有了力气，跌跌撞撞地朝那个方向扑去。当时一定是一种深重的孤独感起了作用，以致使他失去理智而奋然前行，他不知道更大的悲剧在等待着他。

等到父亲扑到那些人影前时，才发现这是一支日本人的军需部队，他想回转身已经来不及了，随即他便被拖进一群中国脚夫的队伍里，他的肩上被压上了一副沉重的担子。从没有干过力气活的父亲，第一次感受到了苦难的重量。他问旁边的一个脚夫，这是开往哪里的部队？回答是衡阳。他知道这里离衡阳还有三百里的路程，他的身体定然无法坚持到达目的地，突然之间他感到了死神的逼近。

天亮后，在灿烂的晨光中，他发现押解他们的日本兵中，有不少是说湖北话的中国人，俗称二本矮子。他惊异于有些中国人竟可以这样来出卖自己，为虎作伥，欺压自己的同胞，他们比日本人更可恶，随时都可以把皮鞭落在同胞的脊背上，逗引得日本兵哈哈大笑。一刹那汉奸的形象，在父亲的心目中变得十分具体。

父亲开始思考逃离的问题。"逃离"两个字使他获得一种快感，在那时他想起了祖母和母亲，他应该活着回去。第二天的午夜过后，当时他们正宿在一个不知名的村子里，父亲捂着肚子走到一个看守他们的二本矮子跟前，说是肚子很痛，要上茅厕，二本矮子正在仰脖喝着水壶里的酒，酒使他丧失了警惕，他说"快去快回"，父亲回答一声"是"，便朝村口的一个茅厕跑去。

好多年后，父亲还记得茅厕里伏天屎尿发酵后的那种奇臭，但他却坚持在里面待了一阵，然后再弓着身子溜出来，向村外的树林钻去。那天夜里，无星无月，没有一丝风，天气闷热。很快父亲听见了口哨声、枪栓声、脚步声，他们发现父亲未归后开始了追捕行动。

处于疯狂状态中的父亲穿过小树林，不要命地奔跑起来，他分明听见枪声掠过头顶，手电光凶残地切割着夜色。他跑到一口荷塘前，轻轻地滑下塘埂，躲到密密匝匝的荷叶之下，不时地把整个身子埋在水中。他的水性并不好，是一种求生的欲望使他视荷塘为天国，荷塘的岸边站着日本人和二本矮子，他们大声喊话，其实他们并不知道荷叶下藏着我的父亲。一直快到天亮时，他们才散去，不久父亲听到远处的吆喝声，他们开拔了。

父亲知道他的逃离胜利了。他开始对这个荷塘产生了依恋的情绪，他看见阳光在头上的荷盖上无声地流动，四周氤氲着纯和的清香，鲜艳的荷花舒展着花瓣，并发出一种极细微的喘息声。他决定回湘潭城去，尽管那座古城沦陷了。

等到父亲回到湘潭，由于劳累、饥渴和惊吓，他病倒了。尤其是灌了生水的耳朵，出现了炎症，他不得不住进医院去治疗。他发现他的听力已经受到了影响，并为此而欣喜，便自我渲染出更大的效果，同行们开始在背地里称他为"叶聋子"。

父亲出院回到他的药号，有些店员也闻讯回来了，他开始恢复一些商业性的活动。

父亲告诉我在几天后，一个日本商人带着使命来到恒昌药号，让他出来组织一个什么团体。父亲装着木然地望着他，似乎什么也听不见，一双眼睛故意睁得特大，并且大声地说："什么？什么？你说什么？"日本商人坐了一阵，说了很多话后，骂了一声怎么是个聋子，另外找人。然后，一甩手走了。

父亲不无得意地对我说："那次耳朵帮了我的大忙，真得谢谢那口荷塘。"

在日本人占据湘潭一年的日子里，除正常的商务活动外，他不参加任何官方、军方或民间的集会，他说他的耳朵听不见，人们也就宽宥了他，为此他得到了一份安宁。

一九四五年，父亲把母亲从老家接到湘潭。父亲说有个朋友曾写了一副对联送给他，写的是隶书，他把它挂在卧室里，很是喜欢。那联语是：且止且行因酒醉；不闻不问是耳聋。

<h1 style="text-align:center">五</h1>

母亲从卧室里走出来，惊奇地问："你们说什么？你父亲在逃离什么？"

我和弟弟笑了笑。

"我知道你们在议论你们的父亲，觉得他的一生太平淡了。可这个家几十年来无风无险，你们安安然然地长大了，他是费了心思的。"母亲索性搬过一把椅子，坐下来，开始了在我们记忆中最长的一次说话。

我们发现母亲的面庞非常光滑，还找不到很多的皱纹，眼睛很亮，目光如水一般清纯。她说："你们的父亲是个很聪明的人，一辈子待我非常好。只有一件事，到晚年他觉得对不起我，就是没有让我去参加工作。在他去世的前几天，他还说起这件事，我却说你是对的，我不是很好地过了几十年吗，尽管日子有些困难。"

的确，在这条巷子里，与母亲年纪差不多的女人都有自己的单位，在年老后纷纷退休了，每月去领一份退休工资。而母亲只属于这个家，她没有档案袋，没有工资表，没有会议和活动，没有退休证，她把她最好的岁月交给了我们。

父亲为什么没有让母亲参加工作，据母亲说，与我外祖父在20世纪50年代初土改刚刚结束，被批准到湘潭女儿家住了相当长一段时间有关。当时，年纪还不大的外祖母刚刚病死，外祖父正处于悲伤之中，他希望在湘潭的女儿家稀释阴悒的心情。

外祖父来湘潭时我只有五岁，是一个午后，下着密密的雨，小巷的青石板路面冲洗得很明亮，青色的石纹十分美丽。父亲在厅堂里慢慢地喝酒，他午餐和晚餐的时间往往被拉得很长。我放下碗，脱掉鞋袜，光着脚在家门口蹚一汪一汪的水，故意把水花用脚拍打得四下飞溅，脚板心浸得非常舒服。就在这时候，我的外祖父出现在我的面前。

我记得他穿着一身青布衣褂，脚蹬一双类似青布鞋的那种浅帮雨鞋，一手提一只小小的藤织旅行箱，一手撑着一把油纸伞。他看着我，脸上渐渐有了笑意，他快活地喊道："你是叶金林，金伢子！金伢子！我是你外公。"

这时候母亲和父亲跑出来，亲热地把外祖父让进屋里，随即把大门关上了。我很奇怪五岁时的这个印象在许多年后依旧清晰，我估计与那天的下雨有很大的关系，玩水的欢乐正好与外祖父到来的情景相叠合。接着外祖父洗了脸，被父亲谦让着坐到桌子的上方，母亲重新炒菜，父亲新开一瓶白酒，外祖父让我坐到他的身上，不时地把菜夹到我的嘴里。那天，外祖父和父亲、母亲谈了些什么，我一点印象也没有，但发现外祖父说着说着眼里便有了泪水。

　　母亲说，外祖父在谈外祖母的死。

　　外祖父先后娶过三位妻子，原配生了母亲和三个舅舅后得病死去，续弦的是一位富家小姐，几年后患痨病也甩手而去。接着外祖父娶了一个穷苦人家的女儿做妻子。他的婚姻形态和我的祖父如出一辙。这位外祖母一直没有生育，但她非常习惯这种优裕的生活，她喜欢打牌，喜欢看戏，喜欢不停地做各种款式的衣服，喜欢在三湖镇的集市上出出入入，以获得无数羡慕的目光。而外祖父却以小心谨慎、亲善厚道为戒，热心于地方上的公益事业。

　　在土改运动中，外祖父交出他的田产和多余的房屋，贫农团的乡亲没怎么难为他，但贫农团对于外祖母，却怀有一种奇特的拯救意识，他们认为外祖母出身于贫苦人家，忘了本，当了地主的太太后作威作福，过着腐朽的剥削阶级生活，必须重新回到自己的阶级队伍中去。

　　拯救的办法是不准外祖母和外祖父及舅舅一起吃饭，必须到各村的农家去乞讨，给什么吃什么。外祖母不得不穿上破旧的衣裳，捧着一只碗，开始她长达两年的乞讨生涯。夜晚，只能睡在一间柴屋里，她压抑的哭声常常会传到外祖父惊恐的梦中。

　　外祖母终于在贫病交加中死去。

　　外祖父在湘潭住了一年多的时间，然后凄然地应召回江西的老家去了。

　　在一九五五年的公私合营鞭炮声中，政府号召妇女走出家门参加工作，母亲跃跃欲试，但父亲顽固地打消了她这个鲜活的念头。这一年，在离湘潭古城四十里之遥的僻远小镇马家河新设一个小药店，父亲主动要求去了那里，并在那里有滋有味地工作到退休，才恋恋不舍地回到城里。

　　一九五七年，大舅被划为右派，他当时正在新干的一所中学教英语和物理，是一个很出名的教师，因家庭出身和言语不慎而被戴上右派的帽子。

在接到大舅的信后，父亲对母亲说："你不参加工作是对的，作为一个家庭妇女，没有人来找你的麻烦。"母亲默默地点头。

听到这里，我和弟弟互望了一下，会意地点了下头，那意思是说：母亲的不参加工作，仍属于父亲逃离战略的一个组成部分！

在几十年极为平淡的家务劳动中，母亲的全部心思都集中在我们身上，父亲微少的工资到了母亲的手里，发挥出神奇的作用，我们没有饿过，没有穿得破破烂烂，邻里都说她很会精打细算。母亲恪守着她的生活准则，不向人借钱，不无事串门说东家长西家短，从早到黑兴致勃勃地忙着各种屑小的家事。在一九六五年我初中毕业后，决意不上高中去参加工作，以分担家庭的压力时，最初母亲和父亲都不同意，但因我的执拗而不得不做出让步，我便去了临近的一个城市株洲当了一名工人。

我开始有了一份菲薄的工资收入，但不得不为各项开支而进行合理的安排，这使我想到了母亲，一个人口众多的家庭，靠父亲的一份工资，无论如何精打细算都无法维持下去，而事实上是这个家庭很顺利地完成了它的使命。

等到我们都成家立业了，有一次我回湘潭看望母亲，问起这件事时，她说："在你父亲事业非常好的年代，我积蓄了一笔私房钱，并都换成金器，你父亲不知道。一九四七年，你父亲为了营救你六伯，因为他弄丢了一笔军饷，将要受到军法处置，便抵押几爿店铺，将库存药材贱价出卖，然后将款子速寄西安。他只剩下了一爿小店铺，因此在新中国成立后没有被打成资本家，因祸得福，成分是小商。新中国成立初我把金器换成现款存起来，间或补贴家用，除了我，谁也不知道。等你们都长大成人，这笔钱也用完了。"

怪不得在我的记忆中，父亲不止一次地对我说过："你母亲很了不起，这个家没有她是不行的，我没有那么大的本事！"

六

一九五五年公私合营后，父亲的那爿小店铺交给了政府，并领得一个股息证。微少的股息一直发放到文化大革命之始，在破"四旧"的狂涛中，所有的股息证都宣布作废。我曾经翻看过这个股息证，父亲的财产估算不足千元，每月的股息不过是一个非常小的数字。这些数字与我们想象中的父亲的辉煌事业相去甚远。

一九八六年夏我去江西新干讲学时，六伯曾说起过那次丢失军饷的事。但他没有详细地说军饷是如何丢失的，只说是一个很大的数字。时为一九四七年初秋，他的上司限令他在一月之内筹齐饷款，否则将送交军事法庭。他当时的职务是中校督察。六伯说："我只能找我的同父同母的弟弟，也就是你的父亲，我发了一个电报给他，告之我的困境。二十天后，我就收到了这笔款子。"

关于父亲和六伯的手足之情，父亲在生前多次谈及。他们的生母龚氏红颜薄命，在他们年尚幼小时便死去了，接着祖父娶叶尧氏为妻。这位叶尧氏在迎娶之前，就让祖父将他们兄弟俩送到很远的亲戚家去回避，一个月后，才被接回叶家老屋。

他们在同一所私塾读书，回来后便钻到后花园玩耍，欢乐的笑声使他们暂时忘却了继母冷若冰霜的脸色。在每次叶尧氏对他们兄弟进行无端的斥骂和鞭打时，六伯总是说："这与弟弟没有关系，是我的责任。"幼小的父亲深感兄长的慈爱，并一直铭记在怀。

六伯十二岁时，祖父便把他送到长沙一家药店去当学徒。临别时，父亲和六伯抱头痛哭，有如生离死别。祖母很不耐烦地叱吼："哭什么，又不是去开刀问斩！"他们的哭声戛然而止，宛若断线的风筝。此后，他们之间书信不断。在六伯进入军界后，每次回新干探亲和休假，他必先到湘潭看望父亲。

据母亲的追忆，一九四七年秋，父亲的生意正是红火，他拥有好几爿店铺，库房积藏着大量的药材，他盘算着在秋季的古城药材贸易会上抛售出来，好好地赚一笔。那些日子他频繁地宴请客户和被人宴请，深更半夜醉眼蒙眬地被人力车拉回家来。就在这时候，他收到了六伯的电报。他捏着电报纸在厅堂里焦急地走来走去，一边说一边扬了扬电报纸："我劝过他不要去搞这些事，他不听。钱是小事，问题是救不救得出人是大事。"

接着，他便将店铺抵押出去，又找那些客户提早抛售药材。客户知道他等钱用，把价故意压低，父亲也不计较。钱基本筹齐了，父亲怕不保险，又问母亲家里还有多少钱，母亲摇摇头，父亲也就作罢。钱寄出后不久，六伯来了一个电报称"一切平安无事"，父亲为此而高兴了不少日子。

父亲只剩下了一爿小药店，按父亲当时在商界的影响和他的才干，他完全可迅速收回抵押出去的店铺，再依靠金融界的朋友贷款以从事更大的商务活动，但他没有。他只是维持着这个小店铺的一般性业务，再不图有所发展。母亲说在此后的两年中，父亲常常在灯下翻阅各种报纸，或者皱着眉头想什么心事。

我和弟弟探讨过此中的缘由，似乎可以从两个方面来理解。一是六伯的这场险些丧命的灾难，再一次加深了他的某种恐惧感，使他产生了悲观情绪；二是他突然热衷于阅读报纸，定是从中琢磨出不少信息，大有急流勇退、甘为平庸之慨，尽管他不可能真正估测未来的形势，但觉得不引人注目是一种良好的选择。事实上证明这种选择，给他带来了好处，他不过是一个小商人。

在一九五三年的"三反五反"运动中，工会领导鉴于他的经济地位低微以及他父亲为烈士的独特身份，曾动员他站出来斗争那些不法资本家。他的耳聋帮了他的大忙，他迟缓的反应和答非所问使动员他的人束手无策。接着父亲又开始了他的养病行动，关起门在家里喝酒和翻看一些医书。那段日子恰好外祖父住在家里，翁婿间的促膝交谈成为一种最大的快乐。此后的许多岁月，外祖父在毛笔书写的信函中，多次对父亲谈起那些惬意的日子。可惜，那些信件都已荡然无存。

七

在我的童年和少年时代，可以说对父亲的印象并不深，原因是他每月之中只回家一次。

马家河似乎是一个非常遥远的地方，是一个乡下的小镇子，人口十分稀少，而附近则是田畴、菜畦和山丘，父亲工作的那个小药店嵌在临江的半截小街上，站在小店的阶基上便可见日夜奔流不息的湘江、停在码头边的船只以及横在江心的鼓磉洲。每次父亲叙述马家河小镇子的风土人情时，都带着一种莫名其妙的陶醉和欣赏。

在一九五七年之前，他一月之中回家一次，将聚集起来的四个星期天作一次总结性的休息。但在一九五七年之后，他每月回家顶多停留两天，就匆匆忙忙地赶回去。那时从城里到马家河交通十分不便，陆路必须乘汽车到达中途的板塘铺，再步行二十里，才到达目的地。水路则从湘潭的轮船码头，坐客轮逆水而上，两个小时方可到达。在马家河小药店工作的人，一般三五年后就要求回城去了，但是父亲从没有过这样的要求，他一口气坚持到退休，这在小店的历史上可以说是一个奇迹。

父亲为什么愿意到偏僻的马家河去工作，为什么对他非常熟悉的城市长期地逃离，在后来的岁月中，我逐渐地理解了他的无奈和睿智，以及他对我们子女的不为人知的责任心。

一九六五年十月我到株洲的一家林业加工厂当工人，几个月后文化大革命就开始了，随即"文攻武卫"的枪声使城市陷于一片混乱。有一天我正在单人宿舍里看书，父亲突然走了进来。当时，株洲和湘潭两城之间交通基本断绝，马家河小镇嵌在株潭之间，离这里也有差不多三十里路程。他说他是步行来的，从马家河步行到霞湾街，再沿江走到株洲，然后打听林业加工厂的位置。他说走了整整四个小时。

这时已临近中午，我领他到食堂去用餐，在用餐的过程中不时听到街市上断续响起的枪声。他问我每天干什么？我说："上班。下班后看书、写字。"他很高兴，说这我就放心了。用完餐他执意要回去，他轻松地说我可以赶在小店晚餐之前到达。我把他一直送到湘江边，他不停地催促我赶快回去。他说你不要担心我，那个小镇子平静得很，不像城里这么乱。

这是父亲唯一的一次到株洲来看望他的儿子。但从这一次开始，我对父亲由衷地生发出一种尊敬，我为他对我的慈爱而感动，在以后的日子里，我每隔一两周便利用星期六和星期天乘轮船到马家河去看望父亲。我开始对父亲有了诸多方面的了解。

父亲要求到马家河去工作时，他的哥哥——我的六伯正在北大荒劳改农场改造，我相信这个情节曾对他产生过巨大的震动。而在一九五五年之后，城里的各项学习和政治热潮滚滚而来，他一定感到了某种不适应。他开始堂皇地逃离城市，去那偏远而宁和的乡下小镇，那里优美的田园风光和醇厚的人情世态，有意无意地消解着政治的影响，使他的心理得到平衡。

在一九五七年，当大舅当上了右派后，他更为这种逃离而庆幸，他采取的方法是更少地与城市发生联系。他在小药店担任会计、司药员，同时还抽暇为农民和船民出诊，用毛笔很快活地在处方签上安置各味中药。他几乎同化为一个小镇的土著，不注意衣饰，可以说一口流利的马家河土话（唯一的例外，是何老师到小药店时，他们一起讲江西语）。他随便走在什么地方，都有人尊称他为"叶先先"，这里的人把"生"念成"先"，听起来别有意味。

有一个周末，我到马家河看望父亲。父子俩坐在一张床上聊天，临近午夜时，小店的门拍得山响，并传来焦急的呼喊父亲的声音。父亲忙去开了门，一个农民汉子提着灯笼闯进来，请父亲到十几里外的一户农家出诊。父亲提起小药箱，嘱咐我好好睡，便随着那盏金色的灯笼急匆匆地走了。我站在小店的门口，久久地望着那一点渐行渐远的火光，在漆黑的夜色中漫开一片温煦。一直到火光完全被夜色所融化，我才回屋去。我发现我的眼睛潮潮的。

在父亲没有去马家河工作之前，对所有的家务活他是不用操心的，能干的母亲都做得清清楚楚。父亲在到小药店后不得不自己洗衣服、被子，购买所需的日常用品，有时还得到厨房去帮着洗菜和炒菜。在最初干这些家务活时，父亲一定相当的难受和笨拙，并深以为耻。但在后来我去看望他时，他已经非常愉快和熟练的做这些很琐屑的事。

他的卧室里备着油盐和鸡蛋之类的东西，为我的到来他会特意下厨炒几个菜招待我。生活可以这样雕塑一个人的形象，这使我感到新鲜。在吃饭时，他发现我上衣的一颗扣子快掉了，便搁下筷子，取来针线，给我一针一针把扣子钉好。我当时很奇怪地看着他，他抬起头来，慌忙把目光移开。我懂得他此刻的心情，一半是自羞，一半是自矜。

小药店是没有什么午休一说的，吃过饭，父亲到店堂里去为人诊病，我坐在他的卧室里开始翻弄桌上的一些医书。那些医书的字里行间划着许多红杠红勾，并有不少的眉批。忽然我发现在书页间夹着一张处方笺，用毛笔写着一首小诗，题目是《深夜出诊感赋》："叶底飞萤晓月残，依稀农舍路盘旋；我无医世回春手，只为乡民解热寒。"父亲读过私塾，自然是可以写诗作对的，但真正读到他的诗还是第一次。从诗中可以看出他的某些心迹，有一种被压抑的痛楚和顺应生活的快意交织其间，但后者似乎是主调。

我正看着想着的时候，父亲进来了。他惊慌地接过那张处方笺，撕成几块，再揉成一团，丢到屋角里去了。他尴尬地笑笑："抄了别人的，解解闷。"然后坐下来，和我说起一些不咸不淡的话。在以后我偶尔为之写了些旧体诗给他看时，他会兴趣盎然地进行评点，哪一句好，哪一句用典不准确，哪一句失了平仄。但最后必定说："写这些东西要谨慎，出不得格的，你要记住。"

父亲的忠告我当然没有记住，文学创作成了我消费生命的主要形式，写诗写散文写小说。一九八三年我的第一本新诗集出版了。我送了一本给父亲，那时他早已退休在家。他看过后说："新诗我不太懂，好像没有旧体诗有意思。"但是我依旧很高兴，毕竟父亲把这本诗集读完了。第二年冬，我的小说集出版时，父亲却已在几月前去世。我在他的坟前，将一本小说集拆成单页当纸钱焚化，但愿他在九泉之下能收到我的这本书。可惜，我再也不可能听到他的评价了。

八

一九八零年春，父亲办好了退休手续，他将离开这个朝夕相处的小镇子回到城里去。我在他走的前一天，从株洲来到了这个小药店，和他一起等待明天前来报到的弟弟。他已经没有什么事可做了。我和他坐在卧室里。窗外飘着零星的雨丝，一株杨柳纷披着翠绿的丝绦，宛若一架珠帘。午后的天显得有些阴悒，与父亲的脸色和心情，绝对地融为一体。

店堂里很热闹，问诊的、买药的、聊天的，一拨子来了一拨子又去。我说："您可以好好休息了，辛苦了一辈子。"他勉强笑了笑："是的，是的。老刘走了，老白走了，老王走了，老陈走了，老的都走了，现在是年轻人的天下了。"父亲似乎有些伤感，店堂的柜台里站的全是一班子年轻人，新陈代谢的规律具体而又生动。

尽管父亲刚刚六十岁出头，但已很见老态，头发里已见成片的霜白，脸上横着不少的皱纹。他望着我说："我唯一可欣慰的，是这辈子平平安安过来了，没有犯什么错误，没有连累家庭和你们，但是——太平庸了。我很留恋这个小镇子，很感谢这个小镇子。"当时，我很愕然，这样一个小镇子有什么值得留恋和感谢的呢？但在二○○九年盛夏，我和弟弟谈及父亲的往事时，确认了父亲感慨的真实性。

在以往的岁月中，中国这块土地上曾进行了一系列运动，尤其是城市，几乎都处在震中，不少人在摇摇晃晃中受到程度不同的伤害。但马家河这远离城市的乡村小镇子，却基本上安然无恙，所有的大潮卷到这里时已变成了轻微的喘息。

小药店在我的印象中，几乎不用开会，不用彼此防范，不用慷慨激昂地发言和表态，不用写心得体会。

在史无前例的文化大革命中，小镇上唯一的变化是多了几个语录牌。小药店的炫目之处，是大门两侧多了一副红底金字的对联："红雨随心翻作浪；青山着意化为桥。"

雨不知什么时候停住了，父亲说："我们到外面去走走。"

雨后的空气十分新鲜，风微微地吹着。我们走出小药店，沿着小街慢慢地走。父亲的脚步很沉重，他对这块土地的深厚情谊令我吃惊。

不时地有农民模样的人和他打招呼，他说："我退休了，我明天要回城里去了，我的儿子明天会来接替我。"

不断重复的这些话，使父亲显得更为苍老，同时我深深地感受到一种悲剧气氛的加浓，假若我是他的领导，我绝对会批准他继续在此厮守下去。我后来想起这个情景，觉得父亲应该明白他的逃离在当时已毫无意义了，政治已逐渐清明，无谓的政治运动基本消泯，城里和乡下已毫无区别，那么，他对马家河的眷恋是由于久居难舍的情感因素？也不是。总想逃离一点什么，似乎是人的一种属性。在逃离中，有惊恐、痛苦，也有一种快感。一旦失却了逃离的背景，将会有一种更沉重的失落感。这一点在父亲身上得以印证，他退休回到城里后整天的闷闷不乐，导致诸种疾病萌生，刚刚满五年即阖上他的双眼。不需要逃离的生活，使他全身的每根神经松弛下来，所有的紧张感风吹云散，他的生命断绝了动力的来源。抽象和具象意义上的逃离，是人之所需。

走完了小街，我们又去江边的码头，船工们正在船上起运货物，跳板一闪一闪，咔啦啦直响。湘江呈一种湛蓝的颜色，那一刻我想起了古人"春来江水绿如蓝"的句子。父亲在江边待立了许久，江水在他的眸子里发出哗哗的声音，他长叹一声："只有江水不老。"

第二天上午，弟弟提着一口皮箱走进了小药店。在一九八〇年，城里已有了直通马家河的班车，一个多小时便可完成一次城乡间的跋涉。

"你来了。来得好快。"父亲喃喃地说。

"快吗？爸，您该休息了，在这鬼地方熬了这么多年。"

父亲的脸色陡地变了，他愤怒地看着弟弟，弟弟吓得后退了一步。

好多年后，弟弟还记得父亲那天的莫名其妙的郁怒。他说："我当时在心里想，我不会在这里待很久的，我要尽快回城里去。"

在父亲的卧室里，父亲开始移交他的所有不必带走的东西：床、被褥、书桌、脸盆……他只把几本医书和衣服塞进旅行包里，他说："这些你不需要。"

我们坐了下来，希望在这别离时刻，父亲能说几句振聋发聩的金玉良言。弟弟问："您还有什么要交代的？"

父亲想了想说："你们的路还长，要谨谨慎慎做人，要时刻觉得有什么危险将要发生，好像后面总有什么在追赶你，你们好好地跑好好地走。我老了。"

弟弟说："那太累了。"

"做人没有不累的。"父亲语重心长地说。

午后，我和弟弟一直把父亲送到汽车站。等到他上了汽车，坐好了，车门"咔"地一声关紧，车轮呼隆隆转起来，扬起一路尘土，渐行渐远，我们还站在原地，久久无言。

关于这个父子间的交接仪式，并没有任何庄严和欢乐的气氛，相反的倒有点凄凄切切。

弟弟在二十五年后的这个下午，说："父亲已完成了他的逃离，但丝毫没有轻松感。而我开始酝酿一次新的逃离，即怎么离开这个小镇子，回到城里沸沸扬扬的场景中去。我和父亲是两个相反方向的逃离，而实质却有某种异曲同工之妙。"

在一九八〇年，我早已调到《新城日报》工作了。我唯一能帮助弟弟的就是写作。而他在中学时代已开始发表诗歌和小散文。在小药店寂寞的岁月里，他发奋读书和艰苦地提高写作能力，在当地和外地的报刊发表作品，终于他被调到湘潭的地方志办公室，胜利地逃离了那个小镇子。

弟弟回到湘潭的家中，是一个阴雨绵绵的下午，父亲正呆坐在天井边，看雨点击打在青石板上散开的水沫，这一刻他的神情有些恍惚。他的背微微弯着，有如一个巨大的问号。

他低沉地问："回来啦？"

"回来了！我回来了！"弟弟说。

父亲叹了一口气。

九

在中国这块土地上，自古以来许多人就都懂得"祸从口出"这个简单而朴素的真理。但这种懂得，大多付出了惨重的代价，或亲朋好友为此罹难，或自身遭到不测，真理几乎成了事后的领悟。而父亲懂得这个真理，从一开始便处于一种自觉，防患于未然。

在我的印象中，他除了说些无关痛痒的话题外，对时事和政治绝对的缄默其口，从不涉及。即使在某种情势威逼之下，忍无可忍，即将发出一种危险的声音时，他都会戛然而止，以清醒的理智使将发出的声音咽了下去，化作空前的沉默。

我推测这与他的第一次逃离有关，在那面破牛皮鼓里，当枪托把鼓帮擂响，他有了一种要呼喊什么的欲望时，祖母叶尧氏厚实的手掌分秒不差地堵到了他的嘴上。这个情结在父亲的意识深处永恒地存在，成为一种抽象意义上的监督机制，使父亲这一生明白了使用语言的选择性，以及关键时刻的克制性。

在史无前例的文化大革命中，小药店进驻过一名工宣队员，四十多岁，是城里一个大工厂的工人，瘦瘦的，高高的，大家都叫他黄师傅。在最初的日子里，因为他对医药的茫然无知，整个白天他都无所事事。他是一个最忠实最优秀的旁观者。父亲对黄师傅的评价还不错，说他是一个没有多少文化的老实人。

黄师傅进驻小药店的那一段时间，正是全国上下开展"斗私批修"的时候，人人都手握小红书狠斗"私"字一闪念，社会几乎纯净得不能生长任何微生物，有一种说法是"万里山河红彤彤"。

我因在车间上班不小心，手指被轧伤了，厂医务室批了我十天的工伤假，我便到马家河的小药店来休息，父亲对我的到来十分高兴。

那一天傍晚，吃过晚饭，小店的门关上了。黄师傅突然吹起了哨子，哨音尖利如割。父亲说："要开会了。开什么会啊？"说完便朝店堂走去。听到这哨音，我有一种想笑又不敢笑的感受，小店一共才五个人，用得着吹哨子吗？

零零散散的脚步声，朝店堂汇拢，接着是搬动凳子的声音。我坐在父亲的卧室里，读着一本什么书。忽然，黄师傅把脑袋探了进来，笑着说："小叶，你是工人，也来听听，学习蛮重要的。"黄师傅为什么叫我去，定然是觉得店堂里的听众太少了，不热闹，我当然有理由推辞不去，但出于一种好奇心理，我愉快地答应了他的要求。黄师傅似乎很感激。他说："还是工人的阶级觉悟高。"

店堂里的摆设不伦不类，一张八仙桌摆在正中央，黝黑黝黑的，已不见一点漆色，白天它既是诊案，又是饭桌，此刻却成了庄严的讲台。小店的经理老陈、炊事员老王、司药员老刘和老白，以及父亲，坐成一个半圆形，面朝着八仙桌。黄师傅一屁股坐到讲台前，然后说："小叶，你坐到我身边来。"

我只好坐到他身边去。我看见父亲大睁着眼睛，一副专心致志的虔诚模样，但我知道他的思绪一定飘飞到很远的地方去了。直到黄师傅一声断喝现在开会，请集中精力，他才对我点点头，表示知道了我的存在。

黄师傅先是读了十几条毛主席语录，才说："今天叫大家来开会，有一个重要的事要讲。现在全国都在搞'斗私批修'，我们这个小药店也要搞，不搞是不行的。"我觉得他最后的一句话很有反讽意味，小药店的五个人没有一个是党员，党员不会到这地方来，多少重要的岗位需要他们，这小药店太微不足道。

"下面大家开始发言。什么是私心？私心就是和公心相对立的东西。比如占了公家的小便宜，损害了别人的利益，遇事总考虑自己。这都是私心。说出来，让它暴露在光天化日之下，共同来挖根子，回到毛泽东思想的轨道上来。说吧，说吧。"

所有的人都默不作声。店堂的墙上那架老式挂钟，庄严地"嘀嗒"着，时间的响声非常单调和寂寥。

"马家河不是世外桃源，小药店并不完全是红彤彤的，各位不见得是百分之百的革命派，难道没有一点私心杂念？！嗯？"黄师傅着急起来。他为不能完成一项神圣的使命而着急。我觉得他的着急非常滑稽。他敲了敲桌子，说："说吧，说吧。"

突然我发现父亲的一张脸憋得紧紧地，眼里射出不屑的锋芒，在电灯光下他那个粗大的喉结上下急速地窜动。我估计他要发言了，当然不是亮"私"字，而是要讲出一些别的语言。我期待他讲出来，我充满着一种期待的焦灼和激动。但是，父亲终于什么也没讲，喉结渐渐安分守己地凝然不动，他把要讲的话拼命地咽下去，好像有一只无形的手堵住了他的嘴巴。

沉默使时间变得悠长。十点了。

黄师傅站起来，说："今晚散会，明晚再开。明早我就回城汇报。什么搞法？！"说完，他就回他的宿舍去了。

父亲默默地站起来，对我说："我们也睡觉去。"

第二天一早，黄师傅骑着一辆破自行车回城里去汇报，晚上他没有回来。他是第三天上午回来的。一进店堂，就说："今晚开会，大家不要缺席。"

黄师傅没有回的那个夜晚，陈经理走进父亲的卧室，坐下来，半晌不说话。父亲也不说话，只是望着他。

"老叶，不发言只怕不行啊。"陈经理忧心忡忡地说。

"是不行。万一小店成了典型，再派几个工宣队员来，大家都不好过。"

"是啊是啊。看得出黄师傅也是想早点回去，待在这里索然无味，离城里又远，回家不方便。"陈经理说。

父亲说："恐怕他快回去了，只是想有一点成绩，也没有什么别的想法。老陈，我们都讲一点私心，彼此脸面上都过得去，你是不是这个意思？"

陈经理说："正是，正是。"

我一直在认真地听他们谈话，我知道他们达到了一种默契，其目的是迅速恢复小药店的平静生活，不要成为众矢之的。

果然，在黄师傅再次召开的会议上，父亲用十分平静十分准确的语言开始"斗私批修"。他说我们的医疗事业要为无产阶级服务，为贫下中农着想。比如自己常常半夜出诊，随叫随去，不管风吹雨打，而且没有出过医疗事故。但是——父亲加重了语气。贫下中农见我送医上门，在诊过病后，热情地招待吃一碗荷包蛋，我吃了后，没有付过款。这就是"私"字，因为损害了贫下中农的利益，这是不对的。我粗略地算了一下，应该交款二十元左右。我要引以为戒，下不为例。

黄师傅首先鼓起掌来，他的脸兴奋得发红发亮。接着陈经理谈了他曾把几个盛过药的废木箱，请木匠做了一担挑箱装被子，应该折合人民币十元。损公肥私，这是要批判的。其余的三个人也发了言。

会议结束后，黄师傅很高兴。他硬把我拉到他的卧室里，又泡茶又递烟，亲亲热热地谈到半夜过后。

不久，黄师傅完成了他的使命，快快活活地回城里去了。

父亲松了一口气。后来他对我说："也只有这么办了，否则会没完没了。第一次开会，我差点要跳起来讥讽黄师傅几句，幸而忍住了。人，有时要躲点风头，要不会后悔莫及的。"

十

我在度过不惑之年后，常常会想起马家河这个乡下小镇，仿佛它永远笼罩在一片湿润润的气息之中，给人一种清新宁静的浸染。我不能低估它曾对我产生的潜移默化的作用，尤其是在文化大革命的十年中，我已记不清我多少次去过马家河，在那里总共呆过多少日子。但每当我从株洲来到这里，就宛若进入另一个世界。它与株洲成为决然不同的两个概念。

马家河这个坐标，在我人生最重要的青年时代，无言地矫正过我许多的行为标准。我没有参加过"保守派"和"造反派"，没有写过批判"走资派"的大字报，没有别一把手枪参加"文攻武卫"的战斗。除了上班，就是寻找各种书籍来阅读，并写一些反映工人生活的新诗。尽管这个阶段的作品现在看起来十分幼稚可笑，但它有效地化解了我多余的精力，使我比较安然地度过了十年的动乱。

其实，我和父亲同样处于一种逃离状态之中。他对我热衷于写作的痴狂，曾表示过极大的忧虑，但又无可奈何。他认为白纸黑字是斧头也砍不去的证据，些小的疏忽便会导致灭顶之灾。只有当一个工人是最稳靠的，家有万金不如薄技在身。

一九七八年，我终于丢弃了磨刀工的薄技而去了《新城日报》，为此父亲哀叹说你的选择是错误的，业余搞搞尚可，专门坐在报馆里则非常危险，祸从口出也从笔头下出。一九八四年春，我将去北京上鲁迅文学院前夕，到湘潭家中去拜别父母。当时父亲染病在床。听我说要去读书，他很兴奋地坐起来，说："这是一件好事，可以脱离报馆几年，有机会不必回报馆了，搞点别的什么事。"但我读完鲁院再上北京大学后，依旧回了报馆。九泉之下的父亲定然是非常失望的。

在"文革"十年中，我也有过一次小小的惊吓。这一次惊吓，使我深感语言的危机四伏。在以后的日子里它成为一个警报信号，时刻升起在我的脑海里。

那是毛主席巡视大江南北的时候。他老人家这次出行是极为秘密的，他周游了一圈回到北京后，报纸才披露这条消息。他住在长沙的一个叫蓉园的宾馆里。在他的晚年，故乡似乎格外的亲切和可信。那时，湖南省的工农兵文艺工作会议正好在长沙召开，白天学习和讨论，晚上招待看花鼓戏移植的样板戏《沙家浜》。所有的情节、布景和京剧《沙家浜》绝对的相同，不同的是唱腔和长沙话的念白。而这个晚上，毛主席在蓉园的电视机前看实况转播。

电视是什么玩意，在那时还很少有人知道。他老人家那一晚兴致勃勃，一边看一边说了几句话，比如"地方戏移植样板戏好"，比如"刁德一不刁"。结果第二天上午，军代表就无比激动地向大会传达了这些话，它们成了最高指示。

下午散会，我便回到了株洲，几个文友晚上相聚，我毫不保留地传达了这个振奋人心的消息。但第二天我刚刚走进车间，政工组的一个老政工即通知我随他去一趟公安局。我不知道我触犯了哪一条刑律，老政工板着脸一言不发，在那一刻我似乎成了一个敌人。在公安局的一间办公室里，我回答了他们提出的很可笑的问题。原来是昨晚有个朋友向他妻子谈及我说的新闻，她立刻向厂革委会做了汇报，厂革委会又汇报给市革委会，随即命令公安局进行追查。他们问毛主席到湖南看花鼓戏，我们怎么不知道？我说只向文艺界传达了，你们没有必要知道。他们恼怒起来："没有登报没有下文件，你不能乱讲，小心犯错误。"我的心震动了一下，脊背上冷汗涔涔。

为了平息这次惊吓，在周末我便去了马家河。不过，我没有将这件事告诉父亲。白天，我在田畦和山林间散步，清纯的植物气息和滋润的风，使我的心情开朗起来。阳光带着一种淡淡的绿色，无声地落在我的身上。我感受到沉默的植物，激腾着不可遏止的活力。远远的，我听见父亲在呼唤我的名字，在拖长的声音里我热泪盈眶。

十一

当我又一次走进马家河的小药店时，父亲正和一个脸色黧黑的汉子坐在那张八仙桌边聊天。那正是一九七六年清明节后第五天。黑脸汉子和父亲用流利的江西话说着家常，充满着音乐感的声音使我忘记了城里的沸沸扬扬。

我立刻猜出这个穿着油迹斑斑的工作服，蹬着不见毛色的翻毛皮鞋的黑脸汉子是何老师。他非常的黑瘦，甚至连脸上的笑也是黑瘦黑瘦的。父亲曾说过何老师是一个很有本领的人，他父亲是西帮的大资本家，他念过一所名牌大学，在一个中专技术学校任教，出过专著，"反右"斗争中戴上了一顶结实的帽子，他便申请到马家河的一家农机厂当了一名铁匠。

在马家河小镇，唯有父亲和他是说江西话的同乡。他们因都处于一种逃离状态中，遂为知交。不同的是何老师性格比父亲开朗得多。在那个简陋的打铁棚里，何老师干完了活计，便在镇子上到处游逛，然后到小药店来喝一杯茶，与父亲谈今论古。他的这种开朗，使他并不强健的身体与时间的抗争拖得很长。在父亲故去后，我常回湘潭看望母亲，早晨一见亮我会去附近的雨湖公园跑步或散步，我总会看见何老师在一座亭子前打太极拳。

何老师发现我走进了小药店的店堂，便对父亲说："你的大公子来了。"我忙上前叫了一声"何老师"。他哈哈大笑："什么老师，现在是铁匠，叮叮当当，敲敲打打过日子。"

何老师说："叶兄，你刚才说到我的痨病，我有一味妙药治理。一吐血，我就吞下一把田七粉，血就止住了。"

父亲摇着头说："这是蛮治法，医书上没有记载。不过，既然有验效，说明是行得通的。"

何老师笑得眼睛亮亮的。

父亲说："明天是星期天，我要去鼓磉洲出诊，你反正没事，去不去？我儿子也去。"

何老师说："好，权当一回游春。"

横亘在江心的鼓磉洲，在许多年后才知道它在史书中相当出名，当过清朝皇帝老师并任岳麓书院山长二十七年之久的罗典就在这里呱呱坠地，毛主席的同学、革命烈士罗学瓒也是从这地方走出去的。洲上有几十户人家，以打鱼、种菜、养蚕为业。

第二天清早，我们坐小渡船去鼓磉洲。上了洲，到处是桃树、桑树和柳树，洲边青青的芦苇梢，系着淡淡的春云，颤颤地。绿荫深处隐隐可见农舍的轮廓、鸡啼、鸭呱、犬吠，俨然是一篇陶渊明的《桃花源记》。

父亲说："小药店若是在这里就好了。"

何老师一笑："这里有几个病人？小药店只好关门大吉了。这里你未必住得惯，没有电，没有自来水。"

父亲真诚地说："我倒不在乎这些。"

何老师摇摇头，顿了一下，说："叶兄，明天我要敲锣游街了。"

"怎么搞的，又要游？"

"嗨。这些年我一共才游了几回？领导说实在没办法，做做样子，他们好汇报。你想，我这种身份的人倘若是在城里，也许早没命了，游游街算什么，这已经是相当优待了。"

父亲难过得半晌无言。

"我明天会把锣敲到小药店门口，你看我有没有一副愁样子？我心宽得很。过一下，你去诊病，给我们借两根钓竿，我们坐在塘边钓钓鱼。"

我们坐在一口水塘前钓鱼时，何老师脸色很平和，仿佛明天游街的不是他。他的眼睛看着颤动的浮标，但一次也没有起钓，他的超脱与消闲的姿态使我深受震撼。

第二天上午，不远处果然传来响亮的锣声，在细细的春雨中，金属的回音十分中听。随即听到"我是牛鬼蛇神我是右派分子"的喊声。何老师果然游街来了。父亲那一刻没有病人可诊，正坐在八仙桌边喝茶，听到锣声和喊声慌忙站起来，对我说："我们进屋去，免得何老师不好意思。"

我们坐在卧室里。

锣声居然响到小药店的店堂里来。何老师说："老叶，我来讨口水喝，你出来吧。"

父亲说："这个何老师，真是胆大。"边说边走出去了。

何老师从容地喝了一杯茶，又提起锣，一路敲了出去。我发现他背后居然没有押解他的人，小镇的宽厚仁慈真可载入史册。

父亲说："他还会出事的。"

但他的话并没有应验。八个月后，"四人帮"被揪住了，文化大革命结束了，接着何老师平反昭雪，重返他的校园。

现在看起来，何老师的逃离比父亲潇洒得多。父亲的逃离是一种沉重的姿势。当他回城之后，正如米兰·昆德拉的一句名言：生命中不能承受之轻。他的生命在轻松中很快地凋谢。

十二

父亲逝世于一九八四年的盛夏。

我从北京的鲁迅文学院上完第一个学期的课，放暑假回到株洲家中，休息了两天，又去湘潭看望父母。

父亲的气色非常不好，苍白如纸，人也瘦如秋鹤，他坐在天井边的一把竹躺椅上，搁在竹靠手上的瘦孤零零的胳膊，俨然与竹竿成为同类。

在二〇〇九年盛夏的这个下午，母亲叙述起逝去多年的父亲，口气已变得十分平静。她说起父亲在我回来的前一天，他拄着的一根竹节拐杖，突然断裂了。当时母亲正在厨房里忙碌，那一声清脆的断裂声使她的心为之一颤，余音袅袅，在整个老屋的空气中飘浮。她连忙奔到堂屋里，父亲正惆怅地站在天井边，他喃喃地说："好好的拐杖怎么会断呢？"他的问话衰竭无力，如一缕游丝。

这支拐杖是我一九八〇年到四川开笔会时，特意买回送给父亲的。刚退休的父亲拄着它，在堂屋里来来回回走了几圈，戳得青砖地笃笃地响。在那一刻，我发现他视拐杖为支撑他身体的一个重要支点。四年后，这个支点消失了。

我这次回家，住了一星期，朝夕和父亲相伴。他的精神从黯淡中生发出光彩，在飘着水气的天井边，他不断地给我讲述他这几十年来所看到和听到的人和事。他的讲述充满了一种怀旧情绪，并营造出一种艺术气氛。

他说旧时代药行提炼血驴膏之前，把一匹匹驴子拴在木桩上，那些五大三粗的汉子挥动长而韧的细木棍，抽打那些苦难的哑巴牲口，一棍下去一道猩红的血印，一道一道的血印排满了驴子的全身，宛若一团鲜红的火焰。然后开刀剥下这些浸满血水的皮张，去毛，洗净，丢到巨大的铁锅里去熬滋补女性身体的血驴膏。

他讲湘潭几家著名的药店天福堂、地福堂、人福堂、协盛西所发生的令人耳目一新的故事。他说他的朋友王以桃在接骨疗伤上的神奇高妙，断脚断手的人抬着来，他可以立即让那些错位的骨头恢复原状，患者然后高高兴兴地走着回去……

这也许是父亲一生中，和我说话最多的一次。他不需要我作任何提示，也不让我插言，就这么絮絮叨叨地说个不停。这些奇特的人和事，成为我日后小说和散文创作的珍贵素材。我写了中篇小说《蟋蟀》、《血驴膏》、《天福堂》、《青铜岁月》等篇什。现在看来，当时父亲已有了某种不祥的预感，他曾对我的文学创作十分冷淡，而在他临终前却有意地为我提供一些我无法体验的生活，似乎是一种内疚后的补偿。

一星期后我回株洲去料理一些杂务，第三天的傍晚加急电报发来了，称父亲已于当天中午十二时许过世。接到电报时我有如沉雷轰顶。父亲不是好好的吗？怎么突然之间就去了呢？

那个悲切的时刻，弟弟正好在家。后来弟弟叙述父亲过世前后的情景时，我们都感到茫然无解。父亲在中午喝过一碗桂圆汤后，便躺在竹床上安详地睡去。睡去后就再没有醒来。他的脸色非常平和，甚至还带着一点笑意。当我深夜赶回家中，看见父亲的遗容毫不怪异，仿佛只是熟睡着在做一个很深的梦而已。我问母亲和弟弟，父亲临睡之前说过什么话没有，弟弟想了想，说："他咕哝了一声我好累好累。这句话应该是父亲一生的总结。"

深紫色的暮气从天井口飘落下来，愈积愈厚，压得我们几乎喘不过气来。

弟弟问："大哥，你在想什么？"

我说我想好了一副挽联，是写给父亲的，尽管他已经故去二十五年了。我缓缓地念道："平安就是一个胜利；逃离堪称一种人生。"

十三

在弟弟离开马家河之后，我再没有去过那个乡下的小镇子。但我并没有遗忘它，它常常在我记忆的胶片上显影。那个小药店还在吗？小药店的人应该是更年轻的面孔了，一些新的故事又在生长。

一九九四年春天，我乘坐株洲航管站的小汽艇去鼓磉洲采访。这时候的鼓磉洲已划归株洲管理了。当我登上鼓磉洲后，眼前的一切与昔日酷似。只是有了电，有了自来水，依旧是桃花缤纷，桑叶青青，菜畦泛绿，农舍或已衰老，或是新建的。它还是那么安宁，安宁得似乎被这个世界遗忘。我找到了那口我当年和何老师钓过鱼的水塘，塘水盈盈，闪着粼粼的波光。时间在这里有如一个停顿的概念，这既使人欣慰又使人惆怅。

午后，我们又乘小汽艇横江而过，停泊在马家河小镇的码头边。

我急于去寻找那个小药店。

嵌在临江半截小街上的小药店早已不知去向，对联没有了，招牌没有了，柜台没有了，里面住着几户人家。一个三四岁的细伢子坐在阶基上玩一坨泥巴，一张脸花花白白。他童年的世界充满了乡野的欢乐。

我问一个过路人，小药店搬到哪里去了？

他惊诧地看着我，仿佛我是一个不怎么正常的人。"小药店早搬到城里去了，这房子也卖了。你还问它做什么？"说完，他甩了甩手走了。

我突然有了一种悲壮的失落感，自言自语道："都走了。"

但当时没有想起"逃离"这个词。想起"逃离"这个词并确定它的内涵和外延，是二〇〇九年盛夏的这个下午，我和弟弟坐在湘潭老屋的天井边。我突然长长地叹了一口气，对弟弟说："我年过六十，你也五十有五了。在某种程度上，我们也是父亲人生轨迹的再版，也在做着关于'逃离'的注释，你说是吗？"

弟弟睁大眼睛望着我，然后低下了头。

作者简介：

聂鑫森，男，一九四八年生于湖南湘潭，二十世纪六十年代开始发表作品。先后毕业于中国作协鲁迅文学院和北京大学中文系作家班。中国作协会员、湖南作协副主席、株洲市文联副主席。著有长篇小说《夫人党》、《浪漫人生》、《霜天梅影》、《诗鬼画神》；中短篇小说集《太平洋乐队的最后一次演奏》、《爱的和弦与变奏》、《镖头杨三》(英文版)、《诱惑》、《都市江湖》、《生死一局》、《塑料人》、《铁支子》、《吃官仓考》、《轿杠》、《老号手》、《万笋楼》、《车在旅途》、《星下双剑》、《烟波芥舟》；诗歌集《地面与地底的开拓》、《他们脖子上挂着钥匙》；散文随笔集《收藏世界的诱惑》、《优雅的存在》等。曾获"庄重文文学奖"、"湖南文学奖"等。

现代启示录 /聂鑫森

与英雄同行

一

《D 城日报》晚编室。

我看看手表，已经临近子夜了，可外出采访必须交一篇重头稿的侯含，连个影子都没有看见，我禁不住焦躁起来。这个庆祝建国六十一周年的国庆之夜，我完全可以坐在家里看精彩纷呈的电视节目，因为我们节日报道组要发的稿件基本都发完了。谁料满头清霜的侯含别出心裁，要在这个狂欢之夜去采访本市的一个英雄人物——三十五年前为抢救两个小同学而致残的燕子，看看他们这一家怎样度过这个激动人心的时刻。

老实说，我已经对侯含的写作能力感到失望，他还能写出什么新意来？从报道燕子的第一篇稿子开始，当然他那时还在基层，是以后调到报社来的，他的所有稿子我都拜读过，几乎形成了一种固有的俗套，圆熟得使人生厌。然而他对报道这位英雄始终怀着神圣的情感，而对写其他内容的稿件兴致索然。他说："我们这个时代太需要英雄了！"以致熬到五十七岁，还只是一个内部的中级职称。同事说他这一头白发，是为英雄熬白的，他是虔诚的英雄的影子。可他一笑置之："我不后悔，真的！"

侯含的这个报道计划我本是要予以否定的，可他已先向总编打了招呼，

"挟天子以令诸侯"，无奈我只好用过晚餐便赶到报社的晚编室，等待签发他的大作。可到这时候了，他还不露面，电脑房等着打字、排版，可别误了大事啊。

我站起，又坐下；坐下，又站起，总希望从走廊上听到侯含急急忙忙的脚步声，可是没有。壁上的大挂钟"嘀嘀嗒嗒"地走着，四周静极了。按照报社的发稿程序，凌晨三点必须截稿，要不就会耽误下面的所有程序。我决定在三点整如果还见不到侯含的稿子，对不起，调新华社的稿子补上！想到这里，心也稍安，便老老实实坐下来，点着一支烟，想一些不相关的闲事。也怪，所有的思绪老围着侯含转，驱也驱不开。

二

我认识侯含，是在一九七六年。

那一年，我们的国家发生了一系列的大事。先是敬爱的周总理辞世，几个月后，毛主席又离开了我们，接着是粉碎了"四人帮"，举国欢腾。当时，我也就二十岁出头，因在工厂搞新闻报道有些名声，便调到《D城日报》当记者和编辑。在我的印象中，那一年特别忙，报纸非常讲究宣传报道的连锁反应，各行各业的慷慨表态，英雄事迹的层出不穷。报社老总要求记者、编辑迅速发现和报道本地的英雄人物，尤其是粉碎"四人帮"后出现的新的英雄人物。我那时在总编室工作，为这事真犯了愁，新闻是可遇不可求的，到哪里去寻找新的英雄人物？

记得是冬天的一个下午，刚刚下过一场大雪，到处寒气砭骨。快下班的时候，办公室的门被突然推开，闯进一个二十一二岁的小伙子，戴一顶黄军帽，上身是一件露出线缝的短军袄，下面是一条黑裤子，肩上挎着一个黄挎包。在当时，这是非常时髦的打扮，全国学解放军，不但学思想，而且学穿着，弄得街市上黄亮亮一片。

他张开大嗓子喊道："谁是这里负责的？"我望了他一眼，说："负责的不在。"他说："你是谁？"我说："我只是一个编辑。"他憨厚地笑了，说："只要是报社的就行。我们学校出英雄了，十岁的英雄！从汽车轮子下救了两个小同学，她头部重伤，还轧断了一条腿，正在医院抢救。我想报道这个英雄，我是她的班主任！"他的脸兴奋得发光闪亮。

一听出了英雄，我"咚"地从座位上跳起来，急促地说："你快说，是怎么一回事？"他抓起我桌上的茶杯，狠狠地灌下一口冷茶，说："忘了自报家门了，我叫侯含！"接着便急急火火地叙述起来："她叫燕子，不是外号，是正名，姓燕名子。父亲是个炼钢工人，母亲是开车床的，她在学校是个好学生，能背好多条毛主席语录哩。四点钟，放学了，因为下了雪，天冷，路滑。燕子在打扫教室后走出学校，校门口是一条公路，她看见有两个小同学在路中央玩雪。就在这时，不远处驰来一辆大卡车。燕子一看，糟了，要出人命了，便奋不顾身地冲向公路中央，使劲地把两个小同学推开，自己却滑倒了。汽车刹不住，撞了过来，从她左腿上辗过，头部也撞得很厉害，当场晕倒了，被立即送进了医院……"

我问："公路宽吗？"他说："宽，能跑四辆汽车哩。"我说："假如，燕子不冲过去救人，汽车不是可以绕过他们吗？"侯含睁大一双眼睛，狠狠地瞪着我，说："你怎么能这样说呢？你是说这个英雄的行动，似乎是多此一举？"我当然知道这句话的分量，忙解释说："不是这个意思，我是想多了解一些情况而已。"他说："那么，这个稿子我可以写了？"我说："行。不过……能不能争取今晚十二点之前送来，请在稿子上盖上公章。今晚我就一直待在这里，等你的稿子。"他说了句没问题，就急吼吼地走了。等侯含走后，我立即向总编辑做了汇报，他说："好！要造成一个声势，大力宣传英雄，这个侯含很不错嘛。"

天一落黑，雪又纷纷扬扬地下了起来。到九点钟，老总通知总编室的全体人员来到他的办公室，等侯含写英雄抢救小同学的稿子。我发现老总情绪非常高昂，不停地吸着烟，喝着茶。他说："我已向市里汇报了，上级领导非常重视，要好好地把这个英雄树立起来，以鼓舞大家经历十年动乱后的蓬勃热情！"大家都胡乱地点着头，喏喏地应着。

侯含披着一身大雪走进来的时候，正是十一点整。他摘下帽子，头上直冒热气。老总一把握住他的手，说："谢谢你，小侯同志，你真是雪中送炭啊。"侯含的眼里也盈满了泪水。老总说："小侯，你先念稿子，我们听着，今晚一定要发排，明日见头版！"侯含坐下来，从黄挎包里掏出稿子，声音洪亮地念起来："题目是《一曲毛泽东思想的壮丽凯歌》……"

稿子写得很长，三千多字，结构也不错，一开头就很抓人，写北风渐紧，大雪纷飞，燕子在一个人义务打扫完教室后，唱着《我爱北京天安门》的儿歌走出校门。这时她发现了触目惊心的一幕：两个小同学正在公路上玩雪，远处驰来一辆满载货物的大卡车。一百米……她想起了毛主席"为人民利益而死重于泰山"的教导，她大喊一声："停住！"然后冲向公路中央。五十米……二十米……十米……她"下定决心，不怕牺牲，排除万难，去争取胜利"……念到这里，侯含自己已感动得喉头哽咽，泣不成声了。

老总一拍桌子，说："思想境界都出来了，好！"我疑惑起来，一个十岁的小女孩，在这救人的关键时刻，怎么还如此理智和清醒。汽车每驰近一段，她就会想起一段毛主席的语录，这可能吗？侯含平静了一会儿，又开始念他的稿子：在风雪弥漫的夜晚，当她从昏迷中醒过来。医生、护士、老师、同学、父母亲都围在她的病床前。她艰难地说："小同学……脱险了吗？"老总激动地站起来，说："这一笔写得太好了。英雄是立得起来的！我看不必作什么修改，发稿！"侯含突然伏在桌子上呜呜地哭起来，他太激动了。

从此以后，我便经常读到侯含写燕子的各种消息和通讯。诸如在病房里，她学习毛主席著作，与病魔作顽强的斗争；她为病房里的叔叔、阿姨、爷爷、奶奶念毛主席语录；每天晚上在病房里由侯含为她补课，她学得如何认真……后来，燕子出院了，成了残疾。侯含常背着她到外校和外地去讲演，那些讲演稿都是侯含写的，报纸上经常出现小英雄到何处讲演并掀起学英雄高潮的消息报道。侯含还自备了一本《小英雄记事》的笔记本，专门记录燕子每天的言行和生活起居。侯含到报社来，必告诉我这个月在各种报纸发表了多少篇写英雄的文章、消息、通讯、言论、发言稿，什么类型的都有，边说边从黄挎包里拿出"剪样本"——一展示给我看。他最喜欢说的一句口头禅是："榜样的力量是无穷的。"

燕子升初中了。侯含也由教育局安排到燕子就读的中学任教，并担任班主任。燕子上高中了，他也跟着升迁。侯含与英雄形影不离，他成了英雄名副其实的影子。侯含特地让我阅读过燕子的日记，一篇篇都是学习毛主席著作和《人民日报》社论的心得体会，什么"平反昭雪"、"拨乱反正"、"以经济建设为中心"，都能讲得头头是道。我一看就明白这不可能是燕子写的，而是侯含写好了初稿，由燕子抄录上去的。这些年隔三岔五地和侯含打交道，彼此的关系自然非同一般，说话也随便了许多。

我说："你把你的思想强加给燕子了。"他认真地说："每家报纸都要求我写出英雄新的闪光点，说这是时代的要求。你说是不是？不但要写出老英雄立新功，领导还要求我这写英雄的人，也要学英雄，见行动。也许，我这一辈子和英雄难解难分了。"他的眼里闪过一丝忧郁，但倏忽不见，脸上的神情变得庄重起来。我知道他说的是真话，这些年，侯含不但是英雄事迹的记录者、创造者，同时也是英雄的服务员。他比英雄的父母亲还操心，操心得没有时间也没有心思去找一个可心的人做伴，转眼就快三十了。他入了党，工作努力，思想进步，获得一大堆诸如"优秀教师"、"优秀党员"、"政治思想工作积极分子"的头衔。他已经不属于自己，而是属于英雄燕子。他为他神圣的职责而骄傲，而有滋有味地活着。作为一个旁观者，我觉得这是不可理解的。

三

一九八五年初秋，一个凉风习习的夜晚，侯含邀我到湘江边去聊天。在一条石凳上，我们比肩而坐。淡月疏星，江水在夜色里缓缓流着。侯含很久都没有说话，我猜得出，他这么慎重地把我邀约出来，一定有什么重大的事情要和我谈。

终于，他开口了："你知道吗？燕子毕业了，高中毕业了，作为一个残疾人，我是最了解她的，她不仅仅是少了一条腿，还因为脑部受伤留下了后遗症，动不动就发火。考大学，她考不上；找个合适的工作，城里又没有，她只能闲在家里了。这对于一个英雄来说，简直是一个无法接受的事实。更重要的是，从小学到高中，我都是她的班主任，我了解她的一切，我可以随时随地记录一个英雄的事迹，因为她是我的学生。可她现在回到社会上去了，我怎么去接触她？我得上课、改作业、搞家访。过去，我虽当班主任，也教课，但我一旦有事，随时有人来顶替我，因为英雄的荣誉就是学校的荣誉啊！"

我淡漠地说："你可以利用节假日去采访她，然后写成文章。"

"不！"他激动起来，"那一点时间是远远不够的。"

"你打算怎么办？"

"我要调进报社，当一个记者。"

我不作声了。

"我为燕子写过上千篇文章，整整十大本剪样，就凭这个，我要到上面去找那些负责人。我调进报社不为别的，就为宣传好英雄，我没有一点私心。"说到这里，他对我一挥手，"我先走了。"

望着他匆匆而去的背影，我怀疑他是不是有些不正常了。但是，两个月后，他真的调进了报社，并被安排在"典型报道组"，任务非常单一：关注和报道燕子这个老典型和其他典型人物。那时，我仍在总编室，专门编审"典型报道组"的稿子。侯含每隔几天，就会送来一篇关于燕子的稿子。也许因为燕子闲散在家，脱离了社会的主体生活，她有多少事情可写呢？加上又是一个残疾人，整天待在家里无所事事，就连那些关于学习的心得体会文章联系不到实处，也变得空泛干瘪，让人难以卒读。我不得不狠下心来，"枪毙"侯含的稿子。

有一次，他写了一篇燕子谈如何发展生产力的文章，纯粹是胡编瞎说，满纸空话，我自然是签上了两个字：不发。他和我争吵起来，而且还拍了桌子，把总编辑惊动了，跑来问是怎么回事。我把稿子交给总编辑，请他定夺。他仔细看了一遍，说："小侯的立意是好的，你和他一起去采访一下，补充点材料，重新写一遍。"侯含脸上挤出了笑意，忙给我递了一根烟，讨好地说："你是我的老师，你一出马准行。我不能让燕子被社会冷落了，只要能见报，哪怕几个字也行。"说真的，当时我的心里一热，这个侯含为什么要这样啊。

我们一起去了燕子家，燕子撑着一只木拐子，正在灶边淘米煮饭，忙得一头是汗。我问："你等爸爸妈妈回来做饭不行吗？"她说："他们在忙着赶任务。我做好饭，他们就可以多休息一下。"我发现这个十八九岁的姑娘，竟只有一般人十四五岁那样高的个子，单瘦得风都可以吹倒。我们又问了她一些在家帮父母亲做家务事的情况，然后就告辞了。在路上，我对侯含说这文章你可以写了，就写燕子身残心不残，努力为父母亲分担家务，同样是一种奉献精神。侯含呵呵地笑了。几天后，这文章见了报。

但不管怎么说，侯含稿子的见报率越来越低了，有时几个月也上不了一篇。好在那时候不靠发稿率分配奖金，没有谁敢当面嘲笑侯含，侯含也就这么耗着。但我看得出，他的心情很坏，一脸的苍凉感，总是一个人神经质似地嘀咕："燕子怎么就这样无声无息了呢？"后来，燕子招工到一个街道企业当会计，那已经是一九八九年了。当侯含兴奋地把这个消息告诉我时，我确实为他而高兴。他一直牵挂着英雄的立足之地，现在有了，燕子可以自食其力，可以好好地安排自己的生活了，他也该考虑一下自己的事了。英雄的昨日已成历史，燕子不应该总活在虚幻的光环里。

我说："小侯，你都三十五了，该找女朋友了。"

他脸一红，说："不着急的，不着急的。昨天我跟燕子长谈了一次，希望她保持英雄的称号，创造新的成绩，我愿意永远做一个英雄的记录员。榜样的力量是无穷的。"

"她怎么说？"

"她说：老师，我听你的。"

"你还准备全力以赴地宣传她？"

"嗯。"

我轻轻地叹了一口气。

侯含在调到报社后，因为写作上的过于平淡，被调到报社的政工科工作。他为这种安排而痛苦，整天苦着一张脸，一声不吭。他一定在内心渴望重新出山，获得采访报道的权利。但我明白他的思维已形成一种定势，即使能再次为报道燕子的新事迹而发表几篇文章，也不过是宣传形势所需，绝非他个人才华的重新发现。而他又不愿意写点别的什么，去研究一些新的问题，悲剧将在他身上重演，这是无疑的。

报社政工科到底没有多少事可做，侯含的心思也不在这里。他只要一有闲就往燕子上班的那个小玩具厂跑，也不断地有稿子送到我手里来。从稿子上，我发现侯含在"指导"着燕子"创造"新闻，什么燕子组织婆婆姥姥成立"读报会"；每周出一次"读报园地"的墙报；星期天义务清扫小街小巷；向贫困山村的孩子赠送玩具；去敬老院慰问孤寡老人……这些活动基本与市里的活动紧密结合，有虚有实，报纸确实需要刊发这样的配合性稿件。

老实说，我签发这些稿件时的心情是复杂的，侯含在写作上有了很多高明之处，让你明知这是老套路稿子还非发不可。我们的报纸需要这些玩意，许多有才华和没才华的编辑、记者，居然把整个的生命倾注在这些文字中而毫无知觉，当然，也包括我自己。

侯含现在又满面春风了，他那只手提牛皮采访包里，又放上了一本新的

"剪样本"。不管在什么场合，只要有人，他就会打开这本东西，向人们介绍英雄燕子的事迹，一点也不厌烦。燕子的知名度又重新进入千家万户。我曾私下里揣测，侯含对燕子始终如一的关注，是不是还有个人的目的？比如他这么大年纪了却不去成家，是否隐藏着对燕子的爱恋，如果真是这样，倒也是一件好事。但几年后，燕子因一个退伍军人诚挚表白，终于有了一个家，而侯含却表现出异乎寻常的赞美和祝福，这又使我坠入五里雾中。

四

我见到燕子的丈夫杨谷雨，是在他们新婚后的第三天。侯含说："燕子夫妇要请我吃饭，感谢我多年来对他们的关照。其实，我什么也没有做，不过是签发了几篇报道燕子的稿件。"我可以肯定，这是侯含的意思。后来确实是这样，在饭店买单时，是侯含掏的腰包。侯含是想让我看看他一直关注着的英雄，是如何在人生道路上留下坚实的脚印，既包括事业，又包括爱情，一切都是完美的。不管怎么说，这次聚餐，杨谷雨给我留下了极好的印象，健康、诚挚、憨厚，是一个靠得住的人。而燕子对丈夫也流露出一种欣赏，总是用温柔的目光注视杨谷雨。这是很相配的一对！

侯含的酒喝得很豪爽，话也特别多，一串一串的，根本不让人插嘴："杨谷雨在报上看到了关于燕子的报道，很崇拜燕子，就主动向她写信，还常常来看望燕子。时间一长，就好上了。这是多么纯洁的爱情！燕子跟我说了这个事，我就去了市郊杨谷雨的部队，和他的首长交换了看法，觉得这是一件大好事，精神文明之花啊。小杨是外县乡下的伢子，马上就要退伍回老家去种田。燕子当然不能跟他回去，到乡下去英雄就没有用武之地了。我得想法把小杨留下来，我找了各方面的头头脑脑，说明这桩婚姻的重要性，居然一拍即合。于是，小杨退伍后安排在城里一家商场搞仓库保管员，领导还说要重点培养他。小杨，我可把丑话说在前头，燕子是个英雄，又是个残疾，你可不能欺侮她。假如有一天你小子想蹬了她，那么，组织上会吊销你的工作，把你的户口迁回你乡下的老家去！"

侯含的最后几句话，分明带着一种威胁。

我真担心杨谷雨受不了，这不是说他爱英雄只不过是为了一个城市户口、一个工作单位吗？任何一个血性男儿都会受不了的。但杨谷雨只是嗫嚅了几下嘴巴，什么也没说，只是憨厚地笑着、笑着。我想起几天前侯含所写的一篇稿子《退伍战士爱英雄》，文中借杨谷雨之口说："我能够和英雄终身相伴，是我的福气，我因此获得一个向英雄学习的最好机会。让我真心地陪伴她一辈子，爱她一辈子。"我知道这是侯含的"创作"，他在塑造燕子的同时，又开始塑造杨谷雨，把杨谷雨塑造成一个虔诚的崇拜者，一切听命于燕子。假如杨谷雨是一个有个性的人，在长期的生活中，他能忍受燕子的一切么？一个英雄，一个凡人，如何能搅拌在一块？不出问题才怪哩。我什么也不想吃了，便礼貌地找了个借口，提前告辞了。

后来的事实证实了我预言的不谬。侯含狂热地隔上几天就要为燕子新的事迹写上一篇报道，燕子也越来越拥有英雄的感觉了。回到家里，她什么事也不想干，把杨谷雨支使来支使去，口里还不停地对杨谷雨讲一些报纸上的大道理，或者指责他身上农民的低俗习气，不爱卫生，睡觉打鼾，感情粗糙不懂得体会女人的心思，等等。杨谷雨弄得左也不是，右也不是，终于有一天，甩了燕子一个大耳光，骂了几个小时的粗鄙话，而且说："我宁愿回乡下种田去，也不受你这个残疾人的气！"

接到燕子打来的电话时，侯含正在和我谈他的职称问题。因为在报道燕子上他的上稿率还不错，领导便把他调到了记者组。但他一直是个初级职称，没有本科文凭，没有省以上的获奖作品，没有论文，外语一字不识，没法评上中级职称。但报社可以评内部的中级职称，他是为这事请我帮忙的。他接到燕子的电话时，脸都白了，说："小杨怎么能这样？我马上来，找他谈话，这还了得！"说完，就匆匆忙忙地走了。

那天晚上，我看书看到子夜时，侯含的电话打来了，声音很低沉。他告诉我燕子家中发生的一切，告诉我如何找杨谷雨谈话。没想到这个乡里宝先是默默地听，憨厚地点头，等到话讲完了，杨谷雨说："侯老师，我向你说句实话，你再不能害燕子了。她过去做过一件属于英雄的事，但她不能永远是英雄，她得过平常人的生活，你得让她走下神坛！我们结婚了，但她老觉得自己是英雄，我什么也配不上她，而我必须听从她的摆布，你说这日子还怎么过？她应该学会做妻子，做母亲，做一个普通人。我给了她一个耳光，可以让她清醒一下，惹毛了普通人，他同样可以蔑视英雄的，你说是不是？以后，你少给她写什么狗屁文章了，也少来我们家，我们的日子会变得平静和安宁，我相信！"

侯含叙述完了，悲哀地叹了一口气，又说："这农民的思想就是落后，怎么能这样对待英雄呢？怎么能反对我写英雄呢？"我打了个哈欠，说："你就别操这个心了，让他们过一段日子试试看，也许真像小杨说的那样，岂不更好？"然后把电话搁下了。第二天在报社碰到侯含时，只见他脸色发青，眼圈发黑，看得出他昨夜一定失眠了。他默默地看着我，神经质似地乱摇着头。他再没有去过燕子家，也没有再写过关于燕子的文章。他被迫去写那些简单的经济报道消息，头发也渐渐地白了，整天没精打采的。

燕子后来生孩子了。孩子一天天地长大。侯含还是孤家寡人。

我到侯含的单人宿舍去看过他几次，他的桌子上永恒地摆着一大沓过去的"剪样本"，以及那本《小英雄记事》。在没有人的时候，他一定在翻阅这些东西，让心沉入过去的岁月，重温那个渐渐远去的英雄辈出的时代，充满一种悲壮感。他见我的目光停留在桌子上，突然大声说："我们的时代不能没有英雄！我相信总有一天，燕子会明白过来，她这个典型对于我们有多么重要，她不应该只属于那个小家庭，她属于全社会，属于我们每一个人！"我说："老侯，这是个走向真实的年代，我们需要的是真实的英雄，而不是由我们臆造的英雄。"

五

清晨两点的时候，走廊上响起踉踉跄跄的脚步声，接着侯含耸着一头乱发，窜进了晚编室。灯光下，那双眼睛瞪得老大老大，怪吓人的。我板着一张脸，把手一伸，说："快拿稿子来！"他没有理我，一屁股跌坐进靠墙的一张沙发里，两只手揪着自己的头发，一言不发。我催道："老侯，稿子！电脑房等着发排哩。"他缓缓地松开揪头发的手，缓缓地抬起头来，眼里流出了浑浊的泪水，然后直瞪瞪地望着我。

我说："老侯，怎么回事，到底有稿子没有？"他摇了摇头，停一阵，又摇了摇头。我松了一口气，也好，可以调新华社的稿子补上，也免得我来审稿。我正要走开去选稿，他突然说："让你久等了，对不起！我是晚饭后去燕子家的。人家很客气，让我进去了，又是泡茶又是端点心，还让他们的孩子叫我侯爷爷，看得出燕子和小杨过得挺顺心的。他们让我一起看电视里的文艺晚会，不停地和我讨论那些歌星、影星的相貌、穿着，以及他们曾演过的节目。我想问问他们的工作和学习情况，以及今后的打算，并掏出了笔和采访本，谁知燕子惊叫起来说："不要采访，也不要写文章，我们现在活得很扎实。我们认真地工作，也好好地生活，请不要打扰我们，请你先回去吧！"小杨也说："侯老师，燕子容易激动，让她平静吧，别再捧她了，她头晕。我就这样尴尬地走出了他们家。我在湘江边晕晕乎乎地走到这时候，才想起你在等着我，我才赶来的。你说燕子怎么能这样呢？怎么能这样呢？"说完，他"咚"地跳起来，冲出晚编室，狂奔起来，一边奔，一边大声地喊道："燕子怎么会变成这样呢？燕子怎么会变成这样呢？"我连忙追了出去。

一天一地的月光。我的前面，一个单薄的影子在月光下晃着、摇着、跑着……

三九严寒

一

古伟走出 C 市火车站时，天已经快黑了。他是第一次到这里来。北风呼呼地刮得喊爹叫娘般凄楚，还夹杂着细碎的雪粒儿。他把呢大衣的领子竖起来，把脖子拼命地往里缩。走过一个亮着昏暗的灯火的书报摊前时，他掏出一元钱，买了一张 C 市旅游图，不禁哑然一笑。他可不是来旅游的，是来催款！这天气，冷得也真邪乎！

他把这张图折好塞到旅行袋里，刚准备走，斜刺里走出一个穿着红羽绒衣的年轻女子，亲亲热热叫一声："大哥！用饭吗？到我们饭馆里去，什么吃的都有。"他冷笑一声："有青蛙吃吗？有娃娃鱼吗？"说完甩开那姑娘，登上一辆去市区的中巴。古伟压根儿就没想到，主编马弛居然会派给他这么一个"美差"，到外省的 C 市找一个个体书刊发行商，催要一笔五万元的款子！

已是三九时令了，窗外又正飘着一场小雪，细碎的雪花儿疏疏地轻盈地落到地上，顷刻间就融化了。小北风打着尖锐的口哨，把玻璃窗摇得哐哐当当响。这时节谁愿意出远门？谁不想围着火炉子喝"猴王牌"香片茶，侃南京

"城隍"北京"土地"，读几篇可用不可用的小说稿？再说孩子才两岁多，在市幼儿日托早上送晚上接，妻子还在一边当会计一边读电大，只有他闲一些，他走了家里会忙成一团糟。他不想当这个冤大头，为什么要轮着他去？

杂志主编马驰把笨重的眼镜往上推了推，又十分尴尬地搔了搔过早白了的头发，一边咳嗽一边说："小古，本不该你去的。可是，第一，搞发行的金胜患胆结石住院了；第二，你在大学时学的是法律专业，如果有麻烦的话，你可以使用法律的武器——当然，不会有这种情况，这个个体书刊发行商叫章大器，原是一个大学教现当代文学的讲师，所以他才愿意发行我们这本纯文学刊物；第三，你样子长得帅，能侃，如簧之舌，哈哈，总是一种优势。五万元呀，靠着它付这一期的稿费，还有大家的年终奖金。小古，辛苦你跑一趟，我代表整个编辑部感谢你。"

马驰提到"帅"和"侃"时，古伟的脸蓦地拉长了，眉毛也高挑上去，说："评职称时，马主编你可提过我两条缺点：一是帅，逗得一些女作者老往编辑部跑，影响了办刊；二是喜欢侃，分散了大家的注意力。就因为这两条，我居然连个副高都没弄上。"

马驰又打了几个哈哈，拍拍古伟的肩，说："编辑部来了一个拔尖的指标，这回包在我身上，好不好？我讲的那两点，一不进档案，二不写进评语，主要原因是你编龄短了一些。好，好，这是车票，明天出发，办成了事我要为你请功。"

古伟接过车票往口袋里一塞，径直走了。好好地和妻子亲热了一夜，第二天古伟顶着寒风冷雪登上了火车。火车不紧不慢地跑了二十个小时。古伟在心里骂一句："真远，怪不得谁都不肯来。"

中巴里亮着一盏昏黄的顶灯，座位有一大半坐上了人，每一张脸都很暗淡，充满了一种冬天阴恺的情调。古伟在一个后面的座位上坐下来，然后问车经过什么宾馆和旅馆。朦胧中响起一个嘶哑的声音，吐字很吃力，像在撕裂一块破布，原来是说这车直奔一家叫"花地"的宾馆。他放下心来。先住下，安顿好这一百四十斤的身子，明天再上门去催要款子。

车开始跑起来。售票员喊着："每位十元！"

"十元？有这么远的路？"有人斥问。

售票员涎着一张马脸，粗大的喉结一上一下，说："这是夜车，安全，值十元哩！"

车里叽叽咕咕低声议论着。

马脸兴奋起来，说："诸位，你们不知道，这年月安全第一，生命才值钱哩。昨天，本市有名的个体书刊发行商章大器在半路被人杀死，抢走他刚从银行取出的现款！还是白天，夜晚就更险啦。我这车一路顺风把诸位送到宾馆，热热乎乎洗个澡，舒舒服服睡个觉，十元钱你们说冤枉吗？不冤！"

车里霎时安静下来，仿佛真的会受到利剑快刀的追杀。热热乎乎、舒舒服服让马脸砍十元钱，最好还要说谢谢他收了我们十元钱。古伟听到"章大器"三个字时，倒是心头一紧。这章大器死了？有道是人死账烂，厉害的亲属完全可以不认账，那么他风尘仆仆赶到这里来岂不是白吃苦了？同时，又觉得一阵轻松，马驰呀马驰，这可怪不得我了，我好好地住几天宾馆，看看有什么好的地方玩没有，然后回去交差，也可算是不辱使命了。

他问："章大器人死了可是真的？"马脸得意地说："那还有假？公安局正侦破哩，账目也暂时封存了。"车子总算到了花地宾馆。古伟在大堂总台登记后，又被年轻的服务员送到三楼的一个单间里。临走的时候，她妩媚地对他一笑："您如果需要其他服务，请打电话到总台找我，我就来安排。"古伟说："今晚我累了。谢谢。"洗过澡，用开水泡了包方便面吃了，倒头就睡，睡下去就响起了鼾声。

二

因为睡得早也睡得好，古伟在天蒙蒙亮的时候就起床了，洗漱后的第一件事就是研究这张"C市旅游图"。不管怎么样，章大器的家总得去看一看，回去讲起来也有根有叶。章家在城西的文化街，从这里坐三路汽车再转二十路电车就到了。很好。他决定在章家稍稍谈一下，然后对不起，玩风景名胜去。

天依旧是阴沉沉的，风倒是小了不少，也没有下雪，谢天谢地，古伟莫名其妙地高兴起来。随随便便吃了两根油条和一碗豆浆——也真怪，到处的早餐都是油条和豆浆，高度的统一极端的平均，这不能不说是一种幸福——因为使他产生幻觉，是仍然在故乡，故乡的油条和豆浆与此地的酷似。三路汽车转二十路电车，在文化街下车。章家是一二九号。

古伟穿着呢子大衣，蹬着一双大头皮鞋，一步一步很稳健很潇洒地走着。他从不戴帽子，他的头发很厚很黑，非常贴切非常好看的发型，与他宽宽的脸浓浓的眉高高的鼻，成为一种美的和谐。他知道有许多女孩子在看他，看他一米七八的个子？看他宽阔的肩和背？看他自然而又洒脱的风度？管她们看什么，反正女孩子爱看他。

这是一栋很大的房子，两层楼，很新色，建起来不过二三年光景。楼下的铺面敞开着，不断地有人进去，不断地有人出来，气氛很沉重。古伟走近些去，只见柜台已经搁在一边。柜台上放着一堆堆的布料，是送的挽幛，但没有专人把写好的挽词掇上去，然后悬挂起来；也没有人登记送挽幛送花圈者的姓名，也就是说没有设礼簿。灵堂也没有怎么布置，正面墙上挂着一张放大的遗像，那只能是章大器。古伟发现章大器的眼睛很亮，眉宇之间溢出一种聪慧的灵气，不俗。他立刻喜欢上了这个人，可惜死了，要不这次真要好好地和他侃一侃。

古伟正在发愣，里面忽然传出嘤嘤的哭泣声。接着看见一个年纪很轻的少妇，从里面送几个客人出来。少妇顶多二十七八岁，脸是鸭蛋形的，很苍白，两个眸子里盈满了泪水，泪水缓缓地从里面溢出，爬在苍白的脸上，很沉重也很稠酽。古伟觉得她娇弱的身子之所以发颤，也是由于这泪水过重过稠的缘故。他看着这张脸，心猛地一跳，好熟的一张脸啊。他想起是谁了？想不起。但是这张脸上的痛苦和哀怨如此强烈地震撼了他。他为这灵堂的一切担忧起来，把一个丧事办清楚不是一件容易的事，像这种乱法，没有一个能干的人是收拾不了的。他莫名其妙地有了责任感。

他再一次打量了一下灵堂，遗像下有一张大方桌，桌上清冷地放着一个骨灰盒。他觉得章大器太孤独了，太岑寂了，太寒碜了。他毕竟曾经是一个大学的讲师，毕竟为他们这本读者越来越少的纯文学刊物的发行做过很大的努力，一期就要了五千本。他迅速地离开文化街，到百货商店买了两幅长长的白绸料子，又找到一家字画店，付款租用了毛笔、墨砚和墨汁，他要为张大器写一副挽联，当然是以编辑部的名义，还要送五百元的丧礼，这所有的费用都要编辑部来出，他是为公家做事。

他在长书案上铺好长绸，准备提笔就这么写挽联。当然他的字写得不错，在全省的书法比赛中得过名次，流畅的运笔中夹带一点隶味一点篆意，又端庄又古朴又活泼。他提起一支笔，略略沉思了一会儿，便写道：曾经占一席讲台为莘莘学子传道授业解惑；然后发百种期刊给沸沸尘世洗愁涤怨添欢。字画店的几个老先生，禁不住喊了一声："好！有味儿！"他有些得意。待字干了，卷好。又寻到一个杂货店，买了一挂"千子鞭"，再数出五百元，用一张白纸包好，用钢笔在包上写了两行字："挽章大器先生。《湘水》编辑部。"

三

古伟赶到文化街一二九号。他先点燃了鞭炮，噼里啪啦地响彻了一条街，使原本非常悒郁的气氛，添了几许生气。他微低着头，一直走到张大器的遗像前，对着那个骨灰盒，深深地鞠了三个躬。因为他的这种严肃，和这比严肃更让人注目的仪式，立刻有人把情况传到里屋去。不一会儿，张大器的妻子悲戚地走出来。古伟走上前，用低沉的但却是很有感染力的嗓音，对章大器的妻子说："我叫古伟，是《湘水》编辑部的，以前多蒙章先生为我刊搞发行，十分感谢。闻章先生惨遭不测，编辑部特派我前来吊唁。这是挽联，这是五百元丧仪，非常菲薄，请收下。"少妇又恸哭起来，连连说："谢谢。谢谢。"然后又哽咽地说："我叫牛丽岚，是章大器的老婆，大器本来早就要汇款给贵刊的，唉，现在所有的账目都冻结了。"

古伟说："章夫人，我不是来催款的，你放心。我想，章先生的丧事得好好办一办，现在太乱，要赶快理出头绪来，等到吊唁的人一多，就无法收拾局面了。"牛丽岚瞪着泪水盈盈的眼睛望着他，目光透过泪水折射出来，极润湿极温柔。古伟说："如果你信得过的话，我愿意来张罗，以表示对章先生的感激。"牛丽岚点点头。古伟说："请你把帮忙的亲戚朋友叫唤过来，我要给他们分工。"牛丽岚又点点头，然后一招手，于是一大圈人都围到古伟身边来。

古伟指挥道："在门口设一张签到桌，登记前来吊唁的人所送的唁礼、挽幛、花圈、鞭炮、现款，都要一清二楚。去两个人！"两个年纪大的男人应声而去。"找两个能写毛笔字的人，负责写挽词，人家送的只是布料。在纸上写好，用大头针缀上去，再挂在灵堂里。"又有两人急忙去办这件事。"赶快去请乐队，最好是管乐队。在下午五点之前，赶到这里来。要准备他们的晚餐。明晚开追悼会。要个体劳动者协会来个负责人。悼词由这里请人写好。门口放一个大竹筐，把燃放的鞭炮放在里面，免得炸了人或烧坏东西……"

古伟不明白自己为什么变得这样有组织能力和指挥能力，一切都安排得井井有条。站在身边的这一大圈人，很快都散到各个角落去了。其实，他从没办过这样的大事，但他见识过，他父亲亡故时，他的叔叔就是这样指挥的，这些程序居然都记在脑子里了。

挽联挂起来了，挂在张大器遗像的两边。整个灵堂突然之间变得庄肃稳重，人们仿佛被什么震慑住了，说话变得小心翼翼起来，脚步也放得很轻很轻。各种颜色的挽幛也挂起来了，上面的挽词虽然单调一些，但毕竟有了一种哀悼的气氛。他觉得脊背后很灼热。从他走进灵堂起，就有一双眼睛一直没有离开过他。那是一双充满哀恸但又充满柔情的眼睛，是一双美丽的女性的眼睛。他缓缓地转过身子，看见牛丽岚就站在不远的地方，各种悬挂的挽幛，泄下一派彩色的光晕，烘托着、映衬着她。她变得很神圣很奇幻很绚丽，然而这一切又与一件最悲哀的事联系在一起，于是死也就变得生气勃勃，变得不再恐怖。

他问："我不知道这样做，好不好？"她点点头，说："大器在九泉之下也会感激你的。"说完，她低垂目光，丢过来一句话："请到里面的客厅歇歇乏。"想不到里面这么宽敞，隔成大大小小的房间，像一个魔方一样，他随她走进一间装有空调铺着地毯的小会客厅，挨墙是一圈高背宽扶手的进口欧洲沙发，上面罩着金丝绒沙发罩。墙上挂着几张字画，都不是什么珍品，唯有张大器自写的一张条幅，上面四个隶字"大俗即雅"倒还有些意思。

牛丽岚说："古大哥，请坐。"古伟在她的对面坐下来。她一边拭着泪，一边说："我太孤独，请你陪陪我。请原谅。"他没有作声。他觉得这似乎是应该的。屋子里很暖和，像春天，而屋子外面却是寒冬。他忽然问："你的孩子呢？"她摇摇头，沉默了半晌才抬起来，说："大器……他不可能有……孩子。所以，我……一直不能当母亲……"

古伟有些不安起来，为什么要谈这些呢，这与丧事有什么关系呢，真是莫名其妙。牛丽岚说："我知道你此刻在想不该问这个问题，是吗？不，只有你在这个时刻才勇于问我有没有孩子。正因为没有孩子，大器的死才变得格外可怜。正因为你提醒了我，才使我再一次认识生的意义。一个女人没做过母亲，终归是一种遗憾。"古伟觉得脊背上渗出一层汗来，他从桌上镀铬的圆柱形烟筒里抽出一支烟，点着了，吸起来。

这时佣人敲门进来了，对牛丽岚说："乐队在四点钟准时到达，刚才打来的电话。"古伟问："乐队的晚餐和夜宵订好了吗？"佣人说："订好了。"古伟说："请安排一下乐队的位置。"佣人临走时，牛丽岚说："到晚餐时。把我和古大哥的饭菜送到这里来。中餐呢，我不吃了，古大哥，你呢？"古伟摇摇头，他好像也突然没有了食欲。佣人答应着退出去了。古伟再不想聊什么了，既然牛丽岚很凄楚很孤独，他就这么陪着她吧。他把身子往后一仰，闭着眼睛养起神来。朦朦胧胧中，他感到牛丽岚几次想站起来，但又坐了下去，用一种异样的眼神打量着他。

<h1 align="center">四</h1>

就这样一直无言地挨到暮色苍茫，佣人送来了晚餐。他们坐在同一张方桌边，无声地吃起来。

牛丽岚忽然叹了口气。古伟当然猜测到她为什么叹气，但他决不说破。他说："过会儿乐队来了，你得去打打招呼，然后坐到大器的骨灰盒前守灵。"她的眼睛里盈满了泪水，轻声说："无论如何你要待在灵堂里，我不知道怎么感谢你，大哥。"古伟说："我会在的，你放心。"

这是个非常寒冷的夜晚，北风扯起嗓子号哭，雪纷纷扬扬地下得正紧。灵堂内外灯火通明，灯光被一层层的挽幛切割着，好像是一道道大坝阻隔着奔涌的河水。乐手们早已精神焕发地坐好，拿起了长号、原号、小号、木管、鼓槌……当指挥的长发往空中一甩，闪亮的指挥棍往下一劈，哀乐便沉重地呜呜咽咽地响起来，伴着寒风冷雪的呼啸，使灵堂内外的每个人都淹没在一条凄惶惊恐的长河里，而且越陷越深。

牛丽岚穿着黑呢中长大衣，鬓角缀一朵白花，寂然地坐在灵台边。古伟在灵堂里外张罗着，忙一阵后，又会如鱼似的洄游来到牛丽岚的旁边。这时候，牛丽岚的眼里便闪出感激的光彩，甚至觉得这长长的寒夜也充满了温馨。

长长的夜变短了。凌晨四点钟，牛丽岚轻声对古伟说："我们去歇歇，里面有房间。"她领着他往里面走去，然后上楼。在一个房间前她停下来，说："这是我的卧室。"他没有动。牛丽岚说："哦，我睡另一间，在那边……"他这才进去，用身子堵在门口，说："现在该说晨安了。天亮后见。"然后，他把门关上了。他听见牛丽岚的脚步声，疲惫地响到那边去了。

三天后，丧事非常热闹也非常妥帖地办完了。古伟早早晚晚帮着张罗，可以说是尽心尽力。等一切办好了，他似乎也从一种忙乱的心境中走了出来，变得清醒了，也就自问他这是为什么，为了章大器曾为他们发行过刊物？为了牛丽岚那一份美丽的哀愁？还是为了自己的一种内在力量的显示？反正都是又都不是。他对她说："我该回去了。"她点点头，很痛快地说："就凭你这种做法，大哥，五万元钱我无论如何要付的。谁想问我硬要，没门儿！你放心回去，我会把款子从银行电汇过去，你人还没到，款子可能就先到了。"

古伟脑袋里"嗡"的一声巨响，仿佛被人在头顶狠狠揍了一棍，痛得几乎要晕过去。哦，牛丽岚把他来张罗丧事的举动，看作是催款的另一种方法，是"软"要！而这种"软"要，她才买账。古伟突然觉得自己受了侮辱，突然体会到人与人之间要达到一种理解有多难，突然发现从外表去看一个人总是要产生偏差。他有些愤怒，但忍住没有对眼前这个女性发作。他淡淡地说了一声："再见！"而心里却说："再也不想见你了。"这时候他真想回家，真想编辑部的同志们。

五

古伟回到编辑部的时候，款子果然汇到了。马驰高兴得哈哈不断，连连说："古伟你有能耐，我要为你庆功。"古伟说了说情况，告诉马驰他送了挽幛和丧礼，放了鞭炮，一共五百八十一。马驰坚定地摇摇头，说："这个不能报销，有发票吗？没有，那怎么做账。况且，又是你一个人……"古伟的脸立即烧灼得通红，他瞪大了一双眼睛，眼珠子鼓爆得像要从眼眶里弹跳出去。

马驰又笑起来，说："小古，当然，领导不会让你吃亏的，一共奖励你一千元。可是，金胜从医院里跑出来，说他一直搞发行，章大器是他的老主顾，他不能没有份！要不是病了，他非自个儿去！考虑来考虑去也有道理，你们这样分，你六百，他四百！这是六百块，你数数，小古！"古伟大吼了一声："我不要这六百块，老子只要那五百八十一元！"说着，他抓起那叠票子，朝马驰的脸上甩去。

古伟呜呜地大哭起来。

这辈子他总是悠悠闲闲，还真没有这么痛哭过。

党思民别传

　　人们都说党思民的脑袋有点毛病，是那一年在车间干钳工活，轰隆隆的天车在头上驰过，忽然掉下一把大扳手，正砸在头顶上，血柱子窜起尺把高，人像面口袋一样倒下了。在医院里折腾了好些日子后，大伙发现他看人时那眼睛老喜欢朝上翻着，露出大块的眼白；嘴角稍稍有些斜，却并不影响语言的表述，只是慢了节奏；记性也差了不少，丢三落四的事经常发生。这还能干钳工活吗？歇着吧，社会主义的优越性就在这里，工资照拿，大夫常看，名字挪到了行政科，也不要他坚守什么正经岗位，这多好。

　　行政科在工厂属后勤部门，管着一个食堂、一个澡堂子、几个厕所、几个花坛，他每天就是这里遛遛，那里看看，再不用穿油黑发亮的工作服、臭气熏天的翻毛皮鞋。他可以穿得整整齐齐的，先是中山装，后来是西装——当然这时天下已经"开放"了，他还不管节令变化，头上老扣着一顶礼帽，冬秋春是呢子的，夏天是薄纱带漏眼的，很像上世纪三十年代上海滩的阔少。他印制了很独特的名片，名片上端印四个威严的仿宋字："当代济公"；正中间是他的大名：党思民；最底下落下他的工作单位：江南机械厂行政科。

　　党思民怎么叫"当代济公"？是不是他那脑袋出了岔，西装礼帽，疯疯癫癫的？不仅是这样，他还有个爱好，爱打抱不平。因为闲，厂里哪个角落他都去转去看，和大伙的关系亲密得不得了。他总是一脸的笑，老远看见人，手一扬，戴礼帽的脑袋略略斜上昂一昂，便有一串子热辣辣的问候扑过来。然后走拢去，又是拍肩又是握手，极像一个首长接见普通的老百姓。他在家也是什么事都不做的，老婆和孩子都知道他大难不死，活到今天不容易，他爱怎么着就怎么着吧。业余时间（其实他无所谓"业"也无所谓"余"）他爱唱个京戏，下个象棋，尤其会神侃，人缘关系好得很。谁家有困难，要出力，他西装一脱，礼帽一放，什么活都干；要出钱，掏口袋决不犹豫。

　　工人受了什么委屈，都找他。特别是厂里那些头头脑脑，犯了什么过失，或者找了什么借口整治工人，他一听火就上来了，说："我不怕他们，我到处有人，看谁能耐大！"他那口气，好像真有什么皇亲国戚的背景。党思民因为闲，因为人缘好，瓜棚搭柳地确实认识了很多人。比如因为一次业余票友赛，电视台拍了他几个镜头，从此便和电视台的记者、摄影师有了交往。比如他到报社的群工部反映群众的意见，便和报社的记者、编辑打起了交道，还时常写一点豆腐块的文章，被修改后发表了。他对人是从心里好，不是要利用人，一旦熟悉了，便当朋友看。

茉莉花开的时候，他到行政科交几块钱，便采了花坛里的茉莉花，用小钢丝安上一个小环扣，兴冲冲地到电视台和报社去，给朋友们送一份芬芳。大家真的很感动，这"礼"送得雅致，送得可心。因此厂子里出了什么整治工人的事，他一招呼，呼啦啦，记者都来了，扛摄像机的，掏采访本的，那阵势，吓人！厂长换了多少任，都小心地侍候着他，得罪他干什么？那不是自讨没趣吗？

闻子良从外单位来走马上任当厂长，在来之前他就知道厂里有个"当代济公"。他说："我就不相信这是只什么鸟！"党思民也早就把闻子良的情况调查得一清二楚：四十出头，窄条脸，有口臭，个子矮墩墩的，有个远房姐夫在市里当副市长；在闻子良手上已经搞垮两个厂子了，却照当厂长不误；会玩，会喝酒，一斤"酒鬼"酒灌下去，脸不变色心不跳。党思民说："厂子已经五劳七伤了，再来这么个玩家，工人还有活路吗？"

闻子良一上任，即宣布工人上下班必须打卡，迟到早退一分钟者，扣发工资的百分之三十，任何人不得例外。党思民一看布告，便明白闻子良是要给工人一个下马威，车间都停产了，准时上下班不是摆谱吗？有本事先把业务揽进来，让所有的机器转起来，谁不渴望有班上呢？再一看，党思民明白了，这"任何人不得例外"，分明藏着杀机，是对着他来的。哼，我都五十多岁了，有工伤在头，想整治我，没门！他立即到医院，拿出历次病历，大夫很大方地给他开了三个月的病假条。这么多年来，他是带病在工作，你想用个网子网住他，他早跳到网子外面去了。

执行新规定的第一个早晨，闻子良领着劳资科的几个干部，堵在厂门边，准备登记在电铃响过之后姗姗来迟的工人。身穿西装，头戴礼帽的党思民也早早地来到厂门口，拿着本子和钢笔，旁若无人。

"济公，早！"

"啊！早！"

"吃过了？"

"吃过了！"

工人师傅和党思民打着招呼，匆匆地朝厂内走去。没有谁和闻子良打招呼，大家还不怎么认识他，这使他心里很气愤。他早就看见了党思民，有这副行头的只有这只鸟，全厂找不出第二个人来。他原想不理他，把党思民冷在一边，不想这么多人和他打招呼。突然，闻子良大声说："喂，戴礼帽的，不要站在厂门口，这不是大街上。"党思民理也不理他。闻子良更气了，走过来，说："你是哪里拱出来的？"党思民笑了笑："我是哪里拱出来的？我到这个厂的时候，你还在你娘肚子里。喂，你是哪里拱出来的？"旁边有人说："这是新来的闻厂长！"

"哦，闻厂长？你原先在砂轮厂，把砂轮厂搞垮后，就到了农机厂，把农机厂搞垮了，又来到我们厂，我们厂只怕也好不到哪里去！我听说你麻将打得精，酒量也蛮大。"

闻子良一时说不出话来。

停了一阵，闻子良一跺脚吼道："劳资科，把他的名字记上，不上班还妨碍公务，扣工资百分之三十。"

党思民说："我有三十年工龄，病休，百分之百，你扣得下来吗？我不是妨碍公务，是协助你厂长执行公务。你的布告只是针对工人的，机关干部可以例外？你专门登记工人，我专门登记干部，分工不同，目的却是一样的，你说是不是？"

闻子良说："叫保卫科的人来，把他拖走！"

党思民说："厂长，我这脑袋是受过工伤开过刀的，什么时候发作，不知道。你大概不想出什么人命吧？！"

这时，电铃响了。闻子良见一个工人缓缓踱来，忙丢开党思民，说："哪个车间的，叫什么名字，劳资科记上！"党思民走上前，堵住工人后面的一个干部，说："你迟到了。我给你记上名字。"然后回转头对闻子良说："厂长，干部迟到，应该处罚更重，你说是不是？"闻子良一甩手，走了。党思民对劳资科的几个人说："工人不是人是不是？干部你们就不记？"劳资科的说："厂长交代的。"党思民说："厂长要你们去吃屎，你们吃不吃？厂长走了，我们一起来登记，看工人迟到的多，还是干部迟到的多？"劳资科的人脸上挂不住了："那济公你登记吧，我们走了。"

党思民不走，一直站在厂门口登记着，不过他不登名字，只登干部和工人迟到的人数。结果是工人迟到的十二名，干部迟到的三十名。全厂工人一千二百名，迟到的只占百分之零点一；干部三百人，迟到的占了百分之三十。党思民作古正经写了份《关于执行新制度考勤情况的调查》，再复印了几份，分别交闻子良、机械局负责人，以及电视台和报社。报社的记者反过来写了篇短评：《一个老工人的责任心》，刊在头版。

闻子良看了报，一张脸气得煞白。厂里不久又贴出了关于工人下岗分流的布告，按规定，工人必须下岗百分之三十，下岗的每月只拿三百元生活费。厂里的工人被一纸布告闹得惶惶然不可终日，谁愿意下岗呢？党思民一看布告就有气，你闻厂长既没有去开辟新的生产门路，又怎么知道必须减员百分之三十？

这天黄昏，党思民和一个叫猛子的锻工在宿舍区的石凳子上下象棋。猛子情绪相当不好，棋下得特臭，一下子丢了一匹马，一下子失了一辆车。党思民说："猛子，你是输定了。"猛子叹了一口气。党思民说："什么事这样愁？"猛子说："济公啊，只有你逍遥！我都愁死了，这次下岗我肯定跑不掉！"党思民说："你怎么知道？"猛子说："好多人到闻厂长家去送礼。我没有多余的钱，你想，我老婆没工作，农转非才两年，一个细伢子读中学，月月钱用不到头。再说，我也不想去送礼，几多丢人格。"

党思民说："你的家庭情况明摆着，技术好，身体好，下你的岗没道理。"猛子说："人总要活的，闻厂长不要逼急了我，我怕什么，我要灌他的屎。"党思民说："这样的厂长也只配吃屎！我要去调查一下，他闻子良收了多少人的礼。工人都到这步田地了，他还这样狠心，借下岗为名来敛财！"

几天后，出榜了，猛子果然下了岗。接着又爆出一条新闻：猛子在下班路上，堵住了闻子良，将早已备好的屎狠狠地灌进了他的口里。闻子良让保卫科打电话给派出所，将猛子用铐子铐走了。党思民听了，忙跑到猛子家里，对猛子的老婆说："不要哭，带好细伢子，这个官司我来打。这是两百块钱，先用着。"说完，把钱放在桌子上，走了。

夜深人静时，党思民敲开了闻子良的门。

闻子良很惊讶："你来做什么？"党思民变得很谦恭，神秘地说："闻厂长，人多的时候找你不方便，怕别个看见。我有一件急事要报告你，事关你心爱的独生子，他有危险了！不让我进来，那我就走了。"闻子良一把拉住他，说："党师傅，请进，请进！"党思民总觉得他身上有一股屎臭。

闻子良的老婆和孩子都睡了。党思民一屁股坐在沙发上，接过闻子良递过的香烟，点着火，慢悠悠地吸起来。闻子良说："党师傅，你讲，我的崽怎么了？"党思民吐出一个大烟圈，问："你的独生子叫闻尊？今年十二岁？在城郊的一所贵族学校读六年级？"闻子良说："你怎么都知道？"党思民笑了："闻厂长，你结下仇家了。我听说，有几个江湖上的人要弄瞎他的眼睛，或者要把他劫走。"闻子良拿烟的手抖起来："党师傅，我哪里敢去结仇家啊？"

党思民说："你好好想想，莫连累你的崽啊，他还小，成绩又好，将来会有大前途的。做事莫做绝，留人一条路，到底是上策。"闻子良苦思了好一阵，试探着问："是不是猛子？他灌我的屎，被抓到派出所去了。"党思民说："不知道。我倒听人说过，这个猛子平时蛮义道，结交的人很多，是不是有人替他打抱不平，就难说了。"闻子良把烟头往烟灰缸里一摁，说："我谅他也没这个胆子！"党思民说："闻厂长，假如你崽出了事，你能说是猛子指使人干的？他还关着哩。再说，他老婆没工作，还有一个细伢子，你把他抓走了，群众不服，都同情他。"

闻子良说："下他的岗没有错，厂里下岗不是他一个人。"党思民把脸板起来，从怀里掏出几张纸，说："问题是许多上岗的人都走了你的门子，送了礼，闻厂长你心里有数。这是一张登记表，谁送了什么都有登记。这张东西只要寄出去，市纪委也好，电视台、报社也好，闻厂长你好自为之。"闻子良头上冒出一阵冷汗，说："党师傅，你……看……怎么才好？"党思民说："你只要去把猛子保出来，群众的气也就消了一半。这张登记表是他们自动搞的，也可以给你。"闻子良说："刚抓进去，又去保？"党思民说："这不容易！你让办公室开个证明，证明猛子有发神经病的历史，然后亲自去交涉，猛子不就出来了？"闻子良无可奈何地说："好吧。"党思民轻松地吁了一口气。

第二天下午，猛子就保出来了。是闻子良亲自用小车把他接回来的，一路上好言好语："猛子，你灌了我的屎，我也不怪你，下岗了，心里总有气，是不是？我把你接回来，我会给你安排的，你放心。"猛子感动得眼泪双流。当晚，闻子良把收受的礼品，逐家逐户送还，很严肃地说："当初不收下来，你们会担心我不秉公办事。现在你们都榜上有名，礼物我就完璧归赵，我一个共产党员，怎么能受贿呢，你们说是不是？"大家都点头，心里都说闻厂长是个好人，是个好干部。下了岗的也没什么话可说了，人家是公道的。

闻子良把党思民请到办公室。党思民说："猛子也放了，按君子协定，这张礼品登记表我应该交给你。"闻子良说："你留着吧。你没听说，各家的礼品我早退了，谢谢你的提醒。"党思民愣了一下，心想：我被他要了，这王八蛋不是一盏省油的灯！随即便淡淡一笑："闻厂长好手段。"闻子良说："哪里哪里，还有一件事，想和你商量一下。猛子家庭生活困难，是应该上岗的，可惜都定岗了，他往哪里摆？你因为工伤，一时上不了班，行政科又缺人，想让猛子顶你的岗——你老婆、细伢子都有工作，不缺这几个钱，你就下岗吧——当然是在三个月病休之后。你如果不同意，那就只好委屈猛子了。"

党思民真正地吃了一惊：果然是名不虚传，你闻厂长是个人物！这一招，毒！为了猛子，他还得痛痛快快地下岗。他说："行，不过，闻厂长你放心，下岗了，我还天天上班，拿了厂里三百元生活费，能不时时关心你厂长领导的江南机械厂？别让我逮住什么尾巴！"闻子良笑道："谢谢。我会小心的。"党思民说："那就好。"

走出办公室后，党思民突然觉得很惆怅。他把那一叠"当代济公"的名片全烧了。此后，他天天准时上班，准时下班，那一双翻白的眼睛让闻子良心悸。那西装那礼帽到处闪动着，闻子良老远一见，慌忙避开。

作者简介：

聂鑫森，男，一九四八年生于湖南湘潭，二十世纪六十年代开始发表作品。先后毕业于中国作协鲁迅文学院和北京大学中文系作家班。中国作协会员、湖南作协副主席、株洲市文联副主席。著有长篇小说《夫人党》、《浪漫人生》、《霜天梅影》、《诗鬼画神》；中短篇小说集《太平洋乐队的最后一次演奏》、《爱的和弦与变奏》、《镖头杨三》(英文版)、《诱惑》、《都市江湖》、《生死一局》、《塑料人》、《铁支子》、《吃官仓考》、《轿杠》、《老号手》、《万笋楼》、《车在旅途》、《星下双剑》、《烟波芥舟》；诗歌集《地面与地底的开拓》、《他们脖子上挂着钥匙》；散文随笔集《收藏世界的诱惑》、《优雅的存在》等。曾获"庄重文学奖"、"湖南文学奖"等。

少年行 /王十月

发廊

一九九〇年五月五日，对于少年王红兵来说是个难忘的日子。那一天，班主任秦老师把他叫到办公室，笑眯眯地拍着他的肩，说："王红兵呀王红兵，知道找你有什么事吗？"他低着头，脚尖在地上轻轻地擦着一块瓜子壳。秦老师叹了口气，说："我看你读书是没指望了，你何必在学校浪费你爹妈的钱呢？不如回到家里帮你爹妈做点事，就是去捉点泥鳅摸点虾，也比在学校读书强啊！"

在这之前，王红兵就听说在参加中考之前要进行一次筛考，所谓筛考，就是把学习成绩差的、没有可能考上中专或者高中的学生，像筛掉米里的糠一样筛除，因为这些糠会影响学校的整体形象。班主任秦老师曾经在班会上说："不能让一颗老鼠屎搞坏了一锅粥。何况，我们班上有十三颗老鼠屎！"秦老师这样说时，目光炯炯，在全班同学的脸上扫了一遍。那些自以为是"老鼠屎"的学生们就都低下了头。王红兵当然也低下了头。别说在班上找出十三颗老鼠屎，就算是从班上找出三颗老鼠屎，他也会很荣幸地当选。

就这样，他光荣地从中学退学了。回家之后，父亲就开始用劳动对他进行惩罚，每天都让他做农活。可是收割完秋庄稼，就是农闲了，父亲实在找不出什么事让他干了，只好放任自流听之任之了。

我就是那个名叫王红兵的少年。那年冬天的大部分时光，我是在刘小手的小手理发店里度过的。和我一起泡在理发店里的还有西狗、四毛和赵大伟。下面，我就一一介绍他们。

西狗小学毕业后退学了，在家里种了几年地。他不喜欢种地，他的父母让他去学瓦匠，可是西狗不喜欢当瓦匠，他说当瓦匠没有出息。他爹妈吼他，说干什么有出息？嗯，你说干什么有出息？他不说话，昂着头，一副不把父母放在眼里的样子。西狗的梦想是当歌星。他可以算得上是烟村最早的追星族。有一段时间，他的偶像是小虎队里的乖乖虎苏有朋，他的房间里贴满了小虎队的照片，他还让刘小手帮他做了个苏有朋的发型。西狗不仅知道小虎队里谁是什么虎，还知道哪只虎有什么爱好，是哪一年出生的，是什么星座。我们那时都不知道星座，只知道属相。西狗冷笑一声，说："属相不准，星座才准！"

西狗喜欢泡在刘小手的理发店里，是因为刘小手的理发店里有一台录音机，还有很多磁带。西狗到刘小手的理发店，把录音机的声音放得老大，放小虎队的歌，罗大佑的《恋曲1990》。那些歌，成了我们青春期共同的记忆。西狗还会跳霹雳舞，他的身子很灵活，他会做擦玻璃、拉绳子、水波浪……各种各样的动作，他像是没有长骨头一样舞动着。毫无疑问，他是烟村最出色的歌者和舞者。我之所以喜欢泡到刘小手的理发店里，正是因为西狗在那里。

西狗是一块磁铁，吸引了一批我这样无事可做的小青年，四毛就是其中之一。四毛其实是个老实人，他一点都不具备反叛精神，因此他在村里的年轻人中没有地位。他很羡慕我们这些坏小子，可是一开始我们都瞧不起他，不愿同他玩。西狗并不小看四毛。西狗天生有当老大的素质，他处处关照着四毛。渐渐的，四毛就成了西狗的跟班。哪里有西狗，哪里就会有四毛。我们也都对四毛友好了起来。

四毛总是没有什么话，他只是默默地跟着西狗，大家在一起又唱又跳时，他也不说话，只是静静地坐在一边。四毛的父母反对他跟西狗混。不知为什么，大人们都瞧不起西狗，他们说西狗是个"烂柑子"，不成器。有一次，四毛的父亲到刘小手的理发店找四毛，命令四毛回家。四毛不想回，说回到家里一点意思都没有。四毛说出了我的心里话，我和他的感觉一样。四毛的父亲骂他，说你这个小狗日的，还翻了天，快点给老子死回去。可是老实的四毛居然把他父亲的话当着了耳边风。四毛的父亲气愤了，上前揪着四毛的耳朵就往外拉，四毛居然一把将他父亲的手打开。四毛低声地说他不回去。四毛的父亲说，"不回？不回老子打死你。"说着就给四毛一耳光。那时的大人们都很爱打人，四毛的父亲尤其凶。四毛挨了一耳光，捂着脸，说，"你打死我吧，打死也不回去。"四毛的父亲又扬起了巴掌朝四毛刮了过去。可是这一次，他的手被人死死地钳住了。

这个人当然就是西狗！

四毛的父亲气得脸发黑。四毛的父亲说，"西狗你个狗日的少管闲事。"西狗说，"伯伯，四毛都十七岁了，他有自己的尊严，您不该这样打他。"这是我第一次听说尊严这个词。尊严！这个词从只读过小学的西狗嘴里说了出来，让我更加对西狗佩服得五体投地，我当时几乎热泪盈眶。西狗说出了我的心里话。可是四毛的父亲才不管什么尊严不尊严，他说，"老子教育儿子关你卵事，你少管闲事，死一边去，别人怕你西狗老子可不怕。"西狗冷笑着说，"四毛是我的兄弟，这闲事我管定了。"西狗说着手上一用力，就把四毛的父亲放倒了。四毛的父亲爬起来就朝西狗冲，西狗一闪身，脚下一绊，四毛的父亲又扑倒在地，啃了一嘴灰。西狗摆了个花架子，朝四毛的父亲招着手，说来吧来吧再来呀。四毛的父亲又爬了起来，这一次他没有扑向西狗，而是给在一边想上来扶他又没敢上来的四毛就是一脚，骂道，"你这个白眼狼，看人欺侮你老子也不帮忙。"我说，"您这叫得道多助失道寡助。"大伙就都笑了起来。

四毛的父亲在我们的哄笑声中气得跑回了家。他在回去之前警告四毛，说："你要不回去，看老子怎么收拾你。"四毛仓皇地看着西狗，希望西狗帮他拿个主意。西狗说，"你回去吧。"四毛就往回走，走了不到五十米又转了回来。四毛说，"我不回去。"于是我们都为他鼓起了掌。那一晚，四毛没有回家，他和我、还有西狗，我们都住在了刘小手的理发店里。

那天晚上，西狗对刘小手说，"你这小手理发店听起来太土了，要改一个名字。"刘小手说，"改什么名字好"西狗说，"就叫深圳发廊吧。"刘小手说，"叫深圳发廊好吗？我们这里可是在烟村，我们这里的人谁也没有去过深圳。"西狗说，"你真蠢哟，没有去过才更有吸引力嘛。"那时，我们已开始听到过一些关于深圳的传说，那个遥远的南方城市，在我们少年的心头是如此神秘，深圳成了我们这群懵懂少年心中的梦想。在我们的意识里，深圳是一个让人热血沸腾的地方，那里遍地黄金，只要我们去到那里，就会梦想成真。刘小手觉得西狗的话很有道理，于是果断地将刘小手理发店几个字用白石灰抹去，又弄了一桶红油漆，让我写上了"深圳发廊"四个大字。

深圳发廊也成了我们这些小青年的根据地，来这里的人成了"烂柑子"的代名词。一些父母开始严禁他们的子女到深圳发廊玩，也不许他们去那理发。但是深圳发廊对我们这些年轻人有着无穷的吸引力。那些无聊的日子，我们的身体里好像有着无穷的破坏一切的力量，可是这股力量无处发泄，我们故意和父母作对，聚集在深圳发廊。我们坐在发廊门口，对着过往的女孩打口哨，大声说些下流的话。连老实的四毛也学会了打口哨。有一段时间，刘小手的生意越来越差了，刘小手意识到，生意差与我们这群人天天坐在那里有关。我们这么多人往那里一坐，吓得很多人都不敢来理发了。西狗说，"这有什么，不就是没有生意吗？我们来解决。"

我记得，那时已是冬天了，深冬的风，在天空中胡乱尖叫，地面被冻得坚硬如铁，被风刮得泛着白光。发廊里很冷。大家都没有心情听歌了。西狗带着我，还有赵大伟、四毛，我们要帮刘小手解决生意的问题。西狗说，"我们找个外村人，把他拉到这里理发，他要是敢不理就给他松松皮。""这样行吗？"我的心里有些没谱。西狗说，"有什么行不行的，我说行就行。"

偶像

那时我还没有确切的偶像，西狗的偶像就是我的偶像。西狗的偶像一会儿是迟志强，一会儿是小虎队，一会儿又是四大杀手。迟志强和小虎队离我们的生活太遥远了，而四大杀手却离我们很近。我这里所说的四大杀手不是武侠小说里的人，而是我们那里的几个不良青年，那时，我们那里的不良青年都有外号，比如我们烟村有五鬼十三妖，我、西狗、刘小手、四毛、赵大伟，我们就是那五鬼。而在这些不良青年里面，最负盛名的就是四大杀手。

我们都没有见过四大杀手。四大杀手的家离烟村很远，靠近湖南，因此四大杀手的主要活动范围在湖南，他们在湖南的名声比在我们烟村还要大。

不过，在烟村，在一九九〇年前后几年，提到四大杀手，其凶悍妇孺皆知。我们，包括西狗，也从来没有想到过要去挑战四大杀手。曾经一度，他们是西狗的偶像。西狗常说，要是能认识四大杀手就好了，加上红兵，加上刘小手，我们一起就是江南七怪。西狗还产生过去拜见四大杀手的念头，终究没敢去。我知道他也就是嘴上说说，心里还是害怕四大杀手的。那时四大杀手早就成名了，他们打打杀杀是动真格的，不像我们这群刚开始长毛的小家伙，虽然心里有着无数胡乱的想法和破坏欲，终究只是在家门口装腔作势。

四毛听说西狗要加入四大杀手的阵营，说他也要加入。西狗说，"你就算了吧，你胆子这么小，算得上哪一怪？"四毛于是很羞愧地低下了头。四毛低声说，"胆子是可以练大的。"西狗说："那好，改天给你一个练胆子的机会。"

我记得很清楚，那天天有些阴沉，收音机里说，西伯利亚的寒流到了长江中下游，今年的第一次寒潮就要到了。我们坐在刘小手的理发店门口，西狗穿着一件单薄的"军页子"，我和四毛都穿得很厚，还是觉得冷。西狗站在寒风中，他的身体是那么单薄，风吹动着他嘴上刚刚冒出的几根微黄的胡须，他瘦长的腿不知道是因为冷还是因为不安，在不停地抖动着。西狗说，真冷，刘小手，放个歌听。刘小手就去放歌。放的是迟志强的《铁窗泪》。听说迟志强少年时期演过电影，那电影好像叫《小字辈》，还听说他后来坐过牢，这些囚歌，就是他坐牢后的悔恨之作。录音机里迟志强开始用他哭一样的嗓子干号，我们也跟着录音机嚎了起来：铁门啊铁窗啊铁锁链，我在啊铁窗啊望外边……手里啊捧着窝窝头，眼泪止不住地往下流。监狱的生活是多么痛苦啊，一步一个窝心头……

我们几个，除了西狗，其他人都五音不全。可是我们跟着嚎得很带劲。嚎完了差不多一盘带子，我们也不觉得冷了，西狗的腿也不再抖了。西狗突然说，"这日子过得真没劲！"西狗说，"其实坐牢也没有歌里唱得那么可怕！现在坐牢哪里还会吃窝窝头呢。"西狗总是这样虚张声势，并且搞得什么都懂的样子。就在这时，我们看见从北面过来了一辆自行车，骑车的是个高个子男人，车后还坐着一个女孩。西狗说，"就是他了。四毛，你不是想练胆子么，你把他弄过来剃个头。"

四毛看了一眼西狗，有些跃跃欲试的样子。自行车就到了我们面前。骑自行车的人，大约二十四五岁，比我们要高出半个头，也壮实得多，他的头发及耳，看上去有点凶。西狗问我们，"这狗日的是哪个村的？"我们都摇了摇头。刘小手说，"别瞎闹了，小心闹出祸来。"西狗说，"你小看我？"刘小手说，"不是小看，我们还是小心一点好。"这时，想练胆子的四毛勇敢地蹿了过去，说停下来停下来，说你呢。骑车男人歪着身子，一只脚撑在地上，一只脚还在自行车的踏板上，扭过头打量着我们，眼里露出惊讶的神色。他的自行车后驮着一个穿红风衣的女子，女子围一条白围巾，围巾遮住了半边脸，却遮不住她的妩媚。我看那女子有些眼熟，是邻村的，叫什么名字却并不清楚。女子这时下了车，抱着男人的胳膊，一点也没有显出害怕的样子。骑车男人斜着眼盯着我们，说，么样？想搞事？

四毛就有些结巴了，四毛说，不想搞事。骑车男人说，不想搞事你叫我下来，你有病呀。四毛回头看了我们一眼，他大约在心里掂量了一下，我们这边有四个男人，对方只有一个，就算个子比我们高大，就算他看上去很凶，那也没有什么可怕的。于是四毛就一梗脖子说，"老子就是想搞事，进来理个发。"骑车男人说，"我日你姆妈？你让我下来日你姆妈？"哈哈！男人笑了起来，他的脸上露出了兴奋的神色。骑车男人这样一说，西狗就冲到了他的面前，西狗出马了，我们也就带劲了。在这之前我们只是瞎混，还从来没有真正干过一件刺激的事，现在，我感觉到了体内的热血在沸腾了。就在这时，赵大伟也来了，赵大伟虽说是个肉包子，可是他的块头大，看上去蛮唬人的。我们人多势众，还有什么好怕的呢？西狗在那人的自行车上踹了一脚，又拨弄着自行车的铃铛。说，"狗日的，不错嘛，马子长得漂亮，车也漂亮，还是凤凰的呢。"西狗又指着骑车男人说，"你，还坐在上面干吗，下来呀！还要老子动手不成。"女子想说什么，被骑车男人制止了。骑车男人笑着下了车，说，"不就是理个发么，老子正想理发呢。"

没想到第一次出手竟如此顺利。骑车男人坐在了理发店的转椅上，刘小手开始忙碌了起来。一开始的时候，刘小手的手总是发抖。骑车男人说，你的手怎么啦，你的手在抖呢，你害怕了么。西狗说，你话怎么这么多？刘小手给骑车男人理发的时候，西狗就拿指头捅我，用嘴努着那个漂亮的女子。可是我们谁也没敢去和那个漂亮女子搭腔。后来，西狗把肠子都悔青了。西狗说，那小妞可真漂亮。

刘小手终于镇定了下来，他的手不再抖了。他的手艺还是不错的，三下五除二，就把那男人的头发理好了。又用吹风机吹了，上了发胶定了型，男人显得更加精神了。男人对着镜子左照照右照照，用手摸头发说，不错不错，你的手艺不比岳阳的师傅差。骑车男人这样一说，刘小手就兴奋了起来。当时我们这些人里，只有刘小手是去过岳阳的，那是他在县里学手艺时跟师傅去的。刘小手见过洞庭湖，见过岳阳楼。而我们，我是指西狗、我、四毛和赵大伟，我们最远的地方只去过石首县城。地区一级的城市于我们而言，只是一种向往。而骑车男人居然去过岳阳，听他的口气，居然还在岳阳理过发，那么，他一定是见过世面的。再看他不惊不慌的样子，还有他的自行车，是全新的凤凰自行车，那时最好的自行车就是凤凰、永久和飞鸽，我们烟村，只有书记家里有一辆凤凰自行车，而眼前这个人，居然骑着凤凰自行车。还有他带着的这个女人，居然涂了口红，还画了眉毛，一看就比我们烟村的女孩子要洋气。这一切都说明了，这个骑车男人不是普通的人，很可能是个人物。

骑车男人说："多少钱？"刘小手不知是受宠若惊还是冷，说话就有些结巴，"我我我，"连说了三个我之后，紧接着说出了三个字，"不要钱。"西狗冷笑一声，说："刘小手你有病？不要钱？你不要钱我们还要呢。"西狗说，"一炮块。"在我们那里，把十块钱称之为一炮块。西狗说一炮块，一炮块在当时，可不是一个小数目，县城的普通工人一个月的工资才三五十块，一担谷子也才卖十几块钱。西狗居然说要收一炮块，也是太胆大了。刘小手见西狗说话了，就退到了一边。我们也都不说话。我们都盯着骑车男人。没想到骑车男人笑了笑，说，"一炮块就一炮块。"掏出一叠崭新的一炮块，抽出一张扔给了刘小手。骑车男人扔票子的动作很潇洒，简直有点《上海滩》里的许文强的派头。骑车男人带着漂亮女人走出理发店，一偏腿跨到了自行车上，男人回头看了看我们，他的目光像刀子一样在我们每个人的脸上划过。骑车男人的目光落在了西狗的脸上，男人说，"你叫什么名字？"我想西狗是有些害怕。西狗虚张声势地说，"我叫什么名字你管得着吗？"男人说，"男子汉大丈夫，坐不改姓行不更名，连名字都不敢说？"西狗说，"你到烟村打听打听就知道了，老子们就是烟村五鬼的大鬼西狗。"

男人说，"你就是西狗？"男人又说，"我听说过你们五鬼。"西狗的脸上就笑开了花。骑车男人听说过他，说明他是很有名气的。骑车男人说，"好，五鬼，西狗，我记住你们了。"西狗说，"你又是哪路毛神。老子说了名字，你也要说个名字。"骑车男人说，"我叫刘光军。"男人说完骑上了自行车，带着他的女人，一会儿就消逝在寒冷的风中。我们当时并不知道，刘光军就是四大杀手的老大。西狗也不知道他就这样和他的偶像擦肩而过。我们也不会想到，这一次的行动，为我们的将来埋下了祸根。

第一次出手就旗开得胜，这大大地激励了我们，在后来的一段时间里，我们天天聚集在深圳发廊门口做着同样的事情，当然，我们后来再也没有勒索过十块钱的理发费。西狗的意思，一炮块就一炮块，有什么呢？西狗说刘小手你的胆子太小了。可是刘小手说，不能太过分了，还是收一个正常的理发钱吧。需要说明的是，我们也不是见了谁都会强行拉来理发，我们选择的对象是很讲究的，一是要看起来眼生，是我们没有见过的人，二是我们专门找那些骑着新自行车的，或是带着漂亮女孩子的，或是穿着打扮比我们要光鲜的人。不为别的，只是因为他们的光鲜与得意让我们看见了心里很不爽。有了这样的前提，事实上有时连续三五天也找不到一个下手的对象，可是我们乐此不疲，我们也并不是想勒索他们的钱财，我们只是觉得这样很好玩。那些日子简直是太无聊，我们不找点快乐的事，一个个都会发疯的，我们成了烟村人见人恨的乡村恶少。如果不是四毛出事，我们后来肯定会在这条路上越走越远。

爱 情

四毛出事是后来的事，我先说说爱情。

我们那个年龄，已经开始了对爱情的渴望。就像歌里唱的，"我的热情，好像一把火，燃烧了整个沙漠。"我们一腔热情似火，可是没有燃烧的对象，只能让自己在烈火中焚烧。那时烟村开始流行一个说法，"男人不坏，女人不爱"。我们几个人，说起来也算是有点坏的了，可是爱情并没有降临到我的身上，也没有降临到西狗、四毛和刘大伟的身上。我们成了被爱情遗忘的对象。我们之中，最先获得了爱情的是刘小手。

刘小手的女朋友也是烟村的，她也在发廊里做，不过她不在烟村的发廊里做，而是在石首县城的发廊里做。因为在发廊做，刘小手的女朋友在本地的名声不那么好。那时，女孩子做理发的还很少，烟村的人都认为她不那么正经。她长得很漂亮，又是在发廊里做，在烟村人的逻辑里，那就更加不正经了，有传言说她在县城里做皮肉生意。她有一次回烟村，到刘小手的发廊里玩，和刘小手谈起了美发的技艺，两人一见如故，很快就好上了。

刘小手有了爱情，我们这些兄弟一开始还高兴了几天，很快就高兴不起来了。刘小手的女朋友和他好上后，就不再去石首的发廊里打工了，她和刘小手一起经营起了深圳发廊，带来了一些新的理发设备，还会给人洗头，是干洗。她还会烫发，于是刘小手的深圳发廊焕然一新了。自从刘小手有了爱情之后，他对我们这些兄弟的热情明显降温了，不仅仅是降温那么简单，他简直有些不怎么理我们了。用西狗的话说，刘小手重色轻友。刘小手就笑笑。有了爱情的刘小手，在女朋友的劝说下，开始对他未来的人生有了较为明确的规划，他开始把心思放在了深圳发廊的经营上。过了没多久，他就把深圳发廊的那两间土砖屋推倒了，盖起了两间红砖屋。他的深圳发廊几个字，也不再请我写了，而是花钱在镇上请工艺美术师傅做了一块招牌，看上去还真像那么回事了。

刘小手有了爱情，对我们的打击太大。我们失去了一个可以无拘无束胡闹的根据地，现在再去深圳发廊胡闹，刘小手的女朋友会给我们脸色看了。她的女朋友说，就你们这些小混混，怎么混也只是在烟村的这潭水里兴风作浪，你们有本事到调关去混？到石首去混？到岳阳、荆州去混？她的话无异于大冬天在我们头上浇了一瓢凉水。她的话寒了我们的心，最让我们感到寒心的是，她这样损我们时，刘小手居然抱着胳膊在一边呵呵呵地笑。"再也不去刘小手的发廊了。"四毛说。西狗拍拍四毛的肩说，"好，有种。""我们也要找女朋友。"四毛又说。西狗拍拍四毛的肩说，"对，我们每个人都找到女朋友，而且一定要比萍萍好看。"西狗说的萍萍就是刘小手的女朋友。四毛就有些心里没底了，说，"萍萍太好看了，烟村哪里还有比她漂亮的。"赵大伟突然说，"萍萍哪里好看，她只是有一股子骚劲，又会打扮。"西狗说，"还是大伟有眼光。"

然而，找女朋友可不是说找就能找到的，更别说找一个比萍萍还要漂亮的女朋友了。西狗是有名的烂柑子，烟村大约是没有女孩子敢沾他的。赵大伟就更别说了，三棍子打不出个屁来，人又肉又胖，不过赵大伟的家境比较好，家里有钱，他的家里老早就修起了红砖房。而我们这几家都住着歪歪倒倒的土砖房，那时我们那里的姑娘挑婆家，岳母挑女婿，首先要问的是对方家里是红砖房还是土砖房。住土砖房的，那就免谈了。因此赵大伟还是有希望的。

四毛在我们的带动下，开始变得胆大，甚至变得油腔滑调起来。但是他的油腔滑调只是和我们在一起，他一见了女人脸就红，就说不出一句话来。而那时的我却心比天高。我一直觉得我是要做大事的，我要找的女人一定是与众不同的。给我说媒的人倒是很有那么一些，这有赖于我父亲的人缘，父亲在家里是个暴君，可是在烟村却有着莫名其妙的威信和好名声，于是我这个做儿子的也跟着沾了光，再说了，那时的我长相还是蛮精神的，还有一个最重要的条件是，那时我家门口堆了几堆红砖，还堆了一架子杉木，那架势谁都明白，我们家就要修红砖房了。其实这是外人的看法，我父亲一辈子最大的心愿，或者说一辈子的努力都在于建房子。听说我父亲和我母亲结婚时，只住着一间牛棚，后来建了两间草房，可那时，有钱的人家已开始建瓦房了，于是父亲开始为建瓦房而努力，只要有了一点余钱，他就会去买回一些瓦，等到父亲终于建成了瓦房没两年，就改革开放了，村里有钱的人家开始盖起了红砖房，地下还用水泥打了地板。瓦房一下子就显得寒酸无比了。于是父亲开始备料，今年买回两千砖，明年买回几棵树，就这样，我家门口的砖和树渐渐有了一些规模，村里人要是打我家门口过，见了我父亲总会问，王老倌，今年要盖新屋了吧。我父亲就模棱两可地回答说，嗯啦嗯啦！其实我们家离盖新屋还远得很，我们家除了门口的这些砖瓦之外，就没有一分钱的存款了，拿什么盖新屋。然而这些东西，也为我的爱情铺就了一条光明大道。

让我父亲感到愤怒的是，他的这个儿子，居然不按他铺就的金光大道去走，去过他安排好的生活，而是要走自己的独木桥。我在拒绝了父亲两个好友的女儿之后，父亲对我就死心了。再有人对父亲说，王老倌，你小儿子有对象没有，父亲就会板着脸说，这个狗日的，是个当和尚的命，让他一辈子打光棍。渐渐的，王老倌的儿子想当和尚，成了我们烟村无人不知的旧闻了，因此再也没有人给我介绍对象了。那年冬天，村里来了一个打黄鼠狼的，住在了我们家，他会看相，据说是精通麻衣柳桩的，他对我父亲说，"人的面相分为六类，福相、寿相、贵相、贫相、贱相、夭相。你的这儿子，就是贵相，将来贵不可言哪。"那天四毛也在我家玩，四毛说，"你给我也看一看，看我是什么相。"他看了看四毛，说，"你这是贫相，你这一辈子要受穷呢。"四毛走了之后，算命的对我们说，"刚才那小子是夭相，夭相你们知道吗，夭相就是夭折的相，活不过三十岁的。"那人似乎很相信自己看相的水平，于是对我的父亲说起他有一个小女儿，今年十七岁了，初中毕业后在家里学裁缝呢，他说想和我们家结成亲家。父亲摇了摇头，说，"我这儿子是个当和尚的命。"谁给他说都不答应。我当时心里真是急呀，其实我是想见一见他的女儿的，可是父亲一句话，就把我可能的爱情给毁了。

　　时间过得很快，一晃，这年冬天的第一场雪就下来了。也就是在那时，我们看见了神鞭侠女。神鞭侠女是西狗为她取的绰号，因为她留着一根很长的辫子。我们跟在神鞭侠女的后面走了二里路，我们看见她进了家门。最后还是西狗有勇气，西狗装着问路的样子去了她家，出来的果然是她，她大约也知道我们跟了她很久，她问西狗有什么事，西狗于是问她知不知道王红兵的家怎么走。她说不知道，说她们村好像没有一个叫王红兵的人。说完她就进屋了。西狗在回去的路上，一路对我们吹着那女孩子如何漂亮，如何温柔，说话的声音如何的好听。西狗说，"她是我的，你们谁都不许和我争。"从女孩的家到我们的家，足足有六里路，我们沿着长江干堤往回走，一路上我们兴高采烈，我们大声谈论着神鞭侠女，好像她真的成了西狗的女朋友。冬天的寒风吹动着我们凌乱的头发，我们却一点也不觉得冷。

　　后来的某一天，西狗进行了一次单独行动，他再次去了神鞭侠女的家，他回来之后，显得很有些失落，他说那女孩子是读过高中的，上的还是我们石首最好的中学石首一中。可是她后来不知何故没能上大学。西狗说女孩子问他有没有看过《简·爱》这本书，西狗说，"王红兵，你不是说要当作家的吗？你不是读过很多书的吗？你知道《简·爱》不？"我摇了摇头，我说我是听说过这本书的，但是我没有读过。后来的日子，我们先是去烟村的书店里找这本名叫《简·爱》的书，没有找着，又去调关镇的新华书店，还是没有找到这本书。后来我们又骑自行车去六十三里外的县城，在县城新华书店，我们终于找到了这本书，然而我没有钱买，我就站在书店里看，看到天快黑了才骑自行车回家，六十三里路，我们差不多是摸着黑骑回家的。西狗说，"王红兵，现在就看你的了。还跟老子谈什么《简·爱》，这次你去杀杀她的威风。"第二天晚上，我们一行四人又步行了六里路，去敲响了神鞭侠女的家门，出来开门的是她的母亲，她母亲疑惑地看着我们，问我们找谁。西狗说找你的女儿。她母亲就喊了一声，我们还没能听清她叫什么名字，她就出来了，在灯光下，她果然美得让人眩目。她盯着我们，说你们找我？西狗把我往前面推了两步，说，他，他知道《简·爱》，他是来找你谈《简·爱》的。然而那天晚上我们并没有谈《简·爱》，我们连她的家门都没有进去。她说了一句你们有毛病呀，然后就关上了门。

然而，就是那一声你们有毛病，却成了我青春期的天音。我想我是爱上她了，不可救药。后来的日子，为了见到她，我开始了晨练，我每天清晨沿着长江干堤跑步，我跑步要经过她的家，我希望能看见她。有一次，我真的见到她了。可是她根本就没有朝我看一眼。但这无所谓，对于我来说，能见到她，我就感觉到了无限的幸福与满足。我的跑步持续了整整一个冬天。在这个冬天，我的行为成了烟村人的笑谈，一个乡下人，天天在劳动，还跑什么步？现在回到烟村，十多年过去了，还会有人记得我天天清晨起来跑步的事，他们还会笑话我，只是没有人知道我跑步的动力。那是我这一辈子的第一次爱情，虽然她根本不知道我姓什名谁，也不知道有我这样一个人在偷偷爱着她。那个冬天，每个夜晚我都想着她的容颜入睡。直至有一天，我知道了她出嫁的消息。那天夜里，我抽完了两包烟。我尝到了失恋的感觉。这对我无疑是一次巨大的打击，而我们没有想到的是，更大的打击还在后面。

四毛

我该认真地说一说四毛了。四毛其实是一个有着远大理想的青年。在那些我们瞎混的日子里，很多的夜晚，我和四毛抵足而眠。在那些夜晚，四毛经常对我谈的一个问题，就是我们的出路在哪里。我们不能这样活了！四毛总是这样开始了他的叙述。四毛这样说时，仰面躺在床上，一双明亮的眼睛盯着头顶的蚊帐。那我们该怎么活？我们的出路在哪里？我问四毛。我说，要不我们托人帮忙弄到县城里去上班。四毛说你有这样的关系么？我说，让我爸去找向叔叔。我说的向叔叔是返城的知青，在插队时，他就住在我们家，那时我们一家人对他很好，他回城时还说过，要是我们有什么难处去城里找他，他一定会帮忙的，听说他在城里当官了。我想要是我父亲出面求他，他是会帮这个忙的。四毛想了想，又叹了口气，说，当工人又转不了正，有什么用？我不想一辈子这样平平淡淡地过。我说要不我们去当兵怎么样？我这样一说，四毛的眼里亮了一下。四毛坐了起来，说，"当兵是不错，我们去练兵。"可是过了一会儿，四毛又躺了下来，四毛说，练兵也不行的。我说为什么呀四毛？四毛说，每年在村里征兵才两三个名额，哪里会轮到我们头上。我说你都没有试过，你怎么知道呢。四毛想了想，说，也是，那今年练兵的时候，我们一起去当兵。

四毛其实是有些英雄主义情节的，他说他的梦想是当英雄。四毛并没有做成英雄，不过四毛做过一件颇为怪异的事，他在他家周围的树上挂了许多木牌子，牌子上写着"禁止打鸟"，"鸟是我们的朋友"之类的话。那时候，村里人开始议论，说四毛的脑子里问题。然而四毛坚持认为他在做一件很有意义的事情。有人来打鸟，他就跟在后面，把鸟们吓跑。村里人对四毛的爹说，你这儿子，嘿嘿……四毛的父亲气极了，把那些挂在树上的木牌子劈了当柴烧，骂四毛："你这个狗日的，你还嫌给老子丢人丢得不够。"这一次的事，让四毛伤心至深，他说他不能原谅他的父亲。

要是我有一把宝剑就好了，我骑着高头大马，带着宝剑游走江湖。行侠仗义，路见不平拔刀相助。四毛又躺了下来，盯着蚊帐顶，开始了他的想象。他五音不全，可是他坚持学吹口琴，他学吹口琴学了半年，他的老师就是西狗，西狗有音乐天分，什么样的乐器到了他的手上，没几天就学会了，西狗是我们烟村第一个会弹吉他的人，西狗的笛子、口琴都吹得很棒。这大约也是四毛崇拜西狗的原因之一吧。西狗说，四毛你不行，你没有天分，你就别学了，你学不会的。可是四毛坚持学，他学了半年，唯一会吹的就是《上海滩》的主题曲的前两句……浪奔，浪流，万里滔滔江水永不休……四毛吹了两句之后就放下口琴，说，"浪奔，浪流，万里滔滔江水永不休。你看这歌词写得多豪迈。"我说："四毛，你应该去当诗人，你是一个诗人呢。"四毛发一会儿呆，开始和我瞎谈。我们时常是谈到鸡叫。我打着哈欠说，鸡都叫了四毛，然后我就睡了。迷糊中，我还听见四毛在说话，四毛的声音离我渐渐远了，四毛说了些什么我不知道了，四毛什么时候睡的我也不知道。

有一次，四毛对我说，红兵，你说我们到底是不是烂柑子。我说，也算是吧。四毛就不说话了。四毛是复杂的。他的心里向往着当英雄，向往着做一番大事业，可是那时的农村，并不是像作家们笔下描写的，是田园牧歌样的生活，农村的气氛是死寂的，是没有生机的，是让人窒息的。我们真的没有出路，每个人都能看到自己的未来——娶妻生子，耕田种地，然后像我们的父辈一样老去。可是我们不甘心这样，不想过这样的生活。不过这样的生活，又能过什么样的生活呢？处在青春期尾巴上的我们，心里是迷茫的。那时我们感受到了无比的苦闷，却无处发泄心中的苦闷。于是我们聚在一起，搞恶作剧，偷鸡摸狗，被人厌恶，我们是人见人憎的不良少年，是大名鼎鼎的烟村五鬼。冬天过去了。四毛总是爱说，冬天过去了，春天还会远吗？我们于是一起渴望着春天的到来。

春天说来就来了。一九九一年的春天，四毛的父亲买回了一群鸭，四毛的父亲让四毛放鸭。这对四毛来说，是一个无法抗拒的命令。然而放鸭是一件很辛苦的事，四毛其实并不怕吃苦，重要的是，放鸭是一件很无聊的事情。你每天要面对的，就是那么一群鸭。鸭子们很爱跑，一不留神就会跑到别人的秧田里，那样的结果，就是惹得秧田的主人一顿臭骂，然后是做出赔偿，然后四毛就惨了，他将受到他父亲的一顿暴打。四毛的父亲好像脾气是越来越坏了。有一次，他居然用火钳子打四毛，铁火钳都打弯了，四毛的身上受的伤是可想而知的，然而四毛从来不对我们谈这些。

刘小手不和我们玩了。四毛又去放鸭了，我们这个群体，就这样解散了。西狗还是东游西逛的，赵大伟倒是说了一门亲事，说是就要结婚。那一年，赵大伟十八岁。赵大伟订婚的那一天，我和刘小手、西狗都去了。赵大伟也请了四毛，但四毛说他来不了，他要放鸭。赵大伟说，我们是兄弟，你一定要来。四毛说那好吧，我争取来。那天，我们在赵大伟的家里喝了很多酒，从中午喝到了下午四点钟，我们都快要醉的时候，四毛来了。四毛把鸭子放在了湖边，偷偷地溜来。四毛来了，我们又喝了很多酒。我们都为赵大伟高兴，他的女朋友长得很好看，比刘小手的女朋友还好看，这是我们大家公认的。可是我们的心里并不好受，这样一来，我们就更加的孤独了。赵大伟说他国庆节就要结婚了，到时请我们来陪十弟兄。赵大伟好像并没有我们想象中的那样高兴。后来赵大伟曾对我们说过，其实他并不想这么早结婚。他说他知道，一结婚就会要小孩，一有了小孩，就什么都没有了。赵大伟说，王红兵你看你哥哥王中秋，当年是多么有理想的人……那天，我们各怀心事，喝了很多酒，我们都倒在了桌子下面。我醒来的时候，发现自己睡在赵大伟家的草垛边，刘小手和西狗也喝得不省人事了，刘小手被抬到了医院打吊针，西狗歪回了家，睡了一天才醒来。

四毛也喝多了。四毛其实是不能喝酒的，他没有酒量，然而他还是喝了很多。后来我听说，四毛是被他父亲拖回家的。人们说，四毛像一条死狗一样，一动也不动，他父亲就揪着他的衣领把他拖回了家，拖回家之后，他的父亲舀了一脸盆冷水倒在了他的身上。四毛是醒过来了的，他开始骂他的父亲，围了很多人看笑话。四毛的父亲抢了一根扁担，朝四毛就是两扁担。他的第三扁担被看热闹的人托住了。四毛的父亲骂，狗日的，鸭子呢？四毛只顾了喝酒，他的鸭子跑到了麻师傅的鸭群里。好在麻师傅有办法，麻师傅举着竹篙，开始唤他的鸭子，鸭子们都跑到了他的身边。麻师傅说，剩下的就是你们家的鸭子了。可是四毛的父亲数了很多遍，鸭子还是少了十二只。麻师傅说那就没有办法了，麻师傅说他的鸭群里没有多出一只鸭子，连一根鸭毛也没有多。四毛丢了十二只鸭子，这还了得，他不被打死才怪了。

那次挨打之后，四毛就像变了个人。他更加沉默了，一句话也不说。很多的时候，我们都能看到四毛拖着一根放鸭篙，孤独地站在田边上，鸭子们在水里欢快地游走，追食着小鱼小虾，还有鸭子将屁股朝天，头扎进水里，觅食水里的田螺。四毛就这样呆呆地看着他的鸭子们。我们都不敢去找四毛玩了。四毛的父亲放出话来，说是我们这些人把他儿子给带坏的，说要是再看见我们去找四毛，别怪他心狠手黑。有一天，下着绵绵春雨，我看见四毛披着一块透明的塑料布站在雨中，他的样子真可怜。我的眼泪突然就出来了。那时，我坐在家门口，我在看书。我不知道将来要干什么，只是想看书，能找到的书都看。我那时找到了一本名叫《堂·吉诃德》的书，书中有一个愁容骑士，我觉得，我们就是一群愁容少年。我还有一本《新婚必读》，是西狗给我的。我只能在夜晚偷偷地读那本书。然后，我在压抑与兴奋中学会了手淫。我觉得这样很不好，觉得自己真的成了流氓，觉得我做了见不得人的事，是在犯罪。可是我摆脱不了那本书的诱惑。乡村进入了梅雨季节，我们的心情也像梅雨一样，是灰暗的、阴沉的。

看着四毛站在雨中的样子，我心里很难受。我赤着脚去找四毛，想让四毛跟我回到家里坐一会儿，躲躲雨，坐在门口也能看着鸭子的。我拉着四毛的胳膊，我说四毛，这么大的雨，去我家里坐一会儿吧。四毛转过身，盯着我看了一会儿，迷茫的脸上慢慢露出了笑，四毛将一根手指放在了嘴边，神秘地说，嘘！不要出声。四毛压低了声音说，"你看我的那些兵，他们在练习打仗呢。"我说四毛你在说什么呢？四毛却不再理睬我了。后来，四毛开始对人们说他是司令，四毛渐渐的就有了一个鸭司令的外号。四毛和他的鸭子们果真有了很深的感情，我们这些兄弟，还有他残暴的父亲，我们这些被称之为人的动物，渐渐地退出了他的思维，在他的世界里只有鸭子。那些鸭子是他的士兵，他是指挥着那群鸭子的司令官。

我不知道那些日子里四毛到底在想些什么，他的内心世界发生了什么样的巨变。四毛变得沉默了。他和他的鸭子们亲密无间。可是有一次，四毛又做出了一件更加怪异的事情，居然有人发现了四毛在强奸一只鸭子。这事我没有亲见，可是村里是有人见到了。这话就传了出来，都说四毛强奸鸭子。四毛的父亲气疯了，发誓要打死四毛。他这一次没有用扁担，也没有用火剪。四毛的父亲举着一把菜刀，说要杀死四毛。然而四毛盯着他的父亲一动也不动。四毛的父亲在四毛的肩上砍了两刀之后，把刀丢了，抱着四毛号陶大哭。四毛却面无表情。

四毛的胳膊上打着绷带，他还是带着他的那群鸭士兵早出晚归。有人问四毛，说四毛四毛，你的胳膊上是怎么回事？四毛终于开口说话了，他有些得意地说他光荣负伤了，可是他重伤不下火线，他还要指挥着他的士兵。有一天，四毛来找我了。这时，梅雨季节已经过去，马上就要双抢了，农村里一年中最忙碌的时节就要到了，家家户户做好了双抢的准备。父亲一天几次去看黄在田里的稻子，说，再过三天就可以开镰了。那天四毛来到了我的家。四毛对我说他只有我这一个朋友，他有个伟大的计划，这个计划不能对别人说，只对我一个人说。我问他什么计划。他就拿出了一张牛皮纸，纸上画着一些杂乱的线条。四毛压低了声音，说他要带着他的部队去攻打敌人的总部了。他指着地图上的一个黑点说，这里就是敌人的总部。他的部队兵分两路，一路从这边去，一路从另一边去。他说，这个地方有一棵树，我在这棵树下撒了一泡尿的，这就是我们的记号，我们从这里进攻。四毛说得很认真，四毛邀请我一起参加他的战斗。可是我说我不能参加你的战斗了四毛，我要搞双抢了。四毛很遗憾地走了。走的时候四毛说，你会后悔的，你不参加我们的战斗你会后悔的。

四毛走后，我的心里很难受。我知道，我的好兄弟，四毛，他是疯了。他疯了，却还记得我是他的好兄弟。第二天早上，我听人说四毛死了。我跑到四毛的家，看见了四毛。四毛直直地躺在地上，他的脸上盖上了一张火纸。听说他的遗体是在离家一公里远的水沟里发现的。他的鸭士兵们围着他的遗体嘎嘎叫，这才被发现的。他死的时候，手里还拿着他的作战地图。我们无法知道，那天晚上四毛怎样带着他的鸭士兵们离开了家，他经历了什么。但是我相信，四毛是像一个英勇的将军一样牺牲的。他的死，得到了他的鸭士兵们的尊敬与爱戴。

四毛的死，在村里人看来，是轻于鸿毛的。有人说四毛是被他的父亲打死的。有人说，四毛死了反倒解脱了。他们不知道四毛的心里有着怎样的英雄情结，他们不知道，四毛是被我们这让人窒息的乡村给谋杀的。四毛死了。我却陷入了无限的后悔之中。我想起了最后一次见四毛时，他对我说过我会后悔的。我是后悔了，那天晚上要是我参加他的战斗，也许四毛就不会死。许多年过去了，我一直对四毛心怀尊敬，他是一个英雄，是一个有想法的人，可惜的是生活没有给他一个施展的舞台。

梦 想

不可否认，四毛的死对我们的打击都很大。我、赵大伟、西狗、刘小手聚在了一起，买了一些火纸在四毛的坟上烧了。我们希望四毛在那边能过得好好的。然后，我们四个人，坐在长江干堤上，望着滔滔江水，一言不发。后来西狗脱光了衣服跳进了长江里，我也跳了下去，赵大伟也跳了下去，刘小手也跳了下去。西狗奋力朝江中心游过去，我们紧紧地跟在后面。西狗的水性好，他不停地朝前游，赵大伟的水性差些，游出三百米左右就有些吃力了，江流也开始湍急起来，看着西狗不要命地朝前游，我们谁也没有回头。我们都跟着他，不要命地朝前游。还好，从小在长江边上长大的我们都没有出事，西狗游到了江心航标灯船上，我和刘小手也游了上去，只有赵大伟还落在后面。他离航标船还有二百多米时就游不动了，我们看着他的身子不时地往下沉，他一定是呛水到肚子里了。

刘小手说，西狗，我们去帮帮大伟吧。西狗冷漠地看了刘小手一眼，说，他会游过来的。于是我和刘小手就坐在航标船上为赵大伟加油。赵大伟听到了我们的叫声，好像又有了力量，他重新振作了起来，渐渐地游向了航标船，可是一个浪打了过来，他的身子又顺着江水朝下游流了过去。他在朝下流过去的时候，开始喊救命。西狗突然站了起来大声骂，赵大伟，你别指望我们救你，你自己游上来，是爷们的就自己游上来。赵大伟顺着江流游了大约二十多米后又重新稳住了，他逆着水朝航标船游了过来，他游得很慢，很吃力，可是这一次他没有再叫救命。我们站在航标船上，心都提到了嗓子眼，我们在心里为赵大伟使着劲。终于，赵大伟游了过来，他的手抓到了航标船的船舷。西狗朝他伸过了手，一用力，航标船朝一边倒了过去，赵大伟水淋淋地从水里爬到了船上。我们都仰面朝天躺在航标船上，看着天上的流云由蓝变灰、变紫、变得黑暗了下来。江水在我们的耳边哗哗地流。那天晚上我们在航标船上待到满天星斗。我呆呆地望着天上的星，望着那清浅的银河，望着那一天的繁星，望着慢慢走过我们头顶的卫星，还有不时划过天空的流星。

我说，这一天的星，不知道哪一颗是四毛的。这样说时，我的眼泪又下来了。赵大伟也失声痛哭了起来。刘小手也哭了起来。我们呼喊着四毛的名字，在江心哭成一团。也不知哭了多久，西狗说，哭够了没有？像娘们一样哭哭啼啼有什么出息！于是我们都不哭了。西狗说，我们再也不能这样活了，再这样下去，我们迟早会和四毛一样发疯的。可是不这样活我们怎样活？我问西狗。西狗说，我们去当兵吧。再过三个月就要练兵了，我要去当兵。我就再次想起了四毛，想起了我和四毛也曾谈论过去当兵的事。赵大伟说，也许，当兵算一条好的出路吧。

在这之前，我们村里出了四个很有名的兵。一个就是秦立文。他当到了师长的警卫，师长要招他当女婿，可是他在村里有了女人，他不要师长的女儿，因此他回到了村里。还有一个叫王孟，他会唱歌，当兵之后进了部队的文工团。还有一个叫刘水波，他当兵上了老山前线，后来死在了前线。每年过年，县里还会有人来看他的父母，他家门口挂着一个小小的红牌子，上面写着光荣烈属。还有一个，就是赵大伟的堂兄，他当兵很多年了，也上过老山前线，后来转了志愿兵。我们都说，西狗如果去当兵，肯定可以进部队的文工团。西狗说，不管用什么办法，总之，我们要走出去。这该死的地方不是人待的地方，这里的天空太小了。西狗说赵大伟你真的打算结婚么？赵大伟点了点头。西狗想了想，说，结吧，结吧，结了婚，你这一辈子就完蛋了。赵大伟说他知道，可是他还是打算结婚。西狗说，刘小手你也打算结婚么？

刘小手说，元旦结婚。刘小手说他结婚后就不在烟村开发廊了，他和女朋友商量好了，婚后到岳阳去开发廊。西狗说你在那边有人没有，没有人你立得住脚吗？刘小手说他女朋友有两个朋友也在那里开发廊，生意很好，一年下来要赚四五万块。西狗说，刘小手你发财了可别忘记了兄弟们。刘小手说，那还用说。最后，他们把目光都落在了我的身上。西狗说，"红兵，其实我一直觉得，将来我们这些人里，可能最有出息的就是你。你也不能再这样混了。你有什么打算？"我说我也不知道。要么找关系进工厂当工人，要么去学一门手艺。我想去学画，学好了在镇上开一家工艺美术店也行，你看现在哪一个盖了新房子不要画中堂呢？大家都有了主意，就觉得，明天就要散伙了。西狗说，"要是我们早点这样想，想出一条出路来，别那样胡混，四毛也许就不会死了。"大家的心情一下子又沉了下来。西狗说，"算了，不说了，我们回去吧。"这一次，我们一起顺着水朝下游漂，很顺利地就到了岸边。

第二天，我对父亲说，"你帮我找一下向叔叔吧，看能不能把我弄进厂里当工人。"于是过了一段时间，我父亲带着我去找了向叔叔。然而，向叔叔并没有帮我这个忙。在县城里，我看到了县文化馆有一则招生启事，是学画画的。就这样，我报了名，开始在文化馆学画画。我在文化馆学了三个月的画，赵大伟结婚的那天，我回到了烟村，后来因为没有生活费了，父亲也觉得我学了几个月的画，天天画一些水果、罐子，没有什么用处，还是不学了吧。那时，已经开始征兵了，我和西狗一起报了名，听说那年要招一批文艺兵。当文艺兵将来就可以进文工团了，那将是怎样的锦绣前程啊！特别是西狗，当文艺兵，进文工团，那不正是他做梦都在想着的好事么？这样的消息也不知是真是假，总之那一年，报名当兵的人比往年多了好几倍。我们烟村报名练兵的，有三十多人。但是听说烟村只有两个名额，可以想见，当时的竞争是多么的激烈。

烟村报名初检的地方就设在了刘小手发廊对面的卫生院。开始的检查其实很简单，先是量一下身高，身高不到一米六二的不要。那时西狗的身高是一米七二，我也有一米七〇了。体重超过一百斤就行，我和西狗也顺利过了关。然后就是检查视力，这一点我和西狗更是没有问题。然后就是检查嗅觉。在我们面前摆着四个瓶子，瓶子里各装着一个白色的棉球，这些棉球上浸有不同的液体，水、白醋、酒精、煤油。然后让我们嗅一下之后就分辨出来。我们练兵时，卫生院的外面围满了人，有些是纯看热闹的，还有些是家长们。人多了，连一些卖瓜子的小贩们也趁机过来出售他们的商品。

初检这一关西狗顺利地过了，我却被刷了下来，因为我没能分别出水和酒精。我的当兵梦就这样破灭了。西狗顺利地过了嗅觉关，又过了听觉关。西狗初检合格了！烟村初检合格的一共有十五人。四天后，他们都聚集到了镇上进行复检。后来西狗回来对我们说，复检时大家都脱光了衣服，抱着腿在屋里蹦圈子，身上有伤疤的不要。后来的一段时间，西狗三天两头往镇上跑，想打听到一些消息，这样，西狗在不安中度过了半个月，后来他终于得到了通知，说是他的复检也过关了。西狗那天很兴奋，简直是意气风发了。那天西狗请我、刘小手、赵大伟，我们一起在馆子里吃了一顿。我们还给四毛摆上了一个位置，喝酒时，我们先把第一杯酒倒在了地上，这一杯酒是我们大家一起敬给四毛的。那一天我们没有喝醉，西狗说大家不能喝醉，特别是他不能喝醉，因为他现在是一个兵了，是部队里的人了。我们也都为西狗高兴。听说再过几天，就要去见接兵的人了。然后就要去部队了。关于部队里的生活，西狗也了解得很清楚了，他说下部队最苦的是在新兵连，下了连队就好了。于是我们开始了等待，可是我们等了几天，没有等到通知。有一天，西狗突然红着眼来找我，西狗说狗日的，狗日的，西狗不停地说狗日的。我问西狗这是怎么啦。西狗一脚把我家的椅子踢得飞了出去，西狗握着拳头说，我当不成兵了。西狗这样说时，眼里的泪水出来了。不过西狗很快就控制住了他的情绪。西狗说民兵队长找他谈话了，说是这一次总共有四人体检合格，但是只有两个名额。民兵队长说西狗你也是知道的，你的表现一直不太好，部队怎么能要你这样的烂柑子呢？就这样，西狗的当兵梦也破灭了。我的画家梦和军人梦也破碎了。

验兵的失败对西狗打击很大。西狗变得比从前更加吊儿郎当了。赵大伟结婚了，我们去陪的十弟兄。接亲也是西狗带的队。赵大伟接亲的队伍很风光。可是刘小手的梦想却迟迟没有实现。他本来指望结婚后去岳阳的，可是突然，他的女朋友说她不去岳阳了，她说她要去深圳打工。她的表姐前一年去了深圳，听说在工厂里打工，一个月能挣五百块。她并不是看上了那里的五百块钱，而是喜欢上了那里的生活。表姐寄回了穿着工衣的照片，在她看来，表姐简直是太漂亮太风光了。村里人都说她表姐在外面没有干好事。人们都说，一个姑娘家家的，又没有什么文化，一个月挣五百块？肯定没干好事。这个没干好事，其实是暗指她在外面卖淫。

萍萍问刘小手去不去深圳，刘小手说他不去，也劝她不要去深圳。她说，你以为你的发廊叫深圳发廊，你就真的和深圳沾上了边吗，一辈子窝在这巴掌大的农村有什么出息？我表姐……刘小手说，你少说你表姐，反正我是不让你去深圳的。她说，你管不住我，我说了要去深圳，我就是一定要去的。刘小手没能留住她。他们本来说好了要在元旦结婚的，刘小手说你要走结了婚再走。萍萍说，结了婚再出去我就不是打工妹了。那时，萍萍最大的梦想是当一名打工妹。其实她是想走得远一些，再远一些。

我们都在为自己的梦想而努力。这一年，我们的梦想基本上都没有实现。赵大伟结婚了，可是他的梦想是不结婚，所以可以这样说，这一年，我们的梦想都落空了。

告　状

一九九一年的冬天，我们做了两件对于烟村来说空前的大事。第一件大事，就是告状。原告是我、西狗、刘小手。赵大伟没有参加，赵大伟结婚之后，像变了一个人，他好像开始对他的婚姻生活变得满意了起来，他一天到晚守着他的新娘子，和我们的往来渐渐地少了，他常以一副大人的口吻对我们说话，他说你们别东想西想了，找个女人结婚吧，乡下人，哪来那么高的心气。心比天高，命如纸薄，我们拗不过命的。所以当我们对他说出告状的主意之后，他就一脸认真地劝我们不要做傻事，可是我们认准了的事，九头牛也拉不回的。而刘小手的女朋友出去打工之后，刘小手又回到了我们的阵营，他的发廊再次成了我们的根据地。只是我们的队伍已减少到三个人了，我们也不再做那些强行拉人理发的傻事了。我们天天在一起谈论的是理想和未来。

那年冬天，我们在家里闷得无聊的时候，喇叭里突然开始播通知了。村里的喇叭通知说，从省里、地区和县里，要来一个检查组到我们烟村检查计划生育。这一次的检查是抽查，上面的人抽到了我们烟村，说是三天后就要来。喇叭里说，在检查组来到烟村期间，家里有超生的，不管罚没罚过款的，都要把超生的小孩送到其他乡镇的亲戚家。另外，谁也不能乱说，谁要是敢乱说的，要重罚。在喇叭里喊话的是我们村的村主任，村主任家就超生了一个小孩，他超生的那个小孩放在亲戚家里抚养，这在烟村是人人皆知的秘密。其实谁家超生谁家不超生与我们有什么关系呢？我们不过是普通百姓而已，再说了，如果是村里对我们进行乱摊派，我们在这时强出头，还能得到一些民意的支持，可是为了计划生育的事出来告状，我们这是把自己推到了与全烟村人民为敌的境地了。其实我们当时的愤怒不在这里，不在谁家多生了一个小孩，不在村主任家也多生了小孩，而在于村主任在喇叭里说出的那一通或者叫警告或者叫威胁的话，正是那一番话激怒了我们。四毛死了，赵大伟又结了婚，刘小手又失恋了，我们的心里，早就压了一肚子的怒火没有地方发泄。

村主任在喇叭里说，全体村民听清楚了，我把丑话说到前面，到时检查组的同志下来访问，哪个要是乱说话，说了不该说的，种田的把田收回来，读书的从学校开除，总之，一人胡说，株连全家，总之，你要敢乱说就别想在烟村混下去了。正是这些话激怒了我们。当时我和西狗正躺在刘小手的床上，我们没有听歌，正在发呆，就听到了这则广播。而村主任在广播里播通知的语气是很蛮横的，他每句话都要读两遍，以加强通知的重要性。

西狗猛地从床上弹了起来。西狗激动地说，你们听听，这说的是什么话，这是人话么？我说，这也太过分了。当时我们只是骂了几句，并没有多想什么。到了傍晚时分，喇叭里又喊了起来，还是上午喊过的这些话。那时，我和刘小手、西狗坐在长江干堤边上，西狗弄了一点三步倒，我们打算去毒死一只狗，晚上到刘小手的家里煮狗肉吃。我们在堤上游荡。西狗的口袋里装着一个纸包，包里包着一块肉，肉里包着一颗三步倒。这样的药是剧毒，狗吃了，走出不到三步就会倒在地上。当时我们还没有看好目标，我们要等到天黑一点了再行动。就在我们等待天黑的时候，喇叭又响了起来。西狗突然说，"我有一个想法，不知道你们俩有没有胆子去干。"刘小手问西狗什么想法，西狗就说出了他的想法。西狗说，"我们守在从镇上到烟村的公路边上，上面来的人肯定要从那里经过，然后我们就挡住车告状。"西狗说狗日的村主任，他自己家里就超生了一个。我们就把他揭发出来。刘小手听后没有说话。西狗说，"怎么，你怕了？"刘小手说，"怕个卵子，不让在烟村混了就出去打工。"西狗于是转过头来看着我。我说，"你们敢，我有什么不敢的？要不我们把所有超生的列一个名单，到时交给检查组。"西狗说，"好，就这么办。"刘小手说，"要不要拉上赵大伟。"西狗说，"我们去问问他干不干，他要干就干，不干拉倒，不干我们三个干。"

我们就去找赵大伟，站在离他家门口很远的柴垛边赵大伟赵大伟的尖喊怪叫。赵大伟正在吃晚饭，端着饭碗出来了，看见是我们，就招呼我们去他家坐，让我们一起吃饭。西狗说你又没有准备我们的饭菜，算了，我们不吃，找你有事。

赵大伟的新娘子看见我们去了，给我们每人倒了一杯糖茶。西狗说，"还有糖茶喝呀，不过我们可没有茶钱哟。"赵大伟笑着说，"我们就不要讲这些礼性了。在我们烟村的习俗里，去新婚夫妇的家里，新娘子会倒一杯里面有芝麻豆子的糖茶，这糖茶是不能白喝的，喝了要在杯子里放上五块十块的喜钱。不知道这样的习俗起于何时，总之这样的习俗，会让新婚夫妇在新婚后的很长一段时间里过得相对清静。"

喝完了茶，西狗掏出了十五块钱，在每个杯子里放了五块。然后西狗就压低了声音对赵大伟说出了我们的计划。赵大伟一听就跳了起来，赵大伟说你们有病呀，做这种损人不利己的事干吗哩，你们有什么好处哩。我说大伟你错了，这对我们怎么没有好处？他村主任有什么权利不让我们说真话？再说了，他居然说，谁要是乱说了，家里有学生的要从学校开除，这是哪门子王法？赵大伟摇了摇头，劝了我们半天。最后见劝不动我们，就说，那你们也别把其他超生了小孩的人家报上去呀，你们把村干部们超生了的报上去不就得了？赵大伟的这个意见被我们采纳了。西狗说，"大伟你结婚了，我们也不勉强你。"西狗从口袋里掏出了那一团夹有三步倒的肉，在赵大伟的面前晃了晃。西狗说，"知道这是什么吗？三步倒！"赵大伟说，"晚上要去毒狗子呀。"西狗说，"跟我们一起去吧。"赵大伟看了看他的新娘子，有些为难，但他还是说，"告状我不方便去，今天晚上还是陪你们玩玩吧。"

那天晚上，我们像幽灵一样的在烟村游荡，引得人家的狗子汪汪乱叫。可是那天晚上好像邪了门似的，狗一叫，狗主人就会从家里钻出来。我们一直没有找到下手的机会，我们就这样转到了晚上十点多钟。冬天的乡村之夜，静得只有风声和我们的脚步声，还有那些狗们的吠声。我们没有找到下手的狗子，倒是顺手在人家的菜园子里扭了几棵白菜，拔了两根萝卜。西狗说，弄不到狗，那就偷两只鸡吧。刘小手说，偷谁家的？西狗说，咱们偷铁算盘的。铁算盘是我们那里有名的老抠。西狗负责去偷鸡，我们在一边望风。

然而我们的运气很差，西狗刚钻进铁算盘的鸡舍，铁算盘家的灯就亮了。然后铁算盘就出来撒尿，铁算盘出来撒完了尿，去他的猪圈里看看，又去鸡舍里看看。那时西狗正猫在鸡舍里，吓得不敢动。铁算盘进屋后一会儿，家里的灯就灭了。西狗正要动手，就听见有人大声地叫抓强盗。西狗从鸡舍里蹿了出来，我们开始没命地跑。铁算盘的一家人个个拿着家伙跟着我们穷追猛打。一听有人喊抓强盗，家家的灯都亮了起来，我们不敢往有亮的地方跑，哪里黑往哪里钻，我们很快就跑上绝路了，前面是一条沟，那条沟少说也有二米多宽，沟里有水，要是在平时，打死我也跳不过去，可是那次，我也来不及多想，呼的一声就跃过了那条沟。刘小手的个子小，灵巧，他也呼地一下跳了过来，不过他的一条腿落在了水里，鞋也弄丢了。西狗也跳了过来，西狗跳得最远。跑在最后的是赵大伟，赵大伟跑到沟边犹豫了一下，后面的一根扁担已朝他砍了过来，他吓得扑通一声就跳进了沟里。好在沟里的水不算深，赵大伟从沟里爬了上来，我们伸出手把他拉了上去。赵大伟的一条腿给弄折了，追我们的人在沟那边骂娘。我们把赵大伟弄到了刘小手的深圳发廊里面，烧火给他烤，赵大伟冻得上下嘴唇直打哆嗦。最要命的是他的腿骨折了，疼得哇哇乱叫。

那次经历并不光彩，而且似乎与告状无关，但我还是愿意把这件事说出来，因为这是赵大伟最后一次与我们一起行动。赵大伟回家之后，就再也没和我们一起玩过了。他的腿在那天晚上留下了终身的残疾，从此以后走路就是一瘸一拐的。赵大伟的父母亲，还有他的妻子，把我们当成了仇人，见到我们就骂，什么话难听骂什么。

第三天，检查组的人就要来了，我和西狗、刘小手，猫在烟村的路口上，我的怀里揣着我们写好的检举揭发的信。我们在等着检查组的车到来，只要车一到，村里的那些村干部们的好日子就到头了。一想到这些我们就兴奋不已。

可是事情突然发生了变化，我们没有等到检查组的人，却看见了村里的民兵队长带着两个警察出现在了路口，我们以为村里出了什么事呢，没想到他们直接朝我们走了过来。然后，我们就被带到了民兵队长的家里。民兵队长说，知道为什么抓你们吗？我们说不知道。我以为是那天晚上偷鸡的事发了，可是那也没什么呀，我们又没有偷到鸡，有什么大不了的呢。民兵队长板着脸说，还装什么糊涂？把状纸交出来吧。

有人告密了。我们那次告状没有成功。我们被关了一天，直到检查组的人离开之后才重新获得自由。但我们要告状的事还是在烟村传开了。我们再一次成了烟村人茶余饭后谈论的焦点。我一直疑心是赵大伟的父母或者是他的妻子告的密，西狗和刘小手也这样猜测，但是我们一直没有去问过赵大伟，也没敢去问他的家人。检查组的人走了之后，村里开始秋后算账。差不多所有的村干部都到了我家，他们质问我的父亲，说，王老倌，你自己说该怎么处理。村里的意思，是要把我们家的田收回去。我父亲不停地给村干部们点头哈腰赔不是，不停地说小孩子不懂事你们就原谅他这一回。我说，爹，你用不着和他们点头哈腰。我又冲着村主任书记们说，你们有种把我的田收回去试试？你们敢收我的田，我就敢把烟村的天捅一个大窟窿。

我太清楚那些村干部了，他们一贯是欺软怕硬，他们不敢真把我家的田收回去。可是我父亲不这样想，父亲知道得罪了村干部今后有得小鞋穿。父亲突然操起了一把椅子，朝着我的肩膀就劈了下来。父亲的举动让村干部们大吃一惊。父亲举起椅子还要劈我第二椅子的时候，村主任伸出手来托住了我父亲的手。我父亲的嘴里还在骂骂咧咧，说是要把我这不争气的东西打死算了，父亲说，打死了老子去坐牢。父亲的行为让村干部们下不了台，他们开始反过来劝我的父亲，说红兵还是小孩子，算了算了，我们也不是真的要把他怎么样，只是来提醒他一下，让他下次别这样了。我那次伤得不轻，从此落下了一个肩周炎的毛病，只要刮风下雨，肩膀就会酸痛难忍。很长的一段时间，我都不再同父亲说话。也是那一次，我坚定了要离开乡村出门打工的决心。

打 工

打工这个词是什么时候传到烟村的现在已无法考证了。烟村第一个出去打工的是刘小手的女朋友，这是肯定的。在那时，我们那些困守乡村的人，对打工生活的全部想象来自于一部电视剧《外来妹》，我们对外面的世界的全部理解，来自于一句歌词：外面的世界很精彩，外面的世界很无奈。至于外面的世界是怎样的精彩，我们也是从《外来妹》里知道的。迷茫的我们，也不再觉得没有前途。生活为我们在远方亮起了一片光，我们看到了另外一个世界，看到了改变我们生活的新的可能。

出门打工十四年后的今天，每当我听到《外来妹》的主题曲时，我都会禁不住热泪盈眶。我都能感受到一九九一年的那个冬天的气息。在当时，我们天真地认为，只要离开了乡村，我们的世界将变得一片光明。那部名叫《外来妹》的电视剧，点亮了我们的生活中的希望之光。萍萍离开了烟村之后，给刘小手来了三封信，第一封信告诉刘小手，她找到了表姐；第二封信告诉刘小手，她有了工作；第三封信告诉刘小手，她决定和他分手。这让我们更加向往外面的世界。

那一段时间，我们心目中的偶像已不再是哪个女歌星，不再是小虎队，也不再是四大杀手，更不是唱着囚歌的迟志强。他们都成了过去时，成了时代的落伍者。那时，我们有了一个共同的偶像，那就是《外来妹》里的女主角赵小云。我一直坚信，这部电视剧是深深地影响了我们这一代人的。我们的青春，我们的梦想，因为这部电视剧而明确了。它为我们描绘了另外的一种生活，拓宽了我们这群乡村少年的视野，我们要走出乡村，要像赵小云一样，用自己的双手打出一片天。

有一天，西狗说，红兵，我们出去打工吧，我们要出去闯一闯。西狗说，刘小手也准备出去打工了。我说，好，出去打工。可是西狗走后我又犯愁了，我不知道父亲是否会让我出去打工。如果父亲不同意，别说出去打工，我连到岳阳的路费都没有。可是我还是去对父亲说了，我对父亲说我想和西狗、刘小手一起出去打工。父亲盯着我看了好半天，丢下了一句话，父亲说，除非老子死了。西狗说，要是你爹不给你钱，你就想办法借点钱。可是我实在借不到钱。我去找我的哥哥王中秋，我说我想出去打工，你借我几百块钱的路费吧。多少？哥哥吃惊地问我，"几百？你开什么玩笑。再说了，你一个男孩子出去打什么工，人家要的是打工妹。"我说，"你借不借？"哥哥说，"几百块肯定没有。"哥哥从口袋里掏了半天，掏出了一把零钱，数了数，一共有十几块。哥哥说，"就这么多了，你要不要，你要就都给你。"

我没有要他的那些钱。我去找我的二姐，也没有借到。二姐不是不肯借钱给我，她是不放心让我出去打工。毕竟在当时打工潮还没有风起云涌，我们那里还没有几个人出去打工。西狗又来找我了，西狗问我到底去还是不去。西狗说他要去村里开介绍信了，那时出门打工是要开介绍信的，拿着介绍信才能到镇上办边境证，没有边境证，我们是到不了深圳的。那时我们的目标就是到深圳打工。我说，管他去还是不去，我们都要去办边境证，先办了证再说。我和刘小手、西狗一起去办边境证，没想到，拿着印把子的村干部却不给我们开介绍信。他说你们有本事自己去镇上办证吧。

我们没有拿到介绍信。从村干部的家里出来时，我们一路都在骂娘。后来西狗就有了一个伟大的想法，西狗说，不管怎么样，我们是要离开烟村的。在离开烟村之前，我们还要做一件大事，要让烟村的人都记得我们。可是做什么样的事算是大事呢？我说，要是我们告状成功，那就算是一件大事了。抢劫？强奸？刘小手说。杀人？放火？我说。西狗说，要不我们搞一台晚会吧。把烟村的年轻人都号召起来，搞一台联欢晚会。搞晚会的提议得到了我们的一致响应。我们大声唱着郑智化的《水手》。我们的嚎叫声吓得鸡飞狗跳，一些老人在背后骂我们，这些烂柑子，怎么得了哟！可是我们不管这些，我们只是大声歌唱着。

晚会

事实上，我们也没有想到晚会真的能办成，而且办得很成功。我们更没有想到，那一次的晚会，成了烟村年轻人的最后一次集体狂欢。从那之后，大家就开始纷纷离开烟村，开始了各自的打工生涯。烟村开始变得凄凉，只余下一些老幼病残留守着乡村。这是当时的我们始料不及的。回想起来，初离乡村时，我们大抵怀着在外面长见识、挣钱，然后回来改变烟村的梦想。什么时候，我的内心开始发生了变化，开始不再恋家，开始渴望着融入城市，成为一名真正的城里人了呢？

还是说说那次晚会吧。有了办晚会的想法，我们当天晚上就去了烟村小学，我们办晚会不可能得到村部的支持，我的叔叔在小学里当校长，掌管着一校的资源。于是我提出去找我的叔叔，有了他的支持，我们的晚会办起来就容易多了。在这里，我还想向大家介绍一下我的叔叔。我叔叔是高中毕业生，叔叔读书的成绩很好，是可以考上大学的，他的老师们都对他寄予了厚望。可是那时取消高考了，叔叔也和他的同学们回到了农村。多年以后，我看过叔叔的毕业留言册，留言册的第一页照例是印着毛主席语录，后面才是同学们相互鼓励的话。大多是诸如"翠竹根连根，学友心连心。你我齐携手，扎根新农村"之类的豪言壮语。他们的留言都写得激情澎湃，我因此相信了，叔叔他们那一代人，是真心扎根农村的。那时的知青也是，从城市来到农村，他们立志扎根农村，可是我们这一代人却恰恰相反，我们纷纷开始抛弃乡村，渴望在别人的城市里扎根。我们和知青不一样的是，知青在乡村逗留了一段时间之后又回到了城市，而我们离开了乡村，再也无法回到乡村，我们在别人的城市里坚韧地生活。

还是说说我的叔叔吧。我曾在一篇文章里写道："我叔叔是个才子，他的毛笔字写得很好，不是一般的好，他临过很多贴。我知道的就有《兰亭集序》、《张迁碑》、《张猛龙碑》、《九成宫》等等。叔叔的毛笔字，行书中有隶意，和现在那些所谓的书法家相比，功底要深厚得多，只是叔叔不太求新弄怪，也从未想过自成一格罢了。叔叔还会画画，这深深地影响了我，后来我想成为一名画家，并为之努力了很多年，终未能成。我想这与叔叔的影响有关。我叔叔的绘画水平不怎么样，也就是画一些迎客松之类的，或是给雕花床的镜子里画一些花鸟鱼虫。叔叔画画的老师就是一本《芥子园画谱》。叔叔还会吹拉弹唱，口琴、笛子、手风琴、二胡、月琴。叔叔家里有很多乐器。我的才子叔叔在乡村当了一辈子的小学老师，末了连个民转公都没有捞到，因了性格的耿直，后来被优化组合下岗了。无书可教的叔叔老了，一头白发，风流不再矣。也不画了，毛笔字也不练了，只在过年时给左邻右舍义务写写对子。有人结婚生子办酒请客时，会请叔叔用蝇头小楷在红纸订成的礼薄上写上：张家姑妈礼金五十；大舅礼金一百之类的。那些月琴、口琴早不知所终，只有二胡，有时还操出来拉上一两曲，低婉沉郁，似可听出叔叔这一生的无限感叹。"

　　叔叔从教生涯中最风光的一段时间，就是从一九九〇年到一九九二年，这两年，我的叔叔当上了校长。当西狗提到弄晚会，自然想到了去找我叔叔。何况，在烟村，叔叔是唯一欣赏西狗的大人。大约因为他们有着共同的对音乐的痴迷吧。我们找到住在学校的叔叔，叔叔很高兴，装烟给大家抽，连我也有一支，我叔叔从来不在我的面前摆大人的架子，这样说吧，我感觉我和叔叔之间是没有代沟的。于是我们实话实说，说出了我们的想法，说我们想办一台晚会，希望叔叔提供一些帮助，比如场地，我们就选在了学校的操场上，但我们希望叔叔能提供一些诸如扩音器之类的东西，还希望叔叔能任命一位女老师和我一起搭档做主持人。叔叔觉得这是一件很有意思的事情。叔叔说，你们这样想我很高兴，现在的年轻人，身上好像是没有激情了，我们那时候是经常搞演出的。叔叔不仅提供了器材上的帮助，还答应由学校出资二百块钱作为我们的活动经费。叔叔还通过学校的学生，把搞晚会的消息发布了出去。最为重要的是，我的叔叔主动担当了我们的艺术顾问，他和我们一起编排节目，帮我修改串台词。在叔叔的安排下，学校的一位姓荣的女老师担任晚会的女主持，她是烟村小学最漂亮的女老师。每天晚上，我们排节目排到深夜。我们把晚会的日子定在了腊月初一的晚上。

　　就在我们的节目排得如火如荼时，就在我们要办晚会的消息传遍了烟村的时候，却出了一个意外。那天晚上，我们正在一起排节目，学校里来了四个陌生人。他们来到了我们排练的教室，坐下来看我们排练。我们也没有把他们当回事，那些天的晚上，经常会有一些人来看我们排练节目，还有一些人来报名表演节目，所有报名的，都要现场表演一下，然后由我和西狗，还有我叔叔、荣老师、刘小手，我们共同讨论决定这个节目是上还是不上。我们把这四个人也当成了是来看排练的，或者是想表演的。我朝他们四人看过几眼，其中有一个人我是有些眼熟的，可是我当时没有放在心上。我们继续排练着。这时，四人中的一个矮个子过来了，他把我推过了一边，说，你就是王红兵吧。我说是呀，怎么啦？他说，你的普通话说得这么差，你怎么能当主持人呢？我看你和她，他指着漂亮的荣老师说，我看你和她眉来眼去的，你这是在主持节目吗？你这是在借办晚会之名泡妞。

他的话一出口，我就知道要出事了。树大招风。那一段时间，我们是太风光了，太招摇了，太惹人注目了，招来一些人的恨是正常的。荣老师紧张地退到了一边，我也有些紧张，我说，你这话是什么意思。矮子说，没什么意思，你不能当主持人。我说我不当你说谁能当。矮子指着和他们一起来的一个高个子说，刘哥当主持人。那被称着刘哥的，显然是他们的老大，我一直觉得他看上去有些眼熟，可是我一直没能想起来在什么地方见过他。这时，西狗冲到了我和矮子的中间。西狗说，你们是什么意思，想来砸场子么。矮子说，你就是西狗吧。西狗说，知道我是西狗你还这么猖狂？矮子说，西狗算个什么。矮子指着刘小手说，还有你，你不是开发廊的么？刘小手也站了出来。这时，我的叔叔从办公室过来了，他发觉有些不对劲。叔叔说，我是烟村小学的校长，你们来有什么事？他们看见校长出来了，客气了一些，说是他们认为王红兵当主持不行，要换上他们的刘哥当主持。我叔叔说，你们毛遂自荐，这很好，那就先让他来试一试吧，如果他真的比红兵出色，那就用他。于是那个叫刘哥的就站了起来，他拿过了话筒，"喂……喂……喂……"地试了几声，又拿着手不停地拍着话筒。他说，这话筒的效果不好。不过，他又说，将就着用吧。他过去拉住了荣老师的手，说你站过来呀，你不站过来，我一个人怎么播？荣老师的脸涨得通红，摆脱了他的手，说你放尊重一点。刘就在那里胡播乱报了一通，谁都可以听得出来，他根本就不适合当主持人。他们分明是来搅局的。

我叔叔也看出了不对劲，趁着他们在胡搅的时候，让一个老师去了民兵队长的家里，让他叫一些年轻人来。那四个人看见我们这边的人越来越多，就没有再说什么了。但是他们要求表演一个节目。为了保持事态的稳定，我们都同意上他们的节目，这四个人走了之后，我们才听人说，他们原来就是四大杀手。四大杀手的名头一出口，我吓出了一身冷汗。我一直觉得，要出大事的，这四大杀手中的那个姓刘的，我太眼熟了。在晚上回家的时候，我对刘小手和西狗说出了我的担忧。刘小手说他也觉得那个高个子很眼熟。西狗说，管他眼生眼熟，四大杀手又怎么啦。我说，四大杀手不是你的偶像吗？西狗说，偶像个屁，那时小不懂事嘛。

我一直担心要出事，可是一直到搞晚会的那一天，四大杀手也没有出现。晚会很成功，规模大大地超出了我们的设想，那天晚上差不多来了一千多人，大人小孩都有，把学校的操场都挤满了，我叔叔把学校的老师都叫来帮助维护秩序，村里的干部们看见动静闹大了，也来参加我们的晚会了。那天的晚会，通过几个高音喇叭，把我们青春的梦想传到了烟村的每一个角落。我一直担心着四大杀手，可是那天晚上，当我报到了四人歌舞，表演者刘光军等时，下面却没有动静。于是我们开始报下一个节目。我和荣老师的配合也很默契。我们的晚会从八点一直演到了十一点半，大家意犹未尽，可是时间太晚了，村里的干部们发话了，让我们早点结束晚会。

那天晚上，我们忘了在晚会上呼吁大家离开烟村到城里去打工的事情。晚会结束之后，村里的干部和学校的老师，还有我、西狗、刘小手，我们一起开了个会。会上，书记和村主任表扬了我们，说我们节目搞得不错。说你们做这样的事，我们村里是支持的。我们得到了表扬，觉得心情前所未有的舒畅。散会回家的时候，已经是子夜一点了。我们沿着村里的公路往回走。寒冷的风在夜空里尖叫，乡村已安静了下来，我的心里，突然升起了曲终人散的感觉。西狗说过两天他就要去深圳了。刘小手说他也去，他要去深圳找他的女朋友，他想知道深圳到底有什么可以让他的女朋友变心。我手中没有钱，父亲也不会同意我出去打工的。我的心情自然就沉重了起来。

这时，我看见前面的村公路上有几个黑影。我的心头当时就闪过了一个不祥的念头。可是我没有把这个念头说出口。我们离黑影越来越近了。我听见其中的一个黑影叫了一声西狗，西狗答应了一声，接着就听见呼的一声响，西狗惨叫了一声，声音只叫出了一半，另一半闷在了肚子里。西狗"通"的一声就倒在了地上。我和刘小手想要逃，我才转过身，肚子上就挨了一脚，我捂着肚子蹲在了地上，这时我听见刘小手也惨叫了一声。我想挣扎着站起来，可是我的脖子上又挨了一记重击，我的天地就一片漆黑了。

我醒过来的时候天还是黑的。我坐在黑暗中，过了好一会儿才想起来我们是被人袭击了。我开始叫刘小手的名字，我又叫西狗的名字，可是没有人答应我。我的眼睛慢慢适应了黑暗，我看见在白色的公路上倒着两个黑影，我摸了过去，摸到了一只冰凉的手。我知道，这是刘小手的手，我摇着刘小手，我说小手小手，你醒醒呀刘小手。可是刘小手身体冰凉，一声不吭。我又去摇另一个黑影，我喊西狗的名字，我说西狗西狗你醒醒呀。西狗的身上还有温度，他终于在我的推摇与疯狂的哭喊声中醒了过来。西狗说头好痛。西狗想站起来，可是站了一下，捂着头又坐了下来。我说，西狗，我们怎么办呀，刘小手他，好像不行了。西狗顾不了头痛，过去抱起刘小手，我们疯狂地叫着刘小手的名字，然而刘小手已听不见我们的叫声了。刘小手再也没有醒来。

没过几天，四大杀手就落网了。四大杀手落网之后我才知道，去年我们在刘小手的深圳发廊里强迫理发的那个骑车男人，就是四大杀手的老大刘光军。西狗知道这个消息之后又痛哭了一场。西狗说是他害死了刘小手。西狗和我一起去给刘小手烧火纸。寒风中，燃烧过后的火纸化成了一片片黑蝶，在风中飞舞。我和西狗一张一张地把火纸扔在火堆里。我们烧完了火纸。西狗突然从腰里摸出一把菜刀，他举起菜刀剁掉了左手的小拇指。西狗把他的小拇指埋在了刘小手的坟头，然后站起身头也不回地就走了。

西狗以一根断指为我们的青春作祭。然后他就出门打工了。第二年的春天，我终于也离开了烟村。

作者简介：

王十月，本名王世孝，湖北石首人。迄今为止已发表小说、散文等作品二百余万字。出版有长篇小说《烦躁不安》《活物》《31区》《大哥》、《无碑》共五部，中篇小说集《国家订单》，散文集《总有微光照亮》，短篇小说集《成长的仪式》各一部。有多部作品被选刊转载，入选几十种年度选本。曾荣获第三届冰心散文奖单篇作品奖、广东省新人新作奖、广东省鲁迅文学艺术奖、广东省五四青年奖等。中篇小说《国家订单》获得第五届鲁迅文学奖中篇小说奖。

延安爱情 /武歆

第一章

一

彭登科无论如何也没有想到，到达延安的第二天早上，他就见到了苏惠贞。

当时，他正临时住在延安大旅社。一大早就有驴的叫声把他吵醒，高一声低一声地，好像就在耳边，他出来一看，果然在旅社门口的大树上拴着两头驴，七月的阳光照在它们身上，好像给了它们无穷的力量，它们叫得特别高昂。彭登科在北平见过马和骡子，当然也见过驴，但没见过叫声这样洪亮的驴。他站在那里，冲它们笑了笑，正好从他身边走过一个背着粪筐、扎着白毛巾的老汉，见他对着驴笑，就仰起一张核桃脸冲着他笑起来。大概在老汉眼里，他的学生打扮，还有他的举动，比一大清早就叫个不停的驴还好笑。

彭登科快乐地和老汉打了个招呼，正要回去，一抬头，看见从东南方走来一个身材高挑的女青年。她走得很急，就像小跑一样，在她身后竟有黄土被她带了起来，那黄色的尘埃在阳光下看得特别清晰。女青年梳着两条小辫子，上身穿着白色布衬衣，下面是一条蓝色背带工装裤。由于距离远，又是迎着阳光，所以他看不清女青年的容貌，但是没想到，那女青年却突然喊起了他的名字："彭登科，小彭。"一边喊着，一边朝他跑过来。到了近前，彭登科才大吃一惊，原来竟是苏惠贞。仅仅两个月没见，他都已经认不出她了。

彭登科第一次见到苏惠贞是在两个月前，是在八路军驻西安办事处。当时，他们都正等待着去延安。当时从西安到延安，最快捷的方式是汽车运输。因为办事处的运输卡车有限，而且每次还要装运货物，所以他们这些从四面八方来的热血青年和充满激情的学生，只能分期分批地前往延安。

那时候，每一个登上卡车的人，都成为大家最羡慕的人，也是最幸福的人。苏惠贞是济南人，因为来延安前，她通过她的一个老师——也是一名地下共产党员——在中共地下山东省委开了一封介绍信，证明了她在历次学生运动中优异的表现，所以省去了一些身份核查的过程，她仅等了一个星期，就登上了那辆通往延安的幸福的大卡车。

而彭登科就没那么幸运了，他和一大批贸然闯到办事处的青年学生一起，等了一周又一周，最后等得不耐烦了，他就揪自己的头发，开始还是一根儿接一根儿地揪，到最后，一伸手就是四五根。揪到头皮出血时，他实在等不下去了，离开了八路军驻西安办事处。后来，他另行取道，到达延安后才知道，从一九三八年的五月到八月，集聚到八路军驻西安办事处焦灼地等待着去延安的青年学生，前后竟有两千多人。

苏惠贞热情地握住彭登科的手，问他是什么时候到的。彭登科说，算上今天，才刚到三天。苏惠贞非常惊讶地问，你怎么走了这样长的时间？彭登科"啊啊"了两声，想说什么，但又咽了回去，最后只说是从西安他又转道去了潼关，是从那里搭船过黄河来的。苏惠贞好像明白了什么，但又有些糊涂，最后也就没有多问，接着解释说她是来看一个好朋友的，是昨天到的，也住在这里，真没想到，好朋友没见着，却先见到了他。彭登科开起了玩笑，说这证明我们有革命的缘分。苏惠贞红了脸，没接他的话。

两个人正说着话，身材瘦弱、头发很长的王新语也从旅店出来了。王新语和苏惠贞一样，都是彭登科在八路军驻西安办事处认识的，苏惠贞也认出了王新语，向他打了招呼，问他到了几天了。王新语看着苏惠贞，愣了一下，在彭登科的提醒下，这才想起来眼前这个目光闪亮的女青年是谁。

在西安那会儿，他们仨曾住在一个大院子里，女学生八个人一屋，男学生是六个人一屋，都睡大通铺，走了一个，马上就会有新来的补上去。当时苏惠贞穿着一身农村妇女的衣服，脸上好像蒙着一层灰，头发蓬乱，哪里像现在这样青春勃发呀。

王新语不爱说话，见苏惠贞和彭登科两个人都盯着他，等待着他的回答，红着脸，声音低低地说，"我是和小彭一道来的。"苏惠贞丢给王新语一个鼓励的微笑。彭登科接着又问苏惠贞现在哪里。苏惠贞告诉他，她现在陕北公学上学。彭登科"哦"了一声，下意识地说了一句"还上学呀"，苏惠贞笑了起来，说这是组织上的决定。彭登科恍然大悟，笑起来，你将来是要当领导的呀！

当时陕北公学是专门培养共产党干部的学校，去那里上学，都是优中选优的。苏惠贞听彭登科这样说，就再次强调自己是服从组织的分配。彭登科好像还要说什么，苏惠贞见状，就移动脚步朝里走，彭登科也就顺势说道，他和王新语一会儿还要去城工部，看一看准备把他们分到哪里去。苏惠贞祝愿他们更加进步，就走进旅社去了。

彭登科望着她的背影，有一会儿的时间，也不知道自己在想什么。他扭过头，刚要对王新语说什么，没想到王新语也在对着苏惠贞的背影发愣。彭登科的心沉了一下。

在城工部，接待彭登科和王新语的还是那个叫许坤善的女科长。他们已经领教了这位女干部的厉害。这是一个热情中透着严厉的大姐。许坤善是江西兴国人，地方口音很重，但说起话来，声音非常好听，就像唱歌儿一样。她身材不高，梳着齐耳短发，精瘦，却显得非常干练，白衬衣的袖口挽得很高，都过了胳膊肘的地方，看上去充满着无穷的力量。她热情地倒水，倒了两大粗瓷碗的白水，一人一碗，放在他们俩面前。水不太干净，有些发黄，碗底还有沉淀物，与他们在大旅社喝的水质一样。

许坤善科长让他们坐下来。彭登科没坐，也没喝水，张嘴就问怎么安排的。两天来，彭登科走进城工部的头一句话，总是这一句，好像就没有说过别的话。许科长说组织上决定，还是要先学习，现在还不能上战场，还让彭登科向王新语学习，服从组织纪律，然后又说了一番革命道理，最后告诉他们，分配结果是王新语去"鲁艺"，彭登科去"抗大"。

许科长不容分说，给他俩开了条子，盖了章，让他们下午就去报到，完全是一副不容商量的表情。许科长的雷厉风行，彭登科他们早已深知，他们已经在这儿磨了两天，尤其是彭登科什么都说了，差一点就写了血书，可许科长始终一副雷打不动的神态，看来只有服从了。彭登科拿了条子，苦笑着摇摇头。

彭登科与王新语走出城工部，两个人说着话，不知不觉间就来到了延河边。东去的延河水，在夏季清晨的阳光下闪闪发亮，河水不深，只到脚踝处。河床上的石块，被河水冲击着，溅起了大小不一的水花，那些水花被阳光一照，闪烁着彩色的光亮，非常好看。有歌声从凤凰山上传来，尽管看不见唱歌儿的人，感觉离得很远，但是依然能听出是什么歌儿，有《国际歌》、《赤旗歌》，还有外文的《马赛曲》。

彭登科轻声地跟着远方传来的歌曲声，东一句西一句地哼唱着，王新语满怀心事地跟在后边。自从到延安之后，王新语的情绪一直很低落，彭登科回身在王新语的左肩上打了一拳说，你怎么像个小女人似的，还在担心那面国民党旗子的事？

王新语急忙摇头否认，说根本没想那件事。彭登科没再往下追问，突然哈哈大笑起来，他怎么也想不明白，像王新语这样心里藏不住事、一有心事脸上就带出表情的人，竟然和他这个性格外向的人成了好朋友，难道就因为最初睡在一个大通铺上的原因吗？

他伸出胳膊，用力搂住王新语的肩膀，说不行的话，就把那件事向组织上讲一讲，不要憋在心里，成了一块压在心里的大石头。彭登科比王新语高出半头，身子也宽出一半。王新语挣开彭登科的手臂，站到一边说，这件事，我，我……说着，却又突然把话截住了。彭登科说，这件事，都是我的主意，责任在我，我来承担，与你没关系。王新语垂下头，支支吾吾的，过了一会儿，又连忙解释说，我不是这个意思。

两个人又重新陷入沉默中。彭登科从地上捡起一块石子，贴着水面抛出去，石子在水面上跳跃着，激起了朵朵浪花。他们两个人经历的那件惊心动魄的事情，就像那枚跳跃的石子一样，仿佛让他们又回到了一个多月前那段惊心动魄的经历中。

二

一个星期六的黄昏，彭登科从"抗大"所在地瓦窑堡，到"鲁艺"所在地桥儿沟去看望王新语。那时候，延安已经实行了星期天休息制度。从周末的晚上开始，就非常热闹，各种文艺活动特别多，周日还有篮球比赛呢。

刚进窑洞，王新语就拉着他的胳膊，说你来得正好，今晚我们"鲁艺"和烽火剧团搞了一个对歌儿会，你又能唱，正好晚上出个节目。

烽火剧团也在桥儿沟，和"鲁艺"离得很近。他们大部分都是年轻人，精力充沛。王新语说他们半个月前，周末跳的是交际舞，这周要搞一个对歌儿会。

时间过得很快，彭登科与王新语来到延安已经快一个月了。现在王新语变化非常大，和初来时已经判若两人，不再是那种忧郁的样子，而是充满了活力。彭登科与王新语是同龄人，都是二十岁。王新语的变化，令彭登科非常高兴。彭登科说，这才像一个作曲系的，搞艺术，没有激情怎么能行呀！

两个人坐在土炕上，又说了一会儿各自的情况。彭登科看见炕角的小桌上，有一碟黑乎乎的东西，就问王新语那是什么好吃的。王新语说，你不知道呀，你快尝一尝，这菜可好吃了。说着，就爬过去，把那碟菜端过来，举到彭登科眼前。

彭登科用手捏起几根儿，尝了尝，尽管吃到嘴里，舌头有点发苦，但还是有一点酸溜溜的味道，进到肚子里，还感到了几分凉爽。他们现在的伙食标准，是每天一斤半小米、一钱油和二两盐，几乎顿顿就是盐水煮土豆，或是南瓜汤，吃肉是奢望，吃菜也是不敢想的一件事。由于总不吃菜，再加上天热上火，彭登科的嘴角都起了火泡。

王新语见彭登科不住地咂巴嘴，就问他好吃不好吃，彭登科鸡啄米似的往嘴里搛菜，吃下半盘后，他用筷子指着王新语坏笑着问，快交代吧，这菜是怎么来的？是不是你们鲁艺的人搞特殊化？

王新语上去将剩下的半盘菜抢了过来，说，"这菜是我们从山上费了好大的劲才采下来的野菜，叫刺刺儿菜，你怎么能说我们搞特殊化呢？"彭登科哈哈笑起来说，"开个玩笑嘛，你急什么，下个星期天，你再上山采刺刺儿菜，我和你一起去，我说你怎么嘴上没起泡呢，原来你有去火的土办法呀!"王新语也笑起来。

这时,与王新语住在一起的一个青年,从外面跑进来,兴奋地说快去操场上吧,来了不少人了。王新语拉起彭登科,跑出了窑洞。

在一个稍为平缓的黄土坡上,果然聚集了许多青年。彭登科一眼就看见身材高挑的苏惠贞也在人群里,她太夺目了,不想看见她,都是一件不可能的事情。

彭登科拉着王新语来到苏惠贞的面前,见她还是穿着那身当时延安女青年最时尚的衣服——白布衬衣、蓝色背带工装裤,脚上是一双被称为"洋包子"的白球鞋。这"洋包子",也是当时延安最时髦的鞋子,穿在她的脚上,在黄土地上更是显出了几分魅力。

将近一个月没见,苏惠贞好像更加漂亮了。彭登科惊奇地发现,她不仅有着一双灵动睿智的大眼睛,而且眼角眉梢处,还隐约透着一股倔强和反叛的气息,同时她小巧的红唇,却又显得十分古典。

这时候,有一个身材瘦弱、个子不高、性格腼腆的女青年挤到苏惠贞身边,苏惠贞向彭登科和王新语介绍说,那天她去延安大旅社看的人,就是她,她现在烽火剧团,叫倪裴,是苏北人。原来倪裴也是从西安八路军办事处来延安的,正是在那里,苏惠贞与倪裴相识,并且成了好朋友。

彭登科见到苏惠贞显得特别兴奋,说话也滔滔不绝,可是刚才兴致还很高的王新语,这时却特别拘谨起来,彭登科拍着王新语的肩膀,让他说话。这样一来,王新语更加找不到话题,脸红得像是蒙上了一层红布,惹得四周的人都笑了起来。

这时,天色渐渐暗了下来,篝火已经点燃,歌声响了起来,是烽火剧团的一个男青年唱的,他站在篝火旁,高扬着手臂,唱得声情并茂:

一座山来九层岭,一条河来九道弯;
我在岭上唱一声,满河歌声九弯传。
红军哥哥唱一声,天下要过太平年。

男青年唱完,响起一片叫好声,紧接着"鲁艺"的学生们就喊苏惠贞上来唱。苏惠贞落落大方地走到篝火旁，她的脸庞在火光的映衬下，显得那么的楚楚动人。彭登科发现自己的心跳突然加快，好像要唱歌的人是自己似的。这时，就听见了苏惠贞的歌声，歌声悠远而清脆，像从天上飘下来的一样——

> 桃花红，李花白，杏子花儿开。
> 只见那边牧童来。
> 头戴斗篷，身穿蓑衣，手拿短笛吹起来。
> 叫声牧童你过来，你呀可知道，
> 《共产党宣言》谁起草，十月革命谁领导？

这是一首早年的江西红歌，被苏惠贞唱得委婉动听，她是山东人，真不知道她是什么时候学会的，而且唱得这样好听。

这时候又有一些人聚集到篝火旁，人挨着人，大概有一百多，但是全场鸦雀无声，她唱完了，会场停顿了一下，才突然爆发出热烈的掌声。

彭登科已经激动得不能自已，他大步走到苏惠贞的面前，把一个刚才听歌时随手用树叶编好的花环戴到了苏惠贞的头上，引得在场的人掌声雷动。彭登科还用英语对苏惠贞说了一句"my dear"，苏惠贞被彭登科突然的举动搞得很被动，小声劝他应注意影响。但彭登科却不以为然地说，我们来延安，就是为了追求自由，为了不受约束，就是要做一个敢爱敢恨和敢想敢干的青年人。苏惠贞不想与彭登科当着那么多人争论革命和爱情的关系，她头也不回地跑到人群里。

彭登科没有动，他说要给大家唱歌，随即他唱了一首延安刚开始流行起来的也是他刚学会的《延安颂》。他用美声唱法唱的，不仅唱得更加好听，而且更有韵味：

> 夕阳辉耀着山头的塔影，
> 月色映照着河边的流萤，
> 春风吹遍了平坦的原野，
> 群山结成了坚固的围屏。

啊，延安，

你这庄严雄伟的古城，

到处传遍了抗战的歌声。

　　躲在人群中的苏惠贞看着彭登科，一时忘了刚才他在众人面前给自己带来的尴尬，她望着肩膀宽宽、个子高高的彭登科，情不自禁地鼓起掌来。站在她身旁的倪裴说了她一句，你鼓得好带劲呀！苏惠贞听倪裴这样一说，顿时脸颊感到火烧火燎的，她推了倪裴一下，赶紧扭过头去。

　　苏惠贞是当晚对歌儿会上的一大亮点。彭登科也是当晚非常引人注目的一个，不仅因为他的歌唱得好，还因为他给苏惠贞献了"鲜花"，还有那一句已经有人听见的英文表白。

　　当然也有人更加注意了彭登科。此人也坐在人群中。他叫严冬山，是社会部的一个科长。他面无表情，一边抽着自卷的烟，一边不错眼睛的盯着彭登科。从他的表情上看，他好像记下了什么。

　　当天晚上，彭登科没有赶回"抗大"学校，他想明天早起再走，于是就住在了王新语那里。四个人挤在一张窄小的土炕上，每个人都躺得直直，一根棍儿似的。彭登科躺下不久，又披衣起来，他不想睡，也睡不着，就拉着王新语坐在窑洞外聊天。王新语不是特别情愿地走出窑洞。

　　这是一个繁星闪烁的夜晚，感觉黄土高原离天空特别近，好像伸手就能触摸到。有风吹来，陕北的夏夜，风还是非常凉爽的，篝火早已熄灭，灰烬在风中一浮一浮的，好像在对着夜晚讲述着什么。

　　话题还是刚结束的对歌会。彭登科是一个急脾气，他问王新语，对苏惠贞印象如何。王新语环顾左右而言他，他说今天对歌儿会，没想到来了这么多人。彭登科说，"你要不说，我就说了，我对苏惠贞有好感，甚至可以说有些爱上她了。"

　　王新语急忙说，"我们来延安，是来革命的，是来全国的抗日中心打日本鬼子的，国民党不抗日，只有共产党，才能领导全国人民，赶跑日本鬼子。"彭登科说，"你讲得都对，我赞同，但是我说爱情，难道就错了吗？"王新语低头不言语。彭登科说，"我现在向你声明，我准备追求苏惠贞了，我也看出来了，你其实也是喜欢她的，可是既然你不说，那我就说了。"

彭登科见王新语还是低头不语，就又说，"我们俩是一同经历过生死考验的人，在土匪窝，在黄河边……"王新语急忙抬起头，打着手势，不让彭登科说下去。彭登科说，"那我就讲最后一句话，革命我也要，爱情我也要，这就是我的态度。好了，我把心里话全部毫无保留地告诉了你，我要平等地和你竞争爱情，加油吧。"彭登科朝王新语做了一个鬼脸。

彭登科进了窑洞。可是王新语却没有回去，他一个人坐在小木凳上，双手抱着双膝，望着夜的天空，一动不动，闪烁的星光使他想起了另一个夜晚。回到窑洞里躺在土炕上的彭登科其实也没有睡着，他也是大睁着双眼，想起来那个不平凡的夜晚。

三

苏惠贞离开西安办事处后，彭登科又苦等了一周之后，沉不住气了。一个月明的夜晚，他捅醒了睡在一旁的王新语，和王新语商量，说要想个办法，快一点去延安，他实在等不了啦，急得心都要飞出去了！王新语与彭登科睡觉时，在大通铺上挨在一起，彭登科也愿意与他挨着，因为王新语睡觉一动不动，特别老实。不像有的人，睡梦中还在高喊着"我要当八路军"、"我要杀敌"的梦话。另外，尽管两个人性格不同，却特别能聊到一起。

王新语是晋北地区的人，说话声音低，带着鼻音。他说我们已经在这里了，就听办事处的安排吧，再说不从陆路走，难道还从水路走？本来王新语就是这样随便一说的，没想到彭登科立刻接过来说，你说对了，我就想从水路走，这几天我问过这里的老乡，他们告诉我，从潼关也可以去延安，我们先到潼关，然后从那里过黄河，过了黄河，再走陆路，这样也能直到延安。王新语问这样可以吗？彭登科说，有什么不可以的？他打听过了，前一段儿时间，有人走过这条路线。彭登科又说，总比在这里等待要好呀，太急人了！

当时彭登科不知道，王新语也不知道，这条路线尽管快，但是有着很大的风险。因为是需要自己想办法，不像在西安八路军办事处，什么事都是组织上安排。再说最大的风险主要是当时的形势。因为当时尽管国共已经合作，决定联合起来，共同抗日，但国民党对去延安的抗日青年，在背地里还是横加阻挠。所以黄河边上的所有船只，都在国民党守河部队的监控之下，一般的民船，也被没收了。从潼关过黄河的人，尤其是青年学生，在那段时间里，都被怀疑成是要去延安投奔共产党的人，要经过严格的盘查，听说还有大批的特务经常在河边出没，随时检查过往的人，有时候随便找个理由，就不让过河，百般刁难。

但彭登科去延安心切，恨不能一下子飞到延安去。王新语禁不住彭登科的劝说，最后同意与他一起到潼关。于是两个人离开了八路军驻西安办事处，直奔潼关而去。

他们经过问路，为了更多地节省时间，决定走一条近路。但是指路的当地老乡说，这条近路常有土匪出没，比较危险，还是走大路更安全一些。彭登科指了指他和王新语的衣着，又拍了拍手中的旧柳条箱，说我们就是两个穷学生，拦我们有什么用，身上一块银圆也没有。那位老乡上下看了看他们俩已经有些破旧的灰布长衫，摇摇头说，别看你们穿得破，但还是能看出来你们家是有钱的，没钱怎么能上学呢？彭登科不想跟老乡在那里为这个问题耽误时间，就长话短说，问清了那条近路的方向，谢了老乡，径直而去。

那是一条黄土小路，两边都是又高又陡的土梁，脚下坑洼不平、起起伏伏。两个人高一脚低一脚地走了一个下午，走到一处开阔地的时候，王新语说累了，要坐下来休息一下。彭登科也感到双脚又酸又软，他没有想到，走这样的黄土小路，比在北平辅仁大学的校园里打篮球累多了，他也一屁股坐下去，坐下去就再也不想起来，两只脚板火辣辣的，好像要着火了一样。

五月初，太阳落下时，温度骤凉，刚才还是大汗淋漓，坐下来后，忽然就感到有凉风吹过来，这时彭登科抬头一看，发现太阳偏西，已是黄昏时分了。两个人正在商量是否连夜行进，还是要找一个安全的地方过夜，等明天一早再走。还没商量出结果来，却听见一片纷乱的马蹄声从远处传来，眨眼之间，七八匹毛色各异的快马已经驰到近前，仿佛从天上飞下来的一样，马匹成扇面将他俩包围。只见快马上都是或持快枪，或举马刀的青壮男人，一个个满脸的胡须，横眉立目，一脸凶相。彭登科心里立刻就明白了，还真叫那位老乡说准了，他们果然碰上劫道的土匪了！

两个人被搜身后，不由分说又被绑上双手，蒙上双眼，用两根儿绳子，分别将两个人横放在马上，随后各挨了两枪托子，紧接着被押上了路，任他们俩怎么大声抗议，也是无济于事。

糊里糊涂的也不知道走了多长时间，他们的头像拨浪鼓一样东摇西晃。期间，彭登科的头不知道被撞了多少下，他的脖子一直在"嘎巴"地作响，彭登科高喊起来，快放我下来，我的头快掉了。一个小匪抬手照着他的头砸了一枪托，呵斥说，你那脑袋还在脖子上，再喊就给它拧下来。

彭登科不敢再喊了，又走了一段时间，当彭登科再次努力地睁开眼时，眼上蒙着的布竟然掉了，大概是没有系牢。天完全黑了，惨淡微弱的星光下根本辨别不出东南西北。彭登科努力地瞪着酸痛的眼睛，四下全是荒郊野外，根本不知道身在何处。

又走了一会儿，彭登科看见远处有一个十字架的标志，十字架隐藏在高耸交错的土山之间，再细看，好像是一个教堂。

拐过一个山坳，来到一片有房屋的地方。这里地形隐蔽，看不清外面的情况。有持枪站岗的土匪，彭登科猜出来，这里可能是一个土匪窝子。

果然那里就是匪窝，彭登科和王新语被推进一间屋子。在屋子的四角，点着油灯，油灯冒着一团团的黑烟，彭登科看见周围站满了土匪，从他们身上散发出浓烈的羊膻味儿，还有呛鼻的烟草和烈酒的味道。

一个光头黑胖子坐在正中的一把木头椅子上，大声吆喝着老实点，不要耍奸。随后开始审问他们。从他们叫什么名字开始，哪里人，去哪里，做什么等等，一直问到祖宗八代。天上一脚，地下一腿，想起什么问什么，毫无章法，最后问他们到这里来，想要刺探什么情报。

彭登科毫无惧色，再一次强调说，我们是学生，是为了抗日去延安的，让他们以抗日为大计，快点释放他们。一旁的土匪们哈哈大笑，说你们乳臭未干，还想和日本人打仗，真是异想天开。要想离开也行，赶快写信，让家里寄钱来，否则就甭想离开这里。王新语说家里没钱，被旁边一个土匪打了一个大耳光，当时嘴角就流出鲜血来，土匪号叫着，没钱，就拉出去枪毙！

光头黑胖子还指着从彭登科的柳条箱里搜出来的鲁迅的《呐喊》，还有英文包装的咖啡，英文版的《战争与和平》，冷笑道，这是啥，你们带着这些洋货，还说没钱？又指着《呐喊》封面上的图说，一看这画，又是举拳头，又是高喊口号，就知道你们是共产党！只有共产党，才看这样的书！

彭登科据理力争，说现在是国共合作时期，共同抗日，我们就是共产党，你也不能把我们怎么样，每一个有良心的中国人，都要站起来，齐心协力打日本鬼子。土匪们根本不听"赤色宣传"，光头黑胖子一挥手，两个小匪抬着一个锈迹斑斑的大铡刀从外面进来，接着又有一个匪徒牵进来一头小羊，两个匪徒把小羊按进铡刀下，小羊凄厉地叫着，浑身颤抖，另一个小匪抬起铡刀把，身子向下狠命一压，只见一股血从羊脖子里喷射出来，喷得三个土匪满脸满身都是血，羊头已经掉在了铡刀的旁边。光头黑胖子大声说，"剥皮下锅，备酒！"随后又指着大铡刀对彭登科和王新语，赶快乖乖地给家里写信，寄钱来，否则我把你们的脑袋也铡了下酒吃。

当晚，他们俩被绑住双手，押在一间草屋里，门口还有持枪的土匪站岗。两个人都太累了，倚在土墙上就想睡，可是刚才那血腥的一幕，却又让他俩怎么也睡不着。到了后半夜，稍为迷糊了一会儿，很快就醒了，两个人都感到双臂疼痛难忍，王新语一句话都不说，低着头，看样子有些埋怨的意思，但又不好说出来。

彭登科表示，明天一大早，他就要找土匪头子，让他们放了王新语，他一个人承担。王新语说那怎么行，两个人在一起有个伴，总比一个人强。彭登科说不能死两个人，那样划不来，他要想尽办法，让王新语出去。王新语摇头，说我们现在谁也走不了，要走还是我们一起逃吧。王新语的话，提醒了彭登科，是的，为什么要等死呢，一定要想办法逃出去。

两个人已经完全没有睡意了，他们用身体相互倚扶着，吃力地站了起来，土房有一个小窗户，上面钉着粗木条，他们望着窗外。深夜中的黄土高原，这会儿连星光也没有了，一片漆黑，伸手不见五指。彭登科哼唱起了《国际歌》，过了一会儿，王新语也随着他唱了起来。

突然，彭登科停住歌声，他有了一个逃跑的主意，立即说给了王新语。黑暗中，王新语的眼睛亮闪了一下，但随后又不无担心地表示疑虑。彭登科说，我觉得这个办法行，我看这些人就是一群乌合之众，大字不识几个，你我都是有文化的人，怎么就不能斗过他们？明天我来试，你看我眼色行事。王新语犹豫了一下，最后还是点点头。

第二天一早，光头黑胖子命人取来纸和笔，让他们给家里写信要钱。彭登科对光头黑胖子说，我家在北平，又指着王新语说，他家在太原，就是写了信，把钱寄来，这黄土沟里怎么收？光头黑胖子冷笑道，是寄到县城里，那里有我们的人。

彭登科说，那好，就是寄到县城里，来去也要十天半个月，你们不觉得时间太长了吗？再说谁也保证不了这期间会出什么事。光头黑胖子说，你们不要耍花招，拿不来钱，就把脑袋留这里。彭登科镇定地说，我有个办法，能让你马上就能得到钱。光头黑胖子用马鞭抽了一下旁边的一把木椅，让他说，要是他胡说的话，就抽死他。

彭登科说他们不是去延安的，到这里是来取钱的。这县城边上不是有一座教堂吗？我们是去找那里的神父来拿钱的。彭登科说完，紧张地观察光头黑胖子的表情。凭昨晚看到的十字架，还有刚才光头黑胖子说的县城，彭登科估计县城离这里不远，那也就是说，那座教堂离这里也不是特别远。没有办法，彭登科只有这样冒险一试，成败在此一举。

果然，光头黑胖子听了彭登科的话，走到他的面前，嘿嘿笑了两声，露出一嘴的黄板牙，说你们这些学生娃，还真会编故事。说着就举起了马鞭，彭登科迎了上去，说，"你不信，这都是真的，我们为了保命，现在只能跟你说实话了。"光头黑胖子说我怎么能相信你呢？

彭登科说，"我的那本外国书就是证据，我们就是拿那本书去找神父，那本书是接头暗语，这次我们要拿走三百大洋，信不信由你。"光头黑胖子还是半信半疑，彭登科为了彻底打消光头黑胖子的顾虑，哇哇说了一通英语。

彭登科是辅仁大学英语系的学生，说英文，那是他的本业。为了让土匪更加相信，彭登科还指着王新语说，这是他们在太原的东家的小儿子，他自己是东家公司里的职员，这次本来少东家不应该来，可是少东家愿意出来玩，他就偷着把他带出来了，没想到出了这件事。彭登科说着朝王新语挤了挤眼睛，王新语也明白了他的意思，接着就哭了起来，两个人配合默契，还真把一帮土匪蒙住了。

彭登科的一嘴外国话，还有他编的故事，还真把光头黑胖子说得有些相信。他让人看好彭登科和王新语，急忙走出了屋，大概是去商量对策。过了一会儿，光头黑胖子又回来，挥舞着马鞭说，这一次，他也不多要了，只要把三百大洋取来后，就放他们走。光头黑胖子派四个土匪，藏好短枪，与他们一起去县城边的教堂，只要他们耍花招，就开枪打死他们。

四个土匪换好装束，光头黑胖子又让他们戴上"护身符"，彭登科与王新语都瞪眼瞅着会是什么护身的东西，原来竟是一面皱巴巴的国民党的旗子，一个土匪把旗子拿过来，一边往怀里掖，还一边说，这破旗子还真是挡箭牌，上一次要是没有它，我们兄弟几个小命就没了。光头黑胖子让他少废话，快一点上路。彭登科与王新语要回了自己的东西，提着柳条箱，被四个土匪押着，前去教堂。

那座天主教堂还真是不远，走了不长时间，就远远地看到了尖尖的顶子，还有顶子上面的十字架。那时候，在中国的农村乡镇，有许多外国的传教士，好像比在城市里还要多。因此也就在乡野小镇散布着许多大小不一的教堂。

彭登科朝王新语暗暗地使了一个眼色，意思让他稳住了，不要慌张。

到了教堂前，只见教堂大门紧闭，门前特别安静，有麻雀在地上蹦跳。教堂正好建在一条剪刀形路面的正中。左面是大片的田地，看不到耕作的农民，特别安静。右面是一条土路，弯曲着，好像是通往县城的路。看不到教堂后面是什么，也不知道后面通向哪里。彭登科有一种预感，教堂后面的路，有可能就是他们的逃生之路。

彭登科扣响教堂旁边的一个小门，不一会儿，打开了半扇门，一个面无表情的中国年轻人探出了头，看了看他们，彭登科故意没有说中国话，而是说了一通外国话，这一招还真叫管用，那个年轻人怔了一下，让他等一等，随后又关上了门。

不一会儿，一个高个子的外国神父开了门，彭登科说了一通外语。外国神父转动着灰色的眼珠，想了想，又看了看那几个土匪，最后朝彭登科点点头。神父走到四个土匪面前，又哇里哇啦地说了一通，那个中国年轻人向几个土匪解释说，教堂不允许人带枪进入，神父请你们在门外等候。

彭登科对四个土匪说，我告诉神父，你们是我们俩的护兵，你们在门口等我们，我们拿完钱就出来。四个土匪互相看了看，好像一时拿不准主意。彭登科急中生智，一把从那个土匪的怀里扯出那面国民党旗子，揣进自己的怀里，大声说，这样你们就放心了吧？

四个土匪好像被彭登科的异常举动搞糊涂了，一时面面相觑，不知道该怎么办。彭登科再次大声呵斥起来，你们在这等我们，要是耽误了事，取不走钱，我们掉脑袋，你们几个也脱不掉干系，说完，拉着王新语进了教堂的大门。

那座乡间教堂最终成了彭登科和王新语逃离土匪魔掌的一个人生的转折点。也正是从那里，他们逃到了潼关，后又来到黄河边。虽说最终过了黄河，又从铜川到了延安。可是在黄河边上同样又遇到了比土匪更加危险的人和事……

王新语再也不愿回想那些事，他认为责任就在彭登科身上，自己跟错了人。他非常委屈，原本到延安，是要开创崭新的生活，不想半路上杀出个冒失的彭登科，把他的新生活给搅得乱七八糟。

王新语正在生着闷气，有人拍他的肩膀，把他吓了一跳，原来是彭登科还没睡，又从窑洞里出来了。

彭登科问王新语在想什么，王新语说没想什么。彭登科说你是在想遇见土匪的事吧，在想遇见……王新语忙摆手，说你不要再讲了。彭登科笑了笑，我睡不着，我刚才可是在想我们这一路来延安所经历的考验呀，我们要想成为一个真正的革命者，就要经受这样的考验，这可是求之不得的呀！

王新语不再说话了，依旧眺望着远方。彭登科又笑起来，我知道你为什么坐在外面了，你屋里那两个人的脚丫子可是太臭了，熏得我根本睡不着。王新语哼了一声，你可不要这样说革命同志。王新语说着站了起来，有些不高兴地朝窑洞里走，走到半截，又停住了，带着嘲讽的语调问道，"你怎么一到晚上就睡不着呢？跟天上的星星一样？"彭登科说，"我是个夜猫子，越到晚上，精神越大，我从小就习惯晚睡……"王新语打着哈欠，进了窑洞，他知道，彭登科能不停地说上一个晚上。

彭登科独自坐在窑洞外，满天的星星亮亮的，他轻轻地哼唱起了《延安颂》。

第二章

一

转眼已是初秋，中央召开了六届六中全会，王家坪、杨家岭等地聚集了大批从全国各地赶来的高级领导干部，有的还是从前线风尘仆仆赶来的八路军的高级将领，将领们策马在前，一般后面都有四个挎着双把短枪的精干的警卫员，马蹄声声，一路黄尘，从他们的身上和马匹上都能闻到硝烟的气味和紧张的战场的氛围。在那段时间里，延安的天空蓬勃着一种高涨的革命热情。中国的出路、抗战的方向、共产党的前途、国共两党合作抗日的前景，还有延安的未来，都成为人们热烈讨论的话题。

会议准备在杨家岭大礼堂召开，在会议召开的前一周，许多青年人参加义务劳动，粉刷大礼堂，平整礼堂前的空地，要干净漂亮地迎接大会召开。彭登科也来了，在劳动的人群中，他又一次看见了苏惠贞。

两个人自从在对歌儿会上发生情感触碰之后，已悄然过去了十几天。彭登科一直在寻找机会再次与苏惠贞相遇，他想过写信，也想过周末去看望苏惠贞，可是一想到来了，当晚又回不去，因为山路崎岖，漆黑一团，非常难行，曾发生过赶夜路的人，一脚踩空，摔下山崖的悲剧，可是不回去又要住在王新语那里，他就有些为难，他实在不想是因为来看苏惠贞，而住在王新语那里，那样会让王新语非常不愉快。

没想到两个人在大礼堂又遇上了。

彭登科正在往砖墙上粉刷大白粉，弄得脸上都是白色的斑点，苏惠贞的脸上也都是，两个人互相指着对方的脸，笑个不停。彭登科说，"我就知道准能碰见你。"苏惠贞说，"难道你就是为了碰到我，才来参加义务劳动的？"彭登科急忙否认。

苏惠贞看到彭登科着急的样子，忍不住又笑起来，她的笑声好像风中的铜铃一样好听，旁边正在劳动的青年，都朝这边看过来，苏惠贞赶紧绷住脸，并且站到了离彭登科稍远一点的地方。彭登科提着白灰桶，又凑上前去，他说我们是光明正大地谈恋爱，不用躲躲闪闪。苏惠贞吃惊地瞪大眼睛，说，"我和你是在谈？"

彭登科好像比苏惠贞更加吃惊，"我就是这样想的呀！难道你不是？"苏惠贞说，"我到延安来，可不是跟你谈什么来的，况且我比你大两岁，我是你的姐姐，我们不是那种关系！是革命同志关系。"彭登科手举着用布绑着的刷笔，非常难受地说，"那你是和别人？"苏惠贞认真地说，"我来这里是不会和任何人结婚的。我是来参加革命的，不是结婚安家来的！"

听苏惠贞这样讲，彭登科安静下来，他偷偷地瞧了苏惠贞一眼，还是能从她的表情上看出来，她对他还是有好感的。于是彭登科说，"那好，我们就是更进一步的革命同志关系，你说好不好？"

苏惠贞没有回答他的问题，而是突然问他，你写入党申请书了吗？彭登科摇摇头，他说自己还不够条件，还没有写。苏惠贞说，那不对，只有有了目标，才能更加清楚前进的方向，我们都要用共产党员的标准来严格要求自己。

彭登科反问她，你写入党申请书了？苏惠贞说她写了，不过她距离党员的标准还有很大的差距。彭登科沉吟了一下，小声地说道，我知道，你是在批评我。我接受你的批评，可是革命也不能不吃不喝，不能没有家庭呀？

苏惠贞想说什么，还是低下头，拼命地刷起墙壁来。好像那已经有些灰黑了的墙壁，就是眼前的彭登科，她要把他完全遮蔽住一样。彭登科看出来，苏惠贞动作非常慌乱。

彭登科在"抗大"的学习非常紧张，当他了解到"抗大"的学生毕业后，可能大多数人都要被派往敌后开展地下工作的情况后，他找到学校领导，还是要求上前线杀日本鬼子，学校领导让他安心学习，一切都等毕业之后，听组织的安排。

课余时间，彭登科开始偷偷地练习骑马，一来为将来上战场做准备，二来会骑马了，可以更加方便去找苏惠贞。仗着他有打篮球的好基础，身手敏捷，而且反应灵敏，很快就会骑了，他得意扬扬，非要试骑一匹快马，他刚跨上马背，马的前蹄一扬，他就从马上掉了下来，胳膊给摔伤了，尽管伤势不重，可还是被缠上了布条。他的伤势刚好一点，在周末就迫不及待地骑着借来的一匹白马，去找苏惠贞了。

苏惠贞看着骑在大白马上英姿勃发的彭登科后，特别惊讶，问他什么时候学会骑马的，彭登科不下马，故意昂着头，说他早就会了，就是为了给她一个惊喜，所以才没有告诉她。说着，他下了马，又说了他练骑马的两个目的，苏惠贞笑得满脸通红，肚子都笑疼了，蹲在地上起不来。彭登科得意地说，这就叫革命爱情两不误！不知道苏惠贞是光顾着笑，还是没有听清，反正没有纠正他的说法。

延河，是延安许多谈恋爱的青年男女必去的地方。所以彭登科对苏惠贞说，我们去散散步吧。彭登科有他的计谋，他就是为了经常在大庭广众之下，和苏惠贞去延河边散步，给周围的人造成一种印象——他们是在谈恋爱的一对年轻人。苏惠贞好像没有察觉彭登科的意图，或是明白了又故意去配合，总之没说什么，跟着他去了延河边。

初秋时节的延河边已经有风了，而且有些冷了。彭登科停住脚步，从书包里拿出一个纸包，是他自己省下来的一小包盐，他送给苏惠贞，并且不由分说，放到了她的口袋里，苏惠贞推托，但是彭登科坚持让她收下，苏惠贞说你给了我，你吃什么？你是男人，出力大，更应该吃盐。彭登科说，你身体不好，吃得又少，有了盐，你还能多吃一些。看到彭登科坚决的样子，苏惠贞也不想在外面和他争来争去，怕影响不好，所以也就收下了。

苏惠贞穿着一身灰粗布做的"列宁装"，一双偏带布鞋，服装非常合体，再加上腰间扎着皮带，所以姣好的身材显露无遗。

这时，有几个老乡的孩子在远处玩，看见了他们俩，就跑了过来，边跑还边唱："三八枪，带盖盖，谁说八路军没太太！"

几个穿草鞋、剃秃头的小孩跑到他们身边时，还朝他们做鬼脸。彭登科大笑不已，还用手势鼓励几个小孩接着唱。苏惠贞却红了脸，扭头就要走，被彭登科拉住了，随后他让那几个小孩快走，几个小孩又唱了起来，跑远了。

彭登科笑着说，你看，就连这些孩子们，也都在鼓励我们。苏惠贞没有笑，不高兴地说，"以后你可不能这样，一见面就说这些，我们就不能说一说工作和学习吗？那样也可以彼此互相帮助，可以共同进步。"

彭登科望着奔流不息的延河水，忽然沉思下来。苏惠贞见他不说话，就问他在想什么，她似乎感到刚才自己的态度不太好，毕竟彭登科骑马跑了几十里的山路来看她，还送给她珍贵的食盐，自己怎么能那样对待他呢？

彭登科转过头，对她说，你难道不想知道，我是出生在一个怎样家庭里的人吗？我也想进步，也想写入党申请书，可是我……

苏惠贞看着彭登科异样的表情，感到他有着难言之处。她没有说话，只是看着他凝重的神色，朝他郑重地点了点头。

彭登科第一次与别人——还是一个女人，说起了他的家世。

彭登科出生在北平一个阴冷怪异的家庭。他的爷爷是清末出宫的大太监，非常有钱，家里有上百间的房屋，还有几家绸缎庄和当铺，他的爷爷当然不能生养，但他还想过上正常人的生活，还要享受正常人的天伦之乐。于是这位清末大太监在出宫的第三年收养了一个十几岁的少年，也就是彭登科的爸爸。彭登科的爸爸到了将要成家的年龄，大太监又给他娶了媳妇，可是多少年过去了，这个媳妇也没有生养，最后彭登科的爸爸同样也收养了一个孩子，这个第三代，就是当时才七岁的彭登科。

这是一个三代都没有血缘关系的家庭，所谓的祖孙三代，其实就是给予和付出的关系。这样的关系非常清晰而明确。譬如彭登科和太监爷爷的关系。

爷爷倒是非常疼爱他，并且写下字据，要将家产的一半给儿子，另一半给孙子。彭登科的爸爸非常不高兴，但又无可奈何，最后想出了一个捞钱的办法，说是要去外面做生意，于是借机带走了不少的银两，去了南方，一年回来有数的几次，回来的目的，也只是看一看家里的动静，只等老太监死了，来分那一半的家产。

于是彭登科的大部分时间，也就是上完学，回到家里之后，只有一件事，就是陪太监爷爷抽大烟。太监爷爷抽大烟的时间特别长，从吃完晚饭开始，要一直抽到夜里。抽两口，就要睡一觉，彭登科就坐在旁边伺候，点烟泡，递茶水，削水果，不敢眨一下眼睛。其实家里有好多老妈子和丫鬟，可是老太监只让彭登科一个人伺候，别人一个都不满意。

在无数个春夏秋冬的夜晚，深宅大院里都是静寂无声的，像是一座坟墓一样。彭登科一边伺候爷爷，一边偷机会，看一会儿包着四书五经书皮的革命书籍，有苏俄的，也有中国的。那些书籍，给了他对外面世界的了解，他要冲出这座坟墓，可是又不知道该以怎样的方式冲出去。在许多个夜晚，他大睁着双眼，一直在想着逃出这深宅大院的办法，还有走出去后又该去哪里。他认为自己就是舞台上的娜拉。他时刻在寻找着自由的天地。

彭登科到了该上大学的时候，太监爷爷还算开明，同意他上了大学。这时的老太监已经是风烛残年，他也没有力量，再让一个内心充满着热情之火的青年陪他抽大烟。

上了大学的彭登科参加了进步青年的组织，他上过大街游行，高呼过口号，也曾站在电车上撒过传单。他体味到了另外一种生活的意义。

北平沦陷后，他准备离开，这时他听到了一个自由天地的名字——延安。他决定去延安，也就在这时，爷爷已经昏迷在床上，在外地的爸爸闻知消息，立刻赶了回来。彭登科没有告诉爸爸他要永远离开这个家，但他能看出来，爸爸是多么希望他永远离开呀，那样这庞大的家产就能分在爸爸一个人的名下了。

彭登科在一个有着浓重夜色的深夜，像一只出笼的小鸟儿一样，一身轻松地飞出了北平。他奔向西北方向，义无反顾地走下去。

二

彭登科的身世，让苏惠贞对他有了新的认识，也理解了他没有写入党申请书的原因，他不是不要求进步，而是背负着沉重的心理负担。他之所以充满着激情，还有灼热的浪漫，那是因为他压抑太久的缘故，他不属于那个怪异诡谲的家庭，因为他和他们是没有关系的，同时苏惠贞也从内心里赞叹彭登科鄙视金钱的做法，只有这样才是一个真正想要革命的青年所为。苏惠贞已经下定决心，要帮助他共同进步。

彭登科离开后的第二天晚上，倪裴来找苏惠贞，一进窑洞就笑个不停，苏惠贞被她笑得莫名其妙，把手里的书往炕上一放，就用双手胳肢她，问她笑什么。身材瘦弱的倪裴话也说不出来了，被胳肢得像一团泥一样，瘫在地上，大声求饶，声音都岔了音儿，而且咳嗽得都要喘不上气来。吓得苏惠贞赶紧给她倒了一杯水，还帮她拍背。倪裴说没关系，咳嗽两声就好了。苏惠贞连说自己该死，她把倪裴有病的事给忘了。

倪裴出生在苏北的一个中产阶级家庭，她父亲有好几个店铺，在她的前面，已经有三个姐姐，她父亲就想要一个儿子，好继承家业，没想到，又是一个丫头。倪裴生下来后，她父亲暴跳如雷，一气之下，这位亲生父亲竟将刚生下来不久的亲生女儿放到了尿桶里，而且还盖上了大木盖子，想要活活地把女儿淹死。该她命大，被奶奶发现了，让人把她从尿桶里捞了上来，她硬是没死，最后被救活了。但是从小她也没看过父亲的笑脸，所以倪裴从小就比较忧郁，不爱说话，还落下了气管炎的毛病，一到天气变化，或是剧烈运动，就会咳嗽起来没完。所以苏惠贞知道后，特别同情她，在西安的时候，就总是对她特别照顾。倪裴自打来到延安后，性格已经变了不少，在好朋友面前，已经爱说爱笑了，但在大庭广众之下，还是比较羞涩。

苏惠贞赶紧把倪裴拉起来，让她坐在床上，还给她胡捋后背。过了一会儿，倪裴平静下来，苏惠贞还是问她一进门就坏笑什么。倪裴说，昨晚是不是他来了，我看见你们啦。苏惠贞的脸当时红了，但红得非常甜蜜，说那又怎么样。倪裴说，你们是不是在谈恋爱？苏惠贞答非所问，你想跟他谈？我给你介绍？倪裴说，人家哪里看得上我呀，接着认真地劝苏惠贞好好和彭登科谈。苏惠贞脸又红起来，非常认真地说，你怎么知道我没有和他好好谈？倪裴非常得意，说，"好了，只要承认了，就是诚实的好同志。"

接着倪裴又说彭登科真有好福气，能找到像苏惠贞这样才貌双全的人，别说他一个普通的学生，就是连一些大干部都还没有目标呢。倪裴说的是实情，因为延安的女青年太少了，男女比例严重失调。

苏惠贞问倪裴有没有目标，是不是想要找一个大干部。倪裴说她不想，还说她敬佩那些爬雪山、过草地的长征干部，也敬佩铮铮铁骨的工农干部，他们是英雄，可只是敬佩，没有爱情。倪裴还举了一个例子，说他们烽火剧团的一个女演员，在组织的介绍下，和一个工农干部结了婚，一次两个人在延河边散步，女演员指着天上的月亮说"多美的月亮呀"；她那位工农干部的丈夫抬头看了看月亮，特别奇怪地对妻子说，不就是月亮吗，月亮还有啥美的呀！不是天天都能看见吗？

苏惠贞批评倪裴，"不要挖苦人，人家是为了革命，所以才没有时间读书念字，要是有了文化，照样能说月亮美，还能说太阳美、星星美呢！"倪裴说："我不是那个意思，我没有看不起人，只是说生活在一起不般配。"苏惠贞笑起来，"瞧把你急的，我又没说你什么。"又说，"其实相处时间长了，互相帮助，就能互相提高呢！一方提高了政治觉悟，另一方也懂得了'月亮美'。"说完，自己都忍不住笑起来。

倪裴说，还是你思想觉悟高。苏惠贞说，你又要讽刺我！倪裴急得又要咳嗽，苏惠贞赶紧止住话头，说起别的事情来。她问倪裴最近剧团忙不忙，倪裴说，他们最近正在排演一个活报剧，是宣传抗日的，准备到各地去演出，让更多的劳苦群众觉悟起来，也让不甘做亡国奴的所有爱国的人都投身到抗日的洪流中去。

两个人又说了一会儿话，倪裴见天色太晚了，起身要回去，苏惠贞送她出了窑洞。

彭登科在一个周末，又来到桥儿沟，由于他没有借到马匹，所以只能住下来，还要住在王新语那里。王新语好像很长时间没有理发了，头发很长，彭登科说这才像一个作曲家。王新语现在又变得非常深沉，问彭登科是不是又要去找苏惠贞。彭登科说是呀。王新语说，我这里成了你的旅社，也成了你的爱情落脚点，所以我要"打土豪"。

　　所谓"打土豪"，就是让人请客的意思。彭登科用手拍了拍背在身上的粗布书包说，还真让你说对了，一会儿我回来，给你一个惊喜。说完，跑出去了。王新语愣坐在炕边上，表情极为复杂。

　　已经是深秋时节了。延安的天空显得更加清冷，本来树木就很少，如今也都没有了叶子，只剩下光秃秃的枝子，显得非常寂静。

　　彭登科在一座废弃的土窑前等来了苏惠贞，两个人相互间问了一下各自的学习情况，彭登科还特别兴奋地向苏惠贞讲了他上射击课的情况，说他的射击成绩在班里还是排在前面的，还说只要拿起枪来，瞄准、压子弹、推弹上膛，直到最后扣响扳机，他都是沉浸在兴奋之中，他就想上前线，只有那样，才算是一个真正的男人。

　　两个人说了一会儿话，彭登科从书包里掏出鲁迅的那本《呐喊》，还有新借来的进步刊物《妇女杂志》和《东方杂志》，另外还有小半袋咖啡，一同送给苏惠贞。这几样东西，可以说历尽艰险才保留了下来，实属不容易。

　　苏惠贞对鲁迅的书非常珍重，抱在怀里，但对那半袋咖啡，却皱起了眉头。彭登科见状，解释说，这是他从北平出来时带来的，让苏惠贞累了时喝一喝，非常提神儿。又说，肯定是没有咖啡壶了，就随便找一个吃饭的盆煮一煮吧。苏惠贞本想说他脑子里还有小资产阶级的东西，还有贪图享受的思想，但是话到嘴边，还是咽了回去，

　　彭登科说还有一件事情，要告诉苏惠贞，他要改名字，还要改姓。苏惠贞一惊，说我们真是想到一起了！原来，她也在想着这件事了，只是还没有想好要改什么名字，她让彭登科说一说，她要参考一下。

　　当时来到延安的好多人，都改了名字。一来，是为了不给还在敌占区的家人带来不必要的麻烦，或是减少一些麻烦，所采取的一个通用的办法。但彭登科说他改名字，是嫌自己的名字笔画太多，又带着封建意识，如今他已经开始了新生活，所以名字也要是崭新的。

苏惠贞问他想好了新名字没有，彭登科说，已经想好了，就叫丁一，加在一起才三划。说着，他又站在一个小土坡上，像是演讲一样说，这也代表着我参加革命的目的，就是为了打烂旧世界，赶走日本强盗，建立一个红彤彤的大同世界，除此之外，我没有任何需求，不想从革命中求得任何好处。

彭登科说着，猫下腰，随手捡起一根小木枝，在地上大大地写了一个"丁"字，紧接着，他又在那个字的基础上改作了一幅画，是一个巨人托着一片天。彭登科大声说，那个巨人就是他，他要在红色的革命宝地延安闯出一片新天地来。

苏惠贞听得非常激动，她说你的话也代表了我的心声，并且请求彭登科把那个最无所欲望、最心底坦荡、最简单明了的"丁"给她。彭登科说，那就给你吧，我在"丁"上，再加一横，我就姓"于"吧。苏惠贞禁不住笑起来，那你岂不是我头顶上的另一片了。彭登科一把攥住了她的双手，她没有抽回来，就那样任彭登科攥着，她感到他的手，像火一样在熊熊燃烧着，似乎已经从手烧到了胳膊、烧到了胸膛。

苏惠贞说，我现在想听你唱歌儿，只让你给我一个人唱。彭登科非常高兴，激动地说，你想听哪首？苏惠贞说，我还想听《延安颂》。

彭登科低唱了起来。周围空无一人。只有从西北方向吹过来的深秋的夜风，吹在脸上，本应是特别硬冷的，但是两个人都感到那是一股热风，好像要将他们融化一样。彭登科将苏惠贞拥到怀里，紧紧地拥抱着。

好一会儿，苏惠贞才用手臂将彭登科轻轻推开。彭登科说，今天是我们一个值得纪念的日子，我们俩都有了新名字，也有了一个新的开始。你就叫我新名字吧。

于一。

丁惠贞。

不，把中间那个字去掉，和你一样，都是两个字。

丁贞。

两个人又拥抱到了一起。

窑洞里只有王新语一个人。他正伏在小炕桌上，在一张粗板纸上写着什么，写得特别认真专注，彭登科进来了，他都没有听见。彭登科从后面凑过去，借着炕桌上微弱的油灯的光亮，看见粗板纸上都是乐符，彭登科拍了王新语一巴掌，把王新语吓了一大跳，脸上露出不高兴的样子。

彭登科四下里看了看，说你那两位同学在哪里。王新语头也不抬，很不高兴地说，人家一看你来，都去别处借宿了，你一来，就不睡觉，把人家都折腾苦了！哪天我也要躲你呀！彭登科笑起来，他们可是真没有福气，我还要请他们喝我的咖啡呢。那好了，只有我们俩人喝了。

彭登科说着，把两个吃饭的大碗找出来，倒上热水，用手撮起一点咖啡，分别撒在两个大碗里，但是咖啡粉末就在碗上漂浮着，彭登科又用筷子搅了搅，哈哈笑着，我们就泡着喝吧。王新语摇摇头，一脸无奈的样子。彭登科说，你要知道这咖啡，除了苏惠贞，你可是第二个享受的人，我对你可是不一般的呀，你要感谢我才是。

彭登科非常兴奋，又把他和苏惠贞改名字的事告诉了王新语。王新语见彭登科兴高采烈，好像立了个大战功一样，就小心地向彭登科询问他们之间的感情问题。彭登科举起大碗，说先喝一口再说，两个人喝了，彭登科咂巴着嘴，说太好喝了，比琼浆玉液都好喝，剩下的我要留下来，谁也不给了。王新语也是连说"好喝好喝"，但是放下碗，却又实在描述不出来是什么味道。

彭登科说，我告诉你吧，这就是爱情的味道。随后彭登科将他和苏惠贞两个人的进展情况，一五一十地讲给了王新语。彭登科完全沉浸在爱情的幸福中，他根本没有看见王新语的表情已经有了微妙的变化。

三

就在苏惠贞改叫丁贞的第七天，社会部的严冬山科长亲自找丁贞谈话。被社会部找去谈话，那是一件很严肃的事情。一路上，丁贞的心里都七上八下的，不知道一会儿该说什么。

严冬山瘦高个子，穿着一身灰布制服，风纪扣系得非常严实，由于他脖子有些粗，领口小，所以显得他整个人都特别僵硬。他不苟言笑，说话声音低沉，让丁贞感到非常紧张，不知道自己犯了什么严重的错误。

严冬山让丁贞坐在他面前的一个小凳子上，不错眼珠地看着她。丁贞说，严科长，您找我到底有什么事？严冬山说你好好想一想，想想你的脑袋瓜里出现了什么差错。丁贞想了一会儿，焦急地说，我实在想不出来，你就告诉我吧，要是我错了，我一定会改正的。

严冬山点点头，说，你现在和那个彭登科，哦，就是那个于一，在相好是不是？两个人还一起改了名字，他还送你什么资产阶级的咖啡？是不是？丁贞听了严科长这番话，神情松弛下来，她长长地喘了口气。严冬山见她无所谓的样子，就又追问了一句，你们两个人是不是在相好？

严冬山是北方人，北方人喜欢把谈恋爱说成是相好。丁贞也是北方人，知道严冬山的意思，但她还是纠正说，我们是在谈恋爱。说完这句话，丁贞自己都被吓了一跳，她在于一面前可是从来没有说出过这句话，甚至和倪裳也没有说过，可是却在社会部的严冬山科长面前，毫不犹豫地承认了。她也不明白自己是一个怎样的心情。

严冬山像是一头拉磨的驴一样，围着丁贞，一边走一边说，你知道于一是什么人吗，他出身封建家庭，在他的身上至今还有着很深的封建糟粕，还散发着资产阶级的腐臭！他爱出风头，把参加革命当成享乐，他天天想着吃喝玩乐，然后就是找女人！他是一个投机分子！

丁贞霍地一下站了起来，声音有些颤抖地说道，严科长，你不要这样说，我和他是在谈恋爱，不是什么……找女人！他也不是你说的那样的人，他不是！

严冬山见丁贞面色赤红，非常生气的样子，就摆手让她坐下来，让她冷静，然后点燃一支烟，浓浓地喷了一口。过了一会儿，严冬山接着说，我现在代表组织郑重地提醒你，你要远离他，你们在一起不适合，你和他不一样，千万不要毁掉你的革命前程，假如你非要和他在一起，对你是不利的，我可以明确地告诉你，对你的革命前途，没有任何好处！

窑洞里的空气非常紧张。过了一会儿，严冬山又说，组织上对你是器重的，为什么让你去陕北公学上学，你应该明白，你自己好好考虑一下。

严冬山望着低头不语的丁贞，不冷不淡地说了一句，你可以走了。说完，他先离开了房间。

丁贞不知道自己是怎么离开社会部的，她的大脑一片空白。严冬山的话，就像一颗颗子弹，带着哨音，向她嗖嗖地射过来，她感到了疼痛，也感到了迷惘。她在想着严冬山的每一句话。

陕北高原的秋风特别强硬，一阵风刮过，都能感到眼睛沙沙的疼，而且嘴里都是土味。

丁贞忽然想起来，她和于一的事，严冬山是怎么知道的，难道他也看过他们在延河边散步吗？再退一步说，即便看见过，那又怎么样，在延河边散步的人好多了，不一定都是在谈恋爱。但问题是，严冬山又是怎么知道于一送给她咖啡这件事呢？显然于一和别人说过，因为当时只有他们两个人，他要是不说的话，别人怎么知道呢？

丁贞越想越生气，也真的觉得于一太爱出风头，而且脑子里想革命想得少，还是想爱情想得多！丁贞突然蹦出来一个想法：我和他，合适吗？

丁贞又想到了严冬山说的那句话"千万不要毁掉你的革命前程"。她的心一派纷乱。她决定不能再和于一走得太过亲密，那样也会耽误他的前程，应该让他冷静一下，让他把更多的心思放在革命上。

丁贞决定要帮助他，要让他进步，而她想帮助他的前提，就是首先要让他冷静下来，要远离他一些，然后再找机会和他好好谈一谈。

于一没想到，丁贞总是躲着他，一连两个周末，他好话说了一箩筐，才找人借来了马匹，骑着马来找丁贞，但是都没有找到她，他又去找倪裴，倪裴尽管见到他很高兴，但是一说到丁贞，倪裴就声调低下来，而且支支吾吾的，借机离开。于一非常焦灼，他不知道丁贞怎么突然对自己冷淡起来，总是躲着自己，思来想去，他立刻就想到了是自己的出身问题，她一准是看不起他了。是的，她一定是看不起我！

因为丁贞有着一个良好的出身背景。她曾经跟他说过，她来延安，是父母同意的，是父母亲自到车站送她来的。这和许多来延安的青年人完全不同，有的是躲避追捕，有的是为了逃婚，有的是为了离开压抑的封建家庭。来延安的许多青年，家里是不知道的。丁贞是为数不多的家里知道来延安的人。丁贞的父亲是一位爱国商人，而且对共产党倾心相助，尤其是抗战爆发后，丁贞的父亲曾对八路军多次捐款捐物，支持共产党八路军抗战。丁贞和于一说这番话的时候，脸上带着骄傲的神情。

于一心情苦闷，他决定不理丁贞。他没有想到丁贞竟是这样一个势利的女人！

于一爬上凤凰山，远望着宝塔山，唱起了当年在北平青年学生中广泛流行的苏联歌曲《祖国进行曲》：我们的祖国多么辽阔广大……

于一唱完了，一个人坐在山上，望着丁贞所在的桥儿沟方向发呆。正在这时，他又听到了歌声，是一个女人的歌声，唱得有些凄凉、哀怨，这歌声正好和他的心境相吻合，于是他就向那传出歌声的地方走去。

新做斗笠圆叮当，送给哥哥上前方；
保佑哥哥打胜仗，打败敌人回家乡。
……
送郎送到大路旁，眼睛流泪嘴唱歌，
愿郎革命革到底，等你十年不算多！

于一没有想到，在一个山坳的垭口处，他竟看见了许坤善科长。歌儿是许坤善科长唱的。他叫了一声"许科长"，许大姐一愣，扭过头，见是于一，一时间也愣住了。于一没有想到，竟在这里看见许大姐，而且许科长完全不像在城工部时的样子，她的短发在冷风中已经被吹得没有了形状，而且头发上落满了尘土，她的面容非常憔悴，灰里透白，似乎大病了一场一样。她穿着厚厚的灰色棉装，越发显得身子弱小。

于一问许科长唱的是什么歌，许坤善告诉他，是她江西兴国的家乡民歌，都是当年鼓励年轻人参加红军的歌，她说她没人的时候，就想一个人唱一唱。只要一唱起这些歌，她就想到了过去。

许科长见于一精神有些恍惚，就问小彭你怎么了，是不是身体不舒服，于一告诉了自己改名字的事，还说了想上前线杀日本鬼子。许科长好像特别着急，说小于呀，你不要总想着去前线，革命需要你现在学习。于一非常不客气地对许科长说，您为什么不赞同我去前线呢？你不想让我杀敌，赶跑日本鬼子吗？许科长说，你心里有事，我知道，你要处理好生活和工作的关系。

许科长好像还有许多话要说，但又说不出来，或者说，是不好说。于一看见许坤善大姐的眼圈发红，就问她到底发生了什么事。许大姐还是不说，于一就说，您不应该阻止我革命呀？许坤善似乎特别委屈，但依旧没有说什么。于一觉得许坤善科长特别不可理解，在城工部里说的和在私下里说的好像不太一样，所以他也就没再往下说，过了一会儿，两个人都站了起来，都有些疲惫地说要回去了。

但是于一并没有走，而是又停住了脚步，他看着许坤善大姐慢慢地下了山。他一个人呆呆地望着远方，随后又唱起了《延安颂》，他一边唱，一边下山。

这时，天已经灰暗了，突然他一脚没有踩好，从一个土坡上像一个被人推下去的碾子，蹦蹦跳跳地滚了下去。

第三章

一

于一住进了医院，他的胳膊本来上次骑马时就摔过一次，这次没想到，还是摔了那条胳膊，尽管没有摔折，但是已经红肿。经检查，骨头错位，但他说没关系，扭头就要走，最后医生强行给他打上了夹板，两个夹板是用木板绑土布做成的，虽然不好看，但很管用。打上板后，于一感觉胳膊不是特别疼了。本来他想不住院，但医生还是让他住一段，再观察一下。

医院建在一片朝阳的山坡上，不远处就是一片苞谷地，谷地的后面就是光秃秃的黄土坡。医院一共有四个院子，每个院子都不大。一个院子有四孔窑洞。医院的条件非常艰苦，就连纱布都很少，都是用军装撕成布条后，在大锅里煮一煮，就算消毒了，剩下的办法就是挂在绳子上，靠太阳的紫外线和冰冷的山风再次消毒。假如没有穿着粗布白褂的医生和护士进出，这医院根本就不像医院，更像是一个贫苦的农家小院。

在医院里的伤员，大部分都是从战场上下来的伤势非常严重的八路军战士，在于一住的那个小院里，更是只有他一个人是在延安大后方负的伤，属于非战斗伤员。伤员们没有人知道，这个面容清秀同时略带苍白的文化青年，是为了上山唱歌儿而摔伤的。尽管大家不知道，但于一心里非常不是滋味，但又不好意思向医生和其他战士说出实情。他睡不好觉，坐卧不宁，总是在院里走来走去。

与于一住在隔壁的，是一位叫郑大龙的八路军团长。郑团长的胳膊上中了两枪，由于没有麻药，子弹还没有取出来，正在等待做手术。郑团长参加过长征，山东人，长得高大粗壮，胡须很重，说话声调特别高，对不高兴的事，总爱骂娘。

于一很崇拜郑团长，问他前线战斗的事情，郑团长刚从山西前线回来，一说起战斗，就眉飞色舞，说他率团打前锋，他一把从机枪手的手里拽过轻机枪，嗖地冲上前，一梭子打出去，扫倒了一片日本兵。

郑大龙团长用没有受伤的左手，摸了一下脑袋，大声说，娘的，痛快呀！随后又抱怨蹲在这医院里，没有敌人可杀，都要憋死了。

于一问他，能不能也带他去前线。郑团长上下看了看他，说身坯子还行，就是脸太白了，出去打埋伏，容易暴露目标。于一知道郑大龙是在讽刺他，就站起来，非要和郑大龙掰手腕，说你不要看不起人。郑大龙团长嘿嘿一笑，说掰就掰。

接着就找了一个石碾子，两个人蹲在地上，把胳膊架在碾子上，因为都是右胳膊受伤，所以就掰左手腕。就在两个人摆好姿势，准备大战一场的时候，被一个小个子、黑眼睛的小护士看见了，大嚷着让他们停手，说你们都是伤号，怎么能这样呢？说着站在了他们俩之间，死活不让他们比。这时，别的伤员也都围过来，人越聚越多。

本来郑团长不想和于一掰手腕，他心里清楚，这个小白脸子根本不是他的对手。听小护士这样一说，他也就停住手，站了起来。但是于一还不服气，嘴里说哪天没人的时候再和他比。

郑团长连说"好好好"，接着就问绷着小脸蛋显得特别严肃的小护士，啥时才能给他做手术。小护士语气缓和了下来，耐心地说，还要等，没有麻药。郑团长说，没有麻药，还要等下去？小护士非常无奈地说，那怎么办，现在还有好几个重伤员，手术也做不了。小护士还说，从后方运来延安的药物，在西安被国民党军队无理扣押，不让通过，现在正在交涉中。郑团长想了想，什么也没说，低着头，径直走出了院子，谁也不知道他去了哪里。

郑团长不打麻药就要做手术的消息，在医院引起强烈轰动。郑团长说他实在等不了啦，况且就是来了麻药，还有比他伤势更重的伤员，应该把珍贵的药物留给重伤员，他不能用，他现在要求马上做手术。本来医生不同意这样，但是考虑到他的伤口已经化脓，要是再不采取办法的话，最后有可能一条胳膊都要锯掉，所以在郑大龙的强烈要求下，决定给他做手术。

那天郑团长进手术室的时候，许多伤员都凑过来与他握手，一个个面色严肃，目光中带着担心和敬佩的神情。郑团长说，你们这是干啥呀，我不就是在胳膊上动两下刀子吗，没啥事！于一也来了，郑团长哈哈地笑着说，你小子等着我，做完手术我再跟你掰！于一只是不住地点头，一句话也说不出来，他内心里已经对郑大龙团长的勇气非常钦佩。

手术开始了，大家都等在手术室的外面，没有一个人离开。

是一个阴天，风沙很大，天空一片昏黄，吸一口气，好像鼻孔里都有呛人的黄土味儿。护士们劝大家回屋去，但是没有一个人走。

就在这时，于一突然发现面色苍白、比前一段时间更加消瘦的丁贞走进了小院里，他本想扭过头去，但还是没有转过去，丁贞朝他走过来，到了近前，轻声说，她昨天才刚知道他胳膊受伤了，所以过来看一看他。于一说了一声"谢谢"，没再说什么，丁贞好像也没有找到要说的话，于是两个将近两个多月没有见面的人就那样愣愣地相互站着。

丁贞看了看周围面色凝重的伤员，问于一都站在这里做什么，还说天气冷了，不要着凉。于一告诉了他一个叫郑大龙的八路军团长，现在无麻醉药的状况下做手术，取胳膊上的两颗子弹，丁贞听了，下意识地"啊"了一声，脸上显出特别惊讶的样子，随后便一声不吭了。

大家的眼睛都看着挂灰布棉门帘子的手术室，里面悄无声息，什么也听不到，仿佛一个酣睡的婴儿在里面。外面的人也没有人说话。于一也不想和丁贞说话，或者说，是不知道要说什么，像是面对着一个陌生人。他曾经对丁贞的热情，还有岩浆一样滚热的爱，现在一点儿都没有了。

看不出丁贞有要走的意思，她好像也在等着郑团长出来。

过了大约一个多钟头的时间，郑大龙被包裹得非常严实地用担架抬了出来，看不见他的身体，只能看见他露出来的一双紧闭着的眼睛。大家发现，从手术室里出来的医生和护士都红着一双眼睛，伤员们纷纷问医生，郑团长怎么样了。一个身材瘦弱的护士把一截拇指粗的、已经剥了树皮的树枝让大家看，只见上面全是牙印子。

一个女医生指着树枝说，郑团长一声没吭，一直咬着这根树枝！说完，忍不住又哭了起来，掉头就走。最后出来的一个护士端着盘子，上面是两颗带脓血的子弹，大家看着那两颗子弹，都憋红了脸。伤员们都非常激动，都给郑团长举起大拇指。丁贞也是吃惊地睁大双眼，说她从没有见过这样的男人，这是具有钢铁意志的人呀！

于一也是一句话不说，眼睛也有些潮红。他问丁贞还有什么事没有，丁贞说就是来看看他，没有什么，让他好好养伤。于一苦笑了一下，我这算什么伤呀！

没想到丁贞很严肃地说，是呀，你这算是什么伤呀，那个郑团长才是真叫受伤。又说，我以前一直觉得英雄离我们特别远，这不就在眼前吗？郑团长真是一个英雄！

本来于一对郑大龙做手术这件事非常钦佩，可是听丁贞这样一说，心里就特别不舒服，他没说什么，但是鼻子里却轻蔑地哼了一声，丁贞见他这个样子，就非常诧异地看了他一眼，脸上掠过一种不满的表情，好像还要和他理论几句，但强咽了回去。

于一和丁贞道了别，扭身就走。走了几步，又回过头，见丁贞也没有停留，也扭身走了，脚步匆匆。于一望着丁贞坚决离开的背影，心里空荡荡的。于一清楚，两个人以后可能不会再有什么结果了，但是心里还是升起几分伤感。他甚至不明白，两个人为什么走到了这种局面，竟到了见面后无话可说的地步。

郑大龙真是一个意志坚强的铁人，手术后才仅仅十天的时间，他就开始在院子里走来走去了，而且见着一个医生，就大声吵嚷着要回前线。医生不同意他走，他就急得在小院里转磨磨，还不时地用手比画成手枪，朝远方瞄准。

郑大龙的名字成为医生鼓励伤员的一个名词。同时，他不用麻药取出两颗子弹的事情，也在延安传遍了，于是城工部准备让他给新来延安的学生们做一个报告，同时也讲一讲前线的战斗形势。

报告会于一和丁贞都参加了，王新语和倪裳他们也都来了。主持会议的就是许坤善科长，她简要地说了一下报告会的意义，随后就把郑大龙团长请上了台。

郑大龙团长虽然还用布吊着胳膊，伤还没有完全好利索，但是从他的表情上根本看不出来是一个刚做完手术的人。他新刮了胡子，新剃了头发，显得特别精神。

在报告会上，郑大龙没有讲自己，而是说了他们团许多年轻战士英勇杀敌的故事。其中一个十八岁的八路军战士杀敌的故事，更是感动了许多人。这个年轻的战士子弹打光了，刺刀拼得卷了刃，就和日本鬼子抱在一起厮杀，硬是用牙齿咬躺下了两个日本鬼子，咬得日本鬼子满脸都是血，最后浑身中了从六个方面杀过来的刺刀，瞪着双眼，就那样站着壮烈牺牲了。

好多学生都流下了热泪。当有学生问郑团长个人生活时，大家才知道，他和妻子都在一个团，妻子被日本鬼子的炮弹炸伤了后脑，后来伤势过重，死了。还留下来一个两岁多的小女儿，因为无法带着女儿行军打仗，所以就临时放在一个老乡的家里。

正说着，一个扎着一条朝天辫子的小女孩被城工部的一个女干部抱上了台，这让郑团长非常吃惊，他离开面前的小桌子，一下子把孩子抱在怀里，亲起来没完，孩子被他胡须扎得疼，哭了起来。台下响起热烈的掌声。郑团长说要是没看见小孩子衣服上绣的字，他都认不出女儿了。

报告会结束后，大家都围拢在郑团长和他女儿的身边，于一也围了上去，他看见那个小女孩，长得非常漂亮，但是双颊和两只小手都已经被风吹干裂了，还有一条条小口子，但是两只圆圆的眼睛忽闪着，特别让人怜爱。

于一低头一看，果然在小女孩棉袄的下摆处绣着一个"郑"字，绣得不好，字体有些歪斜。但是每一线，都绣得非常紧密，看得出是下了很大功夫的。听郑团长说，这是他自己绣上去的，他就怕离开的时间太长，有一天再见到女儿时，害怕认不出来了。

于一看见丁贞也挤上前去，硬是从别人手里把孩子抱了过去。她的眼圈红红的，紧紧地搂着小女孩，用嘴里的热气呼着女孩儿的一双小手，还用脸贴着女孩儿的小脸。丁贞似乎还对她身旁的倪裴说了什么，倪裴的眼圈也红了，扭过头去，用手背暗自抹着眼泪。

二

时间过得很快，转眼就到了夏天，于一来到延安已经快一年了，他还是一心想上前线，正好有一个机会，让他非常激动，立刻报了名。

在一九三九年的七月，由罗瑞卿任司令员和政委的主要由"抗大总校"

改编的"八路军第五纵队",准备东渡黄河,去华北敌后,一边办学,一边打仗,在这支队伍里,就有于一的身影。于一非常兴奋,就在准备要出发的时候,却因从来没有过的一场暴雨,使延河水突然暴涨,尽管没有伤亡发生,但还是摧毁了一些房屋,水很大,过去只到脚踝处,现在已经齐腰深,而且水流湍急,队伍没有去成。

到了八月,去前线的队伍才正式开拔。于一就想上前线去,他觉得只有用炮火才能让自己心中的纷乱平息下来。因为在刚刚过去的这个延安的冬季里,他内心深处有着太多的伤痛。他根本没有想到,丁贞竟做出了一件令他惊讶的事情。在组织的介绍下,她同意和单身的、大她十五岁的郑大龙团长接触,两个人谈了几次,据说进展很快。他还听说,郑大龙伤好后,很快就去了前线,丁贞说等郑团长从前线回来后,她就和郑大龙结婚。

当时,于一听到这个消息后,简直不敢相信自己的耳朵。他敬佩郑大龙,他也知道丁贞对郑大龙团长是非常敬佩的,但没有想到,她竟是准备以这样的方式去敬佩一个男人、一个抗战英雄。他还听说,起先丁贞对组织上的这种包办方式有抵触情绪,但组织上说,这只是介绍,完全没有强迫的意思,还是要看个人意志,个人要是不同意,组织上也绝不干涉。

可是没想到,郑大龙却在回到前线的一个月后,就在一次战斗中被一块炮弹的碎片击中后脑,当场就牺牲了。与他的妻子死于同一种形式。于一还听说,当丁贞听到郑大龙牺牲的消息后,发疯一样地去寻找郑团长的小女孩,可是没有找到,说是那家农户去向不明。

于一知道自己上前线,假如过去只是为了打日本鬼子之外,现在又多了一种理由,尽管这种理由让人听上去不是那样气壮山河,也不好说出去,他是为了爱情而去牺牲,而去让心爱的人对自己敬佩。

于一知道,丁贞看不起自己,但是他在心里说,我死在战场上,你还看不起我吗?直到这时,于一才在心里明白,其实他还是爱丁贞的,那种爱还没有散去,还在他的心里像呼吸一样,时刻不停。

开往抗日前线的队伍昼夜行军,在一天傍晚时,从前面传来命令,让大家休息片刻之后,继续前行。

队伍歇息在一个非常荒凉的小村庄,小村庄像一个羊粪球一样藏在一个高高的土塬下面。第一次参加作战队伍的于一非常好奇,他背着枪,躲在一个没人处去撒尿。他还不习惯当着好多人的面撒尿，必须要躲在一个没人的地方。一些战士就嘲笑他说，还是一个学生娃呀。但是班长刘顺子特别理解他，让他快去，一会儿集合就喊他。刘顺子不是抗大学生，他是八路军正规部队的战士，编到他们这个特殊集体中担任班长。

于一撒完了尿，刚要转回身，看见前面有一个拐角处，好像有一个院子，他还听到了有羊的低低的叫声，于一非常好奇，就提着枪，悄悄地走了过去。他发现是一个羊圈，非常呛人的气味从羊圈里飘出来，只见一头瘦小的山羊正在圈里，更让他吃惊的是，羊的旁边还有一个小孩子，满脸都是脏泥巴，看不出是男是女，羊在吃草，小孩子也和羊一样在吃草。

他蹲下身，仔细看了看小孩，好像有些面熟，但又想不起来在哪里见过。就在这时，他看见了小孩的衣服下摆处有一个绣字，他的心怦怦地跳起来，他赶紧把小孩抱起来，顾不上小孩身上的泥巴，他用手使劲把有绣字的地方擦干净，他认出来了，是"郑"字。

衣服已经很破了，看出来，是把里面的棉花掏出来，当作夏季单衣穿的。于一忍不住掉下眼泪，他亲着孩子的脸，眼泪哗哗地流，抬头看了一眼紧关着院门的小院，他抱着孩子喊了好几声，也没有人答应，显然屋里没有人。就在他不知道该怎么办的时候，班长刘顺子喊他集合出发了，没有办法，他只好又把孩子放回到羊圈里，抹了一把眼泪，跑步归队。于一一边走，一边流泪，他想起了郑大龙，还有他的妻子，父母都死了，就留下来这个孩子，怎么跑到这里来了？是不是那户老乡因为什么原因离开了原来的住地，他想要是见到那户老乡就好了，谁又能知道，他们会不会还要搬走呢，或是逃难去呢？

刘顺子见他抹眼睛，再看他眼睛红红的，就问他出了什么事。于一和刘顺子说了，刘顺子低下头，没有说什么。但于一发现，刘顺子握枪的手在使着劲儿，一双大手的关节发出咔咔的响声。

他又问刘顺子，"班长，你知道这个小村子是叫什么名字吗？"说完，他就知道这话也是白问的，因为刘顺子不是这里的人，也是刚从别的部队分编过来的，还没有他熟悉这里的情况。

于一要把见到郑大龙女儿的消息告诉丁贞，同时他也发现，越是离开丁贞，离得越远，也就越发思念她，他忘不了她，他决定给她写信。

有一个叫小猴子的交通员，才十六岁，但是个子特别矮，看上去也就像十二三岁的样子，长得还特别瘦，一对大扇风耳，非常逗人。别看他个子小、身子弱，但却有一双飞毛腿，而且因为身材原因不引人注目，行走于敌占区时，容易通过，不容易暴露。

小猴子的爹娘和哥哥都死在日本人的枪炮下，他几年前参加了八路军，做了交通员。因为那时延安和外界不能通信，主要就是靠交通员传递。一般写好信后，就把信放在身上，随时带着，碰到交通员了，就把信给他，啥时他去哪里，碰到别的地方的交通员，大家再互相换信，这样就把信带过去了。

于一写好了第一封信，内容就是向她讲前线的情况，还讲了碰到郑大龙团长小女儿的事情。在写好信的第六天他看见了小猴子，把信交给了他。给完了，又有些不放心，就问小猴子，会不会把信丢了。小猴子说他从来没有丢过信，就是命丢了，也不能让信落在日本鬼子手里。于一拍了拍小猴子的脑袋，说好样的！没想到小猴子脖子一梗，说你不要在俺的面前充当大首长，俺可比你参加革命队伍早！于一没想到小猴子竟会这样讲，一时有些发愣，小猴子坏笑了一声，朝远处跑去。

等再见到小猴子，已经过去了十几天。碰到交通员，也是赶运气，有时没有信时，好像总能碰到交通员，等有信了，说不定就碰不上了。

一见到小猴子，于一就问，"有我的信吗？"小猴子摆摆手，说没有。于一忽然想起来，小猴子认识字吗，是不是把他的信弄到别处去了呢？小猴子嘿嘿乐起来，说错不了，还说他干交通员已经有四年多了，从来没有出过差错。小猴子聪明，曾经在部队的扫盲班学过识字，他认识的那几个字也能管用了。

见没有丁贞的回信，于一决定再写一封信，写好后，又揣在怀里，等着下一次再见到小猴子。

战事非常吃紧，日军准备在华北地区进行一次大规模的军事行动。第五纵队的学员们都是跃跃欲试，他们被分成了若干支队，这样可以在敌占区里更加游动自由。他们就像鱼儿一样，在敌人的眼皮底下穿梭前行，配合八路军的正规部队，打一些小快灵的运动战。

但于一却实在无法高兴，因为他被编在了宣传队。尽管他也背着枪、腰上挂着一颗手榴弹，但来到前线已经快一个月了，五颗子弹还是没有放出一颗，手榴弹更是没有派上用场。他非常着急，于是找到支队长，说了自己的苦衷。各队的支队长都是来自八路军的正规部队，都是排级干部。

于一所在支队的支队长，是一个与郑大龙团长得非常相像的一个人，也是身高体壮，四方大脸，显得非常威武。他说了一句话，让于一非常震惊。他说，你是有文化的知识分子，还会说外国话，是我们革命的宝呀！于一不明白，说我就是打仗来的，什么宝不宝的，我要到战斗班去，亲手杀几个日本鬼子。支队长若有所思的神情，最后说了一句于一感到特别奇怪的话，我要保护好你呀。

于一又先后给丁贞写了三封信，一封比一封炽热，感情表达得也越来越直接，越来越浪漫。他说在炮弹的爆炸声和枪声中，仿佛来到了森林中，听见了悦耳的鸟鸣，看见了鸟儿的飞翔，就似乎看见了丁贞在树林中奔跑的身影。于一不明白自己为什么要这样表达，总之他恨不得在战场上就能看见丁贞。可是依旧没有见到她的回信。一封回信都没有。他清楚，丁贞是真的不理他了，也可能他们之间的情缘真是到头了。

第五纵队为了牵扯日军的目标，也为了给日军造成终日慌乱不堪的局面，他们在广阔的华北战场上四处穿梭，不断地打击日军，也正是在这样大幅度的穿插激战中，于一经历了一场在他人生中最为惨烈的场景，令他终生不忘。

班长刘顺子总是让他跟在自己的身边，好像对待一个孩子一样。于一非常不高兴，他心里说，你是把我当成了你的勤务兵。在许多时候，于一看不起刘顺子，他认为刘顺子只不过是比他多当了几天兵，多打了几天仗而已。但却总是在他面前摆老资格。刘顺子有一句口头语，那就是"你听俺的"。

刘顺子尽管长得粗壮，厚墩墩的，但是个子矮，只到于一的肩膀头上一点。于一和他说话时，情不自禁地就会用低视的目光。刘顺子不得不仰着头，够着于一的眼睛和他说话。他对于一的轻视态度好像没有感到，或是感到了也没当回事。

当时日军最得意的就是空中优势，他们的飞机经常在战区一带的上空飞来飞去，看见可疑的目标，人群或是车辆，就用投弹爆炸或是机关枪扫射。

到后来更加厉害，只要看到大路上有一辆牛车和马车，或是农家小院上空的炊烟，战斗机都要俯冲下来，狂扫烂炸，非常猖狂。

于一最生气的就是日军的飞机，每一次看到它们，他都要指着它们骂上两句，刘顺子见了，也不说话，只是嘿嘿一乐，埋头擦他的枪。当部队歇下来的时候，别人都是躺在地上打一会儿盹，或者吃一点东西，养好精神。刘顺子不，他就是擦枪，不停地擦，所以他的三八枪锃光瓦亮，像是一件精美的器物。

一次，支队在行军中，正好又赶上日军的飞机从远处飞来，部队隐蔽下来。当时于一正好落在后面，没有跟上队伍，大家都趴在地上隐蔽，刘顺子发现身边没有了于一，他就匍匐着往回去找他。发现于一没有趴下，他竟想端枪朝日军的飞机开枪，没想到日军的飞机先发现了他，俯冲下来，打了一梭子机关枪，然后蹿上高空中。

班长刘顺子为了掩护他，像鹰一样飞起来，一下子扑在了他的身上，把他压在底下。日机飞走了，于一发现刘顺子还是趴在他的身上，一动不动，他费了好大的劲才起来，发现班长刘顺子的身上有好几个大洞，都是红色的大洞，正呼呼地往外冒血，仿佛山泉一样。

刘顺子受了重伤。于一把他抱在怀里，他撕掉自己里面的衣服，用布把刘班长血洞边的土擦干净，可是血还在往外流。他想用手盖住，可是根本盖不住，血又从他的手指间流了出来，滚烫滚烫的。

于一大声喊着"班长、班长"，他哭了，一边哭，一边喊。后来，刘顺子睁开了眼睛，他笑了笑，只说了一句，你没事吧，好，你比我重要！说完就非常缓慢地闭上了眼睛。于一抱着他，一句话不说，就那样紧紧抱着。他觉出班长的身体越来越重，越来越凉。

这时寻找他们的战友们的喊声，从前面传了过来。于一浑身颤抖着，不住地摇晃着班长刘顺子。这时他又突然想起了支队长跟他说过的"我要保护好你呀"的话，他好像明白了什么，泪水再次夺眶而出。

三

由于形势的变化，还有整个华北地区战场上的局势部署，于一在半年以后，和许多抗大学员从华北前线重新回到延安，继续学习，同时等待毕业分配。

于一回来后，心情特别沉重，班长刘顺子的身影，还有他牺牲前的目光，总是在他的眼前出现，还有刘顺子班长那最后一句话，也总是在他的耳边响起。他想和人说一说他的心情，思来想去，还是要和丁贞说。

他去找丁贞。但在路上，却又见到倪裴。倪裴见到他，眼睛里好像有什么明亮的东西闪烁了一下，但又很快遮住。倪裴问了他在前线的情况，他简单地说了两句，倪裴见他好像没有什么心情，就向他告别。走出去了，却又扭过头，说了一句，丁贞现在正忙着呢。倪裴说这句话的表情非常怪异。

于一边想着倪裴莫名其妙的话，边朝前走。等他走到丁贞的窑洞前时，他才突然明白了倪裴那句话的意思，原来王新语正在和丁贞在窑洞前的空地上热烈地交谈着什么，他一时进退两难，就在这时，王新语和丁贞同时发现了他，两个人愣着，望着他，一时间好像三个人都不知道该说什么了。

王新语好像变化非常大，初春的阳光照在他的脸上，红扑扑的，丁贞好像也特别兴奋，虽说比半年前又瘦了一些，但更加充满光彩。王新语走到于一面前，好像也没有什么要说的，只是说他还有事情，就有些慌乱地走了出去。于一望着王新语的背影，感到非常奇怪，但又一时想不出来王新语哪里有问题。

窑洞前只有于一和丁贞了。两个人半年多没有见面了，现在见了面，却又一时有些尴尬。于一似乎只想知道他写给她的那些信，她为什么不给他回。于是他就问了，没想到丁贞却说她没有收到什么信，一封都没有收到。于一说这怎么会呢，丁贞说就是真的，她没必要撒谎。于一想，她要是问信上写了什么，他就可以跟她讲，但是丁贞丝毫没有要问的意思，自己又不好意思说。

两个人沉默了一会儿，终于丁贞问他写信要说什么，可于一却好像一点力量都没有了，只说了一句，祝你和他幸福。丁贞好像没听懂他的话，就问他，你要祝我和谁幸福呀，幸福什么？于一苦笑了一下，说了一声"再见"，就扭头走了，走了几步，他想回头再看一眼丁贞是什么表情，但终于没有回过头去。

于一边走边想，那些信都到哪里去了呢？于一想，只有再见到交通员的时候，请交通员转问一下小猴子，那样才能把这件事情搞清楚。

于一从多方面了解到，现在丁贞正和王新语来往很多，好像也不是谈恋爱，现在的王新语也非常活跃，竟在好多人参加的大会上组织大家唱歌儿，还站在队列前打拍子。于一没有想到，竟会是这样的结局，不过他已经决心忘掉丁贞。

有一天，是一个星期天，于一没有想到，倪裴来"抗大"找他了。她像一个土人一样，满身满脸都是土，一问，于一才知道，她是走了三个多小时的山路，跌了无数次的跤，才赶到的。于一问她有什么事，倪裴好像特别委屈一样地看着他，一句话也不说。于一一下子明白了，哪能这样问，这不是明摆着的事情吗，还用问吗？再说，平日那样柔弱不爱说话的倪裴竟做出这样的事，可见她也是下了一番功夫的。

于一有些感动，就留她吃午饭，他拿出了最好的东西招待她。所谓好吃的东西，也不过就是将小米和豆子放在一起煮，煮好后，又请她吃野蒜，这都是提味的东西。于一用手榴弹捣野蒜，倪裴非常害怕，于一说，炸不了。这颗手榴弹，就是他从前线带回来的那颗，他始终带在身边，说是留个纪念。于一特别使劲，好像那一头头野蒜就是一个个日本鬼子的脑袋。

饭很简单，但由于有了野蒜调味，倪裴还是说太好吃了。就是这样，已经饿了的倪裴吃得还很香，竟吃了两大碗。

吃完了中午饭，有人来找于一打篮球，是一二零师战斗篮球队的一个队员。在当时延安，打篮球特别风行，也是最时尚的体育活动。于一个子高，在学校里就打过球，所以只要打篮球，准有人找他。他只要有时间，也肯定二话不说，拔脚就走。但是这次，于一却推掉了，说有朋友过来，打不了啦。来人走了，走到门口又悄声对于一说，哪里是什么朋友，是女朋友吧？于一让那人快走，但倪裴还是听到了，脸立刻通红，搞得于一也非常不好意思。

两个人在散步时，正好碰上一个交通员，于一立刻上前，询问小猴子的事。这段时间里，只要遇上交通员，他都要问一问小猴子。这次他才知道，小猴子在一次送信中遇上了伪军，他跑，被打伤了腿，伪军抓住他后，他把身上仅有的两封信吃进了嘴里，伪军于是把他交给了日本鬼子，说他藏有重要军事情报，小猴子被鬼子审问，他什么也不说，还大骂鬼子，最后鬼子暴跳如雷，把小猴子放进麻袋里，几个鬼子用刺刀扎，最后小猴子生生被刺刀扎死了。那个大麻袋都是血，成了一个吓人的大血球。

于一禁不住流下了眼泪，他向倪裴说了他给丁贞写信的事，还说了小猴子的事。倪裴也哭了，她说了一句话，让于一对她不由得刮目相看。倪裴说，我们不能忘了他们，就是等革命成功了，也绝不能忘了他们呀！

转眼又是半年过去了。

于一和倪裴谈起了恋爱。丁贞也和王新语谈起了恋爱。四个人都有些变化。丁贞已经从陕北公学转到了马列学院学习，王新语当了鲁艺的教员。倪裴当了烽火剧团演出队的队长，带着队伍四处演出，可能是精神的愉快还有革命的锻炼，倪裴的身体比过去好了不少，双颊也有了红晕。

只有于一没有太大的变化，他还在"抗大"，但是他没有被分到敌占区和白区去搞地下工作，也是当了教员。

谁也没有想到，他们四个人竟在一场婚礼上相遇了。

那是一位达到了"二八五七团"结婚条件的领导干部。所谓"二八五七团"，意思就是：二十八岁，五年干龄，七年军龄、团职干部。只有达到这个标准，才能结婚。

来参加婚礼的人很多，把一孔小小的窑洞挤得满满当当的，来晚的人只能站在窑洞外，后来干脆就在窑洞外举行仪式。来贺礼的人，有的是带着贺联，也就是用铅笔写在一张褪色红纸上的贺词，还有的是带着吃的：一把大枣，两捧小米，或是一小包盐。

于一和倪裴来时，正好碰上丁贞和王新语也来了，四个人相遇，好像没有什么不好意思。可能是已经过去了半年的缘故，彼此之间互相祝福，都恭祝对方早一点达到"二八五七团"的标准。接着丁贞和倪裴拉着手说起了话，王新语也主动和于一握手，两个人互相询问对方的工作情况。

婚礼开始了，大家逗笑着，让新郎唱《背板凳》。这是一首当时延安最为流行的小闹剧，主要是说怕老婆的男人的事。新郎官唱了《背板凳》之后，大家又吵嚷着，让他们现在就给孩子取名字，让他们说出要是生了男孩叫什么、女孩叫什么。当时在延安，一般结婚后，双方都有约法三章，主要就是一切为了革命、男女平等的条款，还有一条就是，生男随父姓，生女要随母姓。

婚礼上非常热闹，大家喝着陕北老乡自酿的软绵香甜爽口的米酒，还唱了好多山歌，闹到很晚才结束。

第四章

一

到了一九四一年年底的时候，于一从"抗大"调到了坐落在王家坪的延安大学当教员，而凑巧的是，倪裴也从烽火剧团调到了延安大学当教员，两个人一下子成了同事。延安大学的对面就是中共中央的办公地，这里条件相比较好一些，更为关键的是，两个人可以朝夕相处了，于一笑着说，这是老天爷要成全我们呀。倪裴则笑而不语。

陕北的冬季干燥而寒冷，但是于一和倪裴两个人总能见面，因此就感到特别温暖。他们虽然和丁贞、王新语他们很难见面，但总能从各种渠道听到他们的消息，丁贞还在马列学院上学，可以肯定的是，她将来一定会走上领导岗位，王新语也已经是"鲁艺"非常知名的人物，同时在延安也是名气不小，他谱的好几首歌曲，都非常有名，"五四"联欢，还有新年联欢等，经常能看到他活跃的身影。

有一次，于一和倪裴在散步的时候，倪裴又提起了丁贞，于一也很平静，任她发表观点。倪裴说，我觉得你们其实还是非常合适的。于一很紧张，问她说这话是什么意思。倪裴说没啥意思，但总是觉得跟他在一起的时候有一种负罪感，好像她和于一在一起是对不起丁贞。

于一非常不高兴，说你怎么能这样想呢，我和她真的不合适，她已经入党了，而我还不是党员，连申请书都没写，再说了，她好像也看不起我，总说我自由散漫，不要求进步，我们在一起的时候总是吵架，我们好像在政治上总有距离感，而我和你在一起，多么安静平稳。

倪裴说，争吵可能是正常的，不吵可能才是不正常的。于一说，再说了，她也不想结婚，她曾经跟我说过，来延安就是革命来的，不是结婚成家生孩子来的，就是这样，她和我在一起，甚至连谈恋爱，她都不愿意承认，总说我们是好朋友。倪裴说，那你怎么就总想着谈恋爱结婚呢？于一说，我没要结婚，我是说要爱情，要自由，我要追求，至于结婚，我没说过，那是水到渠成的事情。于一突然像是想起了什么，又说，你今天是怎么了，怎么总是说起这些？

两个人说着话，一抬头，就到了民政厅的婚姻登记处的窑洞前，于一说，既然你说我总是想着结婚，那我们就进去问一问。倪裴非常慌张，脸都涨红了，说你想起什么了，怎么要去那里面？于一说，我就想进去看一眼，以前不在王家坪，所以怎么也想不起来到这里来，现在就在眼前，应该进去看一看。

倪裴说她不进去，你要进去，你就自己进去，我回去了。于一说，我就要进去。说着，进了小院。

大概下午的原因，院里特别清静，他走到挂着牌子的位于中间的一孔窑洞前，推门进去了，里面没人，回头一看，倪裴并没有跟进来。就在这时，一个青年走了进来，青年个子不高，看上去也就是十五六岁的模样。

于一说，小同志，我想问一问领结婚证的手续。小男孩模样的青年脸唰地红了，低着头，不好意思地说他只管盖章。于一笑了起来，问他到这里盖章的人多吗？青年摇摇头。于一知道，当时结婚只要双方写一个申请，报给上一级领导，领导签字后，再请几个同事和好友在一起吃一顿饭，就算终身大事解决了。

青年低着头还是不说话，于一说，你能把章给我看一眼吗，青年立刻站了起来，连说不行。于一笑起来，又问他多大了，青年说他十五岁了，于一乐起来，我看你也不大，跟我猜想的不错，好了，我走了。

出了窑洞，于一看见倪裴并没有走，而是躲得远远的，于一走过去，看见她的脸还是红红的，额头上竟出了一层微小的汗珠儿，就大笑了起来，问她紧张什么。倪裴说你是明知故问。

于一说，只要我们俩结婚，我们就要领结婚证，我想要那个大章盖在我们两个人的名字上面，你说呢？

倪裴的脸更红了，头也垂得更低了。

于一没有想到，他会和王新语反目成仇。

转眼到了一九四二年，延安整风开始。社会部找于一谈话。于一来到社会部，严冬山面色严肃地在等着于一。严冬山一上来，就拍了桌子，让他解释清楚他来延安的政治目的是什么，有什么政治打算，同时还要他把国民党旗子之事说清楚。于一完全明白，王新语揭发了他。

于一冷笑了一声，对严冬山说，这件事，他终于说了，我知道他已经为这件事憋坏了，我现在非常愿意给你说，你要听清了。但是，我只解释那旗子的事，别的我不说！

原来，于一和王新语在那个外国神父的帮助下从教堂的后门逃跑之后，一刻也没有停歇，一直到了潼关的黄河边，在等待渡河时，非常凑巧，于一遇到了北平时的一个进步同学，那个同学姓关，于一准备来延安，还是这个同学给他的建议。关同学还和七八个青年在一起，也准备渡过黄河，他们还提着好多箱子。于一向关同学说了从西安到这里的前后经过，关同学让于一跟他在一起，一起过黄河。就这样，于一、王新语和他们待在了一起。

但是，于一很快发现，那个关姓同学非常神秘，竟持有国民党西北军事长官部的特别通行证，于一没有多问，关姓同学也没有向他解释什么，于一想，只要我们能过黄河就行。

在黄河渡口边，有一个班的国民党士兵把守，对上船过河的人盘查非常仔细，还要检查携带的东西，尽管关姓同学亮出了特别通行证，但还是过不去，因为没有船只，只好等待。

在极度不安中，他们在黄河边的一处简陋的客栈里，又熬过了一周的时间，最后终于等来了渡河的船只，可就在他们准备上船的时候，四个穿便衣的军统特务不知道从哪里蹿了出来，突然出现在他们面前，说是要检查他们携带的东西。关姓同学不让检查，同时亮出了特别通行证，说是耽误了时间，谁也负不起责任！可是领头的一个大宽脸特务根本不看，从腰上突然拔出手枪，高高地挥舞着，说只要不让检查，就一个不让上船，还大声说要把他们统统带走。

这时，就有一个小特务在大宽脸特务的目光示意下，突然一下子打开了一个柳条包，没想到，打开的正是于一的那个柳条包。包打开，一面国民党旗子展现在大家面前，里面还有一些换洗的衣服，领头的大宽脸特务当时就傻眼了，愣在那里说不出话来，也不敢再往下收查了。于一趁机大步上前，得理不饶人，对特务大声地喊，你们要是耽误了我们的事，我可要向长官部告发你们。

就在这时候，船正好到了岸边，那位关姓同学机警地喊了一句，上船，我看谁敢拦！就这样在那帮特务还没有醒过神来的时候，一行人已经上了船，顺利地开走了。

事后才知，那位北平关姓同学现在已是我党的地下工作者，他名义上带的是一群到黄河那边执行"特殊任务"的人，其实这些人都是去延安的进步青年，那些箱子里装的都是借机送到延安的药品，那张通行证也是假的，要是没有于一的那面国民党旗子，要是特务没有一上来就恰好翻到了于一的柳条箱，翻的是别人的箱子，那后果真是不堪设想的。

于一讲完这段惊险的遭遇，就把那个北平关姓同学的名字告诉了严冬山，说你去调查吧，这个人现在我也不知道在哪里，当时的情况就是这样。至于过程，你可以去问向你说这件事的人。

于一说完，头也不回地走出了社会部。随后他就去找王新语。王新语见到他，可能意识到了什么，愣在窑洞前，呆若木鸡。于一走到他的面前，只对王新语说了一句话，你说我什么都行，揭发我什么都行，就是不能说我不爱共产党、不爱人民，我是革命的！我可以受委屈，但你不能污蔑我！

王新语面色苍白，想和于一解释，但是于一不听，怒气冲冲地扭头就走了。

心情极为不好的于一，匆匆走在回去的路上。他想哭，他想骂，总之觉得无比委屈，好像心里被人插上了一把刀子，剜心地疼。

拐过一个山梁，远远的在路上遇上一个盲人，身边还带着一个矮小的女人，女人搀扶着老盲人，二人相互依偎着，从前面慢慢地走过来。快到近前了，他才发现两个人都特别的脏，好像很长时间没有洗脸了，两个人都带着已经看不出颜色的毛巾。只见那个老盲人，好像累了，坐在了路边上，老盲人抱着三弦，一动不动地坐在那里，女人却唱起了歌儿："哎呀嘞——当兵就要当红军，红军是工农子弟兵；勇敢冲锋杀敌去，同志哥，家中的事情妹承担……"

于一听出来，这是江西兴国民歌，非常凄凉而伤感，都是歌颂红军的。他忽然觉得那个矮小的女人有些熟悉，这样一想，再仔细一看，不禁大吃一惊，原来那个女人竟是许坤善大姐！于一紧跑两步，一下子就蹲在了唱歌儿的女人面前，没错，他看清了，就是许大姐！

于一拉住了许大姐的双手。许大姐和在城工部时简直就是判若两人，那时的许科长精明能干，现在却是衣衫褴褛，头发可能由于长时间不洗的缘故，都凝结在了一起，脸上也都是泥痕，手上都是裂开的血口子。但唯一没有变的，就是她的目光，还和过去一样，充满着坚定的神情。

许坤善也认出了于一，眼泪就流了下来，但她一下子就把眼泪擦干净了，在交谈中，于一才知道，在整风中，许大姐被社会部的严冬山审问过，说她是叛徒、反革命，说她四处阻拦青年人上前线，是破坏分子。严冬山派人把许大姐抓了起来，险些被枪杀，最后被开除出队伍。

于一这才知道，许大姐为什么要阻拦他去前线。原来，许大姐当年是江西的"扩红女"，她用好听的山歌和"回来就与你成婚"的诺言，使四邻八村的一百多个青年农民上了前线，参加了红军，其中也包括她的丈夫和两个弟弟，被她"扩红"的人，最后一个都没回来，听说全都牺牲了，最后她在当地已经无法再呆了，好多寡妇找她，好多爹娘也找她，让她赔丈夫、赔儿子，甚至有的疯了，要烧她的家。

许坤善说，她心里痛，晚上做梦，都是那些红军战士在跟她讲述想念亲人的心情。她说，她特别矛盾，有一个心结，不知道怎样才能解开。她似乎还想说什么，但是好像又不知道该怎样才能说得明白。

许大姐又说起现在，她说她不走，她绝不离开延安！

后来，她在流浪中认识了这位孤苦伶仃的老盲人，一起相依为命。许大姐说，就是要饭，也要待在延安，总有一天组织上会重新接纳她的，她不过就是说了自己想说的话。尽管她认为自己错了，不应该阻拦青年人上前线杀敌，但她又不后悔自己所做的事。最后，她还是一句话，绝不离开延安！

于一没有听明白她的话，似乎也理解不了她的心情，但他还是被她所感动。

望着老盲人和许大姐离去的背影，于一又想到了自己的遭遇，现在有许大姐的精神鼓舞，他一点都不惧怕了。

后来，社会部没有再找于一谈话。于一以为严冬山被他的气势压住了，但他不知道，是有其他原因的。原来，他和王新语吵翻后，王新语觉得自己不对，又去找了严冬山，表示当时他也在场，他能证明于一说的话是对的。要是没有那面国民党旗子作掩护，可能他们都要被抓走。严冬山没有表态，只是让王新语回去，有什么事，还要及时向他汇报。

但是后来，严冬山好像还不死心，又通过组织渠道，终于找到了那个北平的关姓同学，而此人现在已很有身份，是一个职位很高的领导，他证明了这件事情的过程，同时也救了于一，所以这件事严冬山才没有深究，于一才能度过那段严酷的整风运动。

二

两年以后，也就是一九四四年，由于形势的变化和工作的需要，于一调到中共中央办公厅，在交际处做翻译工作。他又重新改了名字，叫马中华。姓马，意味着他是一个马克思主义者，叫中华，意味着他将为建立一个新中国而努力奋斗。

这时，他和倪裴还没有结婚。但丁贞和王新语结了婚，因为丁贞已经到了中央组织部工作，已经是团级干部，同时年龄也达到标准。婚后的丁贞又改了名字，叫苏贞。

苏贞结婚后，找过马中华，只找过一次，是因为信的事情。

事情是这样的。苏贞发现婚后的王新语好像心事重重的，就在一个晚上问他有什么心事。王新语从书包里拿出了几封信，让苏贞看，苏贞从信封上的字体一下子就看出来那是马中华的笔迹，就问王新语是怎么回事，王新语低着头说，你自己看看吧，我出去一下。

苏贞把信看完了，她愤怒了，在屋里气得想要砸东西，假如王新语在眼前的话，她一定会把信摔在王新语的脸上。

王新语到了很晚才回来，苏贞质问他，马中华写给她的信怎么到了你的手上？王新语这才告诉苏贞，当年马中华写给苏贞的信都被社会部的严冬山扣下了。严冬山把王新语找去，问这件事怎么办，说要把这些信都扣下，并且说，我也看出来，你也是喜欢苏贞的，干脆我成全你们。

苏贞说，你当时说什么了？王新语说，我没有说话。苏贞说，我明白了，你就是默认了，对不对？王新语不说话。苏贞特别奇怪，说你怎么和严冬山的关系这样亲密呢？王新语都说了，原来王新语总是积极向严冬山反映各种问题，所以严冬山对王新语特别赏识，再加上严冬山对马中华本来就有看法，认为他政治上不可靠，思想有问题，身上还残留着旧习气，所以要借机成全王新语和苏贞。

苏贞全明白了，过去她和马中华的交往，甚至连一些生活细节，严冬山都了如指掌，现在完全清楚了，都是王新语汇报的，她非常气愤，手里拿着马中华的那些信，却一句话也说不出来。

过了一会儿，她面色苍白地责问王新语，你怎么能做这种事？！王新语说，他现在已经承认了错误，并说他现在不都是拿出来了吗？并没有隐瞒呀。

苏贞说，你是拿出来了，我想，信你肯定也看了，可你知道，这信上除了那些讨厌的爱呀、情呀之外，还有别的事呀？

王新语愣了一下，想说出来，但没说出来。苏贞说，这上面还有他告诉我的关于郑团长小女儿的事，你难道没看见吗？孩子那样小，爹妈都没了，一个孤儿，和羊在一起吃草，吃草呀……我要是早知道，就能把孩子找回来，可是现在过去了那么长时间，我往哪里去找呀？

苏贞说，我没想到，你竟是这样的人！王新语满面愧色，眼圈发红，一个劲地说，我，我……我帮你去找。苏贞理也不理他，扭头出了屋，把屋门摔得"啪"的一声响，单薄的屋门都要散了。

第二天，苏贞找到马中华，把这件事情的经过都和他说了，一边说，一边委屈地哭，还请马中华原谅。

没想到，马中华却笑了起来，笑声很大，笑过之后，声音很轻、很薄地说，你不用这样激动，你的丈夫王新语也不用太内疚，我写这些信主要是告诉你郑团长小女儿的事，除了这件事是真的以外，其他的都是一时冲动，是写着玩的，我后来发现，也就是现在才觉得，我并不爱你，一点都不爱，我们之间是个误会，现在请你把这些信都还给我吧，我要烧掉它们。

苏贞没有想到马中华竟这样说话，气得把信一把掼在他的手里，扭头就走了，并且还气愤地骂了他。马中华一句话没说，愣站在那里，手里紧攥着那些信，面无表情，仿佛一尊木雕一样，与刚才漫不经心的样子判若两人。

马中华和倪裴也结婚了。他们没有到民政厅婚姻登记处去领那个盖章的结婚证，倪裴说不好意思，马中华说有什么不好意思的，你是不是有别的想法，但是倪裴不说，眼圈里含着泪，马中华认为倪裴就是这样多愁善感的性格，也就没有再问，所以他们只是向各自所在单位的党支部书记写了申请。结婚申请很简单，就是一句话，"我和某某某准备结婚，请领导批准"，写在一张纸条上，书记签完字，两个人就算结婚了。马中华有些遗憾，不明白她为什么要这样做，但还是依了她。

所谓的婚礼就是两个人请来了几个同事，大家坐在一起，说了一会儿话，吃了几个大枣，也没有吃晚饭，大家也就各自回去了，说是为了给他们俩省钱。

他们还没有自己的窑洞，也不能在一起住，所以新婚之夜，只能临时住在马中华的宿舍里，这一夜只能算是洞房之夜了，因为第二天他们还歇不了，都要上班，不能因为结婚耽误上班。这就叫"住礼拜六"。这也是当时在延安最流行的夫妻团聚的方式。

与马中华住一屋的，还有一个同事小吴，马中华向小吴笑着作揖，小吴当然明白，只好去别的屋借宿。

窑洞里只有马中华和倪裴了，两个人四目相对，似乎有许多话要说，但又一时不知说什么。马中华把油灯的油捻儿挑大了一点，倪裴说省一点灯油吧，马中华说我要看清你一些，倪裴低下头，忽然就哭了，马中华有些不知所措，忙问她怎么了。倪裴说，我今天身上不太好受，对不起你呀。

马中华说那就快去看医生呀，倪裴脸一下子就红了，扭过脸，说看啥医生呀，你不明白呀？马中华还是摸不着头脑，倪裴捶了他一下，说你可真笨呀，接着又掉下眼泪，说今晚我对不起你呀。

马中华这才明白过来，心里有些失落，但还是一把搂住倪裴，说我们是夫妻了，以后时间长着呢，我们今天做不了夫妻，就等下礼拜，没关系。倪裴抱住马中华，两个人就那样紧紧地抱着。

外面响起了风声，刮大风了，刮得屋门啪啪响，天色已经很晚了，马中华从书包里拿出珍藏的还剩下不多的咖啡，说要给倪裴煮一点喝。倪裴说，留着吧，等以后再喝吧。马中华看了看地上的炭火炉子，火也不旺，炭也没了。就说，反正时间长着呢，就等下礼拜吧。屋里太凉，两个人就准备睡觉，他们简单地洗了脸和脚，就钻进了被筒里。衣服也没脱，就拥在了一起。

就在后半夜，两个人半睡半醒时，有人轻轻地敲门，连着敲了好几下，马中华一下子醒了，赶紧起来，打开门，一股冷风从外面刮进来，原来是小吴又回来了。小吴非常不好意思地说，因为今天是"住礼拜六"，所以他找了好几个窑洞，都是挤得满满的，实在没地方住了，他在外面转了好半天，最后实在是太冷了，考虑到还是这个窑洞大一点，只能回来，小吴特别不好意思，说了好多"对不起"。马中华望着小吴冻得通红的脸膛，一把攥住他的手，使劲攥着，再也不知道该说什么，赶忙把他拉进来。

倪裴更加不好意思，立刻穿衣服坐了起来，说要回去。可是马中华怕半道上不安全，就说大家凑合住一晚吧。小吴见状，手忙脚乱，忙说要不再去几个窑洞看一看，马中华说什么也不让他再走了。就这样，马中华和倪裴的新婚之夜非常尴尬，马中华在中间，小吴和倪裴睡在两边，勉强凑合了一宿。

第二天一早，天还黑着，倪裴就悄悄起来了，也没洗脸漱口，赶着回单位上班。马中华和小吴也都醒了，倪裴像贼一样逃出窑洞，临走时，脸还是红的，都不好意思抬起头来。多亏窑洞里暗，彼此看得不太清楚。

马中华再次遇到苏贞，是在半年后的修整扩大延安机场的义务劳动中。

这时候的国内形势依然严峻，日本投降后，国民党要发动内战，战争的阴云笼罩大地。来延安的国内外记者很多，尤其是美国人最多，延安机场非常繁忙，总有飞机起起落落。原有的机场太小了，只有再扩大机场的规模，同时还要再重新修整原来的旧跑道。

机场空旷，再加上风大，到处都是黄土，刮得参加劳动的上千人，浑身上下都是土，像是从土坑里刨出来的一样。

马中华见到了苏贞，他还是远远地看见了她，他扛着铁锹，大步流星地走了过去，主动和她打了招呼，苏贞也向他问好。马中华说苏贞瘦了不少，苏贞说你也瘦了，彼此都让对方要注意身体。接着他们一边用铁锹平整新开出来的场地，一边又互相询问了倪裴和王新语的情况。

原来倪裴主动要求带学生去了延安周边的农村，一方面让学生更多的接触社会，同时配合开展农村土改工作。还有就是义务走访调查一种地方病的情况。这种地方病叫"柳拐子"病，病名就是因为发生在一个柳林区的叫麻塔村的地方。而王新语则去了山西前线，在八路军政治部工作，也是他积极要求上的前线，还要求了几次，最后才批了下来。

苏贞说，王新语讲了，他一定要上前线去，除了打鬼子，他，他还有一件事要去做，他要找到郑团长的小女儿……

马中华怔了一下，没有说什么，他紧紧地抿着嘴唇，点了一下头，脸上掠过一丝释然的表情。苏贞低声说，王新语他一直不能原谅自己，这些年，他活得很累呀……

两个人都不再说话了，忙着平地。又过了一会儿，两个人才又说起话来。

马中华说他现在非常忙。由于延安翻译少，再加上他的翻译水平高，所以除了交际处的工作，还经常被借到军事协调部去做翻译工作，经常昼夜工作，非常紧张，因此他和倪裴经常是几个月见不到一次面。苏贞说，你还是要抽时间去看一看倪裴。马中华说，他找好了时间，是想过去看一看的。马中华也劝苏贞，要经常给王新语写信，要多联系呀。苏贞没说什么，只是点点头。

就在这一年，也就是一九四六年的春季，马中华写了入党申请书。在递交了组织之后，他在第一时间告诉了苏贞。苏贞知道他要求入党的情况后，非常高兴，特意来交际处找到他，鼓励他好好工作，争取早日入党。这是马中华和苏贞爱情分手后，苏贞唯一的一次主动找他，不是谈感情的事，而是谈入党的问题。

马中华说，你真是一个组织部的好干部呀！苏贞说，这是我的工作范围内的事，你可不要多想呀。马中华笑起来，连说，不多想，不多想，但最后还是又补充了一句，也不敢多想呀。苏贞脸稍微红了一下，忙又说起别的事情。

三

秋天到了，在这个干冷的秋天里，马中华得到一个悲伤的消息，倪裴在柳林区麻塔村得病死了。她得了当地的地方病，也就是"柳拐子病"，双腿站不起来，一点力量都没有，双腿成了弓箭形。

当时她没有告诉马中华。再加上她身体本来就非常虚弱，还有工作的劳累，所以幼年时留下的肺炎病再次复发，而且这一次非常厉害，一夜一夜地睡不着，都是坐着，也没有药吃，就那样生生地咳嗽，实在喘不上气的时候再用水来压一下。她不让同事告诉马中华。她也不愿回来，怕传染给马中华，当然也怕传染给其他的同志。

起先她拒绝吃药，后来干脆把药都偷偷留下来，她要留给从战场上下来的伤员吃，自己一个人躲在一个破旧的窑洞里，在临死前才隔着窗户，告诉她最好的一个女同事，说她不愿意让马中华看见她病中难看的样子。

至死，外表柔弱但内心坚强的倪裴也没和马中华见面，由于当时战争紧张，胡宗南部队正在对延安形成包围，而且也没有时间等待马中华的到来，所以同事们就掩埋了倪裴的尸体。

马中华听了那位女同事的转述，非常悲伤，泪如雨下。他一个人躺在窑洞的土炕上，在不吃不喝了一天两夜之后，突然从土炕上起来，一句话不说，让人给他剃了一个秃头，面无表情，好像变了一个人一样，立刻全身心地投入到工作之中。他要让工作冲掉内心中的伤痛。

就在倪裴去世不到一个月，脸色苍白憔悴的苏贞忽然来找他，告诉他一个吃惊的消息，原来王新语在前线牺牲了，他是为了掩护别人，被炮弹炸死的。他把身下的战友抱得特别紧，后来人们费了好大的劲才把他们分开。王新语死的时候，脸上一点痛苦的表情也没有，特别安然，好像不是在战场上牺牲的，就像是熟睡过去一样。

马中华吃了一惊，在他的印象里，一直认为王新语是一个胆小鬼，现在才知道自己真的是错怪他了。

马中华和苏贞漫无边际地走着，后来两个人停下来，站在秋风中，互相看着对方，似乎有许多话要说，但又说不出来一句话。

这时，远处有悠长、嘹亮的陕北民歌唱起来：

一座山来九层岭，
一条河来九道弯，
……

歌声传得很远，分明夹杂着几分悲伤的腔调，仿佛正好代表着两个人的心情。两个人约好了，要共同给死去的人扫墓。

一个礼拜后，一个清冷的早上，马中华和苏贞，互相陪着对方，来到了一个朝阳的土坡上，给倪裴和王新语扫墓。所谓的墓穴，就是埋进了两个人生前使用过的东西，还有衣物。所谓的墓碑，就是两块表面粗糙的石头，上面刻着他们各自的名字，还有生卒年月。

两个人站在倪裴和王新语相邻的土墓前，一句话都说不出来。马中华拿出了他保存了好几年都舍不得喝的最后一点咖啡，由于时间太久，咖啡已经变成了固体形状，他小心地掰成两份，放在两个土墓前。这应该是当时延安给逝去的人最奢华的贡品了。

两个人默哀后，终于握住了对方的手，一直没有松开。秋风吹拂着他们，在他们的身上、头上有了落叶，他们没有感觉到，站立着，就仿佛两棵扎进了深土中的大树一样。

他们互相看着对方的眼睛，长久地看着，自始至终，两个人都没有说一句话。

马中华非常关心苏贞，苏贞对他的关心也不再抵触，延河边又能看到他们散步的身影。假如说过去他们在散步时，身体还有一段距离，那么现在已经是肩并肩了。过去马中华谈得更多的是爱情，而现在他主要在说革命事业。还有现在谈的更多的是工作和学习，是中国革命的当前形势，给予对方的更多的是精神上的鼓励，还有革命的鼓舞。当然相互之间也比过去更加随意，而不像以往那样拘谨。

苏贞说，你现在越来越成熟了。马中华说，是延安锻炼了我，也是你这个组织部的科长教育了我。苏贞笑起来，说，是你长大了。马中华也大笑起来，看来，过去我是一直处在婴儿期呀。苏贞说，起码也是儿童时期。

两个人一同笑起来，他们的笑声在延河边荡漾，他们之间的关系，看上去非常自然、随意，更像是一对久经战场的老战士。现在马中华比过去沉稳了许多，留着短短的胡须，脸上也总是严肃的表情。苏贞的眼角处也有了细细的皱纹，皮肤比过去粗了不少，颧骨处也有了陕北高原特有的女人标记——红红的颜色。

他们这一对都经历了不幸生活的男女，在大家眼里，都认为他们可能再次走在一起，而且现在条件也更加成熟，上级领导也劝他们解决了大事，将过去的不幸埋在心底，还要振作精神，重新开始。

可是令所有人不解的是，他们唯独不谈婚姻。在这个问题上，他们二人都选择了沉默，谁也不说这件事了。无论大家怎样跟他们开玩笑，他们两个人就是不说这件事，为此大家迷惑不解。

后来两个人终于度过了那段不适应的时期，就在准备将话题向结婚方面转移的时候，他们接到命令，中央机关将要离开延安，前往河北西柏坡，但组织上有新的安排，苏贞去西柏坡，而马中华要去哈尔滨，另有工作安排。

是马中华先离开延安的，由于走的时候非常紧急，苏贞去别处开会还没有回来，所以他们俩没有来得及见面，后来由于时局的变化，也再没有联系上。

多少年之后的一个炎热的夏季，在我和女朋友陪爷爷从北京回哈尔滨的火车上，爷爷马中华向我讲了他来北京的真实目的，他根本不是开什么校友会，而是专程来看望他过去在延安的女朋友的。这是他经过许多年、通过许多关系才打听来的地址。

我问这个女朋友叫什么名字，做什么工作，多大年纪，爷爷说了。于是向我讲了他在延安的爱情故事。除了这个女朋友，爷爷还向我讲了那些牺牲的人，尽管我没有见过郑团长、许大姐、刘顺子、小猴子、王新语，但是这些死去的人，还是非常清晰地站在我的面前，我被他们感动。

爷爷说，这次要是再不来的话，以后岁数再大一些，就恐怕来不了啦。爷爷还说，他这次来，主要是向她说明一件事，当年他之所以说在华北前线写的那些信都是一时冲动，他说不爱她，都是违心说的，之所以这样讲，就是因为她当时已经结婚了，是为了让她忘掉他，让她好好生活。他不想破坏她的家庭。

从爷爷的嘴里说出"爱"字，令我特别吃惊。我问爷爷，那时候您也知道爱情？

爷爷长长地叹了一口气，说了一句意味深长的话，革命者就不懂得爱吗？我们的爱要比你们现在的爱更浪漫！

我问爷爷，您的解释，她理解了吗？

爷爷说，我讲了，讲了好多遍，可小脑萎缩的苏贞什么都不知道了，她根本听不明白我在说些什么，我把那些信拿出来给她看，她的眼睛可能有白内障，也看不见了。爷爷长叹了一口气，非常感伤地说，她大概……已经不认识我了……

我说，您怎么认为她不认识您了？爷爷忽然流下眼泪，颤抖着说，苏贞，她说，她说……她把我认作了别人，临走时，她喊我郑大龙郑团长……

爷爷在和我说这些往事的时候，我的女友一直戴着耳机在听歌儿。她对那次一起陪爷爷去北京非常不满意，跟我抱怨，说坐十几个小时的火车到了北京，好多地方都没去玩，一点意思都没有。

我的女友是一个青春女孩，穿着也时尚，尤其爱穿露脐装。那次陪爷爷去北京，我怕爷爷看不惯，特意让她穿着一些比较传统一点的服装，为此她也不高兴，说我爷爷古板，我比我爷爷还古板，她说我缺少浪漫，不懂得爱情。

我问爷爷，那些信能不能给我看一看。不知道是爷爷没有听见，还是听见了不理我，他连头都没动一下，还是看着车窗外。

后来爷爷打起了瞌睡，我的女友也是闭着眼睛，沉浸在歌曲中。软卧车厢里，只有我一个人还睁着眼睛。我望着和我同龄的二十二岁的女朋友，我不知道，假如我和她结婚，一个甲子以后——也就是六十年之后，我们还能不能待在一起，还能不能像我爷爷那样千里迢迢地去追忆过去的革命爱情，去解释一场已经过去了六十年的爱情误会。

作者简介：

武歆，男，一九六二年生人，中国作家协会会员，天津作协文学院干部。自一九八〇年开始文学创作，主要以小说创作为主，另有散文、随笔、杂文及纪实文学，共计发表近三百万字。主要作品有长篇小说《树雨》、《习惯尘嚣》、《黄昏碎影》、《天堂弥撒》，中篇小说《天津少爷》、《悬挂锁头的门》、《天津寻父》等。

本文被《小说月报》转载后扩为长篇，入选中国作协 2008 年重点扶持作品，后改编为电视剧在央视播出。

月牙五更 /萧笛

月儿出事的那年，柳毛河畔的婆婆丁花开疯了。

才下了一场小雨，吹了两天暖风，日头就热辣起来。婆婆丁的花苞受不了日头的炙烤，一扭腰，一仰脸，"啪"地爆了，小小的绿色花苞变成了一朵小花。细细的花瓣金丝一样亮，绒线一样柔，黄灿灿、毛嘟嘟的。早晨路过时，还是东一朵西一朵，晚上再瞅过去，就已经是一片了。村西的那片矮山坡，许是离日头近些，花开得格外的盛，一小朵一小朵的黄花，你挤着我，我挨着你，那阵势像要把地遮了，天盖了，远远看去，像谁在山坡上抖开了一块巨大的黄绸子，在春光里灿灿地晃人眼。

月儿爹说："今春阳气旺，挡不住是个好年成。"可是，月儿娘却觉得有些燥，有些烦，心里一天到晚慌慌地跳，没个底，瞅月儿的眼神也带着气。月儿下地回来了，攥着黄澄澄的一把婆婆丁花，嘴里唱着"幸福的花儿心中开放"，接下来那句"爱情的歌儿随风飘荡"头两个字是不敢唱出口的，就用"嗯"来代替，唱出来就成了"嗯嗯的歌儿随风飘荡……"月儿"嗯嗯"地唱着，找个罐头瓶，洗干净，灌上水，小心地把花儿插瓶里，摆到窗台上，夜里做梦也灿灿的，有股阳光的味。

月儿十六了，露出大姑娘的模样了。脸盘上原本聚在一起的眉眼不知道什么时候长开了，山是山、水是水的。胸脯也跟豆包似的鼓囊起来，打小就圆滚滚的肚子不知道什么时候平了，倒是小屁股开始鼓鼓地往起翘。月儿身子长起来了，心眼儿却没长，还是懵懂小孬一样，只知道疯玩。二十世纪七十年代的东北乡下，也没什么好玩的，但对于孩子们来说，玩什么不重要，只要大家在一起就是开心的。

月儿放好了花，胡乱地吃了口饭，就往外跑。下工回来的时候，和玉晶、春玲约了晚上到场院集合。月儿娘在身后喊："把碗刷了，我得烀猪食。""让二妹刷吧，明后天俺包了。"看到二妹噘嘴，月儿帮她算账："你一顿换两天，合适呢。"看到二妹露出占了便宜的微笑，月儿急忙奔出家门，一边走，一边咯咯地乐。月儿不会好好走路呢，跳着，跑着，脸上笑着，嘴里唱着。

月儿来到场院时，玉晶、春玲他们早到了，还有锁柱子、树海，七八个半大的姑娘小子，叽叽喳喳地说，嘻嘻哈哈地闹，把月亮逗得笑弯了腰。闹了一阵子，谁说了句："咱玩藏猫猫吧。"树海不同意，说："多大了还玩这个？"月儿来了兴致，就嚷："玩吧，玩吧。"树海看看月儿，没再坚持。于是，一帮人就分成了两伙，一伙藏，一伙找，月儿是先藏的那伙。一声哨子，月儿撒丫子就跑，转过磨坊，是一排麦秸垛，月儿挑中间的一垛扑过去，正想扯捆麦秸把自己遮起来，旁边有只手拉了她一下。

"妈呀！"月儿吓得张大了嘴，声却没发出来，叫黑影的一只手捂住了。"月儿，别怕，是我。"黑影小声说。是树海，一伙的。月儿笑了，嗔怪地一拳杵过去："吓死我了。"树海小声地"嘿嘿"着，挪挪身子，给月儿腾出些地方，让月儿靠得舒服些。刚刚捂过月儿嘴的那只手，不知道往哪放，半握着端在胸前。树海低下头瞅瞅自己的手心，又抬起头，盯着月儿肉嘟嘟的嘴唇，再低下头，轻轻地，小心地活动一下手，仿佛手心里捧着什么宝贝。

月亮还不圆，有些羞涩地藏在大杨树的枝叶间，远处的蛐蛐一声低一声高地叫着。月儿听见树海的喘气声又粗又重，诧异地转过脸来。月儿的脸蛋比月亮白，眼睛比星星亮，树海看呆了。月儿"吃吃"地笑："树海哥，你喘气咋像老牛？"树海的脸就热了。月儿又说："树海哥，你的眼里有萤火虫。"树海眨眨眼，萤火虫一闪一闪。树海问："月儿，你多大了？"月儿说："你真是属猪的。"树海"嗯哪"一声，惹得月儿笑起来："俺说你笨呢。"树海说："俺真属猪。"月儿笑得更欢："俺知道，你属猪，俺属牛，你十八，俺十六，俺比你小两岁。"树海无言。月儿说："问这干啥？"树海心里的话不敢讲，想了想说："看你还能不能长个儿。"月儿说："能长。俺妈说，二十三窜一窜，二十五鼓一鼓，俺还早着呢。树海哥，你也还能长。"树海听了有些开心，就挺了挺胸脯："你看俺能不能长到一米八？"月儿笑了："你使劲啊，使劲长，兴许能呢。你爹那么高。"月儿的鼓励让树海心里生了勇气，就大着胆子问："月儿，俺长到一米八，你给俺当媳妇不？"月儿一下子捂住脸："树海哥，你说什么呢！""哈哈，在这儿呐！"突然而降的叫声在耳边炸响，那一伙的人寻着声音找来，逮住了挺着胸脯的树海和捂着脸的月儿。

二

月儿娘跟月儿爹商量，早点给月儿把婆家说下。月儿爹说不急，月儿才十六。月儿娘白了月儿爹一眼："现在的孩子可不是咱俩小时候了，你瞅他们多疯？"月儿娘说着，看月儿插在瓶里的花已经蔫了，就一把抓了，扔到院子外面，一边埋怨月儿只顾玩，不知道帮她干活。月儿不理会娘的叨叨，天天回来手中有花，有时，还绕道去村西，采那片矮山坡上的花，不管家里娘还等着她回来喂猪喂鹅。月儿娘就恨那片山坡，恨那开得张张扬扬的花，也恨月儿："挺大的丫头，一天到晚哼哼呀呀的，不是个好得瑟。"

月儿娘嘴黑，月儿果然就在那片山坡上出事了。

月儿回来的时候，一身一头的花粉花浆，只是那黄已不娇艳，脏兮兮的，稀酱一样。月儿的头发乱了，淡蓝色裤子上有一片污渍，是半干的血迹。

月儿娘正在簸豆子。看到月儿的样子，月儿娘两手一软，簸箕从手里掉下来，砸到脚面上，竟没觉出疼。黄豆"哗啦啦"撒了一地，院子里的鸡鸭们立刻"叽叽嘎嘎"地飞奔过来抢食。月儿娘抬脚踢飞一只芦花母鸡，"嗷"地叫了一声，一屁股坐到地上。

月儿娘要疯了。一个女儿家，宁可破相也不能破身啊！女儿家的身子比命金贵。姑娘长得丑不怕，哪怕你瘸，你瞎，只要你本分，能干，媒人照样登门，婆家也会三铺四盖地送了聘礼来。可是，一个没结婚就让人破了身子的姑娘就不值钱了，那行情只能和寡妇相提并论。

"这是哪个挨千刀的呀，做下这样的损事，造孽呀！"月儿娘拍打着大腿，拍打着地面，鼻涕眼泪奔涌而下，她抬手撸一把，"叽"地甩出去。一只鸡不知何物，扑过去啄一口，感觉不如豆子好吃，又折回来，小心翼翼地躲着月儿娘的巴掌，寻找她屁股底下的豆粒。

到底是爷们儿，月儿爹比月儿娘多了份理智，他追问月儿一个非常重要的问题："那人是谁？"

起初，月儿低了头不说。月儿爹以为是路过的外人，月儿不认得，拍着腿叹气。月儿娘甩着鼻涕训月儿："你就不会咬下他一只耳朵，给他留个记号，跑到天边，也能找着他。"

月儿抬了头："留啥记号？俺认得他。"

月儿爹娘一齐瞪圆眼睛："你认得？谁？"

月儿咬了咬嘴唇："后街。老张家。树海。"

三

面对气势汹汹寻上门来的月儿爹娘，张树海躲在屋角里哆嗦。他的光棍爹褶子堆褶子的老脸恨不能埋到裤裆里去。

"你说，咋办吧？"月儿爹在月儿娘骂遍了张家的祖宗八代、远亲近戚，搜肠刮肚再也找不出新鲜词的时候，抓住时机责问。"孩子已经把事做下了，你说咋办就咋办吧。"光棍张眨巴着细细的小眼睛，一副任打任罚的无奈。树海的大眼睛随娘，性子却随爹，有些闷。"经官！让公安把你家缺了八辈子大德的王八羔子抓起来，蹲大狱。"月儿娘跳着脚嚷。光棍张脸上的褶子痛苦地抽搐着，细眼里透出绝望。树海娘得产后风死了，光棍张苦挨苦熬十八年，却弄得这样的结果。光棍张觉得天昏地暗了。

月儿爹捉住了光棍张的软肋，知道这事情再往下就要由着自己了。月儿爹就坐在了光棍张的炕头上，摸出了烟。光棍张急忙去灶台上找火柴，给月儿爹点上。月儿爹慢慢地吸了一口烟，轻轻地吐着烟雾："按说，这事可经官，也可私了。"光棍张的小眼睛放出光来，忙不迭地说："咱私了，咱私了。"月儿娘不让茬儿："私了？美得你。"光棍张像被针刺了一下，目光萎蔫着缩了回去。月儿爹还是慢慢地吸着烟，眼睛却在老光棍的屋里屋外撒摸。"俺家月儿是个黄花闺女，出了这事，往后，她是寻不上好人家了。俺们养她十六年，不成想，让你家的小崽子给祸祸了。"月儿爹说着，鼻子有些酸，月儿娘抽抽搭搭地哭起来。

光棍张脸上的褶子红一道白一道，两只手来来回回地搓着，似乎能搓出主意来。半晌，他站起身，抹去脚上张着嘴的布鞋，跳上炕，往炕梢走去。

破炕席扎了他的脚，他竟觉不出疼来。炕梢摆着一对木箱，那是树海娘的嫁妆。上边的红漆斑斑驳驳，露出木头的茬口。白木茬让烟熏过，又变黄了。箱子上摞着爷俩的被褥，用的年头太久了，被面磨得露出了棉絮，被头让汗油溻得黑亮。光棍张把被褥扯下来，胡乱地扔在炕上，被褥就散开了，原来裹在被褥里的臭脚丫子味、胳肢窝味散放出来，把月儿娘的哭声堵了回去。

光棍张慢慢腾腾从腰里摸出钥匙，哆嗦着捅开箱子上的铁锁，掀开箱子盖，把手伸到箱子底掏了半天，掏出一只铝饭盒。饭盒很旧，上面布满了大大小小的划痕和磕碰出的坑坑包包，坑里嵌着刷不掉的油污。光棍张树皮一样的手掌在饭盒上摩挲着，心一横，把饭盒送到月儿爹跟前："拿去吧，这是俺的全部家当，备着给他娶媳妇的。"

月儿爹很轻慢地看看光棍张，有几分不情愿地接过盒子。盒子里有户口本、房证、地契，有两个存折，还有一对绿色的玉手镯。月儿爹扒拉开那些本本，抽出了最底下的存折，翻开，一个折里存着 1063.78 元，一个里是 900 元整。这老光棍，平日里破衣烂衫的，没想到，还能存下这么多钱。小两千块啊，够盖三间房子了。月儿爹心里惊讶，脸上却是一副不屑："嘁，这才多点儿啊？"

老光棍"扑通"就跪下了："孩子作孽啊。俺知道俺欠下你们的是还不清了，你看看这家里还有啥，不嫌乎，就拿吧。"月儿娘把玉镯子拿在手里端详着。树海爹眼巴巴地看着月儿娘："这手镯子是树海她娘的，给孩子留个念想吧。"月儿娘本来就觉得那镯子是不值钱的，又听说是死人的东西，就放下手镯，伸手把存折抓在了手里。月儿爹指着院子里的牛说："俺把这头不会说话的牲畜牵走了。"光棍张鸡啄米一样点头。

那头牛是母牛，刚生了一胎，小牛犊不到仨月，身上毛茸茸的，稀罕死人了。母牛被月儿爹牵着头里走，小犊子也在后头跟着。光棍张心里剜肉似的疼，却不敢拦。眼睁睁看着两头牛没影了，摸起一根苕条窜进屋里。片刻，屋里传出树海压抑的哀号。

月儿娘手里捏着存折，月儿爹手里攥着牛绳，心平气和地往家走。月儿娘没想到老光棍有两千来块的存款，没想到小牛犊跟着走，老光棍没拦。这两个没想到，让她得了宝贝似的欢喜。西头老吴家的三丫头出嫁，婆家给了1000 块钱，一块上海牌手表，一辆自行车，两身呢子衣料，二斤毛线，就这，已把村里人眼馋得够呛。合计合计，还没老光棍给得多呢。

四

树海把月儿睡了，这事成了柳毛一桩大新闻。

柳毛这样的地方，一年到头能有多少新鲜事呢？谁家的猪下崽了都够柳毛人说一顿晚饭的，何况，出了这样的大事、丑事。其实，柳毛并不是一块净土，男人睡别人家女人的事还是有过的，比如徐会计就睡过好几个女人，还有大队的干部，不光睡自己村里的好看女人，还睡别的村的。但是，月儿跟那些女人不一样，月儿还是黄毛丫头，是没长成的青桃子，而那些女人是结了婚，甚至生了孩子的，是熟透了的桃子，有的都是烂桃了。那样的桃子让人啃了就啃了，柳毛人觉得，那样的事，就像到别人家的碗柜里摸了一个饽饽，或者是走错了门，把一泡屎拉到别人家的茅坑里。这样的事，跟月儿的事有着本质上的不一样。月儿是没出门子的姑娘让人破了身子，这事要多大有多大。柳毛轰动了，柳毛人在饭桌上说，在地头上讲，爷们儿扯淡时，娘们儿串门子时，就是那搞对象的钻树棵子时都在说这事，七嘴长，八嘴短。

那些曾经惦记过跟月儿结亲的人家心疼："白瞎月儿这丫头了，长得多俊哪，今后啥人家能要她呀？"

"就是，就是，月儿爹娘算是白养活这个闺女了。"

那些看重钱财的人替月儿爹娘算了一笔账："白养啥呀，光棍张赔了月儿家两千块钱，还有两头牛，娶房媳妇还要咋样？"

也有人站在树海一边："光棍张这下完了，一辈子的指望都没了。你们说，月儿的爹娘是不是狠了点，牵了牛还拐走犊子。"

更有人佩服地感叹："月儿的爹娘真精明，这事不经官多划算。"

好事不出门，坏事传千里。

月儿被树海睡了的事，从柳毛村传到了柳毛大队，又从柳毛大队传到了柳毛公社。公社派出所的李公安正捧一个印着"广阔天地大有作为"的大茶缸子出神，闻听此事，李公安狠狠地把茶缸子顿到桌上，气冲冲地来到院子里，一脚踩响他那台比拖拉机动静都大的三轮摩托，"突突"地顺着柳毛河往月儿家奔去。

李公安一进院，月儿爹就知道坏事了。他一边递烟倒水，一边转着脑子想，如何保住光棍张赔的钱和牛。

"俩孩子搞对象呢，这不，前几天都定亲了。"月儿爹大声跟李公安解释。眼睛却看着月儿娘，示意她去跟光棍张通报一下。月儿娘懂了，颠颠地去了后街。

李公安抽着烟，喝着水，听着月儿爹的话，却不往心上放。一茶缸的水喝完了，李公安背着手转到月儿屋里。月儿坐在炕头上，不动。月儿不敢动。月儿害羞，害怕，不知道这个尖尖嘴刀条脸的李公安要干啥。

李公安瞄一眼月儿，问："月儿十几了？"

月儿不敢抬眼看李公安，垂着脑袋说了声："十六了。"

李公安屁股一抬，人就坐到炕上了，离月儿只有一尺多远，笑嘻嘻的脸靠过来："月儿长成大姑娘了，都知道搞对象了。"

月儿往炕里挪挪，摇摇头，小声反驳："俺没，没搞。"

"那，树海跟你做那事，你愿意不？"

月儿的脸一下子红得发青，眼泪也涌了出来："俺不，俺不愿意。"

李公安的眼里闪过一丝丝的笑意："那，你咋不跟他打？"

"打了，打不过。他，他都快一米八了。"月儿一阵委屈，嘤嘤地哭起来。

李公安一边"嘿嘿"地笑，一边往外走。月儿爹陪着小心地跟在后面："孩子小，还不懂。其实，这也是早早晚晚的事。"

李公安自己不言语，让他的三斗摩托破嗓子的驴般嚎了两声，嘟地一窜，甩下一院子烟尘，没影了，留下月儿爹一脸的茫然和月儿的哭泣。

李公安再来的时候就带了手铐，直接奔了光棍张家。

月儿听见李公安的摩托响进后街，就悄悄地来到房后。后院有一棵李子树，一棵樱桃树。月儿站到李子树下，李子树茂密的枝叶贴着月儿的脸，刚刚落果的李子豌豆似的撒了一树。用不了多久，这些小豆豆就能变成月儿爱吃的甜李子了。往年这个时候，月儿常常站在树下看着，盼着，心里满是甜甜的向往。可是，这会月儿的心思不在李子上，月儿透过枝叶的缝隙望着树海家。

树海家的房子趴着，随时要倒的样子，房顶上的苫草几年没换了，黑乎乎的，就有种子拿这当了地，长出了新的生命，艾蒿、婆婆丁、苍耳子，东一丛西一簇地绿着。婆婆丁开花了，小小的黄花在黑乎乎的苦草陪衬下，显得那么小那么弱。月儿看不见树海家屋里正在发生什么，树海家的窗子没镶玻璃，窗格子上钉着塑料布，塑料布破的地方又补上了布。那布是从树海或者树海爹的旧衣服上撕下来的，皱巴巴的难看。月儿扶着李子的树杈，踮起了脚。月儿看见张树海叫李公安扯着从屋子里出来，树海的手上带着一个锃亮的铁东西，阳光一照，一道亮光斜飞过来，刺得月儿眼睛生疼，止不住地往外冒泪水。

李公安扯着那个铁东西，把树海搡进摩托的车斗。

随后追出的光棍张眼珠子喷血："都下了聘礼了，你咋还抓人？"

李公安一声冷笑："你堵人嘴的钱也叫聘礼？"

李公安说完了，抬脚把摩托踩出一串响屁，喷着黑烟窜了。

李光棍直愣愣地杵着，直到看不见摩托的影，不，确切地说，是看不见儿子的影子了，才眨巴了一下眼睛，"扑通"一声瘫坐到地上。

月儿看着李公安的摩托把树海带走了，一使劲折断了手中的树枝。月儿狠狠地把树枝摔到地上，抹把泪水说："活该！"

树海被抓，把月儿爹娘急坏了。他们怕光棍张来讨那两千块钱和牛。可是，等了两天，光棍张没来，又过了几天，光棍张竟不见了。

光棍张在柳毛消失了。

他是走了，还是死了，柳毛的人谁也说不清。

五

月儿娘把月儿的那条脏裤子扔了，说是晦气。可是，月儿却觉得脏的不是那条裤子，而是自己。因为，柳毛人看她的眼神变了，再不像以前那样，透着喜欢，透着心疼，那眼神是嫌弃的，是厌恶的，是鄙视的。月儿知道，她在前面走，后面就有话跟着，有手指头戳着。月儿怕看见柳毛人的眼神，他们的眼睛里有鞭子呢，抽得月儿脊梁骨发冷。

以前跟自己玩的那些小伙伴都不理她了，远远地看见她就躲，好像她得了瘟病。月儿委屈，月儿没觉得自己跟以前有什么不一样，自己还是一个鼻子一张嘴，咋就成了众人眼中的怪物？就是爹娘看自己的眼神也跟以往不一样了，像似隔着什么，隔得远远的。娘不再张罗着给她做新衣服，月儿身上的衣服紧了，裤子露出好长一截腿了，娘才把自己的旧衣服改一下，丢给月儿。爹把北屋拾掇出来，让月儿搬过去。

北屋跟南屋是同一个炕同一个灶，不用特意烧炕，但是，炕上隔了一堵火墙，就是两个屋了。在月儿爹娘看来，月儿已经有了那样的经历，不能再跟大人睡一个炕了。月儿呢，因为有了一堵墙，倒像给她挡了许多东西似的，心里清静了些。

每天吃过晚饭，无处可去的月儿就躺在炕上，外面跟自己一般大的孩子们嬉闹的声音听得很清晰，月儿能想象到他们谁在使坏，谁是假模假式地惊叫，谁和谁勾着肩，谁和谁咬着耳朵。这样的想象叫月儿难受，月儿好想出去，跟他们一起疯，一起闹，可是，月儿知道，只要一瞟见她的影，他们就会跑散了。月儿不去讨那个没趣，自己待着就自己待着吧，只是，月儿想不明白，那本来也是属于她的快乐咋一下子就成了别人的，跟她不相干了？

月儿静静地想着，眼泪不知不觉地流出来，顺着眼角慢慢滑落，冰凉冰凉的眼泪让月儿的心也冷下来。月儿变了，柳毛人再也听不见她没心没肺的笑声，也看不见她连跑带颠又蹦又跳的样子。月儿上地下地总是自己一个人低着头走路，在地里干活也是闷了头不跟人搭讪，回家后就不再出屋。出屋又能做啥呢？去看人家的白眼吗？

不能出去玩了，月儿就坐在自己小屋的炕头上绣花。那年月，不知道是什么人发明了一种刺绣针，把医院里的注射针头尖尖处钻个小眼儿，绣花钱从针头里穿过，经小眼穿出，一针一针扎到布上，翻过来的另一面，就是长毛手巾一样，如果再用剪子铰了那些套套，就绒乎乎的更好看了。

地里没活的时候，月儿能在炕头上一坐一天。没人说话，小屋里只有绣花针扎过布面时发出的"呼呼"声，越发显得屋子发空，空得月儿心里憋闷。月儿就哼歌，一边绣花一边哼。月儿有一副好嗓子，这随月儿娘，月儿娘年轻时唱过二人转，十里八村的有些名气。月儿打小在摇篮里就听娘唱，不用学就会了。

月儿不唱《小拜年》，不唱《逛花灯》，偏偏爱唱《月牙五更》：三更里呀，夜深人又静啊，忽听那斑雀呀咕咕咕的叫一声，叫得我好伤情啊嗯哎哟哎呀。斑雀窗外咕呀咕咕，姑娘房中不爱听，叫得我冷冷清清，叫得我战战兢兢，怕的是那媒呀婆啊又到我家中，要把我呀送进火坑啦吧嗯哟，哎嗯哎哟哎呀。

问了声狠心的妈妈，贪图彩礼咋不脸红，急得我头儿嗡嗡，气得我心儿怦怦，怦怦那个嗡啊嗡啊，咚咚伊咚咚啊，鼓打呀又到五更啦吧嗯哎哟哎……

月儿绣了枕套绣门帘，绣了桌布绣椅垫，绣了菊花绣海棠。月儿绣了东西却不用，洗干净，叠板整了，小心地摆到箱子里，收藏起来，像是收藏她的心事。

黑夜里，不能绣花，月儿就趴在小炕上，盯着黑影处出神。盯着盯着，睡着了，梦里就有一双眼睛来到近前。那双眼睛让月儿烙在热炕头一样全身发烫。月儿知道，那双眼睛把自己唤醒了，月儿想躲开那双眼睛，那眼睛却忽然长了手，伸到月儿的身上。那手把月儿的身子当琴弦一样拨弄着，月儿就随了那手跳起舞来。月儿边舞边唱："咚咚伊咚咚啊，鼓打呀又到五更啦吧嗯哎哟哎……"

"月儿，月儿，这孩子，大半夜的，又唱又叫的作啥呢？"月儿娘把炕墙敲得"咚咚"响。月儿从梦里醒来，身上汗津津的，心也扑嗵嗵地要从嗓子眼里跳出来。月儿凝视着看不透的黑夜，回忆着梦里的那双眼睛。那双眼睛又圆又亮，白眼仁不白，是鸭蛋青一样的淡蓝色，黑眼仁像井一样深，人掉里头就出不来。

这双眼睛月儿见过。

那天，树海从后面一下子抱住月儿的时候，月儿以为是哪个跟她闹着玩，先还是嘻嘻哈哈的，扭也扭的，挣也挣的，却不使真劲。直到那双手伸进布衫里，按到她胸脯上，月儿才慌了，用了力气来挣脱。手里刚采的一把婆婆丁花也掉了，一脚踩上，人就滑倒了。

两人本是扭抱着的，就一起摔倒了。树海倒下时落在月儿的身上。月儿的手臂握在树海手中，月儿的小布衫挣开了，露出胸前一对受了惊的白兔子。树海乘势就把嘴拱上去，叼住了。月儿跟电击了似的，眼前一黑，不会动了。

要不是那撕肉般的疼痛，月儿兴许不会那么快就缓过神来。月儿发疯地捶打身上的树海，树海不躲。树海脸涨得通红，眼里有火苗在闪。月儿害怕了，月儿的拳头慢下来，嘤嘤地哭了起来。树海的脸就在月儿的眼前晃动。树海的脸涨红着，抽搐着，一颗颗挤过或没挤过的小痘痘也跟着扭动。月儿看见了树海下颌上刚长出来的细绒绒的胡须，闻到了树海身上那股她从来没闻过也说不出是什么的怪味。那味不好闻，却像长了吸盘，钻进她的鼻子就不出来了。

树海突然一阵痉挛样的癫狂，然后，慌慌张张地起身，跑了。离开月儿的时候，树海回头看了月儿一眼，正好月儿也在看他，树海黑眼睛里就有东西一闪。那东西像一张风中的纸片，贴到湿玻璃上一样"啪"地沾到月儿心坎上，揭不去了。

月儿觉得树海的眼神像是受惊的小狗小猫，可又不光是惊恐，还有别的什么东西，那些东西都是什么，月儿不明白。月儿想知道那些东西是什么，就总去想，一直想到梦里。

六

婆婆丁花开败了，变成了一把小伞。起风了，小伞就随着飘，或许是河套，或许是山冈，或许是谁家的房顶，或许就是路旁。飘到哪里，哪里的第二年就会有一片金黄。一年又一年过去，柳毛人早把光棍张和他的强奸犯儿子忘了，只有月儿没忘。不是月儿不想忘，是忘不了。

每到婆婆丁开花的时候，月儿就会在梦里看到树海的那双眼睛。月儿在梦里跟那双眼睛哭，跟那眼睛笑，渐渐地，月儿竟觉得这世上只有那双眼睛跟自己近，跟自己亲，只有那双眼睛里没有鞭子。有时，月儿会禁不住地猜想树海在大牢里会咋样？会挨打吗？会挨饿吗？吃不饱饭还能长个吗？十年啊，十年大牢蹲下来，树海会变成啥样呢？这时，月儿就后悔自己太傻，让李公安套去了实情。想想，是自己把树海送进大牢的，是自己害了树海呢。这样想的时候，心里有个地方就会疼一下，手就一抖，绣花针扎到了手指上。月儿把手指含在嘴里吸着，一边吸一边在心里咒：缺德鬼，谁叫你毁了我，咱俩扯平了。

月儿觉得有些不明白自己，明明是恨树海的，为啥又总去想他？而且，她的想还是那种实实在在的想，比如，月儿曾寻思，如果树海不让李公安铐进大牢，会不会来娶自己？这样想着，树海在麦秸垛前挺胸昂头的样子，树海在矮山坡上离去时的眼神，又一起涌到月儿的眼前。月儿想，也许树海是真心喜欢自己的。

喜欢就跟俺明说呀，就托了媒人来提亲啊，咋做下那样见不得人的事，毁了人家也毁了自己。傻瓜。笨蛋。月儿便又恨起树海，恨他的笨，恨他的蠢。那样的惦念和怨恨是无法跟人说的，月儿只能在心里跟自己说。说了一遍再说一遍，慢慢地，这样的惦念，这样的怨恨就成了月儿每天的功课。

收了秋，村里办喜事的就多起来，这家嫁闺女，那家娶媳妇，鞭炮噼哩啪啦地响，唢呐嘚了哇地吹，酒席一拉半条街，村里的大人孩子过年似的。这样热闹的场面上，从来看不见月儿。没人邀请月儿参加婚礼。就连和月儿最要好的朋友春玲、玉晶结婚时都没告诉月儿，月儿备好的礼物也没送出去。月儿的礼物是自己绣的枕头套，连理枝头，花儿艳艳，戏水鸳鸯，情意绵绵。可是，人家不要她的礼物，不让她出现在婚礼上，好像沾了她就沾上了晦气。

鞭炮响起来的时候，月儿掏出剪子，把准备给好友做结婚礼物的枕套铰成布条。剪子不好使，月儿咬着牙使劲。剪子把月儿的手勒出了血印子。铰完了，月儿揉着手指，抬起头，脸上没有泪珠，眼里却有阴云。沉沉的阴云，密得不透气。从此，月儿再也不绣连理枝，再也不绣戏水鸳鸯，月儿只绣一朵一朵的小黄花，深深浅浅的黄，浓浓淡淡的黄。

一转眼，村里和月儿差不多大的姑娘都嫁了，嫁得早的，孩子都满地跑了。真的就没人来给月儿说媒。那事大伙儿虽然不说了，可是，大伙儿都记着月儿是让树海睡过的。啥人家愿意娶让人睡过的姑娘呢？偶尔，远近有个死老婆的，托了人来探口风，月儿爹娘也活过心，可是看看月儿不情愿的样子，爹娘也就罢了，毕竟，他们也不愿意月儿进了人家的门就有人喊妈叫娘。

村里的小伙子们馋月儿，都偷着眼看月儿。月儿脸蛋儿白，眼睛是眼睛，鼻子是鼻子，山清水秀的。月儿头发黑，长长的辫子搭在胸前，胸前的山包就像卧着龙一样有了灵光，让小伙子们血脉冲涨。长长的辫子甩在身后，一下一下抽在月儿鼓鼓的屁股上，抽得小伙子们心里疼。小伙子们馋是馋，但是，真的论婚嫁，他们就不敢提月儿的名字了。

月儿早发现了那一道道的目光。那目光让月儿心里热一阵，冷一阵。热的时候，月儿的脸发烧样红；冷的时候，月儿就咬了嘴唇，把要掉下的泪珠子生生地憋回去。

月儿水葱一样的好时光在泪水里泡着，融化了，没影了。眼瞅着，月儿成了老姑娘。月儿嫁不出去，月儿的两个妹妹也就没法结婚。这一带乡下有个规矩，妹妹是不能在姐姐前面出嫁的。月儿的两个妹妹早已说下人家，对象来了，就钻进小北屋里一时半晌不出来。月儿娘眼看着月儿的大妹妹腰粗屁股圆，急得嘴上起泡。两个妹妹出来进去的也不给月儿好脸色看，仿佛月儿是那绊脚的石头，恨不能踢了解气。

月儿娘愁得见天阴着脸。有一天，月儿娘竟问月儿爹："不知道树海什么时候从大狱里出来？"

月儿爹发愣："咋？怕他出来报复？"

月儿娘叹口气："等他出来，把月儿许给他得了，反正，月儿也是让他睡了。"

月儿爹狠狠地剜了一眼月儿娘："糊涂！妇人之见。把月儿许给他，那不是等于说，他强奸咱闺女强奸对了？"

月儿和爹娘的屋子不隔音，爹娘的话一字不落地进了她的耳朵。月儿觉得爹嘴里的"强奸"两个字好刺耳。最让月儿想不到的是，娘竟要把自己许给树海。月儿的心一阵狂跳，难道娘会知道自己的心思？可是，这样的心思自己偷偷地琢磨着也就罢了，怎么能说出口呢？怎么能真的做出来呢？让他毁了，还能给他做老婆，为他生儿育女？为他洗洗涮涮？月儿咋那么不要脸？月儿还想让柳毛人再嚼一遍啊？

月儿忽地就来了气，涨着脸来到南屋，对正在嘀嘀咕咕的爹娘说："你们赶紧找媒人吧，管他是阿猫阿狗，我都嫁。"爹和娘脸上一阵红一阵白，互相瞅一眼，倒是为月儿的话感到几分欣慰。

过了年，还真有人来给月儿说媒了。男方是相邻的海林市大石沟的，会侍弄牲口。说是邻县，走起来却要将近半天的火车，还要倒汽车。媒人说："那人心眼好使，家里也清净，没有老人。就是年龄大点，快四十了。"

月儿娘问："咋才找对象？是离了还是死了？"

媒人一撇嘴："二婚头的给你介绍，你不削俺？还不是因为自个儿条件好，挑人挑得邪乎。这不，挑来挑去的，把自个儿年龄挑大了。"

月儿爹说："俺月儿这模样可是没挑的。"

媒人马上说："那是那是，如果相中了，彩礼尽管放心。好歹人家有手艺，家里的日子富着呢，管保让你们有脸有面的把姑娘嫁过去。"

月儿娘犹豫着试探："俺月儿的事，人家知道不？"

媒人搅着浑水："咋说咱月儿也是没出阁的姑娘家，是不？"

媒人的话让月儿爹娘听了心里舒坦，又觉得男方没结过婚，家底又厚实，月儿的爹娘一掂量，就把事应下了。至于，男方为什么快四十了没结婚，他们没有细究，他们相信了媒人的话，是因为挑剔才错过了好岁数。

正月里，男方来相亲，是自己一个人来的。那人穿了一身深蓝色的干部服，四个明兜，是最时兴的款式，相貌气度都极平常，只是手上拎的东西是上好的，杜康酒，大重九烟，开司米毛线，铁盒罐头。男人进了门，哈下腰叫叔叫婶。月儿爹打量着这个比自己小不了几岁的男人，瞅眉眼倒像个老实人，圆脸，细眼，塌鼻，厚唇，拘谨地憨笑着。

月儿娘稀罕那毛线的颜色，一盒粉红的，一盒天蓝的。啧啧，开司米，村里还没人穿过开司米毛衣呢。月儿让娘从小屋里唤出来。那人看见月儿，就站起身来："是月儿？俺叫宝成，李宝成。"然后就红着脸不知再说什么。

月儿对宝成说不上喜欢，也说不上讨厌。爹和娘在外屋里准备饭，月儿在里屋陪着宝成。俩人咸一句淡一句地说着话。宝成话少，月儿问一句他回一句，都是大实话，透着厚道，让月儿感觉心里挺踏实。月儿没发现，宝成极少抬眼看她，宝成的眼睛里藏着东西。

宝成眼里藏的东西，月儿没发现，月儿的爹娘也没发现。

宝成随后就送来了彩礼。2000块钱，一台双卡收录机，一块海鸥牌坤表，一辆永久牌自行车，四斤毛线，六套衣服料。宝成说，衣服料子有月儿两套，月儿爹娘和两个妹妹每人一套。还说好，自行车是给月儿爹的，月儿嫁过去，他再给买新的。

月儿收到的彩礼不比两个妹妹的差，也不比村里其他的姑娘差，甚至，还比她们的还好些多些。月儿娘的脸上露出了阳光一样的笑容。她没去细想，宝成这样一个平常的乡下的男人，挑什么能挑到四十岁呢？莫不是他想挑个仙女？

七

月儿的婚事没什么可张罗的，过了礼就成亲吧，反正男方家也没老人，倒省了好多琐事。月儿的爹娘只给月儿做了铺盖，衣服料子是宝成给买好的，找个裁缝店做了就是了。

月儿看不出开心也看不出难过，既没有要当新娘的喜悦和不安，也没有要离开爹娘的忧伤与不舍。娘叫了她去量尺寸做衣服，她也跟了去。木木地转着身子，举着胳膊，让裁缝在身前身后用软尺子比画。衣服的样子是裁缝说的，娘定的。娘问她被面要红色的要绿色的，她也说不出个主意，一切仿佛都跟她没关系似的。

月儿只当出嫁是自己必走的一步，可是，出嫁后的日子会是什么样，她想不出来，也不愿意去想。隐隐地，心里也有些不甘。可是，为什么不甘，却又说不清楚。

娘让月儿收拾自己的东西，把该带的都带上。月儿只把自己这些年来绣的那些玩意打了一个包，别的都不要了。两个妹妹倒是欢天喜地帮着姐姐张罗，大妹妹还把她新买的一盒紫罗兰粉送给月儿。小妹妹送给月儿一个胸罩，是她未来的婆婆在城里给她买来的，白的确良布做的，前面做成了凹兜，旁边是一排小扣，穿上又舒服又严实。

柳毛的女孩子们一般都是穿自己做的胸衣，说是胸衣，其实就是白布做的半截背心，而且，这样的胸衣也是大姑娘们才穿的。月儿看着胸罩忽然就想，如果自己当初也有这样的东西穿，那天跟树海撕扯的时候，就不会让树海占了便宜。月儿心里忽地就难过了，眼泪在眼圈里转。

种完大田，宝成来接月儿了。先坐马车，到了县城的火车站，再坐火车，听说，下了火车还得再坐汽车，最后还要坐马车。宝成说："道挺远。"远吧，越远越好。月儿在心里跟自己说。马车上放了台录音机，大声豪气地唱着："太阳太阳像一把金梭，月亮月亮像一把银梭。交给你也交给我，看谁织出最美的花朵。"

月儿的长辫子剪了，烫成齐耳的卷发。身上是一套红色小纹哔叽三开领西服，里面一件柳叶黄细绒线高领衫。月儿娘不让月儿穿这件衫子，说，结婚忌讳穿黄。月儿不听，月儿就喜欢这黄色。

月儿坐在马车上，看着娘把她刚才洗脸的一盆水泼到车轱辘底下。娘泼水的时候，脸上的表情轻松、惬意。月儿懂得娘的心思，知道娘心里的一块石头搬掉了。月儿忽然就心酸了，隐隐地觉得自己真就是娘泼在车轱辘下的水。

马车在那块被水泼湿的地上辗下一道印子，缓缓地出了村子。路过村西，月儿看见那片山坡又开满了婆婆丁花。晨光中，没心没肺的婆婆丁花黄得那么艳，黄得那么妖。月儿觉得婆婆丁花单个一朵时，又小又弱的，可怜见的让人疼，可要是开成一片一片的，有了阵势，就像附上了妖气，能勾走人的魂。月儿的眼睛眯着，让那片花在眼前虚起来，似乎这样，那个她永远也忘不了的情景也会虚了，远了。可是，那片花却更清晰了，灿灿的一片金黄中，还闪着一双眼睛。

月儿哭了，眼泪悄悄地滑过她白白的好看的脸蛋。村里的小孩子跟在马车后面，跑着，嚷着：小喇叭，呜哇哇，新娘子，戴红花，新娘子笑新娘子哭，新娘子出嫁不想妈……

都说蜜月时的女人是一辈子里最漂亮的，可是，月儿结婚后，却像早开的花遭了春霜，一夜间就蔫了，枯萎了。

月儿在心里思量过回宝成的好，也设想过宝成的不好。他会不会喝大酒？会不会耍钱？会不会贪女人？会不会打老婆？月儿把柳毛的男人们的坏毛病一样一样地想全了，也没想到宝成真正的毛病。

洞房之夜，月儿惴惴地不安。月儿最担心宝成嫌弃她是破了身的。月儿知道，男人最看重女人的第一次，似乎拥有了女人的第一次，才算真正拥有了她。可是，自己的第一次没了，让树海抢去了。月儿心里觉得有一种对宝成的亏欠，这样的感觉让月儿腰坐不直，头抬不高。

宝成送客，关门，收拾满屋的板凳、茶碗。月儿要帮着收拾，宝成按住她："歇着吧，坐了一天车，怪累的。"月儿偷眼打量宝成。宝成已经把外衣脱了，只穿一条薄绒裤，一件绒线衣，微微发胖的身材告诉月儿，这个男人有些岁数了。月儿想起了夜色中挺着胸脯的树海。树海该有一米八了吧。月儿想，自己二十四了，树海比自己大两岁，应该是二十六了，正是一个男人最好的时候。可是，眼前的宝成已经快四十岁了。要不是自己有了这一短，如何会嫁他。这样想着，腰又坐得直了点。可是，当宝成收拾完上炕的时候，月儿的心还是慌慌地跳起来。

宝成看看月儿，表情竟也怯怯的。

宝成往炕上铺褥子铺被。月儿想，自己应该帮他一下的，手动了动，却伸不出去。宝成铺了两个被窝，说了声"睡吧"，就先躺下了。月儿磨蹭着，脱了红色的外衣，又脱了黄色的毛衫，剩下线衣线裤了，月儿想了想，没脱，穿着线衣线裤钻进自己的被窝，忐忑地期待着。

新被子是浆过的，贴在脸上，有一点硬，还有一点米香。月儿把脸埋在被子里，小心地，轻轻地喘着气，支着耳朵听着旁边的动静。月儿能听到宝成的喘气声，轻轻地，不像树海，牛一样。半晌，宝成爬起来，吹灯。月儿的心跳得急起来，下意识地裹紧了被子。宝成吹了灯，又缩回自己的被窝。

　　竟是一夜无话。

　　第二天，月儿垂了脑袋干活，垂了脑袋吃饭，宝成不跟她说话，她从不主动出声。吃饭的时候，宝成往她的碗里搛什么菜，她就吃什么菜，仿佛她不是这个家的女主人，是客，是外人。夜里，宝成还是铺了两个被窝，钻进自己那个，先睡了。

　　第三天，还是如此。

　　暮春时节，白天有太阳光照着，屋子里不烧火也是暖的，夜里就凉下来了。月儿缩在冷被窝里，后悔没在灶膛里多留点火。墙上的挂钟"咔噔咔噔"地走着，走得满屋子是时光。没有星星。透过薄薄的窗纱，月儿能看见弯弯的月牙儿孤零零地挂在窗角。月儿看见月亮，就心酸了，眼泪一下涌出来。黑暗中，泪水静静地淌着，一点一点渗到大红的枕头里。

　　人家还是在意自己的短处的，嫌弃自己是一个让别人睡过的女人，所以，才不愿意碰自己。月儿这样想着，羞愧难当。可是，月儿也糊涂，宝成既是在意，为啥还应了婚事？为啥还风风光光地迎娶？娶了，为啥又这样晾着？这种种的不解堆在月儿心里，山一样压着月儿，月儿感觉自己就像道边的婆婆丁花，被人脚和车轱辘踩倒了，碾碎了，肚里的苦汁淌啊淌啊，变成了泪。

　　炕那头的被窝动了动，宝成也是没睡的。听到月儿抽泣，宝成犹豫了一下，伸过手来，隔着被子拍了拍月儿。宝成这一拍，像是提起了闸门，月儿忽然就憋不住了，抽泣的声音竟大起来。宝成叹息一声，掀开自己的被子，移过来，搂住了月儿。月儿顺从地让宝成搂着，眼泪却也怎么止不住。宝成笨拙地用手掌给月儿抹眼泪："不哭，不哭，俺不是，不是，嫌你。"

　　月儿"哇"的一声，把脸埋进宝成的胸膛，哭得更欢了。先前的难受在自己心里，虽有委屈，但更多的是自疚自责，现在，男人解释了，又这样地宠着，那不是就成了男人的，哭泣也就成了控诉，就有了撒娇的成分。宝成也是懂的，把月儿的头揽在胸前，一只手拍着月儿的后背，像哄受了委屈的孩子。月儿把自己更紧地贴向宝成。

被窝滚乱了，身上的衣服剥掉了，月儿的眼泪蹭了宝成一脸，宝成抚摸着月儿发烫的身子。月儿闭着眼睛感觉着，仿佛在梦里，是梦里的那双手在拨弄自己。月儿被点燃了，火焰里的柳枝一样扭着摇着，她听见自己身体里"噼噼啪啪"燃烧的声音，月儿期待着宝成跟她一起轰轰烈烈地燃烧，直到烧成灰烬。可是，宝成却对她说："月儿，咱睡吧。"

宝成咋像一支哑炮仗，火药捻儿"呲呲"地着完了，就悄无声息了。

男人的欲火半道上熄了，月儿只能猜到一个答案：宝成是嫌她脏的。这个答案让月儿羞臊得恨不能找个地缝钻进去。月儿"呜呜"地哭了起来。这回，月儿不是扑进宝成怀里，而是背过去，把脸埋进自己的被子里。

宝成沉沉地叹气。

顿了一下，宝成又挪过来，从后面抱住了月儿："月儿，月儿，不哭。"

月儿不听，使劲地哭。

宝成就用力把月儿的身子搬过来，贴着脸搂在怀里："月儿，月儿，不是俺嫌你。真的，俺不是嫌你。"

月儿仰起一脸的泪水："不嫌，你咋不要？"

宝成更沉重地叹了一口气，捉住月儿的手，慢慢地放到自己的裆下。

起初，月儿是羞怯的，甚至还要往回抽自己的手。可是，当宝成把她的手按到那一堆软物上时，月儿的脑子里"忽"地一片空白。

月儿不哭了，不闹了，月儿的身子冷下来，冷得心也哆嗦。月儿问自己，想了那么多宝成的不是，咋就没想到这个呢？

月儿绝望了。这是老天对她的惩罚呢，让她守活寡。月儿的眼睛在黑漆漆的夜里大睁着，却什么也看不见。在黑夜里什么也看不见的眼睛在白天的时候就空了，散了，茫茫然地，看什么都没了颜色。

八

因为周围的石头多，所以才叫大石沟。大石沟是个大村，四个小屯子沿着山沟，稀稀拉拉地排出去。山绵延着伸出去十多里地，村子也就跟着铺排出去。虽然已经恢复乡镇了，人们还是习惯公社时的叫法，叫大石沟大队，叫屯子小队，宝成住在二小队。

大石沟靠着的山叫威虎山，不知道是不是当年杨子荣和座山雕周旋过的那个威虎山。或许是，也或许不是。不过，大石沟人不关心这个，大石沟人更关心自己眼前的事，比如，谁家的孩子来人提亲了，谁家的婆婆又吃儿媳白眼了，谁家的妯娌又掐架了。

月儿明显地感觉到屯子里的人对她格外关注。月儿清楚，那是为啥。二队人，不，大石沟人都知道宝成是个废人。一个废人却娶来好看的月儿做媳妇，这件事成了大石沟的特大新闻。这俩人的日子可咋过？大石沟人都在琢磨。

老太太说："月儿的娘家要是知道姑娘嫁给了一个废人，不得悔死啊？"

家里有闺女的妈说："月儿会不会跑回娘家去呀？这个苦命的孩子。"

年轻的媳妇们说："月儿要偷汉子的，年轻轻地，咋守？往后，咱可得把自家的男人看紧点。"

男人们说："宝成一个废人，倒挺有艳福，俺这么壮实，咋摊个扁倭瓜。不如咱去帮帮宝成吧，看月儿霜打样枯败，是缺雨露呢。"

宝成和月儿知道人们在嚼他们。这真是怕什么来什么，月儿在家的时候让人嚼，出嫁了还让人嚼。在柳毛的时候，月儿怕人嚼，因为月儿心里还存着一份希望，希望自己还能嫁个好人家。到了大石沟，嫁给了宝成，一辈子的眉目都清楚了，月儿就不怕了。怕又能咋样呢？是婚能退，还是自己能跑？月儿把心一横，嚼就嚼吧，人家的嘴长在人家的脑袋上，说啥人家自己做主。

月儿和宝成的日子就那么过上了。

两个人几乎是没话的。说什么呢，说什么都没意思。不过是男人做男人的事，女人做女人的事罢了。宝成夜里的本分尽不了，白天的本分就尽得格外上心。宝成从不让月儿下地。也是，两个人分的那点地，宝成自己一个人侍弄足够了。闲下来，宝成还会走村串户地找些劁猪钉马掌接犊子的活。月儿没事了还是绣花，把自己一肚子的心事一针一针地扎到花绷上。家里桌上蒙的，茶几上盖的，门窗上挂的，都是月儿自己绣的。

那花让她绣得活了。屯里人"啧啧"地叹。屯里人不明白，月儿绣的花咋全是黄的。这世上的花有那么多颜色儿，红的，粉的，蓝的，白的，月儿咋偏爱黄的。月儿说，也不是偏爱黄的，只是那些花线在手上过来过去的，就觉得黄色顺眼。这样的俊人，这样的巧人，能跟宝成过长远吗？人们又开始嚼新的话题。

屯里人没想到，月儿会一个心眼儿地跟着宝成。月儿正是好年龄，瞅那身段，也不是个寡淡的人，却从不见她跟屯里哪个男人抛眉弄眼的。偶尔的，有个男人出贱，或是话语出格，或是动作上透出些放肆，月儿马上就沉了脸，转身回家，让那想占便宜的男人讨个没趣，下次再见了月儿，不得不放尊重些。

大石沟人发现，月儿嫁过来就不曾回过娘家，一次都不回。妹妹结婚，娘家捎了信来让她回去，她也不理。人们就说，月儿是恨爹娘呢，恨爹娘把自己嫁给这样一个废人。

日子在人们的舌头底下悄悄地溜走了。不知道什么时候，有细心的人发现，月儿又好看起来，虽不是先前那么水灵，可胖了点，脸色也好看了些，做派也变了，举手投足的已是熟透的妇人模样。

宝成啥侍弄的呢？屯里人嘀咕。就有好事的，夜里去宝成家附近听声。大石沟的地界宽敞，大家盖房的时候，也就没你挨我、我挨你的。一家一家离着八丈远，站在院子里打个招呼，要扯着嗓子喊。不像那些人口密的村子，隔排高粱秆就是别人家了。这家爷们儿放个响屁，那家的娘们会捂着嘴笑半天："炒豆子吃多了。"

宝成兴许不是真的废了，夜下，月儿叫得好听着呢。听窗根的回来传。还有好事的也去听。听了，就点头："宝成的功夫了得，听月儿叫得多爽快，叫了小半夜呢。"

白天，就有人跟宝成开玩笑："宝成，不是说，你小时候拉屎叫狗咬了，不是真的呀？"宝成脸就红成紫茄子样，劁猪的手慢下来。猪儿没好命地嚎。那人就求宝成："你快着点啊，别让哑巴畜生遭罪。"宝成愣怔一下，缓过神来，不好意思地笑笑，三下两下，完活了，擦擦手，低了脑袋收拾家什走人。

山道崎岖，宝成深一脚浅一脚地走着。路两旁是高高低低的树林，高的是柞树、桦树，矮的是榛子棵、刺玫果。小路在树林子里弯弯曲曲地伸展着，看不到头。宝成想，人这辈子，有多少事是自己想不到呢？

九

宝成的老家在山东博平。宝成爹是个勤快人，又会侍弄牲口，小日子过得有些成色。可是，宝成爹有心病。瞅着自己快四十，也没个后，这让宝成爹心下懊恼。老婆进门的第二年，生了一个丫头，日后，任凭宝成爹夜夜辛劳，勤勉耕作，种子播撒无数，却再无颗粒收获。宝成爹以为老婆有毛病，请了远近有名的郎中来扎古，家里的中药罐子就没空过。一晃儿，眼瞅着老婆成了干菜帮，倒出的药渣子堆得成了山，也没见老婆的肚子鼓起来。宝成爹就不顾老婆的脸阴得能拧出水来，毅然娶了小。

也是老天可怜宝成爹，宝成妈进门不到一年，宝成爹就用独轮车推了一车又一车的沙子堆在窗下。村里人知道，这是要生孩子了。博平人生了孩子不睡褓褓睡土裤子。那儿是黄河故道，遍地黄沙。细细的黄沙棒子面一样柔软，晒热了，装到布袋子里，就成了孩子的睡袋。博平人叫那东西土裤子。孩子在里面拉了尿了，小腿一踢蹬，就埋进沙子里了。沙子湿了，倒掉，再换上新的，从来不用换尿片，洗尿片。什么时候孩子长大了，会走了，土裤子就扔掉了。

孩子生下来了，果然是个男孩，宝成爹乐了，整天不知道怎么待宝成好了。顶在头上怕风吹了，含在嘴里怕化了。宝成睡了，宝成爹守在炕沿上，呆呆地看着宝成出神，眼里的万种柔情，是两个老婆都不曾见过的。宝成醒了，宝成爹就亲个没够，亲了上头的小嘴巴，还亲下头的小鸡鸡。宝成妈笑他："看你，就差用儿子的小鸡鸡下酒了。"母以子贵。宝成妈有了儿子，腰杆就硬了，家里家外的，话也多了，声也大了，全不是个做小的样子。

那日，宝成妈哄宝成睡觉，误了饭时。偏巧那天又做了鸡，是两个老婆都爱吃的。那大的也没客气，把自己爱吃的鸡翅、鸡腿拣了个干净。宝成妈上桌时，只有鸡头、鸡爪子和鸡肝鸡心什么的了。宝成妈正得宠，怎么肯吃这个亏，刚好翻到一块鸡胗，宝成妈就大门大嗓地说："这只鸡是撑死的吧，你们看，这鸡嗉子多大多肥，一看就是光知道吃食，不会下蛋的瞎眼鸡，这样的鸡早死早利索，省得浪费粮食。"

大老婆毕竟有些岁数了，加上吃了好多年的补药，人胖得腰圆肚鼓。宝成妈的刻薄话大家都听懂了，大老婆脸上实在搁不下，一摔筷子离了桌。宝成妈还不饶人："气性不小啊，咋不让肚子争口气呢？"。

终于，把那大的惹恼了，却又不敢明着和大人斗狠。揣摩宝成妈张狂的本钱不就是宝成带着"把儿"吗？于是，瞅着没人注意，一剪子铰了下去。

宝成爹捧着宝成掉下来的花生果一样的小鸡鸡，大笑三声，倒地气绝。

宝成妈扯开衣襟冲出门去。疯了。

看到沙堆里哭得要气绝的宝成，大妈哆哆嗦嗦地伸出手去，抱起了这个被她剪去了命根的孩子。

宝成是大妈拉扯大的。

大妈气头上发了狠，惹下了祸，悔得肠子发青。再说，宝成终是自己男人的骨血，如今，宝成爹死娘疯，大妈就把他当成自己的孩子，对大人对孩子的所有愧疚都变成了疼爱施放在宝成身上。村里人看到，大妈白天把宝成驮在背上，夜里搂在怀里。宝成没了娘的奶水，大妈就养了一只奶羊。宝成喝羊奶一直喝到人比桌子高。平日里，宝成吃的用的，大妈不让他有一点比别人家的孩子差。一次，宝成和小伙伴上山玩耍，让长虫咬了，眼瞅着腿往起肿，人也越来越没精神。请的郎中还没到，大妈急了，就用嘴去吸长虫毒。旁人不让，说毒会过到大妈身上。大妈红着眼睛推开旁人的拉扯，又趴到宝成的伤口上。吸一口，吐一口，宝成腿上的脓血吸出来了，大妈的嘴唇和舌头却紫黑紫黑，肿得老大。

宝成小时候不知身世，只晓得大妈对自己好，一声声娘，叫得脆，叫得亲。慢慢大了，懂了，跟大妈的感情也结下了。只是，闭上眼想想自己的亲娘老子，低下头看看自己蜡头一样的东西，心里对大妈还有怨恨。

怨又如何，恨又怎样呢？宝成还是给大妈养了老，送了终，然后，就收拾了家当，离开了那个遍地黄沙的家乡。

宝成随着闯关东的人流，上了火车，来到了黑龙江，来到了海林。宝成喜欢林海雪原肥沃辽阔的土地。宝成在海林的地界上转来转去，相中了大石沟。宝成在大石沟落脚，是觉得这个屯子偏，人口少。宝成想图个清静，悄没声地一个人了此一生，也就罢了。人这一辈子其实说短也短的，几十年不过一眨眼，挨过去也就算了。

没了贪图，再加上原本也是个厚道人，宝成做起事来，就透着股实在劲，让人心里舒服。大石沟人渐渐地喜欢上了宝成，熟了，就有人问宝成干啥不成亲。宝成也不忌讳，说，小时候，在外面拉屎，让吃屎的狗咬了。一个废人，成亲不是坑人家？人们就可怜宝成，叹息好人咋没个好命。

这些年，宝成年纪大了些，大家都劝他，寻个女人吧，有个做饭的，说话的，日子也不空落。说一次，宝成笑笑，说两次，宝成想想，三说四说的，宝成就动了念头。偏巧，就有人来说了月儿。宝成想，不管是什么老的丑的，只要是女人就行，不过是搭伴过日子。可是，宝成没想到月儿那么年轻，那么俊俏，宝成第一眼就喜欢上了月儿。宝成以为，月儿不会应这门婚事的，这让宝成很痛苦。宝成做梦也没想到，这门亲事竟然成了，他把月儿娶进门了。

宝成心里美过，毕竟，宝成的心还是男人的心。可是，夜里，听着月儿烙饼一样翻腾，白天，看着月儿渐渐枯黄的脸色，宝成后悔了。宝成觉得自己太自私了，不该把月儿拽进自己这个黑得不透亮的日子里来。造孽呢。

宝成心肝一样地疼着月儿，瞅着月儿的脸色说话，不想让月儿有一点烦恼。就是月儿的身世，宝成只听媒人说是让人祸祸了。至于究竟是什么人，具体是咋回事，宝成从来不问月儿。宝成想，那是月儿心头的疤，他不愿意去捅。宝成这样的体贴，月儿还是没法开心，偶尔的，露出点笑模样，那笑也是脸皮上那一些些。宝成的心就如刀绞一样难受。

那晚，宝成喝了点小酒，就着酒劲对月儿说："月儿，别委屈了自个儿，你喜欢谁，就跟谁睡去。往后，你喜欢咋样就咋样，俺不管，真的，不管。"

月儿哭了。月儿说："俺是你的女人，俺不会让别人睡。俺这辈子就是吃了让别人睡的亏。"宝成听了，鼻涕和眼泪一起往下淌。

十

苞米铲二遍的时候，月儿病了，没缘由地高烧，一张脸红得关公样，身子摸一把烫手，人裹着被子躺在热炕头上，还是哆嗦着喊冷。退烧药吃了，不管事，宝成就熬了姜汤，又用烧酒给月儿搓身子。宝成守着月儿折腾了一天一宿，月儿的烧退了，宝成却熬出一双兔子眼。

退了烧的月儿肚子饿了，宝成做了绿豆粥，端到炕边，要喂月儿。月儿想自己吃，撑着身子坐起来，不想，头一沉，眼一黑，差点摔了。宝成忙放下粥碗来扶月儿，将月儿靠到炕墙上，用枕头倚好。月儿以为自己只是烧得身子虚，又起得猛了，才会头疼，并没把这事放在心上。喝了粥，又躺一会儿，就起身下炕，告诉宝成自己好了，撺着宝成去下地。农时不等人，庄稼活差一天就差一分收成。

宝成扛着锄把走了，月儿才觉出头疼得厉害。她翻出两片止痛药吃了，晃着身子，去伺候院子里那些长着嘴的禽畜。止痛片只让月儿的头清亮了一会儿，太阳穴就打鼓一样跳着疼起来。宝成惦记着月儿的病身子，地里的活也不上心，草草地铲了一根垄，就急急忙忙往家赶。进了门，看见月儿蜷在炕角，脸色惨白得如纸一样。宝成慌了，鞋都顾不上脱，就跳上炕，抱起月儿。月儿眉眼扭曲，额头上全是自己掐出来的血豆子。宝成使劲地抱着月儿，把手放到月儿的嘴里让她咬。月儿一发狠，宝成的手上就是一排紫印子，宝成疼得直咧嘴，却忍着不吭声。

月儿得了头疼病，想得到的药都吃了，宝成还领着月儿去了一趟县医院，开回来的药有四五种。宝成天天照着单子，看着月儿吃药，可是，月儿的头还是说疼就疼，疼起来，受刑一样，恨不得撞墙。宝成再出门的时候，就有意的跟人打听治头疼的偏方，回来一样一样地试给月儿吃，有的许是不对路，吃不吃的没见咋的，有的似乎是管用了，可也就是管一阵子。逢个阴天下雨的，月儿的头疼还会犯。再犯，那方就不好使了。

后来，有人告诉宝成，用天麻炖猪骨头和一种叫"野鸡脖子"的蛇，五天一副，连吃三五副，能去头疼病的根儿。猪骨头和天麻倒是寻常，就是那"野鸡脖子"，山上也有的。可是，宝成是被长虫咬过的人，如何敢去抓？

见到宝成犯难，月儿就说算了，等谁抓着了，买来就是了。

宝成说："咋能碰巧一次买着三五条？这方要连着吃的，不介就不好使了。"

月儿笑笑："算了吧，这偏方也未必就一定灵验，犯不上去冒险。"

宝成没说什么，却找了个空闲，自己悄悄地进了山。

宝成拎着装长虫的袋子回来时，脸上手上全是被树枝划破的血印子。

月儿呵呵笑："人家一遭让蛇咬，十年怕井绳，你倒好，别说绳了，连长虫都抓了，平时没见你胆这么大过呀。"

宝成不说话，强挤出一丝笑，表情发瘆。夜里睡觉，宝成突然从梦里惊醒，大叫一声："长虫！"

月儿摸过去，宝成的额头全是冷汗。

月儿知道，宝成是吓着了。月儿想，他心里揣着多大的顾虑去捉蛇的啊？为了俺，宝成竟这样难为自己。月儿心里一热，眼圈就湿了。月儿把宝成搂进怀里，让宝成腾腾直跳的胸膛贴着自己暄暄的胸脯，一只手轻轻地在宝成汗津津的后背上抚着。宝成也就势紧紧地搂住了月儿。

月儿的身子滑溜溜的，又软又暄，宝成打心眼儿里喜欢，可是，宝成却不敢碰她，怕惹着了月儿。此刻，不知道是月儿的缠绵让宝成克制不住了，还是他想逃离噩梦的阴影，宝成竟放弃了对自己的约束，他把月儿抱在怀里，亲着，咬着，揉着，拧着，在月儿长一声短一声哼叫中，他战栗着，汗如雨下。歇下来的时候，月儿听到宝成牛一样的喘息，过了一会儿，宝成的鼾声打雷般响起来。

第二天，宝成在月儿的身上看见了一块块的紫，一块块的青。宝成的心一抽一抽地疼，抱着月儿掉泪珠子。月儿却没哭，空洞的眼睛望着屋顶，眨眨，又眨眨。

宝成问月儿：“疼吗？”

月儿晃晃脑袋，完了，又定定地看着宝成问：“那样，你好受些？”

宝成回味自己的感受，轻轻点点头：“嗯。”

月儿就把自己贴过去，宝成心疼地抚着月儿，吻着他前一天留下的那些伤痕。月儿轻轻地呻吟，宝成以为碰疼了月儿，就停了下来。不想，月儿却扯住了他。

宝成禁不住又发了疯。

月儿就叫起来。

一头汗水的宝成问：“月儿，好吗？”

月儿闭着眼睛回答：“好。”

宝成又问：“还要吗？”

月儿说：“要。”

后来，月儿就经常在晚饭时炒两个下酒的菜，温上烧酒。宝成喝的时候，她也要上一口。三要两要的，就弄了两个杯对饮起来。日头落下时，俩人儿就开始喝。喝到月上树梢，宝成起来关窗关门，月儿去炕上铺褥子铺被。过了一会儿，月儿的叫声就响起来。直到宝成汗水淋淋，直到月儿声嘶力竭。

宝成时常觉得夜里的人不是自己，是蛰伏在自己皮肉里的一个魔鬼。可是，这个魔鬼是谁唤醒的呢？是月儿吗？那又是谁让月儿在夜里变成那样的呢？夜里的月儿哪里还是月儿啊，一会儿是讨食的猫狗，一会儿又是疯狂的野兽。宝成想不明白，白天好好的两个人，到黑夜里咋就不是人了？莫不是黑夜会施放妖术，让人成了魔鬼？还是人心里本来就藏着魔鬼，到了黑夜就钻出来了？

月儿似乎没有宝成那么多的苦恼，她自然地接受着这一切。月儿在娘家，憋在自己的小屋里绣花那会儿就想明白了，既然是老天给你的，就是你命里的。命里的东西，琢磨它干啥呢？老天给什么就要什么吧，倘是那不愿意要的，心里苦一阵，慢慢也会习惯。什么事，一习惯就成自然了。就像河流，从前走的道让什么挡住了，拐个弯，还会往前走，而且，走的时间久了，拐的弯倒成了真正的河道。

月儿想，老人不是说，一家有一家的日子吗，她跟宝成的日子就是这样的。其实，说起来，这样的日子也没什么不好。宝成是那样的疼自己。宝成知道月儿爱吃香的东西，出门回来的时候，手里经常是几块油炸糕、两根脆麻花。一次，宝成拎了一条五花肉回来，月儿顺口说，这要是烀了多好吃啊。可是，天色已经晚了，月儿就把肉扣到水缸后面的凉地上。吃了晚饭，月儿想睡了，宝成不言不语地抱了一捆柴火进来，蹲在灶前，给月儿烀肉。月儿在炕头上做针线，锅里的肉香飘出来，把屋子塞满了，月儿的心里也让快活塞满了。在月儿看来，这就是世上的好日子了。一个女人即便做了皇后，要是没人疼，那日子也是苦的。难得有男人这样的在意自己，月儿知足了。

月儿一天天快乐起来，宝成从外面回来，时常听到屋里的月儿在唱歌："没有花香，没有树高，我是一棵无人知道的小草，从不寂寞，从不烦恼……"宝成忽然想起，月儿的头疼病有些日子没犯了。

十一

日头升了，日头又落了。如果不是逢年过节，不是遇到婆亲生子，大石沟人的日子这一天和那一天是没有什么区别的。大石沟一直没通上电，结婚时买的电视只是一个摆设，录音机也是不能总听的，八节电池听不了多大一会儿。大家就都听收音机。大石沟人喜欢听那个哑着嗓子的人说书，他讲的故事老逗了。正因为琐事拌嘴的两口子，到了说书的时辰，也先熄了火，停战半小时。等书听完了，又为刚听的故事议论起来。你一言我一句的，感叹着别人的命运，早忘了自己的气。

在大石沟人看来，如果不是屋子里没有孩子闹，院子里没有尿片小旗样飘扬，宝成和月儿的日子跟他们比起来也不差啥，而且，因了宝成的手艺，月儿手头宽裕，那日子过得似乎更有些滋味，吃的像吃的，穿的像穿的，就是那屋里用的东西也是大石沟人少见的。因为宝成出去给牲口扎病时，时不时地会把外面的新鲜玩意带回来。有时是吃的，有时是戴的，有一块大石沟人没见过的彩条长围巾，那个好看哪，月儿包在头上，路边总有人停下来回过头看。宝成还给月儿买了一辆大链盒的坤式自行车。月儿骑着去赶集，一路上都是好奇的眼神跟着。庄稼人，图的是结实耐用，这个哗哗啦啦的东西能用住吗？宝成忒惯着月儿了。

这样的话，宝成也能听到的，可是，宝成不在意，宝成打心眼里想惯着月儿，想宠着月儿。宝成不光给月儿买好东西吃，买新鲜的东西用，还说，要给月儿打柜子。

月儿说，"咱家不是有炕琴吗？"

宝成说："炕琴过时了，现在时兴组合柜，贴墙一溜柜子，站在地上，顶到棚上，装衣服，装被子，摆电视，摆花瓶，气派好看。木料咱也有的，西屋里那些木料是上等的红松，做家具最好了。俺包管你会喜欢。"

月儿笑笑，宝成为她做这做那，她总是这样笑笑。其实，在月儿看来，宝成做不做这些都一样的，几年的日子过下来，她知道，宝成跟她是贴着心的。这样的感觉，让月儿踏实，让月儿快乐。

但月儿不知道，这样的日子会变，变成一个她无论如何也想不到的样子。

那天，月儿去村边的山坡上挖婆婆丁，回来的时候，看见宝成正在院子里跟一个陌生的男人说话。男人背对着月儿，留给月儿的是一副高高的身架，宽宽的肩膀，天不是很热，可是，他却脱了外衣，只穿着背心，露出胳膊上的疙瘩肉。月儿的心没来由地扑腾腾跳起来。宝成看到月儿愣神儿，就说，这是他请来的木匠，来打组合柜的。月儿瞄了一眼木匠，木匠正从工具袋里子里往外掏家什。

月儿顺口说："真打啊？"

宝成说："骗你不成？"转过头又跟木匠说："跟我来看看料吧。"说着，往西屋走去。

木匠答应着，抬起身，和月儿打了个照面。月儿就看见了一双井水样深的眼睛和一张胡子茬又黑又密的脸。

月儿响晴的天听到炸雷一样，身子一抖，心一紧，走出来的一身汗"刷"地收了。

木匠也是一愣，满脸的表情霎时像块木头疙瘩似的凝固了。

两个人的目光相持了半响，当月儿正想开口的时候，木匠回头看了看宝成，一声不吭地跟着他进了西屋。月儿木头样站在院子里。她想把眼前的事弄明白，可是，脑子也木头一样死死的不转轴。

最后一抹太阳光在月儿的脸上跳了一下，沉到山后去了。暗下来的天色提醒月儿该做饭了。月儿像刚从梦里醒来一样，恍恍惚惚地往灶房里走，不留神绊在木匠的工具袋子上，一个趔趄差点摔倒。

西屋里，宝成正和木匠讲工钱，木匠稀罕地摸着木料，随口说："你看着给吧，咋都行。"

宝成就说："眼下的行情是一个工 5 块钱，你得在我家吃住，算你一天 2 块钱，你亏点也不多，算账时，我再给你加些。把活做好了，工钱我不会亏待你。"

木匠一个劲地点头："咋都行，咋都行。"

宝成见过木匠的手艺，很是讲究，如今见他又不小气，就叮嘱月儿，做饭时大点油水，别怠慢了人家。月儿蹲在灶前不吭声，脸让灶火映得通红。

晚饭是酸汤子。每到冬天，大石沟人家家都会泡上一些苞米。等着苞米泡酸了，上磨拉成面浆，再用细布包了草木灰吸干面浆里的水分，就成了汤子面。酸汤子不用擀，不用切，用手攥。水烧开了，捧一小块面在手里，虎口那卡一个里大外小的漏斗式小套，双手一攥一甩，长长的筷子粗的面条就从小套子里挤出来，闪进锅里。

酸汤子做起来费事，一般人家都是冬天的时候做，一次泡一缸米，磨好面，一坨坨地冻起来，吃上一冬天。可是，月儿却是一年四季都做酸汤子的。月儿不怕费事，冬天她是泡一缸米，天暖的时候，她就泡一盆米，吃一次做一次。月儿做的酸汤子是村里一绝。别人家的酸汤子都是用苞米发酵，月儿用苞米碴子，没有皮子和脐子，磨出的面自然又黄又细，攥出的面条又滑又筋道。酸汤子是满族的吃食，山东人本是不爱吃酸汤子的，因为月儿做得好吃，宝成竟也好上了这口。

木匠知道这个季节还吃酸汤子的人家，必是有一个勤快的女人，不由得就往灶上多看了两眼。月儿双手一悠一悠地在攥面，一攥一甩，腰身也跟着一挺一送，那姿态像扭秧歌时甩红绸的动作。锅里的水气热腾腾地扑上来，把月儿的脸蒸得粉嫩粉嫩的。木匠看得出神。月儿也感觉到了身后的目光，脸成了晒干的红辣椒。

饭桌摆在了院子里。有客，月儿炒了鸡蛋和花生米，刚腌好的鹅蛋煮熟了，一刀剖开，盘子里就亮起好几个油汪汪的月亮。月儿去酱缸里捞出根酱黄瓜，切碎，拌上香油，又去园子里拔了葱，扒了几片生菜叶，还有刚挖的婆婆丁和苦苦菜，葱花、辣椒炒的一碗酱，香喷喷的，又能拌面，又能蘸菜。

宝成就张罗着喝酒。木匠说不会喝。宝成不信，说喝点吧，喝了酒解乏。木匠不好再拗，就接过杯。月儿把饭菜都端到桌上，自己却到西屋里忙去了。木匠过意不去，对宝成说："嫂子也一块吃吧。"宝成喊了几声，见月儿不理，就倒上了一杯酒放到月儿的位置上，自己先和木匠先吃起来。木匠看见月儿座位前的酒杯，目光里有一丝诧异闪过，怕让人看出来，忙低了头吃面。

月儿在西屋为木匠收拾睡觉的地方。西屋不曾住过人，地上炕上都堆着杂物，积着厚厚的灰。月儿一点一点地收拾，时不时停下来，痴呆呆地发愣。院子里，两个男人边吃边唠。

"小张兄弟，你成天的在外面跑，把媳妇扔家里，行吗？"宝成已经知道了木匠姓张。

木匠端了酒杯："大哥，老弟敬你。不瞒大哥你说，老弟是一人吃饱全家不饿。"

宝成问道："你还没成亲？"

木匠回答："没呢。"

"哦，兄弟多大了？"

"属猪的，三十出头了。"

木匠的酒量许是不行，两杯酒下肚，舌头就有些发硬："大哥，你家几个孩子？咋不喊回来吃饭？"

宝成不知道怎么回答木匠的话，憋了半天，一仰脖把杯中酒灌进嘴里，抓过一棵葱蘸着酱吃起来。葱辣，辣得宝成眼湿。木匠也去吃蘸酱菜，木匠拣的是婆婆丁。婆婆丁苦，木匠从嘴里苦到心里。

家常嗑也这样难唠，还说什么呢？饭桌上只剩下吃面的突噜声和吃菜的吧唧声。两个男人吃喝完了，月儿才从西屋里出来，眼睛只看着宝成，说："叫张师傅歇着吧。"宝成就陪着小张木匠进了西屋。天色已经暗了，宝成要端盏灯来，小张木匠拉住他："不必了，一个爷们要亮干啥？"

借着门窗透过来的微光，木匠看见屋里已经清扫得干干净净，红砖铺的地上，新洒了水，屋子里的味道也湿漉漉的。木料堆上苫的布掀下去了，露出整齐的板材。窗下高高低低一溜缸，或是米面，或是咸菜，有的盖着，有的敞着，全都清清爽爽。炕上的杂物被摆放到了炕梢，用被单蒙上了。一套干净的被褥铺在炕头。木匠偏腿上了炕，扯过枕头就要倒下，一眼瞥见枕头上绣的花，愣怔了。那是一簇簇的婆婆丁花，黄灿灿的，栩栩如生。木匠粗糙的手抚摸着绒嘟嘟的花，禁不住嘀咕："这花咋绣得跟真的一样啊。"

月儿拾掇完碗筷，洗干净了自己，进了屋，上了炕，却咋也合不上眼，翻来覆去地折腾，像是烙饼。宝成也睡不着，吃饭时，木匠师傅的问话像在猪吹泡上划了一刀，平日里隐藏起来的心事，咕嘟咕嘟地冒出来。宝成的耳畔响着两个字：孩子，孩子，孩子。

听着月儿也没睡，宝成翻了个身，叫："月儿。"

月儿"嗯"了一声，却不动。

宝成把身子挪到月儿这边，俯在月儿的眼前："月儿，要不，咱要一个？"

月儿不知道宝成说的是什么，侧过脸来，有些发懵："要什么？"

"要个孩子。"宝成说。

"孩子？"月儿还没从自己的心事中走出来，对宝成的话也就没理解，只是机械地问："咋要？"

宝成的本意是过继一个别人的孩子，可是，听了月儿的话，宝成知道月儿误会了，以为他想要个自己的孩子呢。是啊，他这样的人咋要孩子？宝成遭了棒打一样，头一沉，身子一缩，躺回自己的被窝。

两个人各自想着各自的心事，都是半宿没睡。刚刚迷糊着，天就露亮了。正是铲地的时候，宝成要起早上地，趁着太阳没出来的时候凉快，把地里的活干了，白天也好出去转转。宝成知道月儿刚睡着，就轻手轻脚地起身。月儿还是醒了，可是，月儿却不动，听着宝成的脚步声远了，才把眼睛睁开，定定地看着棚顶出神。

西屋里传出声响。月儿支起耳朵细细地听了一会儿，知道是木匠在干活了，就穿衣下地，推开了西屋的门。木匠正蹲在地上磨斧子，沾了水的斧子在磨石上轻快地滑过，旁边的地上还有好几把凿子，宽宽窄窄的，刃口锋利。

听到声音，木匠仰起脸。两双含着火的眼睛就碰上了，像两朵带电的云撞到了一起，雷，在两个人的心里炸响。

十二

木匠树海扔了斧子，站起来，一把揽过月儿。月儿的脸贴在树海胸前，听到里面咚咚的声音，像是打鼓。

"月儿，月儿，我找你找得好苦。"树海紧紧地箍着怀里的女人，"月儿，月儿，我找你，想跟你说，那天我不是就想那样。我就想抱抱你。可是，你摔倒了，布衫也开了，我看见了……"下面的话让月儿捂住了。

月儿捂住了树海的话，却捂不住自己的眼泪，说不出是苦是酸的还是辣的眼泪"哗哗"地涌出来。树海就低下头来吃那些泪水，吃着吃着，就吃到月儿嘴上了。月儿挣扎着要躲避，可是，人在树海怀里，嘴能躲到哪儿去？两张嘴就吸到了一起。

"冤家呀。"月儿叹息一声，人也软下去。

树海把月儿放到炕上时，月儿的眼睛闭上了。月儿的脸在绒嘟嘟的黄花衬托下，还是那么好看，树海的眼前就是一片春光。春光里的树海生机勃勃，勇猛无比。树海进入月儿的那一瞬间，月儿让电流击中了似的一阵晕眩。月儿觉得树海把自己胀得满满的，快要把她顶到云彩上去了，可是，就在她要飘起来的时候，树海又把她推到谷底。她像一片树叶，被雄壮的树海夯着、捣着，捣成了一汪水，那汪水汩汩不息，越涌越多，终于"忽"地一下淹没了她。月儿窒息了一般，感觉手脚都麻麻的。

平息下来的时候，树海发现了月儿身上的一块块青紫，就问："月儿，这是咋弄的？"月儿的眼泪一下子涌出来。

木匠的手艺让宝成很是中意。宝成用了两个字来形容木匠的活计：地道。

让宝成更中意的是木匠做活时的态度。宝成每次进家，都看见木匠闷着头忙活，而且，用料时为宝成算计得很用心，不肯浪费一点。尺把长的木方，他也小心地收着。一旦需要时，他不像有的木匠那样图轻省，去大料上截，而是在边角料里挑挑拣拣，把能用的尽量用了。使胶时，他也是用了一个小瓶，用一点倒一点，不像有的人家，做完家具，光风干的胶也有一桶了。

宝成依然还是早起上地，白天出去走村串户，找些劁猪骟马接生的活。晚上回来，仔细地品咂一番木匠的活计，就陪着木匠喝酒聊天。木匠的酒量不行，话也不多，常常是宝成兴致刚起，木匠已经红脸关公一样了。就吃了饭，回西屋歇着了。宝成就想让月儿陪着喝。可是，月儿不知怎么了，自从木匠进门，就不再沾酒。月儿不沾酒，夜里就不能陪着宝成疯狂。宝成有些郁闷。细想，许是月儿怕羞，怕夜里喊的声响大了，叫木匠听见。

宝成就盼着木匠快点把活干完。可是，又不敢去催，怕木匠误会他嫌人家施工期多赚工钱。再说，也怕木匠为了赶活，糊弄了手艺。宝成每天从外面回来，都能闻到家里飘荡着木头被锯被刨散发出来的香味，这气味告诉宝成，这个家越来越像样了，这气味让他快乐，让他满足。快乐着的宝成忽略了月儿和他一点点地生分起来，忽略了这个家里还洋溢着另外一种气氛。

每天早上宝成上地以后，月儿就来到树海住的西屋。千种柔情，万般缠绵，两个人都那么贪恋，都那么投入，直到折腾得再无一点力气。月儿从来没觉得早晨的阳光是那么好。月儿拢着纷乱的头发，从树海住的西屋里出来，走到院子里，让晨风吹着自己还在发烫的身子，看着太阳鸭子下蛋一样，一点一点地从远处的山峦间挤出来。出太阳很累呢，瞅瞅，天把脸都憋红了。月儿觉得，天边红红的云朵有一片开在自己心里，一种说不出的幸福和快乐就在她的身上滚来涌去。月儿觉得自己的日子就像早晨的太阳，要亮起来，要升起来。她想起一支歌："灿烂的朝霞，升起在金色的北京……"

月儿哼着唱着，脚步轻快，动作麻利。她点火，烧水，为树海冲一碗鸡蛋花，再给他泡上一壶茶，然后才开始做饭。这期间，树海磨斧子锉锯，做着一天的准备工作。时不时地，会趁月儿送蛋花时送茶时，在月儿的胸脯上、屁股上抓一把。月儿嗔怪地啐他，他有时会嘿嘿地笑笑，有时索性很赖皮趁势拥住月儿，在她的嘴上啄一下。远远地看见宝成下地回来了，两人就都正经了脸色，闷了头各自做事。

白天，宝成出去了，树海在西屋里做活，月儿涮了锅，洗了碗，扫了地，喂了猪，就捧着花绷绣花，却不是像往常那样坐在屋里绣，而是搬了小板凳，坐在西屋门口。手上线儿长，嘴里话儿密。过去的事，眼下的事，别人的事，自己的事，都说了，就说那些没影的事。

"树海哥，你说，要是当初你娶了俺，咱俩现在会是啥样呢？"月儿停下手中的针线，抬起眼来望着树海。

树海也停了手里的刨子："孩子都能打酱油了吧？"

听到孩子两个字，月儿脸上的表情就复杂起来。树海知道碰了月儿痛处，心下懊恼自己，不敢再说什么，弓了腰去推刨子。树海的胳膊隆起肌肉疙瘩，手下的刨子贴紧了木头。树海腕子一抖，刨子就往前走。那力气是用足了的，却又不是收不住的蛮劲，均匀地，稳稳地，一下是一下。唦，唦，唦，刨花一朵一朵地从刨槽里翻出来，屋里屋外就飘浮着松木的香味，清爽爽、甜丝丝的。一块木方眨眼间在树海手下变得光滑了，润泽了。月儿凝视着树海推刨子的架势，那一俯一抬，收放有力的身姿，竟跟他做那事时是一个样子。月儿的脸腾地红了，身子里的某个地方也忽地一热。

院子里，一只公鸡在追逐母鸡。公鸡张扬地撒着欢，母鸡矫情地躲避着，咯咯的叫声与其说是恐惧不如说是欣喜。阳光很懒地照着，没有风，猪粪牛粪鸡屎狗尿被太阳晒着烤着，蒸发出的气味混合后罩下来，热乎乎的腥臊味就钻进了院子里的柴火堆，屋子里的被褥垛，甚至渗进人的皮肉里。尽管没话，月儿的心里再也不是往日里空落落的感觉，早已被什么东西塞得满满的了。是什么东西呢？月儿想不明白，也就不去费那个心思了。一枝连理海棠绣出模样了，月儿正在琢磨，是在枝头绣两只鸟呢，还是在花上绣两只蝴蝶。

"树海哥，打听到你爹的信了吗？"月儿忽然问。

树海停下手里的活，脸上的肌肉遭了针扎一样抽动几下。空气一下子就沉了，压得人喘不过气来。月儿起来洗了个柿子，递给树海。树海接了却不吃，一双眼睛定定地望着窗外，可眼神却是散的。

树海说："俺爹是受不了村里的人眼光，受不了那些人嚼舌头才走的。柳毛人的舌头跟熊瞎子的舌头一样，能把人的脸皮舔下来。"树海的眼里寒气逼人，腮上的肉一鼓一鼓的，他在咬牙。"月儿，这些年你是咋受的，俺能寻思出来。坏事是俺做下的，却让俺爹和你遭罪，俺真是作孽。"树海说着攥紧了拳头，手里的柿子让他攥碎了，红色的柿子汁顺着指缝滴答出来。月儿看见了却不敢说，也不敢动，满脸惊愕地凝望着树海。

"月儿，你相信不，其实，当时，俺真没想把你咋样，俺就是喜欢你，想跟你近乎近乎，俺也没想到俺会那样。可是，就为这，咱俩就要搭上了一辈子，还要搭上了俺爹吗？这是为啥呀？"

树海看看月儿，眼里已汪着水："俺爹没了，活不见人，死不见尸，你又过着这样的日子。"

月儿已经一脸的泪水："树海哥，当年，咱们太糊涂。"

树海把月儿拉进怀里，紧紧地抱着："月儿，前半辈子俺欠下你的，后半辈子俺还，行不？"

月儿抚摸着树海的脸："树海哥，别这样说，要说欠，俺也欠了你。"

树海松开怀抱，捧住月儿的脸："月儿，跟俺走吧，俺有手艺，俺能养活你。后半辈子，俺再不让你受一点苦。"

十三

树海终于把憋在心里的那句话跟月儿说了。话一说出来，树海才发现自己寻找月儿的真正目的。树海是跟月儿说了谎的，他心里曾经有过恨。那天，树海的确不是要强奸月儿，他只是想和月儿亲热一下，没想到，自己竟会收不住手脚，闯下大祸。月儿的爹娘拿走他家的钱，牵走他家的牛，爹心疼得要命，树海跟爹说："俺去学手艺，把钱挣回来。"树海从小就喜欢木匠，只可惜，他爹只是半个木匠，他要出去拜师，他甚至想，等他学出了手艺，攒够了钱，再求个媒人去月儿家。树海就是想让月儿做他的媳妇。树海做梦也想不到，李公安会把他抓进大牢。

牢里的日子暗无天日，树海一天一天地面对着墙壁发呆。牢房的墙壁灰暗肮脏，像他逝去的日子一样残破不堪。可是，树海总能在眼前污黑的墙壁上看到灿灿的金黄，那是盛开的婆婆丁花，花丛中是月儿的脸。树海觉得月儿的那张脸像什么，像什么呢？对了，像用最好的土豆粉拉出的粉皮，亮亮的透明，能让人看清脸上细细的绒毛。那肉嘟嘟的嘴，树海啄了一下，浑身就吃了迷幻药一样轻得没根了。

在牢里，树海唯一的快乐就是想月儿，想月儿的笑脸，想月儿的歌声，想他跟月儿那唯一的一次。那滋味真是好啊。树海觉得自己又在那片山坡上了，眼前是黄绒绒的婆婆丁花和月儿那张因为害羞和惊慌而涨红的脸，那长长的眼睫毛挂着眼泪，就像大雾天里麦苗上结的露珠。可是，这样的快乐很快又会转化为仇恨。因为他想到，月儿该结婚了，月儿该当娘了。树海一想到自己在牢狱里遭罪，月儿在外面搂着汉子哄着孩子过小日子，心里的恨就像秋风里的山火，燎得他皮痒肉疼。漫长的黑夜里，树海不止一次地咬牙：出去一定要报仇。你不让俺好过，俺也不会让你好过。

爹没来看过他，他以为爹生他的气，后来才知道爹走了。树海想，爹八成是死了。爹拿他当命根子，他进了大牢，爹一定绝望了。一个绝望的人活着还有什么意思？树海心底的恨就多了一成。尽管有恨，树海还是会想月儿，还是会有快乐的感觉在心头滑过。树海不知道人和人之间还会这样，在他看来，一个人对另外一个人，要么喜欢，要么讨厌，可是，他对月儿咋又是恨又是爱呢？

整整十年，树海在心里想了月儿千万次，恨了月儿千万回。月儿成了树海心头的一颗痣，抹不去，抠不掉。树海出来后就开始找爹，找月儿。爹的下落没人知道，月儿也只是听说嫁到了海林，却弄不清海林的什么地方。树海就走村串户帮人打家具。他不在乎别人给多少工钱，管吃管住就行。他一边干活一边打听，一个村子他只做一份活，做完了也不多待，马上走人。树海想，他一定要找到月儿。

找到月儿咋报仇呢？

狠狠地睡她，树海想。除了这个，树海再想不出别的了。

可是，看到月儿的那一瞬间，树海竟是那般欣喜，十多年来，他在心中堆起的仇恨堡垒轰然倒塌，树海呼啦一下子明白了，他是喜欢月儿的，不管月儿做下了什么，都没法改变他的喜欢。树海想，这个女人是他命里的，他想她，他恨她，都是因为她在他的命里。所以，当宝成跟他讲价的时候，树海只有一个想法，这个活一定要干，不管多少钱，让他住下就行。

　　树海住下了才知道月儿也是想着他的，也知道了月儿表面有模有样的日子其实藏着说不出的苦，树海心里对月儿充满了愧疚，那本来设想为报复的行为就成了他对她的爱，对她的疼。每次恩爱时，看到月儿那满足幸福的神情，树海就开心，想自己能让月儿快乐呢，要是能让月儿一辈子都这么快乐该多好啊。

　　树海想爱月儿一辈子，疼月儿一辈子。树海想亲自跟宝成谈谈，让他把月儿带走。树海觉得，宝成没有理由不让他带走月儿，一个男人不能让自己的女人幸福，还霸着她干啥呢？树海要告诉宝成，月儿本来就是他的，他要把属于他的月儿要回去。

　　月儿不让树海谈。月儿说："走就偷偷走吧，何苦再当面臊他。"

　　树海就不再坚持，心里却是得意的，为着月儿从人到心都已经是自己的了。这样的得意是遮掩不住的，时时从他看宝成的眼神中，从他跟月儿说话的口气中流露出来。就是在饭桌上，他端碗搛菜的姿势也自如了许多，仗义了许多。树海越来越不把宝成放在眼里，最初曾经的嫉妒早已烟消云散，他现在更多的是瞧不起宝成，甚至是厌恶的，偶尔的，或许会有一点可怜，至于愧意，那是一点也没有的。

　　倒是月儿心里生起了许多的顾虑。

　　月儿何尝不想跟树海恩爱一辈子呢？是树海让她成了女人，又是树海让她知道了女人的快活，那样的快活是从骨髓里溢出来的，是好吃的、好看的东西带给她的快活所不能比的。月儿贪恋这样的快活，可是，真的想要跟树海走了，月儿又有些不舍，有些牵挂。俺走了，宝成咋办？他咋吃咋睡？啥时穿棉，啥时换单？他眼瞅着就老了，谁来照顾他？这些心思石头一样沉沉地坠在月儿的心尖上。

　　月儿扔下绣花绷，搬出饭桌，支在太阳地里，开始打袼褙。新熬的糨糊散发着白面的香味，一块一块的旧布贴在桌面上，一层糨糊，一层旧布。月儿一手的糨糊，啪啪地拍着桌面，把四层或者五层旧布拍得紧紧实实地贴在一起。太阳足，半天的工夫就干了，揭下来，再做一张。做好的袼褙，剪成了鞋帮、鞋底，棉的、单的，一样三双。月儿开始纳鞋底。人家的鞋底最多五层袼褙，她的七层。锥子扎进去，半天不透。月儿咬着嘴唇使劲，脸上就有细密的汗珠渗出来。

宝成纳闷："一下子做这么多鞋干啥呀？"

月儿不抬头："慢慢穿呗。你总在外面走，费鞋。"

树海看着月儿忙，知道月儿在做着走的准备，心里高兴，又觉得月儿那样惦记宝成，让他心里泛酸："你是不是舍不得他呀？"

月儿不管树海脸色难看，把磨钝了的锥子塞给他："磨磨。"

树海看着月儿擎着锥子的手，半天才不情愿地接过来，蘸了水，磨起来。

月儿眼睛直直地看着别处，像是自言自语："他怪可怜的。"

树海不语，把磨好的锥子递给月儿，转身冷着脸子去做活，斧子抡得噼噼啪啪地响。

十四

晚上，月儿让宝成试鞋。宝成蹬上新鞋，没下地，却一抬腿上了炕，在炕上来来回回地走着，夸张地跺着脚。月儿知道，他不想弄脏了新鞋。月儿的眼里就潮乎乎的。

"宝成，明个带俺上趟镇里吧。"月儿说。

"行。"宝成看着脚上的新鞋，顺口答应。

宝成不问月儿去干啥，宝成总是这样，无条件地顺着月儿。第二天，月儿和宝成早早地起来，弄了口吃的，就出门了。去镇上，要翻过山去赶早班的客车。客车一天只有早晚两趟。临走，月儿告诉树海，午饭在锅里扣着，点把火，热一下就得了。树海心里不是滋味，闷闷地答应着，一抬眼，看见月儿鲜鲜亮亮地站在那儿。

月儿精心打扮了自己。粉红的的确良短袖衫，领口和袖口都绣着花，蓝灰色的凡尔丁裤子，是在褥子底下压过的，裤线板板整整的，脚上是红色拉带人造革皮鞋，配着天蓝色的尼龙袜子。这身打扮就是在镇里也是抢眼的。

月儿看见树海端详自己，脸一红，扭身往外走。树海瞥见月儿的手腕上有一抹绿，再想细看时，月儿已经出门了。宝成在门口笑吟吟地等着月儿。树海的心里一阵翻腾，眼巴巴地看着俩人走远，竟没力气做活。

月儿最近一次来镇上，还是过大年前来办年货。几个月的工夫，镇上又改模样了，街上的店铺多了，馆子也多了。月儿瞅着新鲜，一个店一个店地转着，脸上浮着开心的微笑。在综合商店，月儿问售货员，做棉衣有啥新料子？售货员告诉他，现在时兴用尼龙绸做棉裤面，用织锦缎做棉袄面。月儿就一样选了两块，又扯了一块黑条绒裤子料，还有两丈蓝平纹布，那是做棉衣里子的。挑那上好的棉花又买了五斤。一大包东西，背在宝成身上，倒是不沉，可是，在挤挤擦擦的人群里穿行，还是把自己弄出了一脑门的汗。

月儿看看快晌午了，就跟宝成说："咱吃饭吧。"

宝成朝街上的馆子看着，问月儿："你想吃啥？"

月儿说："俺想吃烧卖。"

月儿第一次吃烧卖还是结婚那天，下了火车，宝成带月儿在镇上吃的。月儿长这么大，头一次吃那么香的东西，香得到了晚上，嘴里还是油乎乎的。宝成带着月儿去饭馆。馆子换了门脸，新做的幌子吊在日头下，老远就看见了。宝成要了二斤烧卖，月儿又要点菜。说，"咱喝点啤酒吧。"宝成说："喝那个干啥？怪胀肚的。"

月儿知道宝成是嫌啤酒贵，就说："俺想喝，渴了。"

宝成听到月儿想喝，就不再说什么了。月儿看看邻桌，问服务员："那个菜是啥？"

服务员说："筋头巴脑。"

月儿说来一个。又指着另一个桌子问："那个菜呢？"

"那是扒胸口，六块钱一盘。"服务员脸上已有不屑。

"行，来一盘。"月儿干脆地说："再来四棒啤酒。"

菜上得快，烧卖也跟着上来了。宝成把酱油、醋、辣椒油、芥末一样一样地舀到小碟里，调好了，放到月儿跟前，又跟服务员要了大蒜瓣。月儿吃肉的时候，喜欢就着蒜瓣。月儿看着宝成为自己做这些，享受着，目光在宝成的脸上起起落落，心儿却仿佛泡在了眼前的碟子里，酸甜咸辣，说不上是个啥滋味。

宝成不知月儿心里有事，一个劲地劝："吃呀，吃呀，一会儿凉了。"

月儿拿起筷子，往宝成的碟子里夹肉。本来俩人是能吃二斤烧卖的，可是，喝了啤酒，又吃了菜，肚子就装不下那么多了。月儿看着盘子里的烧卖说："剩了。"

宝成说："咱俩把菜都吃了吧，烧卖拎回去，让树海也尝尝。"

自己都没想起家里那个人，宝成却惦记着他，月儿看着宝成，心里一暖又一酸，暗暗地责备：人家都要带你老婆跑了，你还想着人家，傻瓜，大傻瓜。

吃晚饭的时候，宝成把烧卖往树海的面前推："兄弟，你吃。"

树海笑笑，眼睛却盯着月儿的手腕："嫂子的手镯真好看。"

月儿看看宝成，宝成也在看她，俩人相视一笑，都未言语。

树海不甘心，又问："是嫁妆？"

月儿脸一沉："俺娘哪有这个。"

树海目光定在月儿的手腕上："这东西怕是有些年头了，是大哥祖上传下来的？"

宝成说："哪呀，是捡的。"

树海的眼睛一亮："捡的？在哪捡的？"

宝成闷闷地说："捡一个老爷子的。"

"啥样的老头？"树海竟有些激动，月儿不知道手镯的来历，听宝成说捡的，也睁大了眼睛望着宝成。

宝成低了头吃饭："好多年前的事了，咱不提了，吃饭吧。"

树海不罢休："大哥，还记得是哪年吗？"

宝成眯起眼睛望着远处。太阳还没掉进山里，大概是在天上挂了一天，累了，没精打采的，像个蔫橘子。月亮早早地出来了，淡淡的，没有光亮，水印一样贴在天空。

"那是一九八〇年还是一九八一年冬天，记不太清了。那年雪来得早，豆子和苞米还没收完呢，就叫那场雪捂到地里了。也是俺爷俩有缘吧，要不，俺咋就走到那块地方时，突然就肚子疼，要解手。俺就拐下山道，往林子里走了几步，雪大，一脚下去没了鞋帮。俺不想往里走了，看见前面有块大石头，就想去石头后。这才瞅见了他。俺以为遇到死人了，吓了一跳，转身想跑，又想，万一是迷路的呢，这大雪的天，还不冻坏了。俺又折回去，凑到跟前，摸摸鼻子，还有气，可是，怎么叫也不醒。俺这才看清，是个老头，身上还穿着单衣。俺想，这人大概是冻坏了，要是扔下他不管，不到天黑就得冻死。俺想了想，就把他背回来了。

"进了家，扒开衣服一看，老头的手脚都泛白了。俺就用雪给他搓。那胳膊跟铁棍似的，又硬又凉，拔手。搓了两洗衣盆的雪，他的身上才缓过血色来。俺这才把他放炕上，捂上被。又给他灌了些热姜汤。老头睡了三天。三天后，睁眼了，却不说话。俺端稀粥给他喝。老头喝得那个香啊，跟喝肉汤似的，一口气喝了三碗，还要，俺怕他肚子受不了，跟他说，歇歇，过会儿再喝，锅里还有半锅呢。老头懂了，倒下又睡。

"这回就没再醒过来。俺寻思，他累了，让他歇着吧。半夜里，俺闻着味不对，揭开被子一看，老头拉了。俺的天呀，那叫什么屎啊，黑乎乎的，臭油子一样，腥臭腥臭的。俺给他擦了。天快亮的时候，他又拉，还是黑屎。到了第二天傍晚，他拉的东西就是紫不溜丢的了。俺猛不丁想到，他这是拉血呢。俺吓坏了，急忙找人要了头发，烧了，冲了水喂他。可他的嘴用勺子都撬不开，顺着牙缝灌进去一点，血没止住。那一宿，他拉了好几次，越来越红。好不容易熬到天亮，俺去大队找来了金大夫，他是赤脚医生。金大夫扒开他的眼皮看看说，不中了，都散了。果然，下晌他就咽气了。

"他在俺家躺了几天，一句话没跟俺说过，俺也不知道他姓啥叫啥，是哪的。俺求邻居几个女人急急忙忙地做了一身棉衣，打了一口棺材，把他送走了。他除了身上衣服，啥也没有。贴身的衣服口袋里有个镯子，俺寻思，这大概是个信物，留下吧，日后也许有人来找，也算是个物证。可是，一晃十多年过去了，也没人来打听。"

宝成讲完，端起酒杯，跟树海感慨："人哪，谁也说不准咋死。好了，不说这个了，来，喝酒。"

树海不端酒杯，眼直直地盯着宝成："那老头长啥样？"

宝成回忆着："说不上啥样，瘦，一点肉没有，皮贴着骨头，头发都赶毡了，能让鸡下蛋。个子倒不矮，俺背他的时候，觉得他应该是比俺高的。唉，那么大的个子，还没个半大小子沉。"

树海就伸了手跟月儿要手镯，月儿似乎明白了，她颤抖着，撸了几下都没撸下来，树海就上手帮着撸下来。树海把镯子举在眼前，看着看着，人就哆嗦起来。树海扑通一声，跪到了宝成面前："大哥，那是俺爹啊！"

宝成愣了，怔怔地看看树海。树海抓着宝成的手，呜咽起来。月儿早已泣不成声。宝成很是惊异，为这世上的奇缘。终于找到老爷子的亲人，这让他也有几分安慰。他张罗着跟树海喝酒，可是树海却垂着脑袋哭起来没完了。宝成无论如何也想不到，树海并不仅仅是在为爹的死难过。

宝成扶了树海的肩膀："兄弟，人总有这一天的，你得想开些，改天俺带你去看看他，就在后山坡上。"树海抬不起头来，他不敢看宝成，他感觉自己的心让人放到了油锅里。宝成让月儿把手镯还给树海，树海目光直直地看着月儿："你就留着吧，这是俺爹的意思呢。"月儿拿着镯子发呆：难道这真是天意？

十五

宝成跟树海的感觉一下子亲近起来，一口口地叫着兄弟，透着自家兄长的慈爱。树海也觉得心里跟宝成近了些，亲了些，却无法像宝成那样从从容容地面对，因为，他的心里还有一份愧疚，一份悔恨。树海再也找不到原来在宝成面前的良好感觉了，甚至，他竟觉得自己在宝成面前矮了下去。树海不让月儿再到他的屋里来，也不再提带月儿走的事，每天只是闷了头做活。

月儿不再急三忙四地做鞋做棉衣了，也不去绣花，除了必做的那些活计，就是坐着发呆。太阳每天还是费劲扒拉地升起来，心不甘情不愿地落下去，月儿觉得太阳这样的起起落落挺没意思，或者就挂在那，或者就落下去不再出来，折腾什么呢，再折腾不还是原来的样子，要是能把圆的折腾成方的，红的折腾成绿的还算是没白折腾。月儿想，太阳那么能，也没办法改变自己，人还能咋样呢？

月儿不再盼朝霞，也不再盼月光，她心里懒懒的，身子也沉沉的，打不起精神，大白天的也想倒下瞌睡。眼瞅着组合柜就要完工了。月儿悄声地跟宝成商量，再打个碗柜吧。灶房里的盆盆碗碗乱堆着接灰，瞅着也不利整。再说，反正那些木料也用不完。宝成看到月儿眼里的渴望，就跟树海说了。还说，碗柜的大小让他问月儿。

树海就带了卷尺到灶间，一脸正色："嫂子，大哥让俺问你，碗柜打多大的。"

月儿随便地往西墙上一指："可着那面墙吧，打大点。"

月儿想，打个大点的柜子用工时间长些，树海就能在家里多待几日。除了这个，她现在还能企盼什么呢？树海没懂月儿的心思，看着宽宽阔阔的墙面纳闷："打这么大？"

月儿见树海没明白自己，忽然就来了气："嗯，打这么大。"

树海的憨劲上来了："你和大哥两口人，用得着那么大的碗柜吗？"

月儿一下子就急了："让你打，你就打嘛。大有大的用处，碗柜打好了是俺用又不是你用，你咋说大？再说，你咋就知道俺家就两口人，俺就不能有儿子孙子？"

宝成听见两个人的声音不对，就纳闷，跟自己从来没急过的月儿怎么跟树海急起来了？月儿今天这是怎么了？宝成还在思量月儿的不是，却听到月儿说起儿子孙子，宝成突然感觉心里有个地方一下子塌了。那个地方原本也是空的，像是猎人挖下的坑，只是因为用树枝茅草遮上了，看不见了，就像不存在了。

宝成本来是往灶间走的，想来提醒月儿不能跟树海这样说话，想把树海拉出去，可是，心里的洞一塌，脚步就滞住了。树海扯着钢卷尺，愣在那儿，半晌搭不上话。三个人就那么僵着，时光也粘住了一样。忽然，月儿"呜"的一声捂着嘴，哭着跑进东屋。宝成不好意思地看了看树海，转身跟进东屋。

树海呆立在灶间，他能听见宝成在哄月儿。虽然声音是低低的，但是声音里的耐性、温柔却一点落地送进他的耳朵里。树海忽然想，月儿跟着宝成也未必全是痛苦。天下的婚姻或许都是这样，那些外人看上去百般如意的，未必就真的幸福，那些瞅着艰难的，没准人家自己过得挺有滋味。树海这样想着，心里竟有一丝安慰，更坚定了自己快些离开的想法。

东屋里，月儿抹抹眼泪，停止了哭泣。宝成那样地哄着，自己如何再哭得下去？况且，又不是宝成招惹的自己。可不是宝成惹的，是树海惹的不成？是树海那一句话伤了自己的痛处？如果是这样，说到底，自己委屈的根源却还是宝成。那宝成又要怪谁呢？宝成难道不想有后？再说，又不是宝成逼着自己成婚的。如此，是该怨爹娘把自己嫁给宝成了？爹娘为何把自己嫁给宝成这样的人，还不是因为树海闯下的祸。月儿想来想去，觉得自己的苦命竟都是因为树海，树海才是罪魁。可是，自己这些天里的快乐却是树海给的，树海给她的日子带来了光亮。要不是知道了树海爹的事，或许，她已经跟树海远走高飞了。月儿犯糊涂了：自己这是啥命啊，咋恩和怨都搅和到一块了？这些乱七八糟的东西在月儿的心里翻滚，让月儿一夜没睡。

炕的那头，宝成也在黑暗中瞪着眼睛。俺就不能有儿子孙子？月儿发火时的一句话，烙铁一样烫在了宝成心头，宝成感觉到自己的心在滴答滴答地淌血。宝成何尝不想当爹，只是知道这是无法实现的欲望，就一直压抑着，压抑得自己都麻木了。可是，宝成忘了月儿也会想当娘。尽管以前月儿从来没说过生孩子的事，甚至，月儿都不去稀罕邻居的小孩子。月儿那也是躲避自己心里的念想呢。宝成恨自己，咋就忘了月儿是个正常的女人呢？正常的女人哪个不想生儿育女，哪个不想当娘做奶奶？先前，宝成只是觉得自己在那事上亏欠了月儿，却忘了那事的本来目的是繁衍后代啊。宝成想起树海来的第一天，他跟月儿提出要个孩子，月儿反问她咋要时的表情。宝成意识到了一个问题，这个问题让宝成的心里一咯噔。

两件家具的木工活都完了，接下来就是刷油了。树海先是用细细的砂布把柜子打磨了一遍，然后，把屋里屋外的木屑、刨花都收拾利索了，扫净了灰尘，地上又泼了水，才开始给柜子刷油。月儿帮着树海收拾完了，就站在树海的背后，看着树海调油漆。月儿要了紫檀色，宝成调一会儿，往一块刨干净的木板上抹一下，放到光亮处，让月儿看："是你要的颜色不？"月儿看看，摇摇头："再浅点。"树海再调，再抹，再问。月儿又摇头："淡了些。"树海重调，重抹，重问。月儿仔细地端详了半天，点了头。树海就把调好的油漆往柜子上涂。

浓浓的油漆味塞满了屋子里的犄角旮旯，树海心里却塞满了悲哀，为自己也为月儿。树海想着自己和月儿这些年来的恩恩怨怨，想着这些日子里的点点滴滴，想着就要离开月儿，心里酸酸苦苦地折腾着，没发觉月儿什么时候出去了。

月儿出去呕吐。月儿觉得油漆味让她受不了，呛得嗓子眼难受，忍了又忍，终是没忍住，就捂着嘴跑到猪圈，吐了干净。吐完了，月儿竟没觉得清爽，反倒两腿软软的，想躺一会儿。月儿就进了东屋。可是，屋子里的油漆味让她再次恶心起来。月儿急急忙忙地又跑出屋子。院子里也是油漆味。月儿吐得苦胆汁都出来了，还在呕。树海就犯了难。柜子又不能不刷油，可是，刷油就得有味。树海就让月儿出去转转。月儿想陪着树海，不愿意走。树海说："要不你去挖点婆婆丁吧，俺想吃呢。"月儿说："婆婆丁都开花了，老了，不好吃。"树海说："俺爱吃，你去挖吧，总有没老的。"

月儿就提个篮子出门了。终于闻不到油漆味了，月儿却觉得自己还是恶心，仿佛吞了根头发，嗓子眼痒得不行，总是要呕的样子。出了村子，走不多远，地里的婆婆丁就连成了片。已是暮春时节，婆婆丁花开得正盛，黄黄的小花在蒿草中舒展着属于自己的那一份灿烂，细柔却不孱弱。月儿要挑些没开花的婆婆丁，就弯着腰，用小铲拨拉着，一棵一棵地辨认，没一会就觉得腰酸，索性就坐到野地里，把身前身后的挖尽了，再换个地方坐着挖。

午后的阳光轻轻慢慢地洒下来，照着花丛中的月儿。月儿觉得身上热了，脸上有细密的汗珠渗出来。月儿还觉出了乏，好想躺一会儿。月儿身子一歪，就倒在了一片婆婆丁花上。躺了一会儿，月儿便看见远处的山道有个人影在晃动。待他慢慢地近了，才看清是宝成。月儿想起来，可是，身子却沉沉的不想动。宝成远远地看见有人躺在草地上，他也没想到会是月儿，等看清了人模样，宝成的心里一揪，脚下的步子忽然乱了起来。他紧三步慢三步地跑到月儿身边："月儿，你咋了？咋躺在这里？"宝成的脸上汗水成溜地淌下，让月儿看了心疼。月儿不好意思地笑笑："来挖婆婆丁，累了，想歇会儿。"看到月儿的笑模样，宝成长出一口气，一屁股也坐下了。

宝成端详着月儿，发现月儿的模样变了，可又说不好是哪儿变了，脸盘还是原来的脸盘，眉眼还是原来的眉眼，可就是瞅上去和过去不一样。像秋天的山里红，遭了霜的和没遭霜的，一般人是看不出来的，只有常在山上转的人才会发现其中的不同。山里红一入秋就红了，可是，看着红嘟嘟的，吃到嘴里却又酸又涩。让霜打过一遍的山里红才是熟透的，吃起来酸里透着甜。宝成觉得眼前的月儿就像是熟透的山里红。

月儿懒懒的侧躺着，一绺头发垂下来，遮住了半边脸。宝成抬头看看，周遭一片寂静。远处的屯子里偶尔有一两声鹅叫传来，越发地显得天地间安宁肃静。宝成大着胆子把手伸进了月儿怀里。月儿竟打了一个激灵。宝成把手缩回来，不解地看着月儿："月儿，咱俩有多久没好过了？你不想啊？"月儿心里明镜似的。打从树海进门，月儿就没让宝成碰过她。说怕让外人听了声去只是幌子。

宝成央求："月儿，这会儿没人，你叫吧，没人能听见，俺让你叫，让你使劲叫。"宝成的眼神让月儿心软了，月儿顺从地摊开了自己。可是，宝成刚开始动作，月儿的嗓子眼里就开始发痒，她忍着，忍着，终是忍不住了，一扭脸，"哇哇"地吐起来。宝成急忙坐起来，一边给月儿拍着背，一边把月儿的衣服扣好。"月儿，你病了吗？"月儿苦着脸，摇摇头。等吐完了，缓了口气才说："小张师傅给柜子刷油呢，俺闻不了那油子味，吐了好几回了。"

"那，这会儿也没油子味啊，你咋又吐？"宝成的问话让月儿也愣了。月儿想，真的呀，这里也没油子味啊？宝成定定地瞅了一会儿月儿，突然问："月儿，你身上的早该来了吧？"

十六

月儿守着猪圈哇哇地吐个没完，已经没什么可吐的了，还是想吐。月儿有了。按大石沟人的说法，是有喜了。可是，月儿有的哪里是喜啊，她肚子里的孩子把蒙在这个家里的和睦幸福一下子击碎了。宝成呆呆地，依墙站着，脸色乌青，两只眼睛没眼仁一样空洞洞的，一动不动，好像是看着什么，却又什么也没看见。一只鸡不知趣地凑到他跟前，啄他鞋上的草籽，三下两下，啄着了他的脚。疼痛让他不自主地动了一下脚，眼珠也转动了下，又定住了，定在新打的柜子上。

隔着敞开的门，树海靠在案子边上，手里拿着拐尺，却没什么可量的，一双手把就拐尺转来转去的，心里的惊喜和愧疚也轮番地转着。屋子里飘着浓浓的油漆味，刚漆好的柜子亮闪闪的，刺得宝成的眼仁疼。宝成很艰难地眨巴一下眼睛，眼睛涩涩的，眼皮子沉得拖不动。宝成觉得自己真的是老了，老得看不清事了。当初想得好好的，一个人静静地活完这辈子算了，咋就活了心要找个女人。找就找吧，偏又是个年轻好看的。娶了这样的女人，自己咋还巴望着她能守自己一辈子？糊涂了，糊涂了，自己把自己糊弄了。

宝成的嘴角动了动，他想笑笑，嘲笑嘲笑自己，竟感觉自己脸上的皮肉如木头一样拉扯不动。宝成很是无奈瞥了一眼树海，就瞥见了树海旁边那把斧子。俗话说，世上有三样东西动不得，木匠的斧子、要饭的棍子、光棍的行李，说的是这三样东西对这三种人的重要。但凡看一个木匠的手艺，单看他使着什么样的斧子就能看出个八九不离十。树海的斧子当是木匠斧子中上好的，枣木把已磨得红亮亮的，斧子通体没有一个锈斑，透着好钢才有的润泽，锋利的斧刃似乎能切纸。宝成心里有一种冲动，用这把斧子劈了这两个柜子，然后，再劈了这两个人，再然后，劈了自己。

死了死了，死了就什么都了了。所有的苦，所有的难，都了了。不过是三条命嘛，宝成想想，不对，应该是四条了，月儿肚子里的那条命也算的。想到那条小命，宝成的心一下子就软了。眼前浮现出一个新生婴孩的影子，粉嫩的肉团一样的婴孩，模样像极了月儿，一双毛乎乎的眼睛对着宝成忽闪着，忽闪着，突然开口叫了声：爸爸。宝成抽去了筋骨一样软了，顺着墙滑下去，滑下去，滑坐到了地上。宝成哭了。哭声很小，是刻意压抑着却又没控制住的声音。

宝成的哭声让树海懵了。树海是做好了准备和宝成一决高低的。树海猜想，宝成或许会跟他拼命。如果那样，树海倒无所谓了，反正是一命抵一命，不是鱼死就是网破，为了月儿，树海有什么不敢做呢？可是，宝成没跟他拼命，甚至都没骂他一句，就自己哭起来了。这个窝囊的男人，咋一点血性都没有？

宝成哭得声音越来越大，人堆在墙角处，头也埋下去了，埋在那个没有什么实质内容的裆里，呜呜的哭声像是冬天的西北风穿过山谷，狼嚎一样凄冷，花白的头发颤着，像野地里的枯草。月儿听到宝成的哭声先是一愣，随后，自己的眼泪就不断溜地涌出来，静静地顺着腮和鼻子流进嘴里，流着流着，一屁股坐下来，也呜呜地哭了起来。

屋里屋外的哭声，让树海感到宝成和月儿之间某种难以割舍的东西，这样的感觉让树海心里很不舒服，甚至有些绝望。树海烦躁起来。他扔下拐尺，操起了斧子，却不知道要做什么。树海在西屋里转悠，像极了笼子里的野兽。野兽撞不开囚困自己的笼子，树海却想撞开，可是，他又不知道囚困自己的是什么东西。他憋闷得要疯了。他挥起了手里的斧子。

听到树海的惨叫声，宝成和月儿的哭声同时刹住了。月儿急急忙忙地从地上爬起来，破头撒野地往屋子里跑。宝成也恍然醒悟一样站起来。树海守在他做活的案子旁边，右手死死地攥着左手，殷红的鲜血从指缝里流出来，嘀嗒嘀嗒地落到案子上，地上。他的斧子扔在案子的一角，刃上有一抹红，旁边是一根断下来的手指。

"你疯了？"月儿一把抓住树海的手，热乎乎的血马上沾满她的双手。树海疼得双眼冒血，他瞪着宝成："俺不欠你的了。你放了月儿，让她跟俺走！"宝成顾不得跟树海说话，他脱下身上的白背心，用斧子三下两下剁出几个豁口，唰唰地撕开。月儿一把抓过来，给树海包手。血从断口出汩汩地往出涌，白布压上一层透过一层，月儿急得哭起来。宝成毕竟是懂点医道的，找了根毛线绳，把树海的残指死死地勒上了，才止住了血。月儿收拾了那一地的血迹，把树海溅上血污的衣服扒下来，按到水盆里，找出干净的衣裤给树海换上。盖子已经揭开了，月儿也不再遮掩，大大方方地服侍着树海，完全是自家女人的样子。

天说黑就黑了。月儿煮了面汤，想想树海出的那些血，又炒了一盘鸡蛋。三个人坐在饭桌上，谁也不说话。树海捧着伤手木然地坐着。伤口一跳一跳地疼，让他心情烦躁。月儿给两个人盛了面汤，又把炒鸡蛋往树海的面前推了推。宝成瞥见了月儿的动作，筷子就不往鸡蛋盘子里伸一下。宝成给自己倒上了酒，想了想，也给树海倒了一杯。树海也不谦让，抓起酒杯一口干了。宝成也干了自己杯中的酒，再给自己和树海倒上。

月儿傻愣愣地看着自己的两个男人喝酒。饭桌上的小油灯忽闪忽闪地像个发亮的豆子，让她瞅不清两个男人的表情。月儿也不想瞅清，瞅清了又能咋的呢？树海酒量不抵宝成，先醉了，一把鼻涕一把眼泪地哭起来。"大哥，俺命好苦啊。"树海唤宝成叫着哥哥，哭诉起自己来。从他早死的娘，到不易的爹，从因为暗自喜欢月儿而闯下的大祸，到他这么些年来痴痴地等待与寻找。他说，他这辈子只喜欢月儿，他求宝成放了月儿，他说他会待月儿好，有衣先让月儿穿，有饭先让月儿吃。

"月儿是俺的命啊，哪个会待自己的命不好？"

"大哥，俺对不起你，你救了俺爹，俺还要领月儿走。俺不是人。下辈子俺变牛变马来报答你。"

宝成就着树海的哭诉一杯接一杯地喝着酒，脑子里闪过的却是自己的大半生。60度的苞米烧喝进嘴里，辣在心里，宝成感觉自己的眼泪也快忍不住了。那泪跟他喝下的酒一样是辣的，热的，烧得他难受。宝成突然站起身，进了东屋。月儿和树海互相瞅着，彼此的眼睛里都是一片茫然。

宝成出来了，手里拿着一个牛皮纸信封和那只手镯。月儿知道那是家里所有的积蓄。结婚后，宝成就一直让月儿经管家里的钱，花多少，攒多少，月儿比宝成更有数。宝成从信封里点出一些钱，放到树海面前："兄弟，这是工钱。你在俺家呆了43天，就按40天算吧，一天5块，这是2000块。

吃住的费用俺没扣，自家兄弟，算了。"

"大哥，你……"树海要推辞。宝成表情决断地一摆手，把树海的话挡回去了。宝成抬起眼看月儿，只一眼，就把眼神挪开了。宝成垂着眼睛说："月儿，这些钱你带着吧，柳毛你是不能回的，再安个家要花钱哩。这个镯子，你带走吧。"

"这真是命呢。"宝成叹息。

月儿看着宝成想说什么，话在嗓子眼里梗住了，梗出两行泪水。

树海接过话茬儿："大哥，俺们哪能要你的钱呢，俺有手艺，俺能挣着钱，俺能……"

宝成不等树海说完，忽地一下子站起来，一抬脚，踹翻自己坐的小凳子。月儿吓得惊叫了一声，几乎跳了起来。嫁给宝成五六年了，从没见过宝成做下这样暴仗的事。宝成这是咋了？树海的酒一下子醒了，托着伤手机警地闪开，摆好了和宝成对峙的架势。宝成却垂着头，不看他们任何一个，胡乱地挥着手，嘴里含混不清地嚷着："走，你们走，都走，走得远远的！"边说着，宝成边跌跌撞撞往西屋里走，一边走，一边大声地骂："混蛋！王八羔子！混蛋！王八羔子……"不知道宝成在骂谁。是自己还是树海，还是月儿？还是捉弄人的命运？

树海回了东屋，呆坐在暗影里。月儿收拾了那一地的狼藉，也进了东屋。宝成已躺在炕上打起了呼噜。宝成只铺了一床被褥，那意思再明白不过了。月儿的心里一酸，她说不清自己为什么会这样，宝成没拦着她，也没为难树海。这个结果是月儿期待的。可是，她却怎么也开心不起来。看着这个比自己命还苦的男人，月儿心里的酸楚涌了上来。她偏腿坐到炕沿上，伸出手去抚摸宝成的脸。宝成的脸湿漉漉的，是没干的泪水。睡梦中的宝成翻了个身，不自觉地握住了月儿的手，枕在脑袋下面。月儿心里让人揪了样疼起来。月儿不动，任宝成握着，眼泪悄悄地顺着脸滑落。

月亮升起来了，很好的月光洒进屋来，一地的白亮。墙上的挂钟"咔噔咔噔"地走着，让月儿想起自己出嫁的那个夜晚，和宝成结婚以后所有的日子都像月光一样洒下来，摊开在眼前。月儿细细地翻看着那些日子，窗子上的月影从东移到了西，已经是五更天了。宝成松开了握着她的手，响亮地打着带哨音的呼噜。月儿长出了口气，轻手轻脚地走出东屋，来到了西屋。

听到月儿进来的动静，树海从被窝里探出身子。月儿不说什么，竟自走到炕前，开始脱衣服。树海撑开了被子，等着月儿。月儿把自己脱得一丝不挂，光溜溜地钻进树海的怀抱，藤一样缠住了树海。树海说："月儿，俺有红伤，今天不行，咱们将来的日子长着呢。"月儿不吭声，只是把光身子更紧地贴向树海。

树海禁不住月儿的撩拨，况且，自从知道了宝成是自己的恩人以后，月儿就没再上过他的炕。树海也是强憋着呢。月儿格外热切地迎上来，与其说配合他，还不如说是跟他厮杀，激惹得树海见了红布的公牛一般。月儿疯了一样的不知停歇，她身上的每一块皮肉都在感受着接纳着树海，似乎脚趾甲、头发梢都在用力。月儿胸脯上的汗都能拍出响来了，她放肆地叫着，糅合了快乐和痛苦的呻吟一阵高过一阵。直到头遍鸡叫了，两个人才歇下来。

树海拨开月儿脸上一绺湿湿的头发，喘息着问："月儿，好吗？"月儿闭着眼睛，点点头。树海把月儿拥到怀里："以后，天天让你这么好。"月儿不说话，只是更紧地抱着树海，沉重的呼吸吹在树海在耳边。树海摸着月儿的肚子："不知道是儿子还是闺女。"月儿不接话茬，浅浅地笑笑，一翻身趴到了树海的身上。借着星微的晨光，月儿端详着树海的脸，用手轻轻地抚弄着树海的眉毛、鼻子。树海闭上了眼睛，幸福地享受着女人的爱抚。

月儿就在树海的眼睛上亲吻着。亲着亲着，两颗眼泪掉到了树海的脸上。树海诧异地睁开眼睛，月儿已是满脸泪光，一种不祥的预感袭上树海的心头。"月儿？你咋的了？"树海摇着月儿的身子。月儿把脸扭到一边："你走吧。俺不跟你走了。""你说啥？"树海怀疑自己听差了。月儿闭着眼睛不看树海，眼泪却从眼角里一颗颗地冒出来："你走吧，一个人走吧。"树海眼睛瞪得喷血："月儿，你咋变卦了？你都怀了俺的孩子了，俺要当爹了，你让俺往哪走？""你好模好样的，再寻个女人吧，要生多少都能的，宝成不能了，宝成只有俺。"月儿抚摸着树海强壮的臂膀，忍不住又把那条胳膊抱在了怀里。

树海挣脱出胳膊，一翻身坐起来："月儿，你咋这样？"月儿的脸涨红了："俺还能咋样？你说，俺还能咋样？"树海懊丧地一拳打在绣着婆婆丁花的枕头上，伤口剧烈的疼痛让他头上一下冒出汗来。月儿心疼地捧起他的手，哈着气吹着。树海一把搂过月儿："你得跟俺走。""不！"月儿坚决地摇头。树海往炕头一躺："你不走，俺也不走了，你肚里有俺的孩子，俺等着当爹。""你不走，俺就打掉这孩子。"月儿急了。树海诧异地看着月儿。月儿叹息一声："你不走，宝成就会走。他能做出来，俺知道他，他心善着呢。可是，他往哪疙瘩走啊？你想让他像你爹那样？"月儿的话锥子一样扎在树海心上，树海沉默了。

十七

月儿开始为树海打理行李。树海枕过的绣着婆婆丁花的枕套打进去了，想了想，又把自己新绣的那对连理海棠的枕套也打进去了。灶上的水开了，月儿冲了碗蛋花水，放上白糖，端给树海，又把筐里所有的鸡蛋都拿出来，放锅里煮上。树海沮丧地坐在门前的小凳上，看着晨光一点一点地大起来，却不知道自己的日子还有没有亮。月儿的表情安宁，坚定，是打好了主意不能更改的样子。鸡蛋煮好了，月儿小心地用布包了，放到树海的行李中，拎着送到树海面前。

树海看着月儿，心里的不甘再次涌上来，他问月儿："你真舍得？"

月儿不看他："舍得啥？不舍得啥？"

树海急了："你肚子里的孩子是俺的？"

月儿仰起脸看着树海："孩子谁养大是谁的。你放心吧，宝成能当个好爹。"

树海绝望地扛起自己的工具箱子，从月儿的手里接过行李。

月儿看着他的伤手问："还疼吗？"

树海一梗脖子："不疼。"

月儿看着他，眼睛里噙满泪水。树海发现月儿一夜的工夫像变了个人，变得他不认识了。月儿轻轻地为他正了正衣襟："以后别做傻事了。都是当爹的人了。"

树海的心里一阵翻腾，他猛地转过身，大步走去。

月儿倚着院门，手抚在肚子上望着树海的背影，眼泪如断了线的珠子一样滚落。树海知道月儿在身后望着他，可是，他就是不回头。脚下的劲大得趟起一路尘土。晨雾很厚，树海没走多远就看不见月儿了。可是，树海却听到月儿在唱歌，歌声伴着晨雾身前身后地绕着他，缠着他："三更三点什么鸟儿叫啊？三更三点斑雀呀叫，叫的哟是啊咕咕咿咕咕啊咕咕；四更四点什么虫儿叫啊？四更四点寒虫呀叫，叫的哟是啊蛐蛐咿蛐蛐啊蛐蛐；五更五点什么鸟儿叫啊？五更五点金鸡呀叫，叫的哟是啊咯儿儿咿咯儿咯儿啊咯儿儿，又到天明啊……"

树海就不走了，坐在村边的地垄台上，一边剥鸡蛋吃，一边听月儿唱歌。身前身后的婆婆丁花挂着晨露，越发地水嫩。树海想，婆婆丁花大概是这个世上最不稀奇的花了，它的花朵太小，太平常，又是遍地都有的。可是，在树海看来，婆婆丁花却是不简单的，一肚子的苦水竟也能开出这样娇嫩的花来。不知怎么，看到婆婆丁花，树海就会想起月儿。

月儿的歌声越来越小，渐渐地听不见了。树海吃了九个鸡蛋，饱了。树海站起来，拍拍屁股上的土，往山上走。抬头看看，太阳正憋着劲往山尖上跳，一下，再一下。林子里的小鸟醒了，叽叽喳喳地互相说着昨晚的梦。树海想，鸟们大概是没忧愁的，不如下辈子就做个鸟吧。

树海走到半山腰了，猛听到身后月儿的撕裂了嗓子的叫喊："树海，树海——"树海停下脚步，回过头，果然是月儿在山脚下，冲着他挥手。树海的心里一阵狂喜，月儿转念头了，月儿反悔了！树海飞奔着冲下山来，风在耳朵边呼呼地响，心在腔子里咚咚地跳。"月儿，月儿，我来了！"树海气喘吁吁地跑到月儿跟前，看到的却是月儿一张因为紧张而变了模样的脸："树海，宝成，宝成……"

"宝成咋了？"

"你走了，俺就去叫他起炕。可是，干叫不醒，哈喇子淌、淌老长，半拉身子都不好使了，怕、怕是中风了。"月儿已是哭腔，一双眼无助地看着树海。

"赶紧送医院呐！"树海吼了一声，竟不管月儿，自己先撒脚往村里跑去。大脚板拍打着山道，叭叭的响声传出老远，震得太阳一哆嗦，咣，跳到了山尖上。

作者简介：

萧笛，女，中国作协会员，牡丹江市作协副主席。迄今已发表小说、散文、报告文学等百万余字，作品多次被选刊转载，并有多篇作品被收入国内外选集。

上 祭 /严尔碧

　　上祭是云南罗平纳西族、布依族民俗。女子出嫁后，逢父母亡故，娘家派人到女婿家报信，曰"报祭"；之后，女婿全家根据经济条件备以牲禽鱼鳖等物，宰杀、洗净，在牲口头上用毛笔写一"寿"字，再以毛竹捆缚，鼓乐吹打，前往娘家上奉祭品，以表哀示孝，曰"上祭"。根据家庭条件，天上飞的、地上走的、水里游的皆具备，曰"全祭"；缺其一二者，曰"半祭"。

一

　　中秋过后，山里的阳光像淬了火的铁块，渐渐凉了，锈了。雨却变得多情温婉，整日里淅淅沥沥，调云戏雾，几天都不肯散去。坡地上、山坳里，肥硕的烟叶已经剔了好几次，它们统统进了烤房，黄灿灿地挂在墙上。地里的烟棵稀稀朗朗，裸露出粗壮的杆子，梢头上仅有的几片叶子尚挂着青。

　　和敬家的房子连着钟山乡的街面。说是街，其实是一条柏油铺就的乡道，只有在赶集的日子才有点热闹的气象。它像一条灰扑扑的咔叽布带子，在色彩斑斓的植被中蜿蜒盘旋，一头连着罗平县城，一头连着贵州、广西。这幢三层的带卷帘门面的小楼，是媳妇还在烟叶站上班的时候，学校买了地皮、自家筹了六万多块钱修建的。屋后是一座地势平缓的山头，二楼后门连着山坡上的树林。学校就隐在林里，云深不知处。

　　依玛撑了把黄色的油纸伞，臂上挽了个提篮，一路泥泞，进了和敬家后院。其时和敬正领着彪子和芳儿在后院花池边小心地拾掇菌子。菌子上沾了泥土草屑，湿漉漉的，散发着松脂和茅草混合的气息。和敬拾到的菌子很少，勉强盖住篮底，用彪子的话说，都是些老弱病残，还不够他塞牙缝。

"我下午去捡菌，运气真好，足足两大篮子，给你们送点过来。"依玛揭开覆着篮口的几片滚着雨珠的瓜叶，露出一篮夹着青翠松针的菌子。

彪子把篮里的菌子小心地倒在地上，很有兴致地拾掇着，"小婶一定是在小石洞那边捡的。"

和敬对这个城里嫁过来的弟媳是相当满意的，只恨自己那个不争气的弟弟。见依玛一身寒酸的衣着，心里很不是滋味，云纱一般地生出些怜悯的情意来："依玛啊，以后别挨着那间烤房走，你看墙上泥巴一块一块往下掉，怕是要倒了。这家人也真是的，我都给提醒过两次了，一点反应也没有。"又嘱咐儿子姑娘，可是两个小家伙心思都放在菌子上去了。

"小五没和你一道去？"

掠过一阵山风，松涛由远及近，携带着叶落雨滴的微响。依玛朝山梁那边望了一眼，轻轻叹了口气，咬着唇，摇了摇头。

"哇，鸡枞，我亲爱的鸡枞！"彪子忽然一声惊叫。

和敬瞪了彪子一眼。彪子捧着几朵肥嫩的鸡枞，喜形于色，完全没有注意到两个大人的神情。

"两窝鸡枞，给你们补补身子。"依玛抹了一下眼眶，脸上有了湿漉漉的笑容，"阿哥，阿嫂，你们比我苦。"

鸡枞可是名贵稀罕的菌种。和敬连忙蹲下，小心翼翼地往篮里拾，"你阿妈还躺在床上呢，明天赶早我骑车带你给送过去。我一个大男人的，补啥子嘛？"

和敬媳妇珍英正在做晚饭，听到外边热闹，跑到院里，见了一地白嫩青紫的菌子，愣了一下说："你阿妈可好些了？"

依玛的两个小酒窝立刻漫出一汪凄凉。她咬着唇凄楚隐忍的样子，让人分不清是哭还是笑，但是肩膀却微微地抽耸了一下，"快不行了。"声音幽幽的，低下头，手背上就抹满了泪水。

"这些年，如果不是大哥大嫂你们前前后后地帮补着，我真不知道自己能熬到啥子时候。你们宁可自己吃尜点穿尜点，也要帮我撑下去，我知道你们的一片苦心。"依玛的声音软软的、轻轻地，却透出丝丝缕缕的冰凉。

"可是，我是一个女人，没阿哥你那么坚强。"依玛挤出一个苦笑。

依玛不肯留下吃晚饭。珍英好言好语宽慰了一番，末了又到里屋装了一塑料袋城里人时兴的零食放在依玛手里。那是暑假期间恒江和田斌来罗平观光旅游时特意买给孩子们的。他们两个都是和敬大学时最要好的同学。恒江开着一辆白色的越野车，打开车门就是一大堆鼓鼓囊囊的食品袋，巧克力、果冻、雪饼，把彪子和芳儿看得半天回不过神来。两个孩子很有节制地享受着这些童话一般的美食，在他们看来，眼看的滋味似乎比口尝还要甜蜜。

二

晚饭吃得没滋没味。

这是个礼拜天，和敬原本要给孩子们改善一下生活的，除了一大锅新鲜味美的菌子，珍英还炒了一碗咸肉，另加笋干炖猪蹄，都是儿子姑娘最喜欢吃的菜肴。珍英听着两个孩子咺咺喝着菌汤的声音，淡淡说："依玛其实是来报信的。"

"小五自从出了车祸，越来越不像话了，难道脑子真的受了损伤？"和敬思忖着说，"依玛是让咱们有个准备。这媳妇聪明，也会为人，可惜跟了这个拖尸的。"

小五是他唯一的弟弟。他们兄妹五个，和敬脚下还有三个妹妹。阿爹阿妈一辈子在山地里刨食，含辛茹苦，把他们拉扯大，到老了，身子便落上了这样那样的疾病。

可是这个弟弟委实让他操碎了心。小五初中毕业后在社会上晃荡了几年，不务正业，东游西逛，把农民的本分彻底丢掉了。和敬四处奔波，又是请客，又是送礼的，好不容易在县里的黄磷厂给他谋了份工作。苦是苦了些，可是一千多块的工资啊，自己读了那么多年的书，花费了阿爹阿妈那么多血汗，也就不过拿一千多块啊！让人心寒的是小五一点也不珍惜。"三天打鱼，两天晒网"，不好好干不说，还沾染了一些城里人的坏毛病。厂长好几次训斥他："小五子，你怎么就一点也不像你大哥呢？撒泡尿好好照照自己那个熊样，稀里糊涂，吊儿郎当。要不是看你哥的面子，老子开除你十次都够了，别不识抬举！"

小五干了不到半年，最终还是被开除了。但是却带回来一个漂亮的姑娘。

和敬第一次见依玛，就有了很好的印象。依玛白皙姣好的面庞，在一件水绿外套的映衬下，像朵出水的芙蓉，清纯、大方，话语细细柔柔的，即使说错了也让人生不了气。举手投足更无一点娇气，是那种城里少见的很有涵养的女孩。望着小五脸上无法掩饰的轻浮，和敬便隐隐地替依玛担心。

尽管如此，他还是对小五抱着长兄固有的美好期望。他希望依玛释放出爱情的力量，从此挽住小五那颗棉絮一般的心，使小五能够像门前的红松那样往土壤中伸展出发达的根须，顶天立地，担起自己作为一个男人的责任。

可是无情的事实粉碎了和敬仅有的一丝幻想。没过几年，已是为人夫为人父的小五，从小就格外疼爱的弟弟，竟然堕落成一个懒惰无耻中看不中用的家伙。从依玛憔悴凄楚的脸上，从她幽怨隐忍的眼神，和敬看到了那个无赖弟弟的可恶嘴脸。

"这个要账的哦，存心要把我累死才甘心。"和敬一碗苞谷酒灌下肚，心里似乎不那么虚了。和敬能喝，但从不贪杯，只在烦闷苦恼或者无措无奈的时候才借酒消愁。愁是消不掉的，天亮了，该咋整还得咋整。

"我琢磨着依玛的话有点不对劲，好像有点告别的意思。小五那个家恐怕迟早要散伙。万一真有那么一天，你这个做大爹的，能撇下虎子不管？"

媳妇往他碗里夹一只炖得皮开骨烂的蹄子的时候，那双粗糙的指间裹了一层黄胶布的手刺得和敬一阵心疼。打从她过门到和家就没过一天好日子。他们的日子过得像打仗，一直在不停地行军，一直在谨慎地防范，一直在紧张地对付，啥子情况都可能发生，啥子时候都不能麻痹，甚至连喘口气的机会都没有。珍英娘家条件比和敬家好多了，而且姨妹舅子个个自食其力独当一面，几乎没让他操过啥子心，顶多是逢年过节的时候，自己买了些衣物补品啥子的让丈人丈母娘高兴高兴，育苗剔烟的季节帮他们打打下手罢了。一直都是自家这边在拖累她。她完全可以像个泼妇那样，一吵二闹三上吊，或者闹闹离婚啥子的。但是她没有，甚至连难看的脸色都不曾在别人面前摆过。

珍英平平静静地嚼着饭菜。她比和敬大三岁，已是四十出头的人了。沉重的生活过早地剥去了她脸上曾有的水色，头发不再光滑柔顺，还夹着几根刺眼的白丝。都说妻大三，金银堆成山。可是她嫁给和敬，十几年熬过去了，家里除了一双可人的儿女和一幢小楼之外，哪有啥子金银？要说山，胸口上倒是真压着一座——债山啊。这些年，她没添过一件像样的衣服，甚至连城里人常用的洗发精、卫生巾都没享受过。要说享受，珍英原是有这个资本的。前些年她在烟叶站上班，虽然是合同工，但是一年的工资加奖金也有三四万，要顶和敬收入的两倍多。后来家里盖房子，菊芬上大学、找工作，小五子办婚事、出车祸，阿婆三天两头进医院……七上八下地折腾了好几桩事情，弄得入不敷出债台高筑，常常是拆东墙补西墙，能抵挡一阵就抵挡一阵。日子过得灰暗低沉，没有一丝亮色。为此她没少和男人斗嘴怄气，怨他多管闲事瞎操心，怨他顾人不顾己。

珍英不能忘记的是两年前小五的那桩车祸。那个夏天，毒辣的阳光连同小五那血肉模糊的脑袋把和敬一家烤得焦头烂额。单单那两万块钱的手术费就让他们夫妻俩磨破了嘴皮闪折了腰杆，好不容易才凑齐了送到县城医院。等她搭乘顺路的一辆农用车摸黑回到家的时候，彪子和芳儿蜷在沙发上，呼噜呼噜睡着了，一只高脚蚊子肚子吸得鼓囊囊的，仍然贪心不足地叮着芳儿被泪水和汗渍抹花了的小脸蛋不松口。

等她走进厨房，准备淘米煮饭的时候，才发现米没了，油没了，污迹斑斑的灶台上，只余下半把长了霉毛的面条……那一刻，她忽然就觉得天塌了下来，眼前是无边的厚重的黑暗。她浑身没有一丝力气，绝望和悲伤把她的五脏六腑全都抛出体外。她像一只空壳，轻飘飘地融在黑暗里，没有冷暖，没有知觉，啥子都没有了。偏偏这个时候，两个孩子睡醒了，迷迷糊糊地嚷着肚子饿。珍英"哇"的一声痛哭起来。那是她平生最彻底最畅快的一次哭泣，无遮无拦毫无保留。

"珍英，嫁给我，这辈子真是苦了你。"和敬咂了一口酒，怔怔地望着媳妇。

珍英扒饭下咽的动作忽然像照相机按了快门一样，定格不动了，眼里就潮潮的有了水色。

"你心里知道就好。"珍英声音低低的，和月光融到了一起。咳了一声，清了清嗓子说，"上祭是件大事。这嫁出去的女人嫁的就是个面子，再苦再穷再窝囊的女人，哪怕是砸锅卖铁拎只鸡鸭上个半祭，也得把这张脸给兜下去。这脸面可大着呢，娘家婆家活人死人都罩在里面。我看怎么也得上个全祭。这年头还有谁家上半祭的？"

和敬说："我也是这么想的。这一头猪，不要赶大，但也不能小，少说也得千把块钱吧。另外，一头羊，恐怕也得五六百块，加上鞭炮香烟过河酒，七估八杂，得有个两千块钱。家里还有多少钱呢？"

"钱？"珍英苦笑了一下，神情像是疑惑更像是嘲讽，盯住和敬的眼睛，一字一句道："负一万五！"

三

秋雨极尽缠绵之后，从山梁斜到沟谷的坡地上，只剩下光秃秃的烟棵仰望着蓝天白云。几只苍鹰在天空中悠悠滑翔。

依玛牵着家里那匹瘦骨嶙峋的老马，在陡峭的泥泞的山路上慢吞吞地挪动着脚步。马背上驮着两筐烟叶。她和阿公阿婆三人弓腰驼背，忙碌了整整一个下午，才将最后一批烟叶剐尽。

家里一分钱也没有。日子怎么过的？洗衣粉没了，就用河沟旁的皂角糊弄一下；卫生纸没了，就用彪子的旧作业本将就着；最难对付的是每月一次的那个冤家，家里连一片草纸都找不到，她只好用破布裁成条，洗净了晾干了，勉强凑合着将它送走。小五没香烟抽，可以三块五块地跟他阿爹阿妈要，而她做不到。小五再不要脸，那也是他们的儿子。可自己呢？

她知道如果自己不动，这上祭的钱不可能从天上掉下来。她虽然是城市里长大的，没经过山风红土的锤炼，但是自从跟了小五，她从身体到心理早就变成了地道的山民。她不怕吃苦，可是她害怕没有盼头。没有盼头的庄稼就像这没有盼头的日子一样，荒凉，贫瘠。可是不管怎么说，烤烟毕竟成熟了，多少也能卖几个钱。她总不能空着手，去面对娘家人惊讶、嘲讽和哀苦的目光。

在跨一道小沟的时候，老马身子一个趔趄，跌在水沟里。依玛费了好大力气才把沉重的两筐子烟叶卸下来。老马倒是自己站了起来，依玛的左脚板却戳进了一根好大的苦角花刺。一阵钻心的疼痛弥漫全身，她一咬牙，把刺拔了出来，可是无论如何也没力气把两筐子烟叶架在马背上。她精疲力尽，疼痛、绝望、饥饿加上一天的劳累，使她瘫坐在地上怎么也爬不起来。

依玛没哭。她知道哭了也没用。婚后的几年里，她的眼泪已经哭干了。男人几乎就是一个废物，好吃懒做，无能无用。自从去年出了车祸之后，更是农活、家务一样也不沾手。除了带孩子还有点耐心，一天到晚，就对着镜子梳头，涂摩丝喷发胶，有时候不知道从哪儿弄来点浓烈刺鼻的香水往身上洒。依玛悲哀地想，这哪里是庄稼人的样子啊，分明是公子少爷的作风，可是你家祖上没葬在福地啊。瞧瞧你那个家当，土基垒起的三间破屋，黑不溜秋的一间烤房，一匹老马几只鸡，拉堆屎都是瘦兮兮的，你有啥子资格耍这种酸派？

从以身相许跟定小五的那一天起，她柔软善良的心就默认了贫穷这个无法回避的事实。她不顾阿哥的坚决反对，不顾年迈的阿妈苦苦哀求，不顾朋友伙伴疑惑不解的眼神，怀着姑娘家对爱情的美好憧憬，嫁到了远离县城的钟山乡。任何一个年轻人都有理由和热情描绘未来的美好生活。小五人长得帅，头脑又灵活，虽然有些不实在，但是结了婚，有自己的引导，他会好好过日子的。实在不行，夫妻两个到大城市里去打工，一年挣它个三五万，用不了几年，回家盖一幢漂亮的楼房。或者就在县城里做生意，开个饭店，或者旅游商品专卖店啥子的，有了钱，就在城里买套房子……总有一天，阿妈和大哥以及所有为她想不通的人都会肯定她没看错人……那时候自己是多么幼稚！

现在看来，不仅发财致富衣锦还乡不可能，就是尽量把日子过下去，把儿子哺育成人，都有困难。其实在钟山乡，只要勤劳舍得吃苦，本本分分种烤烟，另外再搞点副业，一年挣个两万块钱还是有可能的。除去成本以及一年的生活开支，手头仍然有四五千块钱的节余。可是，山里的劳作就是一场硬仗，来不得半点虚浮。而打赢这场硬仗离不开男人做先锋。从油菜花开时节犁地栽苗，到三四月间风干物燥担水浇秧，再到五六月里治虫掐花，再到七八月上剔叶烘烤……只有在烟叶站，在铺着滑溜溜的瓷砖走廊上点数钞票的时候是轻松惬意的，其他任何一个环节都是在汗水里打滚，和太阳摔跤。

正月里，当人们都忙着犁田耙地育秧铺膜的时候，依玛急了："小五，你带上包石林去请三叔帮我们犁地吧。晚了就来不及了。"

小五缩在被窝里："烦死人了，让我再睡会儿。"

初夏，依玛兑了药水央小五："挑着水桶跟我一块儿去治虫。"

小五躺在树荫下指着正在切猪草的老母："你俩去吧，我去了虎子怎么办？"

中秋，依玛牵马背筐叫小五："快去剔烟叶，再不剔烂在地里了，哪里有钱用?"

小五对着镜子瞅了几瞅,很不情愿地说好吧。可是到了地里东张张西望望,一会儿没得人影了。

争吵打闹,摔碗砸锅,他没啥子反应,还讪笑说:"你摔啊砸啊,摔光砸光还不是要你重新去买。"天哪,这日子怎么过下去呢?

公婆倒有了意见:"依玛,小五脑袋上开过刀,脑子不怎么够用,身子虚得很,话也说得颠三倒四的,你就别再难为他了。"

依玛愕然,说不出一句话来。两行眼泪汩汩而下。

她想到了家,想到了阿妈。这个世界上,只有阿爹阿妈才会疼自己的儿女。可是阿妈,却被自己的婚姻气得卧床不起。

一天,快到中午了,两个人都躺在床上不动。虎子自己起床了,趴在床边,捧着个不锈钢的小碗,往嘴里塞冷饭。

依玛其实早就睡不着了,脊背给床板烙得麻疼麻疼的,她很想起床,但是瞅了一眼身边依旧狗蜷在被窝里的小五,就赌气翻过身子继续睡。睡不着?就听林子里的鸟鸣,听母鸡谎报蛋功的自得,听婆婆吐痰咳嗽的抱怨,她还听到了烤烟拔节的声响,但是最终她啥子也听不下去了,悲哀颓丧地说:"我们离婚吧。"

小五打了个呵欠说:"离就离吧,喜欢我的人多的是。"

这是实话。小五是钟山乡出了名的美男子。不管他到哪个寨子,总能引得一些姑娘媳妇驻足张望。要是碰到钟山乡的街集,邻近乡镇以及广西贵州那边赶来跑生意的女人,会厚着脸皮和他拉扯。每一次街集,他都能从集场上带回很多让人眼馋的玩意,服装领带,电动剃须刀,啫喱水洗发液啥子的,有一次竟然带回来一个带摄像头的手机。依玛对此虽然有些醋意,但是没办法管住小五,加上小五不过是跟这些跑江湖的浪荡女人讨点便宜而已,也就睁只眼闭只眼任他去卖骚。

小五漫不经心的口气,让依玛的心就像被刀子使劲地剜了一下。她其实是不想离婚的,她只是想用离婚来威胁小五、刺激小五振作起来,做个实实在在的男人。她并不是一个贪图财富爱慕虚荣的女人,凭她的容貌和身段,嫁一个有房有车的男人绰绰有余。她和小五好的时候,县里一个局长的儿子叫廖鹏的,一个劲地讨好她,还承诺帮她安排一个好工作。朋友开玩笑说:

"瞧人家那么痴情，赶快答应吧，你不答应我可坐不住了。"依玛不屑地说："你喜欢那个尿盆就拿走啊。"她对局长的公子没一点感觉。她的芳心完全被小五俘虏了。那时候的小五对她多好啊。两个人在一个厂上班，吃饭都非要等在一起才去食堂。他给她讲故事，哄她开心，甚至给她洗脚。有一天晚上他们从舞厅回来，依玛的脚尖踢到了一块伸出路面的石头，她故意呻吟了一声，小五就惊慌地扶起她，硬是把她背回了宿舍。三公里的路程啊，他没歇一口气，还一路心肝宝贝地安慰她。也就是从那次后，她把自己的身子交给了小五。

而现在他竟然说出了这种剜人心肝的话！也就是说，他心里其实早就没有自己了，而自己却一直在宽容他，并且指望感化他。哪怕多苦多累，她也认了忍了。我一个城里的姑娘嫁你这山沟的穷汉，没有叫苦没有喊累，就算你是铁石心肠，总有一天也会被感化的呀！谁知道会是这个结果呢？我真是傻啊，早知道是这样的日子，不如当初拾起那个尿盆！

当着小五的面，她没有哭。她把涌出眼眶的泪水和蹿到嗓关的悲伤硬是压下去了。她不想让这个无用无能无耻无赖的家伙笑话。她找了个没人的地方，哭了大半夜。

可是当她铁了心，简单收拾了一下行囊，准备离开钟山，离开这个年年播种希望却总是收获秋草的穷山沟的时候，依玛又发现自己迈不开脚步了。小五那英俊的模样不停地在她眼前晃来晃去。虎子那讨人喜欢的神情牵扯着她的心房。虎子继承了他俩长相的所有优点，皮肤白净，剑眉星眼，又是个标准的美男子。虎子才两岁，两岁就没了妈妈疼爱，长大了会是啥子样呢？又一个小五？

依玛发现自己骨子里还是爱着小五的。人真是怪啊，明明是失望了绝望了放弃了，可是真要行动起来，又犹豫了。她就骂自己贱。有好几次，他们刚刚吵过打过，小五还发起穷威在她脸上留下了一个火辣辣的巴掌印，可是当小五连脚都不洗就钻到她身旁瞎摸乱捏的时候，她只随便挣扎了一下，就闭上眼睛不动了。小五翻过来覆过去地舞弄她的身子，她竟然跟着娇滴滴地喘息起来，然后还使劲地抱住了他的腰……狂风暴雨过后，小五连家伙都不清洗就蒙头睡着了。依玛就掀开被子抽着自己的脸颊大骂："依玛，你这个贱货！"

做任何事情都要付出代价。这是一部电视剧里的台词。后来依玛用来宽慰自己。看走了眼嫁错了汉，自己就得付出沉重的代价。

小五的一切行为，她不再看不惯。她不再为家务为烤烟瞎着急，不再为一日三餐瞎张罗。实在看不过去了，也到田头地角去薅薅草间间苗。你能过，我也能过，大不了全家老小一起喝稀粥。依玛就这样破罐子破摔地想。好在有大哥大嫂时不时地帮补着，米啊油啊的没怎么间断过，名义上是孝敬老父老母，实际上就是接济他们。日子也就勉强糊弄下去了。

如果不是听到阿妈快不行了的消息，她连去地里剔烟叶的心思也没有。

那天晚上从大嫂家回来之后，一家三代正在有滋有味地喝着菌汤。虎子不停地咂嘴舔舌，无比陶醉的样子。当着公婆的面，她淡淡地问小五：“我妈快不行了，得想想办法啊？”

小五打了个饱嗝，翻着茫然的白眼说：“本来嘛，我应该到医院去看望老人家的。”他瞟了依玛一眼，“可是家里没钱啊，我去了又能起啥子作用？反让老人家生气。”

依玛心里想，总算你的良心还没有被狗吃光。她看了阿公阿婆一眼，两个老人正紧张地等她道出下文。她叹了一口气，眼泪吧嗒吧嗒掉下来：“我从来就没指望过你。只是，我妈她快不行了，就要走了。我们得做好上祭的准备。”

“上祭？”小五吃了一惊，“你别瞎想了，哪有这么快啊。再说，家里没钱，猪也没养一头，鸡呢又太小。要不，你在我和虎子头上都写个‘寿’字，好歹也算个全祭。”

“畜生，有你这样说话的吗？”阿公扬起烟斗就要去砸小五，但终于没砸下来，却安慰依玛说，“依玛你别急，这畜生脑子真是有问题了，你莫理他，办法总归有的。地里的烤烟虽然收成不好，抓紧收的话好歹也能卖个五六百块钱。我再跟你大哥说说，家里就你大哥有能耐。实在不行，把我那口老木头卖掉。一定去上，而且要上全祭。”

婆婆没有吭声，只紧紧地搂住受了惊吓的虎子，独自抹着老泪。依玛嘤嘤地哭泣着，扭着瘦削的肩膀跑到房间里去了……

现在，孤独无助的依玛瘫坐在地上，回头望了几次，公婆还没赶上来。她原想就地休息一会儿，等两个老人赶上来，三个人总能把烟叶架到马背上去的。她哪里知道，老人家抄小路早就到家了。他们要赶回去做晚饭。

天色越来越暗。远处的寨子，依稀地亮起了灯光。

这时候，另一道梁子上传来一串清脆悠扬的马铃声。依玛循声望去，是一对夫妻，男的牵着马，背上还背了一大篮烟叶。女的打着空身，只在臂膀上挎了提篮，想必里面装了顺带拾的菌子。他们中间，一个四五岁的男孩肩上斜挎着个水壶，手里扬着根鞭子。男孩边走边唱着"我爱你，就像老鼠爱大米"，一家人欢畅的笑声沿着暗红的土坡肆意飞溅滚落，把依玛板结的心窝砸得坑坑洼洼。

依玛望着，听着，直到那一家三口的身影渐渐消逝了，终于哭了起来。天上星星眨眼，地上秋虫唧唧，依玛的哭泣浸泡着夜晚的山梁坡坎。这个时候，劳累、饥饿、疼痛，啥子都没有了，只有阿妈怨恨中夹杂着牵挂的面容，虎子发育不良的瘦小的身躯，还有大片大片金黄的油菜花里拔地而起的青翠的山峰……

"依玛——，依玛——"远处，几束手电筒雪白耀眼的光圈在她附近的坡地箐沟上划来划去。依玛止住了哭泣，一种别样的久违的感觉，蛋清一样在依玛心里慢慢流淌、荡漾。

三个男人终于在黑暗里发现了瘫坐在地上哭肿了双眼的依玛。阿哥结实的胳膊挽着依玛，刚刚挪动一步，依玛便身子一歪，尖叫一声，险些跌倒。脚板上的刺痛好像发酵了，似乎连发丝都隐隐感到疼痛。人就这么奇怪，见了亲人，心就融化了，每一寸肌骨都变得柔弱娇贵。

"狗日的小五，你眼睛长在屁眼上了？还不过来背你媳妇！"

阿哥忽然朝身边虎了一句，依玛这才发现小五耷拉着脑袋，像一条被主人抛弃的狗，远远地站在一旁。和敬正吃力地往马背上架烟筐。

小五低头哈腰，伸手来挽依玛的胳膊。依玛瞬时气血奔涌，狠狠地朝她后背推了一掌，嘶哑着喉咙吼道："你滚！"

小五没有留心，一个马爬跌在地上。和敬悻悻地往小五身上撂下一句："你丢人啊。"叹了口气，牵着老马走了。

"妹子别哭，哥来背你啊！"阿哥弯下腰，依玛顺从地扑在阿哥的背上，双手交叉在阿哥的胸前。

天空繁星密布，远处昏暗模糊的山峦和身边的箐丛随着阿哥坚实稳重的步伐有节奏地晃动。阿哥的脊背肩膀宽厚温暖。依玛轻轻地抽噎，眼泪把阿哥的肩膀濡湿了一大片。恍惚中，她仿佛回到了童年。童年的依玛就是在阿哥的肩膀上摇晃着长成大姑娘的。阿哥经常带她到郊外的油菜花田里放风筝。阿哥喜欢蜈蚣，十岁的依玛喜欢小燕子。于是蓝天下大蜈蚣和小燕子就在他们的控制下撒欢飞翔。依玛快活地在田埂上奔跑，突然摔了一跤，小燕子失去了控制，被春风怂恿着，越飞越远，后来不知就落到哪儿去了。依玛坐在地上伤心地哭了好半天，怎么哄都哄不乖，再后来就伏在阿哥的肩膀上迷迷糊糊地睡着了。

依玛觉得这两年自己就是那只断了线的风筝，无根无靠地飘摇，而现在又找到了着落。她希望这黑夜里的山路长一些，最好就让她幸福地伏在阿哥的肩膀上走下去，一步也不停留。可是她又希望这路短暂一些。她听到了阿哥渐渐急促的喘息，她才知道自己已经不是童年时候的依玛了。阿哥的脚步明显感到吃力了。

"阿哥你放我下来，我的脚已经不疼了，我自己能走的。"

阿哥顿了一下，略一使劲，把依玛下垂的身子往上推了一把，说："没事，哥好多年没背过你了，还挺想背背你呢。"依玛不再说话。她想起了几年前小五背她的情形。只有阿哥的肩膀才会那么安详、那么温暖、那么实在。

远处的天幕上飞快地划过一颗流星，拖着扫帚尾巴倏地一闪，消失在黑暗里。

依玛的心忽然剧烈地跳了一下。她问阿妈的情况怎么样了。阿哥才告诉她前两天还能喝点水吃一小口饭，今早就迷糊了，一直在念叨你的名字，怕是要最后见你一面。估计也就一两天的光景，我们都在准备后事了。

四

一阵清脆的铃声响过，校园里就装满了青春。和敬拍拍身上的粉笔灰尘，捧着教本，拿了三角板，走出了教室。他朝教师宿舍那边张望，犹豫了一下，还是迈出了脚步。

一个大男生叫住了他。男生叫木参，脑门上鼓着几粒饱满的青春痘，珍英娘家那个寨的，成绩挺好，就是家庭条件差。木参憨笑了一下，嘴里说着谢谢和老师，把一张皱巴巴的十元钞票递给他。和敬这才想起上个月木参没钱买票了，躲在宿舍里啃洋芋的事情。

和敬没接钱，笑呵呵地说："娃儿你先拿着用，等你毕业以后再说。和老师不等这几个钱使。"木参不肯缩手，和敬就激他："考不上县中我再上你家门槛来要。"木参这才转身走了。没走几步，又折回身，指了指和敬西服纽扣："大家都在笑呢，和老师。"

和敬这才发现西服下摆的纽扣扣错了眼，一边高一边低，便自我解嘲说："忙糊涂了。幸亏你提醒哦。"

和敬来到一间宿舍门口。门虚掩着，玻璃窗上一个泛白的"喜"字像只风干的丝瓜，委屈地在风中翘起一个边角。屋里面有小锅煮米线的香味扑鼻而来。

要不要踏进这间房，和敬和媳妇是经过再三思忖的。学校里的同事，好几个他还欠着人家多少不一的钱，再去开口，那是说不过去的了。整个钟山乡能和他打得热乎的朋友都曾经帮扶过他，不能老去麻烦人家啊。和敬是那种言而有信的人，答应人家啥子时候还钱，那是錾子打洞眼，实对实的，所以好名声是没话说的。但是不到万不得已的情况，他也不会开那个口，哪怕是最贴心的朋友。不过也有让他惭愧的事情。两年前小五出车祸，情急之下，他拨通了恒江的手机。这个大学里最要好的同窗，喜欢称他为"我上铺的兄弟"，是混得最铁的朋友，大学毕业不到一年就辞去公职下海创业去了。恒江当时资金紧张，但还是毫不犹豫地汇了五千块钱给他救急，到现在还没还上啊。这次，他本来也想到恒江的，但是被珍英拦住了。

昨天晚上，依玛的哥哥把依玛接回了家，估计也就是见见亲人最后一面。这钱可是急着用啊。

没有别的办法，只好去找菊芬试试。毕竟是一个娘生的，不管有多大的疙瘩，自家兄弟的家庭面临着崩溃，多少应该会帮一把的。

和敬礼貌地敲了一下门："菊芬，还没吃早饭啊？"

菊芬好像也才下课，衣服袖口上的粉笔灰还没掸尽。她头也没抬，口一开就弥漫着火药的味道："和老师，我啥子时候吃饭你是不是也想插上一手？"

和敬一看妹子这番架势，心里寒了一大截。他本想说，菊芬你怎么这样说话呢，想当初你没考上大学，是我和你嫂子想方设法东拼西凑好不容易让你上了扩招，毕业了又四处央人好不容易帮你落实了个单位……但是他顿住了。和敬就是这样，一气就话也不会说了。何况，他也懒得说。他知道菊芬肯定又会夹枪带棒数落一通：是啊，大哥，你是我的大恩人，我这辈子做牛做马也报答不了你的大恩大德啊，你无微不至地"关心"我，吃喝拉撒，婚姻大事，你样样看着管着，我都成了啥子了？你不会还要把我包死包抬包埋吧？类似这样的针锋相对冷嘲热讽，已经不是一次两次了。和敬习惯了，闷酒也喝了好几次。

菊芬一肚子的牢骚是有来头的。原先她瞧上了钟山中学的一个男教师，可是和敬硬是把他们拆散了。和敬的理由很简单，那个青年是个浪荡货，工作不负责，天天沉迷在麻将桌上；据说还有嫖娼的丑闻，这种品质低劣的男人怎么靠得住呢？妹妹不谙人世，做哥哥的怎么能坐视不管呢？

可是这一管却管出冤孽来了。菊芬从此就对哥哥充满了怨恨，校园里你来我往形同陌路。更让人哭笑不得的是，那个和敬认为不务正业品质低下的男人被开除后，依靠倒卖烟叶竟然发了，成了远近闻名的大款，在城里买了房，娶了一个在旅游局工作的老婆。菊芬后来只好将就着嫁给了在另一个乡镇工作的小职员，过着两地分居的日子。

和敬不想和妹子辩解啥子，他觉得说啥子都显得苍白无力。事实胜于雄辩，英雄不问出处。明摆着，自己的所谓负责不仅没有得到回报，反而成了葬送妹子幸福生活的罪魁，他能说啥子呢？想不通也得通啊。通则不痛，痛则不通。

"我是来跟你借钱的。"和敬直截了当，见菊芬没吭声，便接着说，"小五的丈母娘大概是走了，这上祭的钱还没个着落。你弟弟那副德行你是知道的，这个祭要上不成，他那个家就得散伙了。"

菊芬冷笑一声："小五怎么了？我看小五不比谁差。散伙就散伙，散伙总比捆着绑着过好。兴许散伙了，小五还能到城里安家落户，也娶个在啥子局工作的老婆，不会比某些负责的人差！"

和敬转身走了。

身后紧跟着传来哗啦喀啦的声响，教本和三角板委屈地躺在水泥地板上。和敬默默拾起，在一片和日头一样火辣的眼光中佝偻着腰板，朝校门口走去。身后的教室里传来政治老师洪亮的声音："我们从小就要培养自己的责任意识。有责任感，意味着能够自我反思，有责任感意味着能够自我调节。一个有责任感的人，绝对是一个品质优秀的人……"

和敬讪讪地想，我算不算品质优秀的人呢？

珍英见和敬灰头土脸的样子，就知道他钻了冷灶膛。这是意料中的事，只是他不甘心，一定要去钻一钻。珍英宽慰他说："时代不同了，别有啥子想不通。以后人家的事甭管了。"倒了杯茶，又问和敬，"你怎么关机了？刚才恒江来电话了，打你手机不通，就拨了家里的电话，好像有啥子事，赶紧回过去问问。"

和敬脸上就亮堂起来，连忙问："你说啥子没有？"

珍英白了他一眼，没吭声。

和敬用电话回过去。他的手机又欠费了。一阵短暂的钢琴曲响过之后，电话那边传来恒江浑厚热情的声音："喂，我上铺的兄弟，你和田斌昨天咋个跑到小三峡去卖血啊？那儿是风景区，卖血你得到医院或者血站啊。"

和敬愣住了："我没去小三峡卖血啊，田斌不是在深圳吗？你这是听谁说的？"

那边一阵爽朗的笑声过后，声音变得关切、低沉："和敬，我是做梦梦到的，血，卖血，都是不好的征兆，是不是发生啥子事了？我知道你那死要面子活受罪的臭脾气，老实跟我讲讲。"

和敬也跟着笑起来："亏你学了四年的哲学，还这么迷信。我没啥子，还过得下去。就是想到上次欠你的五千块钱……"

五

依玛是第二天下午回到钟山乡的。下了车，人就走不动了。她脸色苍白，像覆着一层面膜。眼里没有一丝神采，神情恍惚，轻轻飘飘，像一片烤黄了的烟叶。

那天晚上，兄妹俩都没赶得上见最后一眼，阿妈就怀着无限的担忧与牵挂辞别了人世。两个姐姐抽噎着告诉她，阿妈在人世的最后一刻还在唤着自己的名字。

依玛把脸埋在阿妈冰凉的面颊哭得揪心扯肺。愧疚和悔恨，像两把锋利的尖刀齐刷刷地往自己心窝里切割。阿哥送她回到山里。依玛一路迷迷糊糊，到了家仍然处于神志不清的状态。小五远远地躲在林里，不住地朝屋这边张望。

和敬和媳妇也匆匆赶过来了。两个大男人紧紧地握手。握手是男人的心语。

珍英抚摸着依玛的额头，给她倒了杯热茶。

和敬说："兄弟，你赶快回去忙事吧，这里有我。都安排得差不多了，你就放心吧。"

依玛哥点了点头："……哎，不说了。"

眼看着依玛哥走远了，小五才畏畏缩缩地晃了进来。

"上祭的事你都准备得咋样了？"和敬审视着小五。

小五翘着小拇指摸了摸头发，头上有几根枯黄的松针，"这事我也着急，我到处借钱，可是人家都不肯借我。家里那点烟还没来得及烤。阿爹那口老木头又不能说卖就卖。"

哀其不幸，怒其不争。和敬望着小五那副可怜兮兮的模样，忽然就想到了这句话。就你那种德行，谁会借钱给你呢？他没有责备小五，更无训斥的心情。死马当作活马医吧，不然又怎么办呢？

依玛一直靠在珍英的臂弯里，用一种很陌生的眼神看着小五。悲痛是雨季爆发的山洪，汹涌澎湃之后渐渐淤结凝固在河床深处。这个时候依玛已经有了痛定思痛的心态和眼光。她甚至有了一丝好奇。眼前站着的兄弟俩，一个气宇轩昂站起来就是一座山，一个卑劣猥琐直着身子也只是一棵狗尾巴草。我当初怎么就会看上这种货色呢？也许生活就是这样，一定要让你付出代价之后，才会让你心清目明。

可是小五付出啥子了呢？

和敬想安慰依玛，可是嘴笨，望着依玛一夜之间变得没有一丝血色的脸，欲言又止。珍英就接上和敬翕动了两下的嘴巴说道："依玛你好好歇着，不管怎么说身体要紧。上祭的事我和你大哥已经安排得差不多了。"

依玛点了点头，幽幽地说："嫂子你别走，陪陪我。"

六

和敬领着小五走村串寨。

将近傍晚的时候，他们访到了一头体架不大不小的肥猪，一只黑白间杂的山羊。和敬牵着猪，小五赶着羊，越过几道沟梁坡坎，终于汗涔涔地到了家门口。

正是个礼拜天，彪子和芳儿起了个大早赶到小婶家看洗猪。树林里早挖了个圆形的大坑。一口黑漆漆的大锅架在坑上，正冒着热气。和敬父亲正蹲下身子凑火，将干枯的苞谷秸烤烟杆往火洞里塞，火苗和浓烟就沿着锅圈的缝隙里往上蹿。那头肥猪疲软着身子，脖子上敞着个血洞。

"好了，别加柴火了。"

几个汉子粗着嗓门互相招呼着抬起猪腿，缓缓挪步，小心地将猪子往锅里放。扑哧一声响过，皮毛都死了根。又用水瓢舀了滚水，往烫不到的地方浇。一会儿，猪身离了锅，三人双手握了铁刮子，哗唰哗唰在猪背上来回运动，铺着苞谷秸杆的湿地上很快就落了一层发着汗臭的皮毛。也就一刻钟的工夫，人人眼前现出一片雪亮。

和敬来来回回地给帮手发香烟。珍英早准备好了红漆和毛笔，这会儿正和依玛在屋里打祭。珍英清点着摆了一地的香烟啤酒鞭炮，说："依玛，你帮我想想，是不是还差点啥子。我的眼皮怎么老跳呢。"

依玛没怎么留心嫂子的话，她的心绪还沉在一缕一缕轻轻漫过的忧伤之中，她怔怔地问珍英："嫂子，你跟了大哥，可曾后悔过？"

珍英有点莫名其妙，怎么忽然问起这个问题呢？见依玛挂着血丝的双眼孩子似的望着自己，似乎触摸到了她的心思。她朝门外望了一眼，见和敬正把小五喊到跟前说着啥子，彪子、芳儿和虎子围着雪白的猪身无忧无虑地欢叫。

"悔，怎么不悔？"珍英看着孩子们欢叫的身影，若有所思地说下去，"一结婚我就发现他爱管闲事，好像啥子事都要插一手，弄得自家的日子没一天消停。我怨他，他却反问我说，你要能从我管的事情当中找出一个不需要管的理由，我以后绝对不管。可是依玛，我真的仔细盘点咱们这个家的每一桩事情，还真找不出一个站得正立得稳的理由啊。你说阿婆住院，能不管吗？菊芬要上大学，能不管吗？毕业要找工作，能不管吗？小五出车祸，能不管吗？还有虎子，他那么小，怎么能让他就没有爹娘呢？

"我跟阿爹阿妈诉苦，你猜你阿妈怎么说？她说珍英啊，姑爷是个好男人，他做得没错。只要他一碗水端得平，我们就没理由怨他。有这样的姑爷，我比儿子还放心。就是苦了你们两口子了。说来也真怪，日子长了，我也习惯了，有时候不管一管，心里还真是空落落的。你看虎子多可爱！"

依玛顺着嫂子的目光朝门外望去。虎子穿着开裆裤，又着小腿翘着屁股往前倾。小五正往猪头上写"寿"字。猪头斜歪在地上，小五的脑袋只得和猪头歪斜的方向、角度保持一致。芳儿就好奇地说道："小叔怕是要和它亲嘴呢。"几个帮忙的汉子一阵畅笑。

小五瞪了芳儿一眼："你怎么老是狗嘴吐不出象牙来呢。"芳儿接着就回了一句："那你吐两颗出来给我们看看呀。"又是一阵快活的笑声。

虎子见小五往猪头上写字，也从地上拾了跟竹棍，蘸了油漆，蹒跚着来到那只胆战心惊的山羊面前，也要往羊头上写字。山羊拿不准眼前的小家伙究竟要干啥子名堂，抵着缠了几圈白布的角，惊恐地闪着白眼，不停地往后挪动脚步。彪子逗他："虎子，你要写啥子字啊？"虎子尖着嗓音说："我要写皱（寿），皱，皱。"

珍英说："你瞧，多好！"

依玛脸上终于现出一丝纤细的笑。

和敬砍了两棵粗壮青翠的斑竹，大伙用麻绳将洗得白亮白亮的寿猪四蹄扎稳，扛到路口早就备好的一辆农用车上去了。因为上祭的路程远，所以只能用车将小五一家和送祭的拉到城郊，再下车鞭炮开路报祭，沿路号哭着抬到依玛娘家。

东西都搬上了车，珍英搀着依玛跨出门槛。珍英朝傻站一旁的小五递了个眼色，小五才殷勤地走近了，伸手要去挽依玛。依玛甩了一下胳膊，不理他。小五愣住了。珍英又着急地努了努嘴，小五才又走上前去挽依玛。

这次依玛没再把他甩开。

和敬望着媳妇，两个人都笑了。

车子沿着县城方向驶去。这时候，远远的有个人呼喊着珍英的名字奔跑过来……

七

来人是木参的父亲。和敬认得他，和他在丈母娘家烤房墙下叨唠过木参的学习。他年纪不算大，却抽着旱烟，一咳嗽就不停地吐痰。和敬珍英小跑着迎了上去。木参阿爹摸着胸口快接不上气来了："珍英啊，你们手机咋老打不通啊，你阿妈出事了……"

两个人骑着摩托车朝寨里奔去。

珍英心里咚咚乱跳，怪不得一大早眼皮就跳个不停，谁想到是阿妈出事了。阿妈才六十几啊。珍英尽量不朝那方面去想。

丈母娘往烤房里搬烟叶的时候，东墙忽然坍塌了。长时间的雨水浸泡，阳光一晒，烤房温度又高，土基砌的墙身渐渐酥了，可是人却不大容易发现。

和敬两口子赶到寨子的时候，男男女女正手忙脚乱将丈母娘往车里送。珍英一看这架势就知道伤得不轻。她忍住哭声，眼泪却淌出来了。两个老人脸上霜着敬畏的神色告诫她不能哭，哭了不吉利。

和敬懊悔地拍了一下脑袋："最近是忙昏了头，雨季刚到我就想到了烤房的问题，可一打岔就给忘了。"他问三个舅子："你们三个先凑个数字出来，有多少就拿多少，先把妈送进医院，剩下的我来想办法。"

和敬一到，所有的人就靠了过来。

"姐夫，我们听你的。可是，"大舅子无可奈何地说道，"我们也就凑了四千多块钱啊。"

和敬说："四千就四千，赶快走！我在家门口等你们。"发动摩托车，一溜烟不见了人影。

珍英将阿妈的头枕在怀里。阿妈躺在狭窄的车座上，一身一脸的红土，虽然没有血迹，可是一直处于昏迷状态。这可怎么办呢，家里本来就一分钱都没有，恒江往和敬工资卡上打的两千块钱，帮小五上祭给全花光了不说，还欠着小店里一百多块的烟酒钱。男人到底还有啥法子呢？珍英完全没了主意，一着急，嘤嘤地哭了。

经过一个多小时的颠簸，终于到了县人民医院。三个舅子虽然高大魁梧，却没见过多少世面。他们尾随在和敬后面，这个科点点头，那个室哈哈腰，一会儿就晕头转向了。医院一下就要交八千块钱的住院费才肯收下病人。和敬好话说尽了，只差没下跪，医院还是不肯收。和敬急了，将四千块钱连同自己的身份证和那张软塌塌的工资卡往桌子上放下："我是钟山中学的教师，这是我的全部家当，求你先把人收下，三天之内我保证凑齐医疗费！"那个脸上长满了黄褐斑的女医生白了他一眼："教师？教师我就更不敢收了。你们赶快去想办法吧。"

三个舅子扑通一声跪在地上。

女医生皱了一下眉头，很不耐烦地说："好了好了，真是服了你们了。人先住下，家属赶紧想办法凑钱。你们也真是的，六七十岁的老人了，哎……"

丈母娘总算进了手术室。可是钱呢？

很快两天就过去了，医院已经不客气地催过好几次了。和敬站在医院旁边一个电话亭前来回踱步。他实在想不出啥子办法。这次还跟谁去借呢？

珍英又急又火，跺着脚板瞪着眼："和敬，你别自私啊！你家那么多事情，你鞍前马后地跑，我做牛做马尾在后头，没哪次拖过你后腿。你可得有点良心！"

"你虎啥子虎？我不是在想办法吗？"和敬板着面孔，样子有些可怕。他的烟瘾上来了，可是摸了半天，连个空烟壳都没找到，一时焦躁难忍。

和敬从来没在媳妇面前摆过这副凶相。珍英愈加火戳："你咋不给恒江打电话呢？都啥子时候了，你还顾啥子狗屁的面子！你家的事情办完了，你不急了是不是？我警告你，你要不快点想出办法救我阿妈的命，我跟你离婚！呜呜呜……"坐在花台上，眼泪鼻涕汪洋着号哭起来。

就有三三两两的人围过来看热闹。

和敬赶紧走到媳妇身边，拍着她的肩膀放缓语气说："有办法了，我马上给田斌打个电话。你别急，瞧瞧你，都四十几的人了，还眼泪吧嗒的，咋就像个三岁娃娃呢？"

"田斌？他在深圳啊，那么远，你哄我？"珍英抬起了泪眼，几缕头发挂在脸上，被眼泪和鼻涕粘住了。样子和神情委实像个受了莫大委屈的孩子。

"我敢拿阿妈的命开玩笑吗？"和敬说得很认真。

其实他一点办法也没有。他何尝没想到过下铺的兄弟？可是，几天之前才借了钱，这口怎么开呢？至于田斌，暑假里来玩的时候才知道已经离婚了，看来混得也不如意，要是开了口，会不会让大家都很为难？和敬一时不能决定。

和敬挽住媳妇的胳膊，珍英顺从地站起身，抬起袖子去抹眼泪。这个时候，她眼前出现了一叠雪白的纸巾。

菊芬出现在她的眼前。她不敢相信自己的眼睛，怔怔地站着没动。侧头望望和敬，和敬也和她一样怔住了。

"大嫂。"菊芬拿出一面小镜子，放在珍英眼前摇了一下说，"那么多人看着你呢。"

珍英接了纸，意识出现了短暂的空白，一边擦脸，一边不由自主地说："你，你怎么也来了？"人在非常时刻常常会出现这样的状态，事后想起来才觉得糊涂。他们本来就是一家人啊。

"我来城里听课的。"菊芬淡然一笑，从挎包里拿出一沓钱，塞在珍英手里，"我只有这么点，先救救急吧。"似乎不经意地瞟了和敬一眼，走了。

夫妻两个久久凝望着菊芬渐行渐远的身影。

"你看……"两个人同时抬起手，指着菊芬远去的方向。

他们发现了那件紫色的风衣！不错，是那件风衣！远处，略微带些寒意的秋风轻轻地掀起菊芬的衣襟，那头熟悉的披肩秀发，在紫色的飘逸的背景上瀑布一般流淌。那是菊芬刚参加工作时，夫妻两个特地到人民商场为她挑选的。菊芬穿上这件风衣就平添了一种别样的韵致。后来就没怎么见她穿过，还以为她早就扔了。

和敬凝望着那片渐渐融进茫茫人海中的紫色，不知啥子时候牵住了珍英的手。他感觉到媳妇的手心颤动了一下，两只粗糙有力的手就紧紧地握住了，久久没有松开。珍英感到一团热乎乎的东西在胸腔里奔涌，两行浊泪悄然滑落。她看到男人轮廓分明的眼圈湿润了，那是一种啥子样的湿润啊！就像山坳里被长久的阳光和山风碾碎的红尘，忽然被急骤硕大的雨珠一阵扑打，烟尘雾雨融为一体分不清了，只能感觉到红尘吸纳的热浪被冷雨清风冲撞消融产生的混合气息。结婚十五年了，珍英第一次看到男人眼里有过这样的湿润。

"她毕竟是我们的妹子啊。"和敬喃喃地说。

在人们惊讶的眼神中，两个人旁若无人，就这么牵着手默默地向住院部大楼走去。在一楼的拐角口，他们迎面碰上了依玛和小五！小五肩上骑着虎子，依玛发际里插了一朵白花，臂上别着个黑色的孝章。

和敬本能地松了手。兄弟姊娌四人先是尴尬了一下，接着就挤出些笑来。

"你们怎么知道我们在这儿呢？"珍英问他俩。

小五抢着答道："从坟山回来，我接到了二姐的电话。我们就赶过来了。"

"菊芬？"

"是菊芬姐。"依玛说着，从怀里掏出一沓钱，"这钱原本是我阿哥留给我准备上祭用的，现在也用不着了，多少凑个数。"

八

又是一个星期天。

小五一大早就把虎子送过来。虎子要哥哥姐姐。

虎子就和彪子、芳儿在后院的草坡上玩耍。虎子拿了根竹棍，不停地在一条小狗的头上瞎画。

"你还要给谁上祭啊，虎子？"

珍英煮好了面条往桌上端，正好听到了这句话，脑袋轰地响了一下，火气蹿上眉心："怎么老教不会呢？老子今天非得撕破你这张乌鸦嘴！"碗一放，拾起一根竹棍，往芳儿那边扑了过去。

和敬正在刷牙，见了这个阵势，来不及放下牙具，满嘴膏沫小跑着上了草坡，一把护住芳儿："童言无忌！童言无忌！"

和敬带孩子们上山拾菌子。一场秋雨一场冬，往后想吃菌子就得等到明年了。

芳儿说："我们这次一定能拾到鸡枞，正好给外婆补补身子。"

珍英笑了。

和敬将虎子骑到自己脖上，带着孩子们朝小石洞方向走去。

在一道山梁上，透过漫山遍野的红松林，他们看见了峰脚下蜿蜒的河滩，两个矮小的身影踏着灰白的卵石路慢慢地移动。他们中间是一匹马，马背上驮了两筐子烟叶。过了河，就是贵州地界了。那边有一个很大的烟叶站，他们看好云南这边的烤烟，一直耐心等到初冬才结束收购。

四周，青翠的山峰巍然耸立。和敬抱着虎子，伫立山顶，掏出一包白红梅，两块五一包的那种，点燃一颗，久久地凝望着远方。

几声欣喜的稚嫩的呼唤在松涛绿莽中，在群峰峡谷间，幽幽回响。

作者简介：

严尔碧，男，一九七二年生，云南宣威人，纳西族，迄今已在各文学刊物发表小说近百万字。江苏省作协会员。